读客外国小说文库

激发个人成长

狼的恩赐

[美] 安妮·赖斯 著 阳曦 译

THE WOLF GIFT

江苏凤凰文艺出版社
JIANGSU PHOENIX LITERATURE AND ART PUBLISHING, LTD

ANNE RICE

图书在版编目（CIP）数据

狼的恩赐 / (美) 赖斯 (Rice,A.) 著；阳曦译. -- 南京：江苏凤凰文艺出版社, 2016

书名原文: THE WOLF GIFT

ISBN 978-7-5399-9118-4

Ⅰ. ①狼… Ⅱ. ①赖… ②阳… Ⅲ. ①长篇小说—美国—现代 Ⅳ. ①I712.45

中国版本图书馆CIP数据核字(2016)第066124号

图字：10-2016-076号

书　　名	**狼的恩赐**
著　　者	（美）安妮·赖斯
译　　者	阳　曦
责任编辑	丁小卉　姚　丽
特邀编辑	姚红成　朱亦红　江培芳
责任监制	刘　巍　江伟明
策　　划	读客文化
版　　权	读客文化
封面设计	读客文化　021-33608311
出版发行	江苏凤凰文艺出版社
出版社地址	南京市中央路165号，邮编：210009
出版社网址	http://www.jswenyi.com
印　　刷	三河市吉祥印务有限公司
开　　本	890mm x 1270mm　1/32
印　　张	16
字　　数	354千
版　　次	2016年9月第1版　2018年5月第2次印刷
标准书号	ISBN 978-7-5399-9118-4
定　　价	52.00元

如有印刷、装订质量问题，请致电010-87681002（免费更换，邮寄到付）

向宇宙主宰说出你的心愿，也许我们会让它成真。

它会爱我们，犹如我们爱它。

1

鲁本个子很高，有六英尺多，长着一头棕色的卷发和一双深邃的蓝眼。“阳光男孩”是他的绰号，不过鲁本讨厌别人这么叫他，所以他总是努力压抑自己迷人的微笑。不过，这会儿他太高兴了，完全顾不上摆出扑克脸，假装自己不只23岁。

此刻，他正迎着凛冽的海风，与一位年长的女士攀登一座陡峭的小山。玛钦特·尼德克举止优雅，充满异国风情。鲁本确实很享受听她说话，听她讲悬崖上那座大宅的事情。玛钦特身材苗条，瘦削的脸庞如雕塑般美丽，黄色的秀发闪烁着永不褪色的光泽。她柔软的短发从前额往后梳，发丝末梢在肩膀下方打着波浪卷儿。鲁本觉得，她的棕色针织长裙和锃亮的棕色长靴真是美极了。

他正在为《旧金山观察家报》写一篇宣传这座大宅的文章，因为玛钦特打算卖掉它。她的叔祖父费利克斯·尼德克已被正式宣布死亡，这所大宅的归属也终于尘埃落定。虽然那个人已失踪了二十年，但他的遗嘱刚刚启封，这幢房子留给了他的侄孙女玛钦特。

鲁本来到这里以后，两人沿着庄园里树木丛生的斜坡漫步，查看了一座摇摇欲坠的客房和一处谷仓的废墟。旧时的道路和小径已淹没在灌木丛中，虬曲的橡树遮蔽了光线，周围一片昏暗，脚边的欧洲蕨带来潮湿的气息。有时，草木突然消失殆尽，露出岩石崎岖的山脊，下方的太平洋如钢铁般冰冷。

其实，鲁本的衣着并不适合这样的行程。他开车朝北边来的时候，穿着平常的“制服”——精纺羊毛的蓝色上衣，里面只套了一件薄羊绒衫，下身则是灰色的宽松长裤。不过，至少他还从车上的杂物箱里拽了一条围巾裹在脖子上。而且，他真的不介意这刺骨的寒冷。

这座古老的巨宅冷峻逼人，屋顶是厚重的石板，墙上嵌着菱格形窗。整幢大宅由未经打磨的石块建成，高高的山墙上耸立着无数烟囱；宅邸西面有一座白铁和玻璃搭建的温室，杂草丛生。鲁本深爱这座大宅。从网上看到照片时，他就爱上了它。不过，等到真正亲眼目睹，他才发现，照片根本无法体现它的庄严与恢宏。

鲁本在旧金山俄罗斯山的一座老宅里长大。他曾在普里西·迪奥高地那些漂亮的老房子里待过很长时间，旧金山的郊区他也常去，包括伯克利，那是他上学的地方。他已故的祖父在希尔斯堡有一座半木质结构的宅邸，每年过节，都有很多人在那里欢聚一堂。但是，他见过的所有房子都无法与眼前这座尼德克大宅相提并论。

它气势恢宏，遗世独立，仿佛能通往另一个世界。

“货真价实，”一看到它，鲁本情不自禁地屏息惊叹，“看看那石板屋顶，还有那檐沟，一定是铜的。”葱绿的藤本植物遮蔽了巨宅一大半的外墙，一直爬到最高的窗户下面。他在车里坐了很长时间，近乎享受地品味着内心的震撼和些许敬畏。他甚至开始梦想，当自己有一天成为一名著名作家，整个世界都蜂拥来为他欢呼的时候，自己也能拥有一座这样的宅邸。

不过事实证明，这仅仅是一场美妙的白日梦。

看到残破失修、没法住人的客房，他很是心疼。不过玛钦特向他保证，大宅主体的维护情况良好。

他愿意听她一直说下去。她的口音不是纯英式的，也不是纯粹的波士顿或纽约口音。她说话的腔调十分独特，听起来就像孩子一样，准确得可爱，如银铃般清脆。

“噢，我知道它很美。我知道在整个加州海岸再也找不到这样的地方。我都知道。可我别无选择，只能把它卖掉。”她解释说，“有时候你会发现，你成了房子的奴隶，于是你不得不设法摆脱它的掌控，继续自己的生活。”玛钦特希望重新上路。她承认，自从费利克斯叔祖父失踪以后，她就没怎么在这儿待过。等房子卖掉，她会立刻动身去南美。

“真让人心碎。”鲁本说。对一个记者来说，这种表现太情绪化了，对吧？不过他无法控制自己。再说，谁规定他必须是一个客观冷静的见证人？“这座大宅简直举世无双，玛钦特。我会尽我所能写好宣传稿，给你找到买家。而且我相信，应该花不了多长时间。”

他没有说的是，*我希望自己能够买下它*。从他在树丛中第一次瞥见它的山墙，他就一直在想着这件事。

“真高兴他们派你来写这篇文章，”她说，“你很有激情，我非常欣赏这一点。”

有那么一瞬间，他心想，没错，我有激情，我想拥有这座房子，为什么不呢，这样的机会可遇而不可求，不是吗？不过他马上想到了母亲和塞莱斯特——他那娇小的棕色眼睛的女朋友、地区检察官办公室里冉冉升起的新星。她们会怎么嘲笑他啊，想到这个，他就心灰意冷了。

“你怎么了，鲁本，有什么事儿吗？”玛钦特问道，“你的眼神太奇怪了。”

“随便想想，”他轻叩自己的太阳穴，“我在想该怎么写。‘门多西诺海岸上的建筑明珠，自建成以来首次出售。’”

“听起来不错。”她说。又是那令人着迷的口音，独一无二。

“要是我买下这幢房子，我会给它起一个名字，”鲁本说，“你知道的，能体现它精髓的名字。比如说，尼德克角。”

“你真是个小诗人，”她说，“一看到你我就知道。我喜欢你在报纸上写的那些东西，有一种独特的气质。你也在写小说，对吧？你这个年纪的年轻记者应该写小说。要是你没写的话，我会为你感到羞愧的。”

“噢，真是太动听了。”他回答。她笑起来真是美极了，脸庞上每一缕优雅的线条都是那么可爱动人。“上周我父亲才告诉我，我这个年纪的人没什么拿得出手的东西。他是一位教授，要我说，他已经江郎才尽了。自从退休，十年来他一直在修订自己那本‘诗集’。”

你说得太多了，说了太多自己的事儿，太糟糕了。

父亲没准真会爱上这个地方，鲁本心想。没错，菲尔·戈尔丁本质上是个诗人，他一定会爱上这个地方的，没准还会把这个想法告诉鲁本的妈妈，而后者一定会嗤之以鼻。格蕾丝·戈尔丁医生向来务实，她一手规划了一家子的人生。是她替鲁本找到了《旧金山观察家报》的工作，当时他没什么像样的资历，只有个英语文学硕士学位，以及从小到大每年都出国旅行而已。

对于鲁本最近写的那些调查性文章，格蕾丝深感自豪。至于现在这种“房地产广告”，她觉得完全就是在浪费时间。

“你又走神了。”玛钦特说。她搂住鲁本的肩膀，实际上，她笑起来的时候已经亲到他的脸颊了。这样的出其不意吓了他一跳，她柔软的胸部贴着他的身体，丝丝缕缕的浓郁香水味钻进他的鼻子里。

“实际上，我一生中从来没有真正完成过任何一件事。”说出这句话的瞬间，他感到一阵轻松，这令他震惊，“我母亲是一位出色的外科医生，我大哥是位神父。我外祖父在我这个年纪时已经是个跨国房地产经纪人了。可是你看看我，一无所有，默默无闻。我刚进这家报社六个月，我本该先告诉你这事儿的。不过，相信我，我会写出让你喜欢的故事的。”

“胡说八道，”她说，“你的编辑告诉我，你那篇绿叶谋杀案的文章帮他们抓到了凶手。你真是个迷人又谦虚的男孩儿。”

他试图不让自己脸红。为什么他会在这个女人面前吐露心声？他几乎从来不讲这种自谦的话。不过，他觉得在自己和她之间，有一种无法言传的微妙联系。

“那篇绿叶谋杀案的故事只花了不到一天的时间，”他喃喃地说，“我列出的疑点有一半根本就没在报纸上登出来。”

她的眼里闪过一道光芒。“告诉我，你有多大了，鲁本？我38岁了。够坦诚吧？你认识的女人没几个肯承认自己已经38岁了吧？”

“你看起来不像38岁。”他说。他的确这么想。其实他还想说，*要是你来问我，我会说你很完美。*

“我23岁。”

“23岁？你还是个孩子呢。”

当然。“阳光男孩”，女朋友塞莱斯特总是这么叫他。“小男孩”，这是大哥吉姆神父的叫法。母亲现在仍当着别人的面叫他“宝贝儿”。只有父亲一直叫他鲁本，而且会在眼神交汇时专心看他。

爸爸，你真该看看这幢房子！写作、度假、寻找灵感，再没有比这里更好的地方了。

他把冰冷的手揣进口袋，努力忍住寒风吹眼的刺痛。他们开始回头，满怀希望地奔向热咖啡和火炉。

“你这么年轻，个子又这么高，”她说，“鲁本，我觉得你非常敏感，所以才懂得欣赏这个阴郁寒冷的地方。我23岁的时候，只想待在纽约和巴黎，我确实也那么做了。那时候我只喜欢大都市。怎么啦，是我冒犯你了吗？”

“不，当然没有。”他的脸又有点红了，“我说了太多关于自己的事情，玛钦特。别担心，我只是在想怎么写这篇稿子。葱郁的橡树，高高的草丛，潮湿的泥土，地上的蕨类植物，我要把这些东西都记下来。”

“啊，没错，年轻的头脑充满活力，记忆力超群，真是美妙极了，”她说，“亲爱的，我们要在一起待两天呢，对吧？但愿你不要这么拘束。你对自己的年轻有点儿不好意思，对吗？用不着这样。而且，你知道吗，你真是英俊极了，我这辈子从来没见过你这么迷人的男孩子。我是认真的。拥有这样的外貌，你简直不需要别的什么才能了。”

他摇摇头。可惜，她不知道，他最讨厌别人说他英俊、迷人、可爱之类的了。“那要是别人不这么说了，你又会怎么想？”他的女朋友塞莱斯特曾经问他，“你想过吗？听着，阳光男孩，对我来说，你真的又英俊又可爱。”塞莱斯特擅长挑逗他的底线，或许所有的挑逗都有其底线。

“现在我真的冒犯到你了，对吧？”玛钦特问道，“请原谅我。我想，像我这样的凡人，总会不自觉地将你这么英俊的人神化。但是，当然，你之所以如此特别，是因为你拥有诗人的灵魂。”

他们已经走到了石板铺就的庭院的边缘。

空气中有什么东西起了变化。寒风更凛冽了，银色云层后的太阳正在坠入漆黑的深海。

她停了一小会儿，似乎是在歇息，但他不确定。风吹打着她脸庞周围的卷发，她举起一只手搭在眼睛上方，望向大宅高处的窗户，像在寻找什么东西。一阵强烈的遗世独立感淹没了鲁本，这座宅邸如此孤独。

小镇尼德克远在几英里外，而且那座镇子上大概能有……两百位居民？过来的路上，他曾在镇上停留，却发现窄窄的主街道上大部分商店都关门了。加油站的店员告诉他，镇上的小旅馆“永远都在”待售状态。不过没关系，这个国家到处都有手机信号和网络接入点，不必担心这个。

此时此刻，狂风呼啸的庭院背后那个世界仿如虚幻。

“这儿闹鬼吗，玛钦特？”他跟着她望向那些窗户。

“不用闹鬼，”她说道，“这里近几年发生的真事儿就够可怕了。”

“啊，这个我爱听，”他说，“尼德克家的人非同凡响。我总觉得你会找到一位非常浪漫的买家，他会把这个地方改建成一座独一无二、令人无法忘怀的旅馆。”

“想法不错。”她说，“可是鲁本，谁会专门跑到这儿来呢？这里的海滩很窄，路也不好走。红杉林倒是很漂亮，可是加州到处都有漂亮的红杉林，为什么要从旧金山开四个小时的车跑到这里来呢。那座镇子你也看到了，实际上，这里除了你嘴里的‘尼德克角’以外，一无所有。有时候我甚至害怕，这座大宅也许很快就会被拆掉。”

“哦，不！千万别这么想。为什么要拆呢，谁敢——”

她再次挽起他的胳膊，两人踩着脚下的砂岩，绕过他开来的车，走向远处的宅邸正门。

“要是你跟我差不多年纪，我一定会爱上你的，”她说，“如果我年轻时能遇到你这么迷人的男孩子，那现在我就不会单身了。”

“你这样的女士怎么会单身？”他问道。他很少遇到这么自信优雅的人。即使刚刚经历了树林里的跋涉，她看起来依然像罗迪欧大道上那些购物的女士一样整洁优雅。她左腕戴着一条纤细的手链，大概是珍珠的，这件首饰令她随意的手势散发出别样的魅力。他也说不清这是为何。

宅邸西面没有树木，视野十分开阔，原因显而易见。但现在，海面上狂风呼啸，海水闪烁着白日的最后一点波光，灰暗的雾气渐次笼罩。我会把这些情绪都写进去，他心想，还有这诡妙的薄暮时刻。一丝阴影甜蜜地飘落在他的灵魂上。

他想拥有这个地方。如果他们派别人来写这篇文章，事情或许不会发展到现在这样，但他们偏偏派了他。这是怎样的幸运！

“天哪，真是越来越冷了，”他们加快脚步，她说，“我都已经忘记这里的海边降温有多快了。我在这样的天气下长大，可还是总会被它吓一跳。”不过，她再次停下来，抬头凝望大宅高耸的立面，仿佛在寻找什么人，然后她垂下眼帘，望向越来越浓的夜雾。

是的，卖掉这座宅子，她没准会后悔不迭，他想。不过话说回来，也许她是迫不得已。既然她自己不愿意，他又有什么资格强迫她直面这份痛苦？

有那么一刻，他为自己拥有足够买下这幢大宅的钱而深感羞愧，他觉得自己应该撇清点什么，但那样做就太鲁莽了。尽管如此，他仍不由自主地开始思考并梦想。

云越来越暗，压得越来越低，空气非常潮湿。他再次跟随她的视线，望向大宅阴影笼罩的巍峨立面。菱形的窗户闪着微光，大宅背后红杉林高耸，而在东面，海岸上的红杉林如咆哮的巨兽般向远方绵延。

“告诉我，”她开口道，“你在想什么？”

“啊，没什么，真的。我正在琢磨那些红杉，每次看到，我都觉得，比起周围的其他东西，红杉林真是太与众不同了。它们就像一直在喃喃低语，‘你们的种族到达这片海岸之前，我们已经来到了这里；你们和你们的房子消失以后，我们还在这里。’”

她微微一笑，眼中却是不容置疑的悲伤。“说得太对了。费利克斯叔祖父热爱这片森林。”她说，“你知道的吧，这些树是受到法律保护的，不能随意采伐。费利克斯叔祖父一直在监督。”

“谢天谢地，”他低声说，“我看过一些老照片，以前有伐木工在附近采伐，砍倒矗立了上千年的红杉，那场景真是让人不寒而栗。想想看，一千年啊。”

“费利克斯叔祖父也这么说过，一个字都不差。”

“他不会愿意看到自己的房子被推倒的，对吧？”他立刻羞赧起来，“对不起，我不该说这些。”

“噢，但是你说的一点儿都没错。他不会愿意，绝对不会。他深爱这幢大宅。实际上，在失踪之前，他正在修缮这座房子。”

她惆怅而依依不舍地再次垂下眼帘。

“不过我们永远都不会知道了，我真没想到。”她叹息道。

“你是指什么，玛钦特？”

“噢，我是说，费利克斯叔祖父到底是怎么失踪的。”她轻声自嘲，“我们都是如此迷信的造物。真的。失踪！好吧，我相信他确实死了，不光是法律意义上的。但现在，我要卖掉这幢老房子，用这样的方式向他告别。我对自己说，‘好吧，我们永远都不会知道，而他也永远不会再穿过那扇门回来了。’”

“我能理解。”他低声说。事实上，他对死亡一无所知。他的父母、哥哥和女友几乎每天都在以各种方式对他强调这一点。他的母亲没日没夜地待在旧金山综合医院的创伤中心；他的女友每天在地方检察官办公室里处理各种各样的案件，从中见识到人性最糟糕的一面；而他的父亲则能从落叶上看到死亡。

在《旧金山观察家报》，鲁本追踪过两起谋杀案，写过六篇报道。他生命中的两个女人把他的作品夸到了天上，同时又叮嘱他，有的东西你还没有捕捉到。

他想起父亲曾经说过的话。“你很天真，鲁本，但生活很快就会给你应得的教训。”菲尔总是爱说些天马行空的话。昨晚他在餐桌上说："每天我都会想一些宏大的问题。生命有意义吗？还是说一切不过是幻影云烟？是否我们所有人都难逃一死？"

"喂，阳光男孩，什么事儿都没法真正触动你，我知道原因，"后来，塞莱斯特告诉他，"你妈妈总是在吃开胃菜的时候不厌其烦地描述手术细节，你爸爸又只会说那些毫无意义的话。你成长为一个乐天派，我一点儿都不奇怪。事实上，你让我感觉很好。"

那他自己的感觉好吗？一点儿都不好。塞莱斯特有一点很奇怪：她是标准的刀子嘴豆腐心。对律师来说，她简直就是个杀手，工作起来活像个五英尺五寸的火把。但和他在一起的时候，她亲切可爱得要命。她会一边一刻不停地接电话，一边唠叨他的穿着。她的快速拨号列表上存着律师朋友的电话，以备随时咨询他在采访中遇到的问题。但她那张嘴实在有点不饶人。

事实上，鲁本暗自想道，这幢房子里藏着一些我想知道的黑暗悲惨的事情。这幢宅邸让他想到大提琴的乐声，浑厚、丰饶、有一点粗粝，还有一些坚定。这幢房子在对他说话，或者说，若不是家里人的喋喋不休在他耳边响个不停，它就会对他说话。

他感到手机在口袋里振动。他一边继续凝望大宅，一边关掉了电话。

"我的天哪，瞧瞧你，"玛钦特说，"你都冻僵了，亲爱的孩子。我真是太粗心了。来，你必须进屋了。"

"我是在旧金山长大的，"他咕哝道，"我住在俄罗斯山上，从小到大都开着窗户睡觉。这点儿风不算什么。"

他跟着她走上石头阶梯，穿过恢宏的拱形正门。

一走进屋子，甜美的温暖气息就扑面而来。这片空间非常大，天花板很高。昏暗中，黑橡木地板看起来似乎通往无穷远处。

房间正对面是巨大的壁炉，火光明亮，但离这边太远了。大厅里摆着一些旧的长沙发和椅子，影影绰绰几乎看不清形状。

他刚才就闻到了橡木燃烧的气味，他们在山坡上漫步的时候，这样的气味时不时飘来一缕，他很爱闻这股清香。

玛钦特引着他坐到炉边的丝绒长沙发上，宽阔的大理石咖啡桌上摆着一套银质的咖啡器具。

“快暖暖身子。”她一边说，一边走到了炉火旁烤着双手。

壁炉旁摆着巨大的黄铜柴架和围栏，炉膛背面的砖块黑漆漆一片。

她忙忙碌碌地打开不计其数的灯，轻盈的脚步在破旧的东方地毯上几乎悄无声息。

房间里渐渐溢满了令人心情愉悦的光亮。

这里的家具尺寸都很大，不过很舒服。家具上的罩子很旧了，但还能用，间或有几把焦糖色的皮革椅子裸露在外面。有一些笨重的青铜雕塑，不出所料，雕塑的题材都是神话，相当老派。墙上挂着不少沉重的镀金画框，镶嵌着色调暗沉的风景画。

现在，屋子里有些太热了，没过几分钟他就想把围巾和外套都脱掉。

他抬头去看壁炉上方深色的旧木嵌板，矩形周围整齐地镶着一圈卵锚饰雕纹，墙壁上也有类似的嵌板。壁炉旁的书架上放着一些旧书，有皮面的，有布面的，也有平装本。他扭头向右，瞥见远处一间朝东的房间，看起来像是用木嵌板装饰的老式藏书室，他梦寐以求的那种。那个房间里也有壁炉的火光。

“我真是大气都不敢喘了。”他说。他能想象出父亲坐在这里的样子，一边翻阅自己的诗集，一边做着没完没了的笔记。是的，菲尔会爱上这个地方，毫无疑问。这里适合思考那些宏大问题的答案。大家会多么惊讶啊，要是——

妈妈没道理不开心吧？他的父母彼此相爱，但他们就是处不来。菲尔忍受着格蕾丝的医生朋友，格蕾丝觉得菲尔那些学院派老伙计太过无聊。朗诵诗歌总会让她陷入狂躁，她也憎恨他爱的电影。如果他在晚宴上发表什么观点，她就会跟旁边的人换个话题，或者离开房间去拿一瓶酒，要么就开始咳嗽。

当然，她不是故意的。鲁本的老妈并不刻薄。她对自己喜欢的东西充满热情，她深爱着鲁本，他知道，正是母亲的爱给了他许多人不曾享有的自信。她只是没法忍受自己的丈夫。大部分情况下，鲁本完全理解她。

不过，这样的日子越来越难过了，因为他老妈精力十足，永不疲惫，是个使命感强烈的工作狂，而现在的老爸似乎耗尽了心力，老得要命了。塞莱斯特很快跟他老妈成为了朋友（“我们都是奋发努力的女性！”），她们偶尔会共进午餐；不过她不怎么在意“老头子”，这是她的叫法。有时候，她甚至会危言耸听，“喂，你不想以后变得跟他一样吧？”

嘿，老爸，你觉得住在这地方怎么样，鲁本心想。我们可以一起去红杉林里散步，还可以把客房修一修，接待你的诗人朋友。当然，大宅里就有足够的空间，也许你可以搞个定期的研讨会，老妈要是高兴的话也可以来。

估计她永远都不会高兴来。

啊，真见鬼，他完全无法摆脱这样的白日梦。玛钦特正悲伤地凝望着炉火，他本应问她几个问题。“说白了，事情是这样，”塞莱斯特一定会说，“我一周工作七天，而你现在是一名记者，你打算，呃，每天开四小时的车去上班？”

这应该是塞莱斯特最感到失望的地方。他总是那么浑浑噩噩，不务正业。她以火箭般的速度念完了法学院，22岁就通过了律师资格考试；他却因为外语要求而放弃攻读英语文学博士，而且完全没有人生规划。在找到自己想做的事情之前，听听歌剧、读读诗歌和冒险小说，隔几个月就找个借口去欧洲转一圈，开着保时捷超速飙车，这难道不是他的自由吗？他曾经这么问过塞莱斯特，她大笑起来。两个人都笑了。“祝你找到人生意义，阳光男孩，”她说，“我该出庭了。”

玛钦特轻呷着咖啡。“真够烫的。”她说。

她将咖啡注入他的瓷杯，然后朝银质奶油罐和银盘里的方糖堆做了个手势。这一切都如此美好。塞莱斯特肯定会觉得无聊透顶，而老妈估计完全注意不到这些细节。除了准备节日大餐之外，格蕾丝厌恶一切家务活儿。塞莱斯特说过，厨房是用来放健怡可乐的。父亲估计会喜欢——他的老爸对所有礼仪上的事宜了然于胸，包括银器和瓷具、叉子的历史、全世界的节日风俗、时尚的演化、布谷鸟钟、鲸鱼、酒以及建筑风格。私下里，他自称米尼弗·奇维[①]。

不过，重点在于，鲁本喜欢这些东西。他深爱这一切。这是他的天性，所以他一下子就爱上了这座巨大的石头壁炉，包括带涡形纹饰的壁炉架。

---

① 米尼弗·奇维（Miniver Cheevy），19世纪美国诗人埃德温·阿灵顿·罗宾森撰写的叙事诗中主角，代指浪漫、怀旧、希望生活在过去时光的人。——译注（本文中注释如无特别说明，均为译注）

“现在，你的诗人脑瓜里在想什么？”玛钦特问道。

“唔，天花板上的梁真长，估计我这辈子都没见过这么长的房梁。地毯是波斯的，除了那边那块小拜毯，其他的都有典型的花朵图案。还有，这幢房子里没有邪灵。”

“你的意思是‘没有不好的感觉’吧，”她说，“我也这么觉得。不过我相信你能理解，如果继续待在这儿，我就无法挣脱对费利克斯叔祖父的思念和哀悼。他是个了不起的人。一跟你说起他来，回忆便如潮水般涌来，我是说，费利克斯和他失踪的事儿，我从未真正释怀。他动身去中东的时候，我才18岁。”

“他为什么去中东？”他问道，“是去什么地方？”

“一处考古挖掘现场，他老是去这种地方。前一次是去伊拉克，那里发现了一座新的古城废墟，和马里帝国、乌鲁克一样古老。我记不确切具体是怎么回事，不过我还记得，当时他非常激动。他给世界各地的朋友打了很多长途电话，我没太在意。他经常出门，但每一次都会回来。不是去挖掘现场，就是去国外的图书馆看手稿残页，通常是他的某个学生刚刚挖掘出来的，还没正式发表。他资助了学生不少钱，所以他们经常送来新消息。费利克斯活在他自己那个超然而活跃的世界里。”

“他肯定留下了一些文件吧，”鲁本说，“既然他痴迷于那些东西。”

“文件！鲁本，你根本没法想象。楼上的房间里全是这些东西，文件、手稿、活页夹、残破的旧书。要整理的东西太多了，该留下哪些也很头疼。不过，如果房子明天就能卖掉，我打算把这些东西都送到恒温仓库里，再慢慢整理。”

“他是在找什么东西吗，某个特定的东西？”

“呃，就算是在找，他也从来没说过。有一次他说，‘这个世界需要证据。太多东西湮灭了。’不过我觉得这只是泛泛的抱怨。他资助了一些挖掘活动，我知道。他还经常跟一些学考古或是学历史的学生碰头。我记得他们总在这儿进进出出。他愿意提供一些小小的私人基金。”

“那样的生活真棒。”鲁本评论道。

“唔，他有那个钱，现在我很清楚。毫无疑问，他很富有，但是直到这一切发生之后，我才知道他到底有多富有。来，我们到处看看？”

他爱死了那间藏书室。

不过，玛钦特坦白地告诉他，这只是些摆设，从来没有人在这儿写过一封信或是读过一本书。古老的法式书桌光可鉴人，镀金的黄铜把手如黄金般耀眼。桌上放着干净的绿色记事本，直顶到天花板的书架上排满了皮面的经典著作，这样的书要是随便放进背包里或是带到飞机上读，那简直就是亵渎。

20卷本的《牛津英语词典》，古老的《大英百科全书》，沉重的画册、地图集，还有一些旧的大部头，镀金书名已经磨掉了。

让人肃然起敬的房间。他能看到父亲坐在书桌后，凝望花式铅框窗外渐浓的暮色，或是捧着书坐在窗畔的丝绒椅上。大宅东墙上的那排窗户至少有30英尺宽。

现在天色太暗，看不清窗外的树木。要是在清晨，他会早早走进这个房间。如果他买下了这幢房子，他会把这间藏书室留给菲尔。事实上，他可以向父亲描述这里的一切，以此说服他支持自己。他还注意到了橡木地板上错综复杂的拼花，墙上挂着古老的铁路钟。

黄铜杆上垂挂着红丝绒窗帘，壁炉台上方挂着一幅巨大的照片，照片里的六个男人都穿着卡其猎装，背景是香蕉树和其他热带树木。

照片肯定是用胶片拍摄的，细节十分丰富。在如今这个数码时代，只有胶片照片才能放大到这样的尺寸而不至于彻底失真。这张照片没有任何的修饰润色，就连香蕉树的叶子都犹如刀凿斧刻。你能看到男人的夹克上最细微的皱褶和靴子上的尘埃。

照片中有两个男人握着步枪，其他人随意地站着，手里什么东西都没拿。

“照片是我去放大的，”玛钦特说，“非常贵。我不想做什么美化，只是放大了。这幅照片有4×6英尺，看到中间那个人了吗？他就是费利克斯叔祖父。这是他失踪前唯一的一张近照。”

鲁本凑近观看。

照片下方边框处用黑色墨水写着每个人的名字，但他看不太清楚。

玛钦特打开枝形吊灯，现在，鲁本能看清费利克斯的样子了。他一头黑发，肤色很深，站在靠近人群中间的位置，外形十分亲切，个子相当高，双手修长而优雅，和玛钦特一样，就连他温和的笑容里都藏着某种与玛钦特非常相似的东西。毫无疑问，这是个讨人喜欢的男子，和蔼可亲，带着孩子一般的表情：好奇，或许还有热情。很难判断他到底多大年纪，从20岁到35岁左右都有可能。

其他几个人也很有意思，每个人的表情都有点心不在焉，却又带着点严肃，其中一个人独自站在人群左边稍远的位置，身高和其他人差不多，留着黑色的披肩发。要不是穿着猎装夹克和卡其裤子，很容易把他当成旧时西部的野牛猎手。他的脸上焕发着欣喜的光彩——很像伦勃朗画作里那些在神秘的瞬间被上帝之光照亮的梦幻般的人物。

“噢，没错，就是他，”玛钦特颇为戏剧化地叹道，“很特别吧？唔，他是费利克斯的良师密友，马尔贡·斯波瓦。费利克斯叔祖父总是叫他马尔贡，有时候叫他无神者马尔贡，但我完全搞不懂这个外号怎么来的。每次叔祖父这么叫他，马尔贡都会笑。费利克斯说，马尔贡是他们的老师。如果费利克斯有什么回答不了的问题，他就会说，‘唔，也许老师知道。’然后他就会抓起电话打给无神者马尔贡，不管对方当时在哪儿。楼上的房间里有无数张这几位先生的照片——谢尔盖、马尔贡、弗兰克·凡陀弗——都有。他们是他最亲密的伙伴。”

“在他失踪以后，这些人你都联系不上？”

“一个都联系不上。不过可以理解。最开始的时候，大约有一年时间，我们压根儿就没去找他。我们觉得，他随时可能联系我们。有时候他出门的时间很短，但是会一下子消失，毫无音讯。他会跑到埃塞俄比亚或者印度之类的地方，谁都联系不上。有一次，他消失了整整一年半，然后从南太平洋的某个岛上打电话回来，我父亲派了一架飞机去接他。是的，这些人我一个都没找到，包括马尔贡老师，这是整件事最悲伤的地方。”

她叹了口气。现在她看起来很疲惫。然后，她低声补充说：“最开始，我父亲没有太放在心上。费利克斯失踪以后，他拿到了一大笔钱，他从来没那么开心过。我觉得他不想让别人提醒他费利克斯的事儿。‘费利克斯总是那样。’每次我问他，他都这么说。他和母亲希望好好享受那笔新遗产——我觉得应该是哪位姨妈留下来的。”这番痛苦的倾诉似乎把她整个人都掏空了。

他缓缓伸出手，以免惊吓到她，然后他拥抱了她，礼貌地吻了吻她的脸颊，就像她下午吻他时一样。

她转过身在他身上靠了一小会儿，迅速地轻啄了一下他的嘴唇，再次夸他是个迷人的男孩。

“真是个让人心碎的故事。”他说。

“你这孩子真是太奇怪了，这么年轻，又这么沉稳。”

“真希望我能当得起你的夸奖。”他说。

“还有你的笑容。你为什么要把这样的笑容藏起来？”

“我有吗？”他问道，“抱歉。”

“噢，当然有。你说得对，这个故事让人心碎。”她又把视线投向照片，“那是谢尔盖，”她指着照片里的高个子金发男人，他有一双灰蒙蒙的眼睛，仿佛迷失在自己的思绪中，“我觉得他是我最了解的一个，其他人我不太熟悉。最开始的时候，我觉得我肯定能找到马尔贡。可是他留下的电话号码都是亚洲或者中东的酒店。当然，酒店的人认识他，但他们不知道马尔贡去哪儿了。我打遍了开罗和亚历山大每一家酒店的电话，我记得还有大马士革。马尔贡和费利克斯叔祖父在大马士革待过很长一段时间，好像是关于一间古代寺院的什么事儿，新发掘的手稿什么的。事实上，这些东西还放在楼上，我知道在哪儿。”

“古代手稿？就在这里？那可能是无价之宝。”鲁本说。

“噢，大概吧，不过对我来说不是。在我看来，这就是一大堆责任。我该怎么保存这些东西？他希望我怎么处理？他对博物馆和图书馆挑剔得很。他会希望把这些东西送到哪里？当然，他以前的学生很想看看这些东西，他们老是打电话来问，但我必须谨慎处理。这些宝藏应该分类保存，妥善监管。”

“啊，对，我知道，我去过伯克利和斯坦福的图书馆，”他说，“他发表了吗？我是说，他的这些发现都发表了吗？”

“据我所知，没有。”她说。

“你觉得，最后这次旅行，马尔贡和费利克斯在一起吗？”

她点点头。

“不管发生了什么，”她说，“他们俩应该都出了事。我最害怕的是，他们所有人都出了事。”

“他们六个人？”

“是的。因为他们中没有一个人打过电话来找费利克斯。至少，据我所知没有。他们也没有再写过信来，在那之前，他们经常通信。我花了不少时间才找到那些信，上面的地址很混乱，最后发现，所有地址都失效了。重点在于，费利克斯失踪以后，这些人再也没有找过他，一个都没有。所以我担心他们都出了事。”

“这么说，你联系不上他们，他们也没再写过信来？”

“就是这样。”她说。

“费利克斯没有留下出行计划，没有书面文件？”

“噢，没有。也许他写了，可是你看，他写的东西谁都看不懂。他有一套自己的语言。呃，实际上，他们都用这套语言，或者说，我后来发现的一些笔记和信件上也有这种语言。他们不是每次都用，但肯定每个人都懂。那种语言不是英语字母，一会儿我给你看看。几年前，我甚至雇过一位计算机高手来破译它，但毫无收获。”

“真了不起。你知道吗，这些情节会把我的读者迷得神魂颠倒。玛钦特，这完全可以作为旅游卖点。”

“可是你看过以前那些关于费利克斯叔祖父的报道，这些事儿他们早都写过了。”

“可那些文章里只说了费利克斯，没有提到他的朋友。这些细节都没有提到过，我已经想好三段式的框架了。”

“听起来真不错，”她说，“看来你乐在其中。谁知道呢？也许世界上有别的人知道他们的下落。世事难料。”

这个想法真让人激动，可是他知道，不能操之过急。二十年来这场悲剧一直困扰着她。

她领着他缓缓走出房间。

鲁本回望了一眼，那群可爱的先生们在相框里平静地凝视着他。他想，如果我买下这个地方，我绝不会把那张照片取下来。我是说，如果她愿意把照片留给我，或者给我一份复制品。费利克斯·尼德克应该以某种方式留在这幢大宅里，不是吗？

“你不会把这张照片留给买家的，对吧？”

“噢，很可能会，”她说，“毕竟我有小号的。你知道吧，所有家具都包括在内。”他们一起穿过大厅，她做了个手势，“我之前说过吗？来，去看看温室。晚餐时间快到了。菲莉丝耳朵聋了，眼睛也不太好，不过她脑子里的钟很准。”

“我都闻到了，”他说，“真香。”

“有个镇上的姑娘给她打下手。这些孩子似乎愿意连工资都不要，只求能进这座宅子。我快饿死了。”

西边的温室里满是旧的彩色东方花盆，花盆里的植物已经枯死。白色的金属框架撑起高高的穹顶，让鲁本想起灰白的骨架。暗色的花岗岩地板脏兮兮的，正中间有一座干涸的老喷泉。等到早上光线好点的时候，鲁本还得过来看看，现在这里又冷又潮。

“天气好的时候，你可以朝那边眺望，”玛钦特指向一扇法式门，“我记得有一次宴会，人们在这里跳舞，一直跳到外面的露台上。悬崖边上有一排栏杆，费利克斯的朋友们都聚集在那里。谢尔盖·格拉贡唱着俄语歌，所有人都沉醉其中。当然，费利克斯叔祖父非常高兴。他喜欢谢尔盖。谢尔盖是个了不起的人。在大型宴会上，像费利克斯叔祖父这样的人可不多，他那么活泼，而且热爱跳舞。我父亲则暗自抱怨太花钱了。”她耸耸肩，“我会把这儿都打扫干净，本来应该在你来之前就弄好的。”

“我能想象得到，”鲁本说，“温室里放满了盆栽的橘树和香蕉树，高高的榕树枝蔓低垂，也许还有洋紫荆和花朵盛放的藤蔓。早晨，我会坐在这里读报纸。”

她显然很高兴，因为她笑了。

“不，亲爱的，你会在藏书室里读报纸，那才是最适合清晨的房间。夕阳西下，余晖脉脉的时候，你才会来到这里。是什么让你想到了洋紫荆？啊，紫荆。夏天你会在傍晚过来，一直待到太阳沉入大海。”

“我喜欢洋紫荆，”鲁本坦承，“我在加勒比见过。我猜，像我们这样的北方人都痴迷热带气候。有一次，我们住在新奥尔良的一家小旅馆里，就是法国区的那种旅店，那家店的游泳池两边都是洋紫荆，紫色的花瓣漂满了泳池，我觉得那景象再美不过了。”

“你真应该拥有一幢这样的房子。”她说。她的脸上掠过一片阴霾，不过只有短短的一瞬，然后她又微笑起来，捏了捏他的手。

他们走进白色嵌板装饰的音乐室。这间屋子的木地板漆成了白色，玛钦特说，三角钢琴早就被湿气毁掉了，所以他们把它搬走了。

“这座大宅墙上的所有彩绘都是从法国的旧房子里搬过来的。”

“我完全相信。”他欣赏着刻制得极为精美的镶边和褪色的花朵装饰。现在，他找到了说服塞莱斯特的理由——塞莱斯特深爱音乐，常常独自弹奏钢琴。她对弹琴这事儿不太重视，不过在她的公寓里，鲁本偶尔会在小型立式钢琴的乐声中醒来。是的，她会喜欢这里的。

阴影中的宽阔餐厅令人惊艳。

“这根本不是餐厅，”他断言道，“而是舞厅，简直就像宴会厅，我一点儿都没夸张。”

“噢，其实这里曾经开过舞厅，”玛钦特说，“全县的人都来参加舞会。就在我小时候，这里还办过舞会。”

和大房间一样，餐厅主要由深色的嵌板装饰，富有光泽和质感，石膏线在高高的天花板上拼成方格，深蓝的背景上点缀着明亮的星星。大胆的装饰营造出恢宏的效果。

他的心狂跳起来。

他们走到餐桌旁，这张桌子足有20英尺长，安放在光可鉴人的深色地板上，但在宽阔的房间里依然显得渺小。

他们在红丝绒高背椅上对坐下来。

玛钦特身后的墙边斜靠着两幅巨大的狩猎主题木刻，华丽的文艺复兴风格勾勒出猎人和他们的随从。旁边放了不少沉重的银盘和高脚酒杯，还有成堆的黄色亚麻布，可能是餐巾。

在昏暗中，其他大家具若隐若现，似乎有个大壁橱，还有几个旧柜子。

哥特式的黑色大理石壁炉十分壮观，上面绘满了戴着头盔、表情肃穆的中世纪骑士。炉膛很高，炉脚上刻着中古战争的图景。这里肯定可以拍出相当漂亮的照片。

炉火发出轻微的噼啪声，除此以外，房间里唯一的光源来自两盏巴洛克风格的枝形大烛台。

“你坐在桌边的样子就像王子。”玛钦特轻笑道，“看起来，你属于这样的地方。”

“你一定是在开玩笑，”他说，“你在烛光下就像女大公。感觉我们像是在维也纳的狩猎木屋里，完全不像是在加州。”

“你去过维也纳？”

“去过很多次。”他说。他想起菲尔曾带着他穿过玛丽亚·特蕾西亚的宫殿，如数家珍地介绍墙上的彩绘和美丽的珐琅暖炉。是的，菲尔会爱上这个地方。菲尔会理解他。

餐具是奢华的彩釉瓷器，已经旧了，有的还有豁口，但依然很美。他从没用过这么沉重的银质刀叉。

菲莉丝是个干瘪的小个子女人，一头白发，肤色很深，她进进出出，一言不发。村里来的“那个女孩”——她叫尼娜——是个精力充沛的棕发小姑娘，看起来她对玛钦特、餐厅和她用银托盘送上来的每一道菜都心怀敬畏。她紧张得咯咯直笑，深深地呼气，冲着鲁本露齿一笑，然后一溜烟跑出了房间。

“你有了个崇拜者。”玛钦特低声说。

菲力牛排烤得堪称完美，蔬菜新鲜爽脆，少量的油和香草拌的沙拉也很棒。

鲁本喝下的红酒比预计的多一点点，但酒的口感顺滑，带着淡淡的烟熏味，他原本以为这样的气息专属于最好年份的佳酿。他真的不懂红酒。

他吃得像头小猪。他高兴的时候就会这样，现在他很高兴，真的很高兴。

玛钦特说起了这幢房子的历史，其实现在她说的这些他已经研究过了。

她的曾祖父——第一位费利克斯——是位木业大亨，他在这片海滨开办了两家锯木厂，还有一个用于停船的小港口，现在港口已经不在了。他规划了这幢大宅，锯木厂送来木料，一船又一船大理石和花岗石从海路运来，修筑墙壁的石块有的走水路，有的走陆路。

“显然，尼德克家族在欧洲拥有财产，”玛钦特说，“他们在这里也赚了很多钱。”

虽然大部分家族财富属于费利克斯叔祖父，但在玛钦特的少年时期，她的父亲仍拥有镇上的所有商店。在她去上大学之前，大宅南面的海滨地块都被卖掉了，但没什么人在那里修建房子。

“这一切都发生在费利克斯某次长途旅行期间，我父亲卖掉了商店和海边的地皮，费利克斯回来后大发雷霆。我记得他们吵得很厉害，但覆水难收。”她变得悲伤起来，“父亲恨死了费利克斯，我真希望事情不是这样。要不是他那么生气，也许我们会早点开始去找费利克斯叔祖父。这都是很久以前的事了。”

这片庄园依然拥有47英亩土地，包括大宅后面那片受保护的古老红杉林，无数挺拔的橡树，还有西面通往海边的葱郁山坡。森林里有一座老树屋，是费利克斯修建的，离地面很远。“但我的弟弟们说，里面非常豪华。当然，在费利克斯被正式宣布死亡之前，他们本来是不该进去的。”

除了这些众所周知的东西，玛钦特不太了解家族里的其他事儿。尼德克家族与这个国家的历史密不可分。“我想他们在石油和钻石上都有投资，在瑞士也有财产。”她耸耸肩。

和弟弟们一样，她的信托基金由纽约的管理者进行常规投资。

费利克斯叔祖父的遗嘱公布后，玛钦特得到了美国银行和富国银行里的一大笔钱，多得超乎预期。

“所以，你根本不需要卖掉这幢宅院。”鲁本说。

“为了自由，我需要卖掉它。”她说完这句后，停了下来，闭上眼睛，一秒钟后，她的右手握成一个小小的拳头，捶了捶自己胸口，“你看，我需要确定，这件事过去了。还有我的弟弟们，”她的神色和声音都变了，“我需要钱来收买他们，让他们不要争夺费利克斯的遗产。”她轻轻耸了耸肩，看起来十分悲伤，“他们想要‘自己的那份’。”

鲁本点点头，但他其实并不明白。

我要试着买下这个地方。

现在，他明白了自己的心意。无论这件事有多困难，无论这幢大宅要花多少钱去修缮、保养、维护，有时候，你就是无法抗拒。

但当务之急不是这个。

她终于说到了夺走她父母生命的那场意外。他们从拉斯维加斯飞回来，她的父亲是一位出色的飞行员，这条航线他们飞过上百次。

“他们可能根本不知道出了什么事儿，”她说，“在浓雾中，他们一头撞上了电塔，太不幸了。”

当时，玛钦特26岁。费利克斯已经失踪了8年，她成了两个弟弟的监护人。“我觉得是我搞砸了，”她说，“事故发生以后，他们再也回不到从前的样子了。从那以后，他们开始酗酒、吸毒，结交声名狼藉的朋友。我当时想回巴黎，所以一直没怎么陪他们。于是他们就一路堕落下去了。”

玛钦特的两个弟弟相差一岁，出事那年他们一个16岁，一个17岁，要好得像是一对双胞胎。他们俩有自己的沟通方式，一个洋洋得意的笑，一句看似不经意的嘲讽，几个字的耳语，彼此就已心领神会，旁人很难插得进去。

“几年前，这个房间里还有几幅漂亮的印象派油画，”她说，“我弟弟趁着菲莉丝一个人看家的时候偷溜进来，把画偷走贱卖了。我生气极了，可是于事无补。后来我发现他们还偷走了一些银器。”

“你一定十分沮丧。”他说。

她笑了起来。“确实如此。悲剧在于，那些东西再也找不回来了，可那两个小鬼头又得到了什么？他们在索萨利托狂欢滥饮，闹得进了警察局。”

菲莉丝悄无声息地进了房间，她看起来有些弱不禁风，不过收拾餐桌的动作依然很利索。玛钦特走出去付钱给“那个女孩”，旋即回到餐厅。

“菲莉丝一直都跟你在一起吗？”鲁本问道。

“噢，是的，以前还有她儿子，不过他去年去世了。当然，他是大宅的管家，什么事儿都归他管。他很讨厌我那两个弟弟，因为他们把客房点着了两次，还撞坏了不止一辆汽车。他去世以后，我又雇过几个人，不过都没什么下文。现在这里没有管家，只有住在路那头的老高尔顿先生帮我们打理日常事务。你可以在文章里写一下，高尔顿先生非常了解这座大宅，包括外面的森林。我会带菲莉丝一起走，这里没有其他事情要处理了。”

她停下来，等菲莉丝送上餐后甜点，覆盆子雪利酒盛在水晶杯里。

“菲莉丝是费利克斯从牙买加带回来的，”她说，“当时他还买回来了一批牙买加的古玩和艺术品。他每次出远门总会带回来一些东西——奥尔麦克人的雕塑，巴西的殖民地风格油画，甚至还有制成木乃伊的猫。回头你可以看看楼上的陈列室和储藏室，里面还有成箱的古代黏土板——”

“黏土板？你是说真正的美索不达米亚古黏土板？楔形文字，巴比伦，那样的东西？”

她笑了。“是的。”

“那可是无价之宝，”鲁本说，“光是这些就够写一篇文章了。我一定得看看。你会让我看的，对吧？你看，我不会把所有东西都写进文章里，那会冲淡主题，我们的目的是把房子卖掉，但是……”

“我会给你看所有东西的，”她说，“我很乐意，实际上，乐意得让我自己都有些惊讶。现在跟你谈到这些事儿，我竟然感觉踏实，不再觉得虚无缥缈。”

“也许我能帮上忙，正式或者非正式的。在伯克利的时候，我暑假里研究过一点儿这方面的东西。”他说，“是我妈的主意。她说，要是我儿子不想当医生，那好吧，至少他得当个有教养的男人。她替我报了几个游学团。”

“而且你喜欢这类东西。”

“我不够有耐心，”他坦承，“但我确实喜欢。我在土耳其的恰塔霍裕克待过一段时间——那是世界上最古老的遗址之一。”

“噢，我知道，我去过那个地方，”她说，“那地方真是不可思议。”她的眼睛亮了起来，“那你去过哥贝克力石阵吗？”

“我去过，”他说，“从伯克利毕业之前的那个夏天，我去了哥贝克力石阵，还给杂志写过一篇文章，我得到现在这份工作还跟那篇文章有点关系。真的，我喜欢瞻仰这些宝藏。我很愿意出点力，我是说，如果你愿意的话。单独写一篇报道，怎么样？为费利克斯·尼德克的这些遗产做个专题，我们可以等到房子卖掉以后再发表，你觉得这个主意怎么样？”

她思考了一会儿，表情十分平静。“这简直超乎我的预期。”她答道。

发现她也对这些东西感兴趣，他有些激动。以往，当他高谈阔论自己的考古之旅，塞莱斯特总会打断他的话：“我是说，呃，这有什么可吸引你的，鲁本？你能从这些发掘中得到什么？”

“你有没有想过当医生，就像你妈妈一样？”玛钦特问道。

鲁本笑了。“我记不住那些科学的东西，”他说，“我可以长篇大论地引用狄更斯、莎士比亚、乔叟和司汤达，却永远搞不清弦论、DNA或者太空中的黑洞之类的。我不是没有试过，但我就是不可能成为医生，而且，我一看见血就晕。”

玛钦特也笑了，但不是嘲讽的那种。

“我母亲是创伤中心的外科医生，她每天要做五六台手术。”

“你没有投身医学，她一定很失望。”

“有一点，她对我大哥吉姆更失望。吉姆当了神父，这对她而言真是个很大的打击。当然，我们是天主教徒，但母亲做梦也没想到这种事，我倒是有一套理论来开解她，你知道的，心理学什么的，但实际上，吉姆是一位出色的神父。他在旧金山田德隆区的古比奥教堂工作，还主持一间面向无家可归者的慈善食堂。他比母亲还勤奋，他们俩是我认识的人里工作最努力的。”塞莱斯特仅次于他们俩，不是吗？

他们又谈到了考古挖掘。鲁本从来就不太在意细节，他不会仔细检查陶器的碎片，但他确实热爱那些东西。现在，他迫不及待地想看楼上的黏土板。

他们又聊了点别的——玛钦特的“失败”，她如此自嘲；她的弟弟们对这些毫无兴趣，无论是大宅，还是费利克斯本人，以及费利克斯留下的东西。

“事故发生以后，我六神无主。”玛钦特说。她站起来，踱向壁炉，捅了捅炉子，火光重新明亮起来。“他们已经换过五所寄宿学校，每次都被开除，不是因为酗酒，就是因为嗑药，要么就干脆是倒卖药品。”

她回到桌边，菲莉丝悄无声息地又送上了一瓶美酒。

玛钦特的声音低沉，或许只有在最信任的人面前她才会这样吐露心声。她继续说了下去。

“我想，这个国家里，每一家康复中心他们都去过了，”她说，“还去过几家国外的。他们很清楚，应该跟法官说什么话就会被送进康复中心，而进去以后，他们也明白该跟治疗师说什么。至于如何骗取医生的信任，他们已经成了这方面的大师。当然，出来之前他们还会尽量多弄点儿精神科的药。”

她猛地抬起头来。“鲁本，这个千万别写进去。”她说。

“放心，我绝对不会写。”他答道，“可是玛钦特，大多数记者都不能信任。你知道吧？”

“大概吧。”她回答。

“我大学时的一个朋友死于吸毒过量。我和我女朋友就是因为那事儿认识的，她叫塞莱斯特，是他的妹妹。他什么都不缺，可就是迷上了毒品，最后像条狗一样死在酒吧的厕所里，对此，我们完全无能为力。”

有时候他觉得，正是威利的死把他和塞莱斯特绑到了一起，或者，至少曾经把他们绑到一起过。从伯克利毕业后，塞莱斯特进了斯坦福法学院，学位刚念完，她就通过了律师执业资格考试。毫无疑问，威利的死让她的人生多了一丝沉重，就像小调里的伴奏。

“我们不知道人为什么会走上那条路，”鲁本说，“威利才华横溢，但他是个瘾君子。他的朋友都走过了那个阶段，只有他困在了里面。”

“没错，就是这样。我弟弟嗑的药我肯定都试过，但不知道为什么，我就是不上瘾。”

“我也一样。”他说。

“当然，费利克斯把所有东西都留给了我，他们非常生气。可是他失踪的时候他们还小，要是他能回来，他肯定会更改遗嘱，照顾他们的。”

“他们没有得到你们父母的遗产吗？”

“噢，当然有。还有祖父母和曾祖父母的。但是他们飞快地花光了那些钱，举办几百人参加的大型派对，资助完全不可能成功的瘾君子摇滚乐队。他们总是喝得醉醺醺地开车，车撞得不成样子，奇怪的是，人却毫发无伤。总有一天他们会惹上人命，或者丢掉自己的命。”

她说，只要宅子卖出去，她就会分给他们很多钱。这不是她的义务，但她会这么做。这笔钱会交给银行，每次只发一点点，以免他们挥霍，就像挥霍以前那些遗产一样。但他们不喜欢这个主意。他们对大宅没什么感情，要不是怕惹麻烦，费利克斯的藏品早就被他们偷光了。

“事实上，他们并不知道宅子里大部分宝藏的真正价值。他们总是时不时地打破一面钟，或者偷点小东西。但他们最主要的手段是恐吓。你知道的，半夜里喝得醉醺醺的，打电话来威胁说要自杀，所以我迟早会给他们写一张数额不小的支票。他们忍受我的说教、眼泪和建议，无非是为了钱。一拿到钱，他们就溜去加勒比、夏威夷、洛杉矶之类的地方，继续花天酒地。他们最近似乎打算进军色情业，正在栽培一位年轻的女演员。要是她还没到法定年龄，他们说不定会因此进监狱，我们的律师觉得结果必然如此，但我们都表现得像还有希望似的。”

她的视线茫然地扫过房间，他难以想象她此时的心情。他知道自己看到这些东西的时候有什么感受，他永远都不会忘记此刻烛光中她的模样。因为喝了酒，她的脸微微有些发红，嘴唇娇艳欲滴，炉火在她雾蒙蒙的眼中跳动。

“我真正揪心的是，他们对任何事情都没有兴趣，无论是费利克斯，还是别的任何东西——音乐、艺术、历史，所有这些，对他们都毫无意义。”

“我无法想象。”他说。

“这正是你难能可贵的地方，鲁本。你不像其他年轻人那么冷酷无情、玩世不恭。”她的眼神仍然游移不定，飘向阴影中的餐边柜，大理石的壁炉台，最后再次落在铁质的枝形圆吊灯上，吊灯没有点亮，粗短的蜡烛上蒙了一层灰。

“这间屋子里有很多美好的回忆。”她说，“费利克斯叔祖父答应过要带我去很多地方，我们做过计划。他要求我必须先上完大学，然后我们出发去环游世界。”

“要是大宅卖掉了，你会不会很伤心？”鲁本问道，他知道自己有些鲁莽，“好吧，我有点醉了，但不是很厉害。但是，真的，你会后悔吗？你怎么可能不后悔呢？”

“这里的一切都已经结束了，亲爱的孩子，”她回答，“真希望你能看看我在布宜诺斯艾利斯的房子。不，我不会后悔。这次回来对我而言是一次朝圣之旅。现在，我对这里再无牵挂，只有未了的事务。”

他突然想说，*听着，我要买下这个地方。玛钦特，你随时都可以回来，爱住多久都行。*太荒谬了。母亲会怎样嘲笑他啊。

“来，”她说，“已经九点了，你能相信吗？我们上楼去看看，要是看不清，那就等白天再说。”

他们巡视了一排古意盎然的卧室，墙上贴着壁纸，老式浴室里铺着地砖，装着柱盆和四爪浴缸。房间里美国的旧物多不胜数，也有一些欧洲的古物，每间卧室都宽敞舒适，尽管敝旧褪色、尘土遍地、寒气逼人，却仍让人觉得亲切。

最后，她打开了通往“费利克斯另一间藏书室”的门，这间书房同样很大，房间里摆着黑板和布告牌，还有一墙又一墙的书。

“二十年来，这里的东西一件都没有动过。”她指着各式各样的照片、剪报、布告牌上业已褪色的笔记和黑板上的字迹说道。

“真令人难以置信。为什么呢？”

“因为菲莉丝觉得他会回来。很多时候，我也坚信这一点。我什么都不敢动，当发现弟弟们溜进来偷了这里的东西后，我简直气疯了。”

“我看到那些双重锁了。”

“是的，被他们捅开了，还有警报系统。不过我觉得，我不在的时候，菲莉丝压根儿就没打开警报。”

“这些书是阿拉伯语的，对吧？”他沿着书架浏览，“啊，这又是什么语言，我完全认不出来。”

“我也不知道，”她说，“他懂很多种语言，他希望我也学习，但我没那份天赋。他什么语言都学得会，我甚至觉得他会读心术。”

“啊，这是意大利语，肯定没错，这是葡萄牙语。”

他在书桌边停下了脚步。“这是他的日记吗？”

“呃，算是日记吧，或者工作笔记什么的。我觉得他走的时候应该带着最新的那本日记。”

蓝色格纹的日记里写着看不懂的语言，只有日期是英文的：1991年8月1日。

“正好是他走的那天。”玛钦特说，“你觉得这是什么语言？我请人研究过，他们有几种不同的看法。基本可以肯定的是，这是一种中东语言，但源头并不是阿拉伯语，至少不直接来源于阿拉伯语，而且里面充满了谁都不认识的符号。”

“太费解了。”他喃喃自语。

墨水池已经干了，旁边放着一支钢笔，笔身上刻着金色的名字：费利克斯·尼德克。桌上的相框里还是那几位先生，但这张照片的场面比楼下那张正式，男人们头戴花环，手握高脚酒杯，容光焕发——费利克斯亲热地搂着金发灰眼的谢尔盖，无神者马尔贡温和地向镜头微笑。

“这支笔是我送给他的。”她说，“他喜欢钢笔，喜欢钢笔划过纸张的声音。笔是在旧金山的冈普家居饰品店买的。没事，你可以碰，如果你愿意的话。只要原样放回去就好。”

他犹豫了。他想碰的是那本日记。他感到一阵不可抑制的冲动，仿佛来自另一个人，或者另一个人格，他分不太清楚。照片里的男子那么快乐，俏皮地挤着眼睛，黑发仿佛是被风吹得乱蓬蓬的。

鲁本环视房间——挤得满满当当的书架，贴在灰泥墙上的旧地图，最后，他的视线回到了书桌上。他觉得自己对这个男人产生了一种奇怪的爱，或许可以称之为迷恋。

“正如我所说，只要有合适的买家，这些东西我都会尽快收走。所有摆设早已拍照存档，每个书架，每张书桌，每块布告牌的照片我都有，目前这也是我手上唯一的物品清单。”

鲁本凝视着那块黑板。当然，粉笔字迹已经褪色，留下的只有刮痕。但上面写的是英语，他能读出来，他真的读了：

“‘他曾是众人的宠儿

王室的荣耀，独一无二的星辰；

节日的火炬，熏香的蜡烛，熊熊的篝火都曾为他点亮，

过去与未来，所有的光芒与荣耀，仿佛都已凝入这颗宝石，等待在某一刻闪亮。’”

“你读得真美，”她低声说，“我从没听过别人大声朗诵这段话。”

“我见过这段话，”他说，“以前读到过，我敢肯定。”

“真的？从来没有人这么说过。你在哪儿读到的？”

“等一等，让我想想。我知道这是谁写的。没错，纳撒尼尔·霍桑，那篇故事叫作《古董戒指》。”

“哦，亲爱的，真是太好了。请稍等。”她开始在书架上翻找，“这里，这是他最爱的英语作家。”她从书架上抽出一本有些破旧的皮面精装书，书页边缘镀着金粉。她开始翻查起来。“噢，鲁本，你真了不起。是这段，没错，用铅笔做了记号！要是没有你，我永远不可能找到它。”

鲁本接过她手里的书。他的脸因为高兴而有些发红。

“真让人激动，我的英语文学硕士学位头一回派上用场。”

“亲爱的，你受到的教育早晚会派上大用场，”她说，“谁都没法否认这一点。”

他翻阅着书本。书上有很多铅笔做的记号，那些奇怪的符号又出现了，笔迹很潦草，表明这种语言十分复杂抽象。

她的微笑看起来十分亲切，或许是桌上那盏绿罩台灯带来的错觉。

“我应该把这座宅子送给你，鲁本·戈尔丁，”她说，“如果我真送给你的话，你有能力维护它吗？”

“完全没问题，”他说，“但你不必把它送给我，玛钦特，我会买下它的。”哦，他终于说出来了。现在，他的脸又红了。但他欣喜若狂。“我得回一趟旧金山，跟我父母谈谈，还有我的女朋友，我得争取他们的理解。但我能够并且愿意买下它，如果你乐意的话。请相信我，从我到达的那一刻开始，我就在想这件事儿了。我一直在想，如果我没有买下它的话，我会后悔一辈子。听着，玛钦特，如果我买下了大宅，这里的大门永远向你敞开，无论昼夜。”

她的微笑云淡风轻，看起来近在咫尺，却又仿佛十分遥远。

“你有自己的财产，对吧？”

“是的，一直都有。不像你的那种财产，玛钦特，不过我确实有财产。”他不想谈论那些细节——为家族留下财富的房地产巨头，在他出生前早已安排好的信托基金，诸如此类。可是母亲和塞莱斯特会发出怎样的咆哮啊！格蕾丝每天都像个穷光蛋一样努力工作，她希望自己的儿子同样如此。就连菲尔也以自己的方式辛勤劳作了一辈子。吉姆为神职放弃了他拥有的一切。而他呢，他现在要用自己的钱来买这幢宅子。不过他不在乎。塞莱斯特永远都不会原谅。但他完全不在乎。

“我已经猜到了，”玛钦特说，“你是一位有身份的记者，没错吧？啊，我知道了，你对自己拥有这么多财产深感愧疚。”

“只有一点点愧疚。”他咕哝了一声。

她伸出右手，轻触他的左颊。她的嘴唇动了动，但没有说话。她的眉头微微皱了起来，但声音依然那么温和轻快。

“亲爱的孩子，”她说，“如果有一天，你写了一部关于这幢房子的小说，你会把它命名为《尼德克角》的，对吗？也许你还会在小说里以某种方式纪念我，你知道的。你觉得有这个可能吗？”

他向她靠近一点。“我会写，你拥有美丽的烟灰色眼睛，”他说，“和柔软的金发。我会写，你长长的脖子像天鹅一样优雅，你的手势美如飞鸟的翅膀。我会写，你的发音那么精准，声音清脆如银铃。”

我会写的，他心想。有一天，我会写出有意义的精彩文字，我能做到。我会把它献给你，因为你是第一个让我觉得自己能做到的人。

“谁也无权说我没有天赋，没有才华，没有激情……”他喃喃道，“为什么你年轻的时候总有人跟你说这些？太不公平了，不是吗？”

“是的，亲爱的，这不公平，”她说，“但奇怪的是，你为什么会听信。”

突然间，所有的责骂声都从他脑海里消失了，这时候他终于意识到，那些话一直在他心里回响，每时每刻他都能听到。*阳光男孩，宝贝儿，小男孩，小弟弟，小鲁本，你懂什么死亡，你懂什么痛苦，你怎么会这么想，你怎么会干这种事儿，为什么，你对所有事情都是三天打鱼*……此刻，这些声音都不见了。他看到了自己的母亲，他看到了塞莱斯特，看到了她生动的脸庞和棕色的大眼睛。但现在，他不再听到那些声音了。

他向前吻了玛钦特，她没有躲开。她的嘴唇纤弱得像孩子一样，他心想。虽然他从未真正吻过一个孩子，因为他自己还是孩子。他又吻了她一次。这一次，她有些不一样了，当他意识到这一点后，激情点燃了他的身体。

突然间，他感觉到她的手放在他肩头，轻柔地推开了他。

然后她转到一边，低下头去，像是在调整呼吸。

她牵起他的手，领着他走向一扇紧闭的门。

他确信这扇门通往卧室，他已经下定了决心。他不在乎塞莱斯特知道了会怎么想，他不可能放过这个机会。

她带着他走进一间黑暗的房间，打开一盏光线昏暗的灯。

然后他才慢慢意识到，这似乎不光是一间卧室，还是一间陈列室。底座上，厚重的书架上，地板上，到处都摆放着古老的石像。

床是伊丽莎白式的，应该是来自英国的古老物件，雕花木百叶镶成的隔板可以关起来抵御夜晚的寒冷。

绿丝绒的旧床罩有些发霉，但他已经什么都不在乎了。

2

他从沉睡中醒来。浴室的门开着，透出一缕微光。浴室门钩的衣架上挂着一件厚厚的白色毛圈绒浴袍。

他的皮包放在附近的椅子上，睡衣、个人用品和明天穿的干净上衣已经拿出来了，但没有拆开。裤子和脱下来的袜子也已叠好。

他记得自己把包留在了车里，车没有锁。这意味着她在暗夜里独自出门替他取回了包，他有些难为情。但他现在心情愉快，情绪松弛，这点小思绪很快就被他抛诸脑后。

此刻，他仍然躺在丝绒床单上，枕头的丝绒套已经去掉了，他急切间胡乱踢掉的鞋子整整齐齐地摆在椅子脚下。

他躺了很长时间，细细回味和玛钦特的缠绵，思索自己为何如此轻易就背叛了塞莱斯特。其实不算轻易。这一切发生得迅速而冲动，但绝不轻易，而且愉悦美妙得超乎预期。无论从哪种意义上说，他完全不后悔。他觉得这是一件值得永远铭记的事情，而且比他一生中做过的绝大多数事情重要得多。

他会告诉塞莱斯特吗？鲁本说不准。他肯定不会猛地把这件事儿丢到塞莱斯特面前，而且他心里十分清楚，她会寻根究底。这意味着要和塞莱斯特谈很多很多东西，各种事实与假定，其中包括最糟糕的真相：和她在一起的时候，他总是自卑而戒备，这让他筋疲力尽。人们喜欢他给《旧金山观察家报》写的文章，她为此深感惊讶，这样的反应让他备感受伤。

现在，他觉得自己获得了新生，内心有一些兴奋，一些内疚，还有一些悲伤。他完全没有考虑过玛钦特有可能再次邀他共赴云雨。事实上，他能确定，她不会。想到她对自己曲意俯就，也许还叫了他“漂亮男孩”，他就逃也似的退缩了。缠绵中她似乎呢喃过这样的字句，当时这没问题。但现在有问题了。

啊，对于这样的转折他非常意外，这件事似乎与这幢房子、费利克斯·尼德克以及整个尼德克家族的秘辛融为了一体。

他起身走进浴室。他的剃须套装已经打开了，就放在大理石盥洗池旁，镜子下方的玻璃架上放着他可能用到的洗漱用品，一切都像高级酒店一样周到。向西的窗户帘幕低垂，要是在白天，也许能看到窗外的大海或者悬崖，他不太确定。

他冲了个澡，刷了牙，换上睡衣，披上浴袍，穿上鞋子，迅速地整理了床罩，把枕头拍打松软。

这一晚的头一回，他看了看手机，发现有几条短信：母亲两条，父亲一条，大哥吉姆一条，塞莱斯特五条。呃，这时候不适合回复。

他把手机揣进浴袍口袋，四下里环顾着房间。

这里简直就是座宝库，虽然有些凌乱，但看得出来，主人已经试图尽量保持整洁。有黏土板，没错，脆弱的陶制黏土板，薄得让他不敢触碰。他能看到上面细小的楔形文字。有许多雕像，玉的、闪长岩的、石膏的，有些是他熟悉的神祇，有的闻所未闻；雕花的盒子里塞满了各种纸张或织物；成堆的硬币随意摆放，有一些可能是珠宝。还有书，很多很多书，仍然是那些神秘的亚洲语言，也有欧洲语言。

这里有全套的霍桑小说，也有一些近代小说，他有些惊讶，又有些兴奋——詹姆斯·乔伊斯的《尤利西斯》被翻得很旧，里面夹满了笔记标签，还有海明威、尤多拉·韦尔蒂和赞恩·格雷的作品。房间里的藏书还包括古老的鬼怪故事，来自那些优雅的英国作家，譬如M.R.詹姆斯、阿尔杰农·布莱克伍德和谢里顿·勒范努。

他不敢碰这些书。有的书页已经脱落，最旧的平装本已经散开了。但那种奇怪的感觉再次袭来，对费利克斯的理解和爱恋，既甜蜜又痛苦，就像他小时候迷恋凯瑟琳·泽塔·琼斯和麦当娜，觉得她们是世界上最美丽性感的人。这样的欲望简单而纯粹，鲁本渴望了解费利克斯，拥有费利克斯，走进费利克斯的世界。但费利克斯已经死了。

他脑子里冒出一个狂想。他要和玛钦特结婚，他要和她一起住在这里。为了她，他会让这幢房子重新焕发生机。他们会一起整理费利克斯的文件，也许他会写下这幢大宅的历史，还有费利克斯的个人史，他会写成那种专业性的大部头，里面搭配昂贵的大幅插图，这样的书不会登上畅销榜，但自有其价值。天知道，他自己就收藏过这样的书。

现在，他开始批驳自己的白日梦了。事实上，尽管他深爱玛钦特，但他目前还不想结婚，无论对象是谁。但是那本书，也许他可以写那本书，玛钦特也许能助他一臂之力，就算她回了南美。也许这件事会把他们俩紧紧绑到一起，让他们成为挚友，创造出一段令他们两人都受益匪浅的亲密关系。

他走出房间，在二楼徘徊了片刻。

然后，他沿着大宅背面的北走廊踱了下去。

很多房间的门没有关，他看到了几间小型藏书室和陈列室，和他刚刚待过的那间十分相似。这些房间里也有古黏土板，哦，简直让他神为之夺。还有小雕像，甚至还有羊皮纸卷，他努力控制自己伸手触碰的欲望。

东走廊上有不少漂亮的卧室，其中一间装饰着耀眼的黑金色东方壁纸，另一间的壁纸则是红色和金色夹杂的条纹。

最后，他又绕回了大宅西面。这里显然是玛钦特的卧室，就在费利克斯卧室的正上方。他在门口停留了一小会儿，房间里的窗帘和床饰都是白色蕾丝的，玛钦特的衣服堆在床尾，但她现在不在这里。

他想爬到阁楼上看看，西走廊两边都有向上的楼梯。但玛钦特并没有跟他交代过阁楼的事情，所以他没有上去。他也没有打开那些关着的房门，虽然他想得要命。

他爱这幢大宅，爱成对的烛形壁灯，爱无处不在的花冠木质雕纹，爱深色的木质踢脚板和黄铜把手的沉重房门。

大宅的女主人去哪儿了？

他走下楼梯。

他先是听到了她的声音。他走进厨房，看到她就在旁边的办公室里，她的周围摆着传真机、复印机、电脑显示屏和成堆的杂物，她正拿着座机低声打电话。

他不想偷听，事实上，他根本听不清她在说什么。现在她穿着一身白色的便服，衣料十分柔软，上面装饰着层层叠叠的蕾丝和珍珠，她顺滑的直发如阳光下的缎子一般闪着微光。

看到她紧握话筒的手和额头眉间的光彩，他便感到一阵尖锐而痛苦的渴望。

她转过身来，一看见他，她就露出笑容，做了个稍等的手势。

他转身走开。

老妇人菲莉丝在大宅里穿梭关灯。

当他再次回到餐厅，这里已经漆黑一片，只有壁炉里的余烬还闪烁着零星的微光。前面的房间已经陷入了彻底的黑暗，他能看见老妇人沿着走廊向前，挨个关掉壁灯的开关。

最后，她往回走，路过他的身旁，走进厨房，这里的灯光也熄灭了。玛钦特还在打电话，菲莉丝没有和她交谈，径自走了出去，鲁本也回到了楼上。

二楼走廊的边桌上还有一盏小台灯亮着，除此以外，只剩下玛钦特的卧室里透出的灯光。

他在楼梯顶端坐下来，靠在墙壁上。他想在这里等她，他知道，她很快就会回来。

他突然醒悟到，他愿意竭尽全力，只求这个夜晚与她共度。他迫不及待地想要拥抱她，亲吻她，将她留在怀中。只要与她共眠便已足够，因为她是如此陌生，如此与众不同，而又如此温柔，如此自信，如此热情如火，他从未在塞莱斯特身上体验过这样的激情。无论从哪个方面来说，她都绝不像个中年女人。当然，他知道她的年纪，但她的身体紧致又甜蜜，塞莱斯特则略显强壮了一点。

这些原始的念头突如其来，他不喜欢。他回想起了她的声音，她的眼睛，他爱她。塞莱斯特会理解吧。更何况，塞莱斯特曾经两次背着他和前男友暗通款曲。对于那两次“灾难”，塞莱斯特十分坦诚，他们也达成了谅解。事实上，塞莱斯特经受的痛苦比鲁本更甚。

但他觉得，塞莱斯特会因此觉得对他有所亏欠，而玛钦特这个年纪的女人完全不会惹起她的妒火。塞莱斯特既漂亮又魅力四射，她会原谅他的。

鲁本睡着了。他睡得很浅，甚至他以为自己还醒着，但他的确睡着了。他的身体非常放松，他知道自己很久以来都没有这么快乐过。

3

一声巨响。玻璃碎裂。他惊醒了。灯都灭了，他什么都看不见。他听到了玛钦特的尖叫。

他冲下台阶，急切地摸索着宽阔的橡木栏杆。

黑暗中，一声声凄厉的尖叫，还有不知从何而来的光，引导着他的方向，他终于推开了厨房的门。

眼前闪过一束手电筒的亮光，他还没来得及闭眼，就已经被人扼住了喉咙向后猛推。他的脑袋撞在墙上，对方紧扼住他的咽喉。手电筒滚落在地。狂怒之下，他猛地屈膝顶向袭击者，双手探向对方的脸。他的左手揪住了一绺头发，右手握拳击中了那人的眼睛。袭击者怒吼一声，松开了鲁本的喉咙。但另一个手持电筒的人影又朝他冲来。鲁本看到金属的闪光，感到锋利的刀刃刺进了自己的肚子。他从没有这么愤怒过。那两个人对他拳打脚踢，他感觉鲜血不断从自己体内涌出去。然后他又看到了刀锋的闪光。他竭尽全力挥出一拳，用肩膀顶开一名袭击者，向前冲了出去。

然后他感觉刀刃又刺中了他。这次是左臂。

影影绰绰的走廊里突然传来一串闷响，听起来就像是猛犬的咆哮。袭击者在尖叫，还有动物的撕咬声和咆哮声。鲁本滑倒在自己的血泊中。

在很久很久以前，鲁本见过狗打架，当时的场景他已经不记得了——因为战斗发生得太快、太激烈，谁也看不清楚，但他还记得那咆哮声。

现在他听到的正是那种声音。他看不见那只狗，也看不见袭击者。他感觉到了那只野兽踩在他身上的重压，然后袭击者的尖叫声消失了。

那头动物吁吁地喘着粗气，咬住了鲁本的头，尖牙刺进了他的脸颊。鲁本感觉自己被叼了起来。他胡乱挥舞着手臂，脸上的痛楚比肚子上的刀伤更厉害。

突然，它松开了强壮的下颚。

他脸朝下摔到了一名袭击者身上。一瞬间，周围安静下来，只剩下那只动物沉重的呼吸声。

他试图移动，却发现腿根本不听指挥。有什么沉重的东西压在他背上，是那头野兽的爪子。

"上帝啊，救命！"他喊道，"我的上帝，求求你。"

他睁不开眼睛，意识逐渐坠入无尽的黑暗，但他强迫自己保持清醒。

"玛钦特！"他大喊。黑暗再次吞没了他。

周围一片寂静。他知道那两个人已经死了，他知道玛钦特也已经死了。

他翻过身来，努力将手伸进浴袍右边的口袋。他的手指已经握住了手机，但他仍耐心等待，直到确信周围真的空无一人。然后他把手机举到眼前，摁亮了小小的屏幕。

黑暗如潮水般涌来，心怀恶意地想把他从安全的洁白沙滩上卷走。他强迫自己睁开眼睛，但手机已经从他手中滑落。他的手太湿了。他转头寻找，黑暗再次袭来。

他拼尽全力。“我快要死了。”他呢喃道，“他们死了，都死了。玛钦特死了。我也快死了，我必须求救。”

他摸索着手机，但手指所及之处只有湿漉漉的地板。他用左手捂住腹部的伤口，感觉到鲜血从指缝间涌出。这样的大出血必死无疑。

他挣扎着向右翻身，艰难地靠着右膝跪坐起来。他立刻晕了过去。

某处传来声音。

轻微的风声。

这声音就像黑暗中一缕闪光的游丝。

是幻觉吗？还是在做梦？抑或是濒死前的幻象？

他从未想过，死亡是如此安静，如此悄无声息，如此容易。“玛钦特，”他喃喃低语，“对不起，真对不起！”

又传来一阵呢喃，他听到了，黑暗中的第二缕游丝。两缕游丝般的声音缠绵飘荡，越来越近。然后出现了第三缕细声。

想象一下。

现在这些声音离他很近，闪光的丝线交缠飘落，就像有人耐心地将它们收了起来。然后他听到了玻璃的碎裂声。

他感觉自己飘了起来，被黑暗所吸引。*哦，我的朋友，你们来得太晚*。其实事情没有那么悲惨，真的。一切都来得很快，而且激动人心。*你要死了，鲁本*。他放弃了挣扎，也放弃了希望。

有人来到他的身边。光束在他头顶纵横交错，沿着墙壁滑落。真美。

“玛钦特，”他低语，“玛钦特！他们抓住了她。”他没法清晰地发声，他的嘴里满是液体。

“别说话，孩子，”跪在他身旁的男人说道，“我们会竭尽全力照顾她。”

可是他知道，无论是此前的寂静无声，还是现在这个男人悲伤的语调，这些都在告诉他：对玛钦特来说，已经为时太晚了。那个可爱而优雅的女人，他认识她还不到一天，她已经死了。她当时就已死去。

他听到了对讲机传来的沙沙声，有人把他抬上了担架，他们在奔跑。

“玛钦特。”他说。救护车车厢里的光晃得他睁不开眼睛。他不想离开她。他恐慌起来，但他们压住了他的身体，然后他晕了过去。

4

在门多西诺急诊室的两个小时里，鲁本时而清醒，时而昏迷。接着，一架救护飞机将他送到了南边的旧金山综合医院，迎接他的是格蕾丝·戈尔丁医生和她的丈夫菲尔。

鲁本绝望地挣扎着，拘束带把他的身体紧紧绑在医用轮床上，疼痛和药物让他失去了理智。

“他们不会告诉我到底发生了什么！”他对自己的母亲咆哮，格蕾丝立刻去请来了警察向他解释案情。

警察表示，唯一的问题在于鲁本用了太多药，没法回答问话。此刻，他们想问的问题比鲁本还多。不过，是的，玛钦特·尼德克已经死了。

塞莱斯特打通了门多西诺当局的电话，她带来了更多细节。

玛钦特被刺了16刀，其中10处创口有致命可能。她在几分钟内就死了，甚至可能是几秒钟内。就算她感觉到了痛苦，那必然也非常短暂。

事发以来，鲁本头一回心甘情愿地闭上眼睛。他睡着了。

他醒来时，病房里有一位便衣警察。尽管药物让他的言辞含混不清，但他仍主动承认，他的确与“死者”发生了亲密关系。是的，他愿意接受DNA测试。他知道法医的解剖会揭露一切。

他尽可能说出了自己记得的东西。不，他没有打过911电话，他的手机掉到了地上，找不回来。但如果电话是从他的手机打出去的，那么打电话的人肯定是他。

（“谋杀，谋杀。”他曾反复念叨这个词，听起来完全不像是他会说的话。）

塞莱斯特希望他不要再说下去。他需要一位律师。他从没见过她这么紧张，如此接近崩溃边缘。

“不，我不需要。”鲁本坚持，“我不需要律师。”

“因为脑震荡的关系，”格蕾丝说，“你不会记得所有事。能记住这么多已经堪称奇迹了。”

“‘谋杀，谋杀’？”他低语，“我说过这样的话？”

他清晰地记得自己挣扎着寻找手机，结果没能如愿。

尽管止痛药让他有些昏昏沉沉的，但鲁本仍发觉母亲似乎受到了极大的震动。她穿着惯常的绿罩袍，红发打理得整整齐齐，蓝色的眼睛又红又肿，充满疲惫。他感觉到她的手微微痉挛，就像她正躲在自己内心深处一个谁也看不见的地方发抖。

24小时后，他被转移到了私人病房。塞莱斯特带来了新消息，凶手是玛钦特的两个弟弟。面对这起骇人听闻的惨案，她明显斗志昂扬。

那两兄弟开着一辆偷来的车去了大宅。他们戴着假发、面罩和手套，摸进大宅背面的仆人房，用短棒敲死了老管家，然后切断了大宅的电源。大宅的后门没上锁，他们从后门闯进餐厅，显然是想伪装成游荡的吸毒者随机作案。

他们在厨房里抓住了玛钦特，就在她的办公室外面。警方在她的遗体附近找到了一把小手枪，枪柄上只有她的指纹，但这把枪完全没有开过火。

是什么动物杀死了那两兄弟？目前，这仍是个谜题。现场没有发现任何可提供帮助的痕迹，那头野兽的撕咬十分野蛮，两兄弟几乎立刻就送了命。但那到底是什么动物，警方目前仍不清楚。

一些当地人坚称，那是一头雌性美洲狮，关于它的骇人传说在那附近的小镇上流传已久。

鲁本什么都没说。他仿佛又听到了当时的咆哮，感觉到了利爪踩在自己背上。他猛地打了个寒战，无助感与听天由命的想法再次浮上他的心头。*我要死了*。

“我快要被他们逼疯了，”格蕾丝表示，“他们一会儿说是狗的唾液，一会儿说是狼的，现在他们又告诉我，咬痕可能来自人类。实验室分析结果肯定有问题，只是他们不愿意承认。显而易见，他们压根儿就没好好检测伤口。总而言之，鲁本头上和脖子上的伤口既不是人类干的，也不是美洲狮干的。简直荒唐透顶！”

“但它为什么停了下来？”鲁本问道，“为什么那两个人被咬死了，我却活着？”

“如果它得了狂犬病，那它的行为就没有什么规律可循，”格蕾丝解释，“虽然连熊都可能得狂犬病，但美洲狮不会。可能有什么东西转移了它的注意力。我们不知道当时的情况，我们只知道，你还活着。”

她继续唠叨，控诉警方居然完全没有找到毛发或皮毛样本。“你应该清楚，现场肯定会留下动物纤维。”

鲁本耳边又响起了那咻咻的喘息声，然后是一片寂静。他当时没有闻到属于动物的气味，但肯定感觉到了动物的毛发，毛很长，可能属于一条狗，或是一头狼，没准真的是美洲狮。但他没有闻到美洲狮的气味。美洲狮应该有气味吧？

护理人员彻底清理了鲁本的伤口，对此，格蕾丝很感激。但这还不够。警察完全可以从死者的创口取样，搞清楚那头动物到底有没有得狂犬病。

“呃，格蕾丝，他们首先要处理的是杀人案，”塞莱斯特表示，“而不是狂犬病。”

“好吧，但我们必须考虑狂犬病的可能性，而且我们已经开始预防疗程了。”她向鲁本保证，绝对没有老式的方法那么痛苦，只需要在28天内接受一系列注射就行。

狂犬病一旦出现症状，基本上立即致命，所以鲁本别无选择，只能立即开始预防。

鲁本不在乎。腹部尖锐的疼痛，头疼得要裂开，脸上像被碎冰锥扎过似的刺痛，他都不在乎。抗生素带来的恶心反胃他也不在乎。

他唯一在乎的是，玛钦特死了。

他一闭上眼，玛钦特的音容笑貌就浮现在眼前。

他无法接受，玛钦特就这么死了，死得这么突然，而他还活着。这完全不像是真的。

直到第二天，他们才让他看电视新闻。门多西诺县的人们谈论着每隔几年就会出现的狼袭事件，还有人说那片地区有熊出没，但老宅周边的居民信誓旦旦地说肯定是美洲狮干的，从去年开始，他们一直在找它。

问题在于，不管那是什么动物，谁都找不到它的踪迹。他们正在彻底搜查整片红杉林，有人宣称在晚上听到了号叫。

号叫。鲁本还记得那低沉的咆哮，那头野兽袭击两兄弟时暴烈的喘息，就像它的杀戮无法在寂静中完成，就像那声音是它力量的一部分。

继续治疗，继续吃止痛药，继续用抗生素，鲁本完全不记得时间到底过去了多久。

格蕾丝觉得没必要做整形手术。“我是说，撕咬伤恢复的情况很好，而且你腹部的刺伤也愈合良好。”

“他吃的都是有利于康复的好东西，”塞莱斯特说，“他的妈妈可是一位杰出的医生。”她朝格蕾丝挤挤眼睛。她们俩愉快相处让鲁本感觉十分良好。

“没错，而且她还会做饭！”格蕾丝说，“不过康复情况真是好得超乎预期。”她的手指轻抚鲁本的头发，随后又轻柔地触碰他的脖子和胸膛。

“怎么了？”鲁本低声问道。

“我不知道，”格蕾丝心不在焉地回答，“这么说吧，你不需要再静脉注射维生素了。”

鲁本的父亲坐在病房的角落读着沃尔特·惠特曼的《草叶集》，他时不时说一句，“你还活着，儿子，这是最重要的事。”

也许一切都在好转，但鲁本的头痛愈演愈烈。他从未真正睡着过，一直半睡半醒，而且他不小心听到了一些不太明白的话。

是格蕾丝的声音，她似乎在和别的医生交谈。“我看到了变化，我是说，我知道，这和狂犬病毒无关。当然，没有证据表明他感染了狂犬病，但是，呃，你可能会觉得我疯了，但是我发誓，他的头发比以前浓密。你知道的，咬痕，呃，我了解自己儿子的头发，他的头发变浓密了，还有他的眼睛……”

他很想问她，你到底想说什么，但在半睡半醒间，这个念头很快淹没在其他无数痛苦的思绪中。

鲁本躺在床上思索。如果药物真能麻痹知觉，那应该是件好事，但事实并非如此，它让你变得迟钝、迷茫，让你更容易被痛苦的回忆所侵袭，让你焦虑不安，无法确定哪些事情是真实的，哪些是谵妄的幻觉。你会被轻微的声音吓得一激灵，甚至气味都会让你从不安的浅睡中惊醒。

吉姆神父每天会匆匆来访几次。他总是来得很晚，通常是刚处理完教堂的什么事儿。他时间很紧，每每只来得及告诉鲁本，你看起来好多了，康复得真快。但鲁本从兄长的脸上读出了某种陌生的表情，像是一丝恐惧。吉姆一直是弟弟的保护伞，但现在似乎不止于此。“不过，我得说，”吉姆说，“对于刚刚经历了这类事情的人来说，你的情况简直好得过分。”

在鲁本允许的范围内，塞莱斯特对他的照料简直无微不至。她的干练简直超乎想象。她用吸管喂他喝健怡可乐，给他掖被子，一遍又一遍地帮他擦脸，扶着他在病区周围散步。她一次又一次地溜出去打电话给地方检察官办公室，然后一遍又一遍地向他保证，没什么可担心的。她高效干练，平心静气，而且永不疲惫。

“护士投票选你当病区里最帅的病人，”她告诉他，“我不知道她们给你用了什么东西，不过我发誓，你的蓝眼睛比以前更深邃了。”

“那不可能，”他说，“眼睛的颜色不会变。”

“也许什么药就能做到。”她说。她总是盯着他看，虽然她尽量避免眼神交汇，但她的确一直在观察他的眼睛。这让他有点不自在。

鲁本还在想着那头神秘的动物。

“你真的只记得这么多？”站在病床边的比莉·卡莱问他。比莉是他的编辑，《旧金山观察家报》的幕后天才。

“真的。”鲁本努力抵抗着药物的侵袭，试图让自己表现得清醒一些。

“所以那不是美洲狮，你能确定这一点？”

“比莉，我说过了，我什么都没看见。”

比莉是个矮胖的女人，白发整洁，行头昂贵。她的丈夫从州参议院退休后资助她开办了这家报纸，给了比莉第二次充实人生的机会。她是一位杰出的编辑，懂得为手下的每一位记者寻找独特的风格并倾力培养。她一直很欣赏鲁本。

“我真的没看见它。”鲁本说，“但我听到了它的声音，听起来像是一只大狗。我不知道它为什么没有咬死我，也不知道它为什么会出现在那里。”

这才是最关键的问题，不是吗？那头动物为什么会闯进大宅？

“呃，那对疯子兄弟砸毁了餐厅半面墙的窗户，”比莉说，“你真该看看照片。那俩可真够浑蛋的，竟用这样的手段谋杀自己的亲姐姐和小屋里的老管家。我的上帝。听着，等你好了，你一定得关注这个案子。顺便说一句，我觉得你看起来已经康复得差不多了。他们给你用了什么好东西？”

“我不知道。”

“好吧，期待下次再见。”她一阵风似的走掉了，就和来的时候一样。

终于有机会和塞莱斯特独处的时候，鲁本主动坦承了自己和玛钦特的纠葛。不过当然，她已经知道了。就连报纸都登了，这对鲁本是很大的打击，塞莱斯特知道。

“没有那么糟糕，”她说，“忘掉这件事就好。”她这样安慰他，就像受委屈的是他似的。

鲁本再次拒绝了塞莱斯特聘请律师的建议。他为什么需要律师？他被暴徒袭击，还被捅了几刀，没送命只是因为奇怪的好运。

不过，他很快就发现自己错了。

案发之后第五天，鲁本还在医院里，伤口几乎完全愈合了，但预防性的抗生素仍让他精神不振，就在这时候，他得知，玛钦特修改了遗嘱，把大宅留给了他。

修改遗嘱的时间大约在她死前一小时，她打电话给旧金山的律师，然后传真了几份签字的文档，其中一份由菲莉丝见证，证明玛钦特口头陈述将大宅赠送给鲁本·戈尔丁，所有税费由她承担，鲁本分文不花。她还安排了12个月的预付地产税和保险。

她甚至还为两个弟弟分别留了一笔钱，作为“卖掉”大宅的分红。

警方在她的办公桌抽屉里找到了所有文件，还有一张写着“给鲁本”的单子，上面列出了当地的小贩、服务人员和供应商。

她最后一个电话打给了布宜诺斯艾利斯的男朋友，说自己回家的时间会比预计的早。

玛钦特打完这个电话的7分30秒后，当地警局接到了911报警：“谋杀，谋杀。”

鲁本震惊了。

听到消息后，格蕾丝疲惫地坐了下来。“真是个累赘，对吧？”她问道，“这房子怎么卖得掉。”

塞莱斯特低声说：“我觉得很浪漫。”

玛钦特的遗嘱的确引发了警方的疑问。戈尔丁家的律师事务所迅速介入。

但没人真正怀疑鲁本。他家境优渥，没有任何违法记录，就连超速罚单都没收过。他的母亲是一位国际知名、广受尊敬的医生。而且他险些丧命，袭击者捅向他胃部的那刀险些伤到关键器官，他的喉部有严重瘀伤，脑部受到震荡，而且那只不明动物差点儿就撕开了他的颈静脉。

塞莱斯特向他保证，地方检察官办公室十分清楚，谁也不可能伪造出这样的伤口。此外，那对兄弟有作案动机，警方已经找到了他们的两个同伙，对方承认自己听过他俩谈论这个计划，但他们以为那两兄弟只是在吹牛。

鲁本出现在现场的理由非常充分，玛钦特通过《旧金山观察家报》的编辑比莉和他预约了这次会面，没有任何证据表明玛钦特修改遗嘱不是出于自愿。

他躺在医院的病床上，反反复复考虑着所有事情。每当他累得快要睡着的时候，就发现自己又堕入了那一刻——他慌张地冲下楼梯，试图赶在那两兄弟之前找到玛钦特。她是否知道袭击者是自己的弟弟？她有没有看穿他们？

他在窒息中惊醒，全身每一块肌肉都因绝望的奔跑而疼痛。脸部和腹部的疼痛更是汹涌而来，他按下注射维柯丁的按钮，再次堕入噩梦。

不断有声音吵醒他。别的病房里有人在哭喊。一个女人在怒气冲冲地跟女儿吵架。“让我死，让我死，让我死。”他凝视着天花板，听着那个女人的号叫。

他敢发誓，这家医院的通风口一定有问题，所以他才会听见下面的楼层有人打跑了一个袭击者。他还能听到车经过的声音，以及越来越嘈杂的人声。

“药物带来的幻觉，”他母亲说，“你得学会习惯。”她调整着输液管流量，里面的药是她坚持要用的。

突然，她低头盯着他：“我想再给你做点测试。”

“上帝，到底是为什么？”

“你可能觉得我疯了，宝贝儿，但我发誓，你眼睛的颜色的确变深了。”

“妈，求你了，你刚才还说我是药物幻觉。”他没告诉母亲，塞莱斯特说过一样的话。

也许我终于有了忧郁独特的相貌，他自嘲地想，变得深沉了一点。

她紧盯着他，就像完全没听到他说的话。“你知道吗，鲁本，你简直太健康了。”

的确如此，所有人都这么说。

他大学时代的挚友莫特·凯勒来看望过他两次。鲁本知道这有多么难得，凯勒正在准备英国文学博士学位的答辩。这正是鲁本放弃的学业，至今，他仍感到愧疚。

“你看起来比以前还好。”莫特说。他的眼眶下面挂着眼袋，衣服皱巴巴的，还有点脏。

其他朋友也打来了问候电话——以前的同学、报社的同事等。他不是很想说话。但他们的关心的确让人愉快，鲁本也懂他们的意思。住在希尔斯伯勒的表亲也打来了电话，不过鲁本告诉他们不必赶来。格蕾丝在里约热内卢工作的弟弟送来了一篮布朗尼蛋糕和饼干，多得够全病区的人分享。菲尔的姐姐住在帕萨迪纳的疗养院里，她病得太重，不适合听到鲁本出事的消息。

从个人角度来说，塞莱斯特完全不在乎鲁本和玛钦特的桃色韵事。面对调查的警官，她斗志昂扬。

“你说什么？他强奸了她，然后她走到楼下，手写了一份遗嘱附录，送给他价值500万美元的财产？然后那个女人还给律师打了整整一个小时的电话来安排这件事？拜托，难道这里会动脑子的人只有我一个吗？”

面对媒体，塞莱斯特也是同样的口径。他从电视上看见她连珠炮似的回答着记者的问题，褶边白衬衫和黑色套装气势逼人，蓬松的棕发衬出她容光焕发的脸庞。

总有一天她会成为法律界的传奇，他心想。

等到鲁本能进食以后，塞莱斯特从北滩给他送来了通心粉蔬菜汤。她戴着他送的红宝石手镯，涂了一点点和宝石同色的唇膏。为了舒缓他的心情，这段时间她一直精心打扮，他很清楚。

“听着，我很抱歉。”他说。

“难道你觉得我不能理解这种事吗？浪漫的海岸，浪漫的大宅，浪漫的成熟女性。忘掉这件事吧。”

“也许你才应该当个记者。”他喃喃自语。

“啊，阳光男孩的招牌笑容终于回来了，我还以为是幻觉。”她的手指轻柔地抚过他的脖颈，“你看，这些伤口已经痊愈了，简直就像是奇迹。”

“你真这么觉得？”他想吻她，想亲吻她光滑的脸颊。

他睡着了。他闻到了烹调食物的香味，然后是另一种芬芳，某种香水。那是他母亲常用的。这之后是医院特有的各种气味。他睁开眼。他能闻到用来清洁墙壁的化学品的味道，就好像在他的脑子里每种气息都有独特的个性与色彩。那种感觉就像是解读某种密码。

远处传来那个濒死的女人恳求女儿的字句，“关掉那些机器，求求你。”“妈，没有什么机器。”女儿回答，然后她哭了起来。

护士进来的时候，他打听了一下那对母女的事情。他有一种奇怪的感觉——这个他不敢告诉护士——那个女人想从他身上得到点什么。

“这个病区没有你说的那两个人，戈尔丁先生，”护士肯定地回答，“也许是药物带来的幻觉。”

“呃，他们到底给我用了什么药？昨天晚上我好像听到了两个人在酒吧里打架的声音。”

几小时后，他再次醒来，发现自己正站在窗边。静脉注射的针头已经从他手臂上扯落，他父亲正窝在椅子里打盹。塞莱斯特在远处的什么地方打电话，她的语速很快。

“我是怎么跑到这里来的？”

鲁本很不安。他想走一走，想快步飞奔。不是像平常那样，拖着挂输液瓶的架子沿着走廊散步，而是走出医院，冲上大街，或是跑进森林，奔上陡峭的小径。行走的欲望是如此强烈，被困在病房里令他感到痛苦。这样的冲动来得非常突然。他看到了玛钦特大宅周围的树林，不，现在是我的大宅。我们从未在那里并肩漫步，她还有那么多东西没来得及给我看，他想道。那些古老的红杉，那些树木是世界上最古老的活物之一。最古老的活物。

现在，那片森林是他的了，他成了那片森林的守护者。神秘的力量涌上他的心头。他开始走了起来，迈着轻盈的脚步穿过走廊，经过护士站，迈下楼梯。是的，他穿着薄薄的病号服，背后有系扣。感谢上帝。不过当然，他不可能在夜里跑到街上晃悠。但这样的感觉真好，他一步步迈下楼梯，走下一层又一层。

突然，他停了下来。有声音。他听见细碎的声响，音量很低，完全听不清楚，但的确存在，像水面的涟漪，又像拂过树丛的微风。在非常非常遥远的地方，有人在尖叫求助。他站在原地，抬手搭在耳朵上努力倾听。是的，一个男孩的尖叫。去找他！不是在医院里，是在别的什么地方。到底在哪里呢？

穿过医院门厅的时候，他被勤杂工拦了下来。他脚上什么都没穿。

“天哪，我不知道自己怎么跑到这里来了。”他十分尴尬，但工作人员友善地把他送回了楼上。

“不要打电话给我妈。”他不安地恳求。塞莱斯特和菲尔在病房里等他。

“儿子，你打算不告而别？”

“爸爸，我很焦躁，我不知道自己脑子里在想些什么。”

第二天清晨，他在半睡半醒之间听到母亲正在谈论给他做的测试。

“这毫无道理，23岁的成年男性突然人类生长激素暴涨？还有他血液里的那些钙和酶。是的，我知道这不是狂犬病，当然不是，但我很想知道实验室是不是搞错了。我希望他们全部都重做一遍。”

他睁开眼，病房里没有人，一片寂静。他起床，冲了个澡，刮掉胡子，然后低头看了看腹部的伤口。伤疤几乎已经看不出来了。

他又接受了一些测试。没有发现任何脑震荡的痕迹。

“妈，我想回家！”

“不急，宝贝儿。”

还需要做一个非常复杂的检查，能找出身体任何部位最细微的感染。这需要45分钟时间，他必须一动不动地躺着。

“我也能叫你宝贝儿吗？”护士低声问他。

一小时后，格蕾丝和实验室技术人员一起进来了。

“他们居然把以前取到的所有样本都弄丢了，你能相信吗？”她看上去生气得要命，“这回他们最好别出岔子，我们不打算再给谁DNA样本了。要是他们再搞砸，那就是他们的问题。这种事儿来一次就够了。”

“搞砸了？”

“他们就是这么跟我说的。北加州出现了实验室危机！”她交叠双臂，冷冷地看着技术人员抽了他一管又一管血。

快到周末的时候，格蕾丝已经快要为鲁本神奇的康复速度抓狂了。白天的大部分时间里，鲁本都在到处走动，或是坐在椅子里阅读这起惨案的新闻报道。尼德克家族，神秘而狂躁的动物。他想要自己的笔记本电脑。当然，他的手机还在警察手里，所以他要了部新的。

他的第一个电话打给了自己的编辑，比莉·卡莱。“我不喜欢充当那些报道里的主人公，”他说，“我要自己写一篇。”

“我们正盼着呢，鲁本。用电子邮件发给我，就这么说定了。”

他的母亲走了进来。是的，如果他坚持的话，现在可以出院了。“我的天哪，看看你自己，”她说，“你真的需要剪头发了，宝贝儿。”

格蕾丝的一位医生好友来了，他们站在走廊里交谈。“实验室的人又搞砸了，你能相信吗？”

长头发。鲁本下床走进浴室，凝视着镜子里的自己。唔，毫无疑问，他的头发的确很长，比以前茂密，乱蓬蓬的。

事发后头一次，鲁本想到了神秘的无神者马尔贡和他的及肩长发。在玛钦特家藏书室壁炉上方的那张照片里，他见到了那位可敬的先生。也许鲁本也能留长发，就像那位引人注目的无神者马尔贡一样。呃，至少可以留一会儿。

他笑了起来。

一踏进俄罗斯山上的家门，他立即冲向自己的书桌。私人护士为他测试各种数据的时候，他已经打开了笔记本。

惨案已经过去八天了。今天的旧金山格外晴朗，时间刚过正午，海湾碧蓝如洗，整座城市暴露在摩天大楼玻璃幕墙反射的白光中。他走出房间，来到阳台上。冷风吹拂，鲁本深深吸了一口气，虽然他一直不喜欢这样的冷风。

终于回到自己家，待在熟悉的壁炉和书桌旁，他真的很高兴。

他写了足足五个小时。

按下电子邮件发送键的时候，他对自己的详尽报道十分满意。不过他知道，由于药物的作用，他的回忆可能不够清晰，写作的节奏也有问题。“请酌情删改。”他在邮件中写道。比莉知道该怎么处理。多讽刺，作为别人口中“最有前途的记者”，他却成了其他报纸的头条主角。

早上醒来时，他想到了一件事，于是打了个电话给自己的律师西蒙·奥利弗。“尼德克家的那幢宅子，”他说，“里面所有的个人物品，尤其是费利克斯·尼德克的个人动产和文件，请帮我做一份报价。”

西蒙劝他耐心一点，一步一步来。以前鲁本从未干涉过他的业务。为什么要这么急？斯潘格勒外公（格蕾丝的父亲）才刚去世五年，你为什么要急着花钱？鲁本打断了西蒙的说教。他想要所有曾经属于费利克斯·尼德克的东西，除非玛钦特做过其他安排。然后他挂断了电话。

我说话的风格不是这样的，鲁本心想。但他不是有意冒犯，他只是太急于敲定这件事了。

那天下午，把文章发给《旧金山观察家报》以后，鲁本迷迷糊糊地睡着了。半睡半醒间，他看到窗外的旧金山湾渐次被浓雾笼罩。奥利弗的电话吵醒了他，尼德克家的律师非常欢迎他们。玛钦特·尼德克曾谈到过自己的苦恼，她不知该如何处理费利克斯·尼德克留下的东西。尼德克家的律师想知道戈尔丁先生是否愿意就大宅内的所有物品及所有附属建筑给出报价？

“当然愿意，”鲁本回答，“所有东西，家具、书、文件，诸如此类。”

之后，鲁本闭上眼，哭了很久。

“玛钦特，”他喃喃低语，“美丽的玛钦特。”

护士进来查看了一下，但她明显不想打扰鲁本，悄悄地又退了出去。

他告诉护士自己很想喝牛肉汤，“你能开车去帮我买点，呃，你知道的，真正够味的新鲜牛肉汤吗？”

“好的，没问题，”她回答，“我去商店买。”

“太棒了！”他说。

护士的车还没开上马路，他已经穿好了衣服。

趁着菲尔没发现，他偷偷溜出家门，沿着山坡一路跑向下面的海湾。他满怀欣喜地感受着扑面而来的风和脚下传来的震动。

事实上，他感觉自己的双腿前所未有的强壮。在床上躺了这么多天，他本以为腿脚会有些僵硬，但现在，他一路冲刺，毫无问题。

当他发现自己来到了北滩的时候，天已经黑了。他跑过餐馆和酒吧，观察着擦肩而过的人们，感受到一种古怪的疏离，就好像他能看到别人，别人却看不见他一样。当然，事实上别人能看到他，但他完全没有被人观看的那种感觉，这是一种全新的体验。

在这一生中，他一直很在意别人怎么看待自己。他实在太过引人注目，这令他不适。但现在，这不重要了。他就像变成了隐形人，这让他感到前所未有的自由。

他走进一间灯光昏暗的酒吧，挑了张靠近吧台尽头的高脚凳坐下，点了一杯健怡可乐。他不在乎酒保怎么想，这是有生以来第一次。

他一饮而尽，咖啡因在他脑子里嗞嗞冒泡。

他开始透过玻璃门观察外面的路人。

一个男人走进来，坐在离鲁本几张凳子外的位置。他的块头很大，眉骨凸出，身穿深色旧皮夹克，右手上戴着两枚硕大的银戒指。

这个男人身上带着某种非常邪恶的东西，他俯身探向吧台的样子，他问酒保要一瓶啤酒的语调，都散发着好勇斗狠的气息。

男人猛地发难了。“怎么着，看我不爽？”他向鲁本挑衅。

鲁本平静地看着他，完全不急于回答。

男人突然站起身来，怒气冲冲地离开了酒吧。

鲁本继续冷静地看着。在理智上，他知道那个男人发怒了。通常情况下，你应该尽量避免陷入这样的局面：激怒酒吧里的大块头。但这些都不重要。他思考着自己看到的小细节。那个男人对某件事心怀羞愧，非常羞愧，光是活着对他而言就是一种折磨。

鲁本离开了酒吧。

天已经完全黑了，灯火闪亮，车流如织，街上的行人更多了。周围笼罩着寻欢作乐的气息，迎面而来的是一张张的笑脸。

可是他马上听到了声音，来自远处的声音。

有那么一瞬间，他陷入了凝滞。在什么地方，有一个女人正在和男人搏斗。那个女人很愤怒，但是也很害怕。男人威胁她，女人开始尖叫。

鲁本凝固了，他全身肌肉绷紧，站在原地，努力捕捉着声音的来源，却毫无头绪。然后他慢慢意识到，有人在向他靠近。是酒吧里的那个讨厌鬼。

“还想找麻烦？”男人咆哮，“娘炮！”他伸手推搡鲁本的胸口，但鲁本纹丝不动。鲁本挥出右拳，正中男人鼻子下方，男人踉踉跄跄地跌出人行道，摔进了路边的水沟里。

周围的人纷纷倒抽一口凉气，望着他们两人窃窃私语，指指点点。

男人有点儿回不过神来。鲁本看着他，冷静地观察他的震惊，观察他抬手擦拭鼻血，后退几步，险些撞上车流，然后蹒跚走开。

鲁本低头看了看自己的手。没有血迹，感谢上帝。

但他突然产生了一股无法抑制的冲动，他想好好洗一洗手。他走到街边，拦了一辆出租车径直回家。

这一切一定意味着什么。就在几天前，他连两个吸毒的恶棍都打不过，险些丢了小命；可现在，他轻而易举地打倒了一个大块头，要是在两周前，这样的对手准能吓得他魂飞魄散。并不是说他是个懦夫，他只是和所有男人一样清楚：如果某个壮实的家伙比你重75磅，手臂比你长半英尺，看起来还十分好斗，那你最好别招惹他。不要跟这种暴力男作对。赶紧逃跑。

好吧，现在不是这样了。

这一定意味着什么，但他无力深究，他仍在回味所有细节。

到家的时候，格蕾丝已经歇斯底里了。

“你跑到哪里去了？”

“出去了一趟，妈，你以为呢？”他反问，然后走到电脑旁说，“看，我得开始工作了。”

“这是怎么回事，”她激动地挥舞着手臂，说话都有点结巴了，“迟到的青春期叛逆？我是说，现在到底是怎么回事，难道你整个人都进入了第二次青春期？”

他的父亲从书本中抬起头来。

“儿子，你确定你愿意花20万美元购买尼德克家的个人物品？你真是这么交代西蒙·奥利弗的？”

“很便宜了，爸，”他回答，“我只是在做玛钦特希望我做的事情。”

他开始写作。*啊，我忘了洗手。*

他走进浴室，开始搓洗。手的感觉不太对劲儿，他张开手指。上帝，这不可能。他又仔细检查了另一只手。比原来大。他的手变大了，毫无疑问。他没戴戒指，如果戴了，那他早就该发现了。

他走到衣柜旁，拽出一双驾驶皮手套。戴不上了。

他站在原地，回忆着所有不对劲儿的地方。他的脚已经痛了一整天。他原本觉得不太要紧，当时他正享受着全新的感受，脚痛不过是一点儿小烦恼，但现在，他明白了那疼痛的真正意味。他的脚也变大了，没有大很多，只有一点点儿。他脱下鞋子，现在感觉好多了。

他走进母亲的房间，她正站在窗边，双臂抱胸，专注地看着他。我也是这么看别人的，他想道。她盯着他仔细端详。不过她不会用这样的目光审视所有人，只是在我面前才这样。

“人类生长激素，”他说，“他们在我的血液里发现了这个。”

她缓缓点头。

“从医学上说，你现在是个青少年，仍处于发育阶段，这个状况很可能持续到你30岁。所以在你睡觉的时候，你的身体还会分泌人类生长激素。”

“所以我可能会再次经历发育高峰期。”

“可能有个小高峰。”她隐瞒了某些事情，这完全不像是她。

“出什么问题了，妈？”

“我不知道，宝贝儿，我只是很担心你，”她回答，“我希望你一切都好。”

“我很好，妈妈。从来没有这么好过。”

他回到房间，扑倒在床上睡着了。

第二天晚饭后，他的兄长找到了他，问他能否单独谈谈。

他们爬上了屋顶天台，但外面太冷了。几分钟后，他们就回到了起居室的壁炉前。起居室很小，和俄罗斯山这座房子里的其他房间一样，但朝向很好，而且很舒适。鲁本坐在父亲的皮椅上，吉姆坐在沙发上。吉姆穿着“神父制服”，他如此自称，实际上就是黑色的衬衫前襟搭配白色罗马硬领，外面照常套着黑上衣和裤子。他外出时从来不穿便服。

吉姆用手指向后梳了梳棕发，看着弟弟。鲁本又感觉到了这段日子里时常出现的那种古怪的疏离感。他审视着兄长的蓝眼睛、苍白的皮肤和薄薄的嘴唇。哥哥只是没有我这么扎眼，鲁本心想，但他的容貌着实不赖。

“我很担心你。”吉姆开口说道。

“当然，为什么不呢？”鲁本回答。

“看，我说的就是这个，你说话的方式，温和、直接又奇怪。”

“一点儿都不奇怪。”鲁本回答。为什么要画蛇添足？难道吉姆不知道这是怎么回事吗？或者说，难道吉姆知道的信息不足以让他明白，鲁本自己也搞不清楚这究竟是怎么回事吗？玛钦特死了，那幢大宅归他了，他差点儿丢了小命。所有这一切。

“我希望你能知道，我们都和你在一起。”吉姆说。

“你说得太轻描淡写了。”鲁本回答。

吉姆勉强笑笑，严厉地瞥了他一眼。

“告诉我，”鲁本说，“你在田德隆区见识过不少人，我是说，那些不太一样的人，而且你听过很多人的告解，多年来你听过很多告解。”

“是的。”

“那你相信世界上有邪恶吗，不依附于任何实体的邪恶本能？”

吉姆没有说话。然后他舔了舔嘴唇，开始回答，“那两个凶手，”他说，“他们是吸毒者。世界上还有很多正常平凡的……”

“不，吉姆，我说的不是他们，他们的事儿我很清楚。我是说……你有没有想过，也许你能感觉到邪恶的存在？感觉到某人身上的邪恶气息？感觉到某个人会做出坏事？”

吉姆似乎陷入了沉思。

“在环境和心理的影响下，”他说，“人会做出一些破坏性的事情。”

“也许就是这么回事。”鲁本说。

“什么意思？”

他不想讲酒吧里那个人的故事，毕竟那很难称得上是故事，没有什么真正的事情发生。他坐在椅子里，思考着当时的感觉。也许他只是对那个男人的破坏力或者说破坏倾向特别敏感。

“很多正常平凡的……”他喃喃自语。

“你知道，”吉姆说，“我总是取笑你成天无忧无虑，阳光灿烂。”

“嗯，”鲁本略带嘲讽地回答，“没错，我总是那么阳光灿烂。”

“呃，以前你从没遇到过这种事，现在……我很担心。”

鲁本没有回答。他又陷入了沉思。他想到了酒吧里的那个男人，然后又想到了哥哥。他的兄长总是那么温和高雅，稳重镇定。猛然之间他觉得，哥哥拥有一种其他人无法企及的天真。

吉姆再次开口说话，他的声音惊醒了沉思中的鲁本。

“我愿意付出任何代价，只要你一切都好，”吉姆说，“只要你脸上重新绽放笑容，只要你回到以前的样子，我的弟弟，鲁本。”

感人的宣言。鲁本没有回答。能说什么呢？他必须想一想。他的思绪飘忽不定，有那么一瞬，他仿佛回到了玛钦特身边，和她一起走向斜坡上的尼德克角。

吉姆清了清嗓子。

“我能理解，”他说，“她尖叫求救，你努力冲到她身边，却为时已晚。这件事带来的冲击很大，哪怕你知道自己已经尽了全力。任何一个男人处在你的位置，都会产生很多感触。”

鲁本心想，是的，吉姆说的没错。但他什么都不想说。他回想起自己轻而易举就一拳击中了北滩那个男人的脸，就是那么轻松的一拳，别的什么都不用，那人就知难而退，自己走掉了。

“鲁本？”

“嗯，吉姆，我在听，”他回答，“不过我希望你别担心。你看，等时机到了，我们再好好谈。”

吉姆衣袋里的手机响了起来。他恼怒地掏出手机，看了看屏幕，然后站起来吻了吻鲁本的头顶，离开了。

谢天谢地，鲁本心想。

他坐在原地，望向炉火。壁炉里烧的不是真正的木头，不过火苗十分逼真。他想起玛钦特起居室里的壁炉，凌乱的橡木，跳动的炉火。他又闻到了橡木的清香，还有她的香水味。

面对这样的事情，你只能孤军奋战。无论有多少人爱你，关心你，你仍然孤独。

玛钦特死去的时候同样孤独。

巨大的悲凉压得他喘不过气来。玛钦特美丽的脸庞压在厨房的地板上，孤独地流血至死。

他站起身来，下楼走进前厅。父亲的办公室没有开灯，但是门却开着。城市的灯火照亮了高高的白色窗框。菲尔穿着浴袍和睡衣坐在巨大的皮椅上，正戴着耳机听音乐。他蜷起双腿，随着音乐低声哼唱，听起来有些格格不入，戴着耳机哼歌的人总会给人带来这样的感觉。

鲁本回到楼上自己的房间，上床睡觉。

凌晨两点左右，他突然醒了。现在那片土地归我了，他心想，所以曾经发生的一切将伴随我一生。整整一生。伴随。他会再次梦见那个夜晚，但不再是凌乱的碎片式梦境；他会梦见那头动物的爪子搭在自己背上，听见它的呼吸声。在梦里，它既不是狗，也不是狼，更不是熊，而是某种来自黑暗的力量，它干掉了那两个年轻的凶手，却出于某种未知的原因留下了他的性命。谋杀，谋杀。

第二天早上，尼德克家和戈尔丁家的律师就大宅里的所有个人物品达成了正式协议。玛钦特亲笔签名、菲莉丝见证的原始手写遗嘱附录已递交处理。六周内，尼德克角——玛钦特在文件中使用了这个名字——和费利克斯·尼德克留下的所有物品都将归鲁本所有。

“当然，”西蒙·奥利弗表示，“现在就认为这份遗嘱附录乃至整份遗嘱都不会有人质疑，这有点类似于奢望。不过，我很早就认识贝克–汉默米尔事务所的律师，尤其是亚瑟·汉默米尔，据他们所说，他们已经彻查了这个案子的继承人和遗产相关事宜，尼德克家的财产现在没有继承人。费利克斯·尼德克被正式宣告死亡的时候，他们就追查了那个家族里每一个能想到的分支，却没找到哪怕一个活着的继承人。至于尼德克女士在布宜诺斯艾利斯的那位男性朋友，他很久以前就签署了文件，承诺绝不索取尼德克女士的任何财产。顺便说一句，她留给他的已经够多了。那位女士真的非常慷慨。就像我们常说的那句话，她捐赠了很多东西给有意义的事业。我得告诉你一件悲伤的事情，这位女士的财产将有很大一部分无人认领。至于门多西诺的地产——还有里面的个人物品——我的孩子，我觉得那都是你的了。”

他喋喋不休地谈论着尼德克家，那个家族如何在19世纪“凭空出现”并飞速崛起，费利克斯·尼德克失踪后的这些年里，他家的律师如何殚精竭虑地梳理家族关系，寻找继承人。无论是在欧洲还是美洲，他们都一无所获。现在，旧金山的老牌望族戈尔丁家和斯潘格勒家（格蕾丝的娘家）重回旧地。

鲁本听得都快睡着了。他在乎的只有那片土地，那幢大宅，以及大宅里的东西。

“所有东西都是你的了。”西蒙说。

时近正午，鲁本决定像以前一样自己做午饭，好让大家觉得他一切正常。小时候他和吉姆总是帮着菲尔准备一家人的饭菜，他觉得做饭令人放松，清洗、切削、煎炸，诸如此类。格蕾丝有空的时候也会加入进来。

格蕾丝回来的时候，他们刚在羊排和沙拉前坐下。

“听着，宝贝儿，”她说，“我觉得你应该尽快把那幢房子卖掉。”

鲁本大笑起来。“卖掉！妈，除非我疯了。那位女士把房子留给我，是因为我爱它。我从第一眼就爱上了它，我打算搬到那边去住。”

格蕾丝吓坏了。“呃，是不是有点操之过急了。”她望向塞莱斯特。

塞莱斯特放下叉子。“你真的打算搬过去？我是说，这一切发生之后，你仍然想走进那幢房子？我从没想过——”

她悲伤而脆弱的表情令鲁本痛彻心扉。但是他能说什么呢？

菲尔看着鲁本。

“看在上帝的份上，你倒是说句话啊，菲尔？”格蕾丝问道。

“呃，我拿不准，真的，”菲尔说，“可是，看看我们的儿子。他比以前壮了，对吧？还有他的皮肤，你说的没错。”

“我的皮肤怎么了？”鲁本问道。

“别跟他说这些。”格蕾丝警告。

“唔，你妈说你脸色很好，简直就像孕妇那样散发光辉。当然，我知道，你不是女人，也没有怀孕，但她说的没错。你的皮肤在发光。”

鲁本大笑起来。所有人都看着他。

“爸，我想问你点儿事情，”鲁本说，“关于邪恶。你是否相信邪恶是一种可被感知的力量？我是说，你是否认为世界上有一种与人类所有行为全然无关的邪恶，这种力量可能侵入你的身体，把你变成恶魔？”

菲尔毫不犹豫地回答，“不，我不相信，儿子，”他一边说，一边叉了满满一叉沙拉送进嘴里，“邪恶的本质远没有这么高深。它是一种无心之失，一种疏忽。人类总会犯错，无论是袭击村庄、杀死所有村民，还是在冲动之下杀了一个孩子，都同样是疏忽和错误。仅此而已。”

谁也没有开口说话。

“想一想《创世纪》，儿子，”菲尔继续说道，“亚当和夏娃的故事，就是个疏忽。他们疏忽之下犯了错。”

鲁本思考着父亲的话。他不想回答，但他觉得自己应该说点什么。

“我担心的就是这个。”他说，“爸，你有没有鞋子可以借我？你穿的是12号，对吧？”

“喔，当然有，儿子。我有满满一柜子从来不穿的鞋。”

鲁本又陷入了沉思。

他很感激家人的沉默。

他想到了那幢大宅，那些刻满楔形文字的小黏土板，他和玛钦特共度良宵的房间。六周。简直像一辈子那么长。

他站起身来，慢慢走出餐厅，回到楼上。

片刻之后，他在窗边坐下，望向远处金门大桥高耸的桥塔。塞莱斯特进来告诉他，她得回办公室去了。

他点点头。

她搂住他的肩膀，他缓缓回头，仰望着她。她真可爱，鲁本心想。塞莱斯特不像玛钦特那样高贵优雅，不，但她是如此清新可爱。她的棕发闪亮，棕眼深邃，感情强烈。以前他从未想过塞莱斯特会有脆弱的一面，但此刻的她看起来很脆弱——清新，无辜，而且脆弱。

以前他为什么会那么怕她呢？为什么那么提心吊胆地想要取

悦她，那么努力地迎合她的期望，那么害怕她旺盛的精力和敏锐的思维呢？

塞莱斯特突然退了回去，就像吓了一跳似的。她走开几步，盯着他看。

“你到底是怎么了？”他问道。其实他真的什么都不想问，但是显然，有什么东西令她不安，他有义务发问。

“我不知道，”她勉强挤出一个笑容，随即放弃了努力，“我发誓，感觉就像，呃，就像你变了个人似的，就像有另一个人从鲁本的眼睛里看着我。”

“唔，你想得太多了。”他回答。现在轮到他露出微笑了。

但她仍然皱着眉头，看起来有点害怕。“再见，甜心，”她说得很快，“晚饭时见。”他打算晚饭做烤肉，他很期待独占厨房。

护士已经在门口了，她进来给鲁本打了一针，明天她就不会再来了。

5

那天是星期五。

产权公司已经送来了门多西诺地产的第一批文件，接到电话的时候，他正在翻阅。

马林县金木学校一整辆校车的孩子遭到绑架。

他匆匆披上菲尔那件肘部有两块皮革补丁的灯芯绒旧夹克，冲下楼梯，跳进保时捷，飞速驶向金门大桥。

一路上他都听着收音机里的跟踪报道。目前大家只知道失踪的学生共有42人，年龄从5岁到11岁不等，另外还有3位老师。人们在1号高速公路的公共电话亭里发现了一个袋子，里面装着老师和部分学生的手机，还有一张打印出来的纸条：

等我们的电话。

三点时，鲁本已经站在了这家私立学校的大门外。宏伟的褐色校舍是典型的木瓦工匠风格，门外已经聚集了不少本地的摄影师和记者，还有很多人正在相继赶来。

塞莱斯特打来电话确认消息。谁也不知道那些学生是怎么被带走的，被带去了哪里。目前也没有收到绑匪的任何要求。

鲁本设法跟学校方面的一位志愿者搭上了话，这家伙正在喋喋不休地吹嘘这是一所“田园牧歌”似的学校，老师们像“地母”一样慈祥，而学生是世界上最可爱的“小花朵”。失踪时孩子们正乘车前往附近的缪尔森林远足，那里有世界上最美的红杉。

金木学校是一间私立学校，风格新潮，收费昂贵。但他们特制的校车已经很旧了，而且没有配备GPS追踪器，也没有车载电话。

比莉·卡莱已经派了两个手下前往本市新闻中心坐镇。

鲁本的拇指在iPhone屏幕上跳跃。他细细描述了三层楼的美丽校舍，校舍周围庄严的橡树，数不尽的野花，其中包括罂粟，就连背阴处也有雏菊和杜鹃花盛放。

家长们还在不断赶来，学校当局匆忙护送着他们进入校园，避开媒体的纠缠。女人在哭泣。记者们挤得太近，花朵在他们脚下零落成泥。警方越来越恼火。鲁本挑了个靠近外围的位置。

现场有无数的医生、律师、政客和家长。金木学校虽然带有一些实验性质，但声誉一直良好。毫无疑问，绑匪一定会开出匪夷所思的条件。现在，何必要苦苦追问FBI是否已经介入呢？

《旧金山观察家报》年轻的摄影师萨米·弗林终于找到了人群后方的鲁本，他问鲁本自己该做点什么。“拍一下全景，”鲁本有点不耐烦地回答，“还有门廊上那位警长，注意捕捉学校的氛围。”

但，这又于事何补呢？鲁本默默地想着。此前，他跟踪过五起罪案。在他看来，媒体在那几起事件中都有积极作用。但现在这起案件，他不能确定。不过，也许有人在哪儿看到过什么，如果每家每户都看到了电视上闪动的新闻画面，也许就会有人想起什么线索，给当局打来电话。

他往后退几步，靠在一棵低矮的灰槲树粗糙的树干上。树林散发出松针和绿色植物所特有的气息，让他清晰地想起和玛钦特在门多西诺庄园散步的那一幕。一阵轻微的恐惧突然袭来。比起留在这里报道新闻，他是不是更愿意待在那座大宅里？那份宏伟的遗产如梦如幻，它是否会诱得他抛弃自己的工作？

为什么他以前从没想到过这事儿？

他闭上眼休息了片刻。没什么大事儿。现在警长正在没完没了地重复已经说过无数遍的说辞，人群里不同的声音也在喋喋不休地反复追问同样的问题。

有别的声音闯了进来。有那么一秒钟，他以为声音来自周围的人群，接着他就意识到，声音来自校园里那些遥远的房间。有家长在啜泣。老师在不停地说着陈词滥调。人们在互相打气。每个人心里都毫无把握。

他觉得很不安。这些声音他不可能写进报道。他努力忽略它们，但细碎的声音不停地钻进他的耳朵。*我他妈为什么会听到这些？既然不能写出来，这又有什么意义？*事实上，现在完全没有值得报道的消息。

他写了一些显而易见的东西。重压之下，有的家长已经崩溃了。没有勒索电话。这一点鲁本很有把握，听到的所有声音都佐证了这一点，甚至包括危机经理人低声安慰大家说，电话会来的。

周围的人都在谈论着1970年代著名的乔奇拉校车绑架案。在那起案件中，无人受伤。绑匪把老师和学生从校车转移到小货车上，送到了一处地下采石场里，后来被害人设法逃脱了。

我能做点什么实际的、能帮上忙的事情？鲁本冥思苦想着。他觉得筋疲力尽，充满焦虑。也许我还没准备好重返岗位，也许我再也不想回来工作了。

到六点的时候，情况仍毫无变化，鲁本开车穿过金门大桥回到了家里。

虽然他看起来仍精力充沛，但实际上他感到阵阵疲惫。格蕾丝说，这是腹部手术用的麻醉药带来的后遗症，还有抗生素，鲁本仍在服用抗生素，并忍受着它们带来的不适。

回到家里，他立刻为第二天一大早发行的报纸写了一篇发自肺腑的“直击报道”，用电子邮件发了出去。一分半钟以后，比莉打来电话说她很喜欢这篇文章，尤其是关于危机顾问和媒体踩踏野花的部分。

鲁本下楼和格蕾丝一起吃晚餐。格蕾丝和平常有些不太一样，原因很多，其中最重要的一点是，她的两位病人当天下午死在了手术台上。当然，本来谁也没指望他们能够活下来，但接连面对两个人的死亡，就算是创伤中心的外科医生也会感到痛苦，所以鲁本比平常多陪了母亲一会儿。一家人谈论着校车绑架案，房间角落里的电视开着静音，以便鲁本跟踪事件进展。

结束后，鲁本上楼继续工作。他写了一篇回顾乔奇拉绑架案的文章，并追踪了迄今仍在坐牢的那几位绑匪的近况。案发当时，那几个绑匪和现在的鲁本年纪差不多。鲁本很想知道，经过漫长的监狱岁月，那几个人都发生了哪些变化，但那不是这篇文章的主旨。他很乐观，在乔奇拉绑架案中，所有的孩子和老师最后都安然无恙。

这是门多西诺惨案后他最忙碌的一天。他洗了很长时间的澡，然后上床休息。

躺在床上，他心神不定，于是起床来回踱了几圈，然后又回到床上。他很孤独，孤独得可怕。自从惨案发生后，他再也没跟塞莱斯特亲热过。现在他不想和塞莱斯特独处。他总是会不断地想，如果真的和她亲热，自己也许会伤害她，刺伤她的感情。实际上，这么长时间没跟她亲热，这已经伤害到她了吧？

他翻来覆去，抓紧枕头，幻想自己独自一人待在尼德克角，躺在费利克斯的旧床上，玛钦特就在他身旁。这些毫无头绪的幻想只是为了让他快点入睡。当睡意真的如约而来，他陷入了无梦的绝对黑暗中。

当他再次睁眼的时候，闹钟显示已经是午夜了。房间里唯一的光来自电视屏幕，窗户开着，群峰上的城市流光溢彩，山脚下的海湾却没有一丝光，漆黑一片。

他真能看到马林县那边的山吗？似乎的确如此。他的视线穿越了金门大桥，直抵远方。但这怎么可能呢？

他环顾周围，房间里的所有细节都历历在目，老旧的花冠形石膏的边线清晰可见，他甚至能看到天花板上的细小裂纹和木质梳妆台的纹理。这种奇怪的感觉，就像整个房间都笼罩着一层神秘的微光。

他起身，走到阳台上，握住木质栏杆。微咸的海风吹得鲁本浑身冰冷，他迅速清醒并兴奋起来。寒冷让他感觉自己无比强大，蓄势待发。

他的身体里藏着无穷无尽的热量，就在这一刻，所有热量喷薄而出，就像身上的每一个毛孔在刹那间同时张开。他从未感受过如此极端、近似痉挛的愉悦，如此原始而神圣的快感。

“啊！”他大喊，“我懂了！”但他到底懂了什么？灵感一闪即逝，不过这不重要。重要的是，一波又一波的狂喜如电流般穿过鲁本的身体。

他体内的每一个粒子都在波涛中重生，从脸上的皮肤，到双手和头颅，再到四肢的肌肉。每一个粒子都在催促他呼吸，就像这一生从未呼吸过一样。他整个人都在膨胀，在变硬，他每一秒钟都变得更强壮。

他的手指甲和脚指甲开始感到刺痛。他感觉脸上的皮肤有些异样，随后发现脸上长了一层绒毛，柔软茂密的绒毛正从每一个毛孔里争先恐后地生长出来，盖满他的鼻子、双颊和上唇！他伸手捂住嘴巴，手指——或者说爪子——却摸到了嘴里的尖牙！他感觉到自己的牙齿正在生长，嘴巴越来越长！

“噢，你知道，你知道这一切！你知道这就是你体内隐藏的东西。它正在爆发！你知道！”

他的声音尖锐粗粝。他快乐地笑起来，笑声低沉、无所顾忌。

他的手上长满了密密的长毛，还有爪子。看看他的爪子！

他一把扯下身上的T恤和短裤，不费吹灰之力就把它们撕得粉碎，任由衣物碎片飘落在阳台上。

他的头发正在迅速生长，转眼就披落在肩上；他的胸口满是浓密的毛发；大小腿的肌肉随着每分每秒都在增长的力量歌唱。

当然，这疯狂的高潮会有一个巅峰，但现在还远未结束。变化依然接踵而来。他想要张开喉咙大喊、号叫，但他控制住了自己。仰望夜空，他看到了浓雾背后的层层白云，看到了人类肉眼不可见的星星漂浮在无垠之中。

“噢，上帝，上帝啊！”他低语。

周围所有的建筑都活了过来，灯光如脉搏般跳动，每一扇小小的窗户里都藏着悸动的声音，整座城市在他周围呼吸、歌唱。

你应该问这一切因何发生，对吧？

你应该停下来，对吧？

你应该质问。

“不！”他低语。他不想停止。此刻的愉悦就像在黑暗中触碰玛钦特的身体；就像轻轻脱下她柔软的褐色毛裙，触摸到身下她赤裸的乳房。

但到底发生了什么！我变成了什么？

一个坚定的声音告诉他：你知道，你知道发生了什么，而且你欢迎它的到来。你知道它会来，在梦里，在清醒的思考里，你知道。你体内的力量必须找到出口，否则它会把你撕得粉碎。

他体内的每一块肌肉都在渴望奔跑，渴望跳跃，渴望逃离这个逼仄的空间。

他转了个身，强壮的大腿微蹲，一个纵跃便来到了父母窗下的平台上，然后轻而易举地跃上了屋顶。

他笑了。原来这么轻松，这么自然。他赤裸的双脚紧抓住屋顶的柏油，向前跳跃，走了几步，然后再次跳跃，就像动物一样。

在他意识到自己在做什么之前，他已经跃过了一整条街的宽度，落到了对面的房顶上。完全不会掉下去。

他停止了思考，任凭身体在屋顶上一路狂奔。他从未感受过这样的力量和自由。

现在，他听到的细碎声音变大了，如旋律般婉转低回，周而复始。他转了一圈又一圈，搜寻着声音的真正来源。这是什么声音？他想听到什么，了解什么？谁在呼唤他？

他跃过一幢又一幢房屋，沿着山坡奔向北滩如织的车流和人群。他奔跑的速度很快，几乎不需要在屋顶的小斜面上落地，只要前爪轻轻一搭，力量就足够让身体弹起，落在下一条街道或者小巷上。

小巷！他停下脚步。他听到那个声音。一个女人正在尖叫，那个女人很害怕，对死亡的恐惧让她放声尖叫。

还没来得及动念，他已经敏捷无声地落在了滑腻的地面上。小巷两边墙壁高耸，人行道上透过来些许灯光，一幅可怕的情景映入他眼中：一个男人正在撕扯那个女人的衣服，他的右手紧扼住女人的喉咙，而后者正在绝望地踢打。

女人已经开始翻白眼了。她快要死了。

一阵愤怒的咆哮从鲁本的喉咙里涌出。他深沉低吼，扑向那个男人，一把扯开他，随后，鲁本的牙齿刺进了男人的喉咙，滚烫的鲜血喷了他一脸。男人痛苦地尖叫起来，身上散发出一股恶心的气息，如果真有气息的话。或者说，那个男人的欲望就像一股气息，刺激得鲁本陷入狂怒。他撕扯着男人的血肉，咆哮声从他嘴里喷出，他的牙齿紧咬住男人的肩膀将它撕开。这感觉如此美妙。男人身上的气息刺激着鲁本，让他更加亢奋。那是邪恶的气味。

他终于松开了那个男人。

男人跌倒在地，鲜血喷涌而出。鲁本叼住他的右臂，几乎把它从男人身上撕了下来，然后他猛地把破碎无力的躯体甩向远处的墙面，男人的脑袋“砰”地撞在砖块上。

那个女人木桩般站在原地，双手护住胸口，紧盯着他。她虚弱地呛咳起来，看起来凄惨可怜。什么样的人才会对她做出这样令人发指的恶行。她浑身颤抖，几乎站不稳，红色的丝裙被撕破了，露出赤裸的肩膀。

她开始啜泣。

“你现在安全了。”鲁本说。这是他的声音吗？如此低沉沙哑？“想伤害你的人已经死了。”他向她伸出手去，他看见自己的爪子慢慢向她靠近，轻抚着她的手臂。她会是什么感觉？

鲁本低头看了看地上的死人，男人的眼睛就像暗处的玻璃一样，反射着微光，美得像是手工抛光过的艺术品。太不相称了，这么漂亮的小玩意儿，却嵌在一堆烂肉上。尸体的恶臭和男人留下的邪恶气息弥漫在周围的空间里。

女人往后退开几步，避开了鲁本。她转过身子，开始奔跑，尖锐的惊叫在小巷里回荡。她绊倒了，单膝跪地，随后又挣扎着爬起来，跌跌撞撞地奔向繁华的大街。

鲁本轻松地跃上了小巷一旁的屋顶，他的爪子稳稳地抓住墙上的砖块，就像猫儿抓住树干一样。不到一秒钟，他已经把那片街区抛在身后，向着回家的方向奔去。

现在，他脑子里只有一个念头。活下去。离开那里。回自己的房间。远离她的尖叫，远离那个死人。

他不假思索地找到自己家，从房顶上轻轻一跃，就到了卧室外的阳台上。

他站在门口，打量着自己的卧室，床、电视、书桌、壁炉。他舔了舔利齿上的血渍，有点咸，有点恶心，却又充满诱惑。

这间卧室真小啊，里面的一切看起来都是那么古怪，充满人工斧凿的痕迹，像是用某种脆弱如蛋壳的材料搭建起来的。

他走进房间，关上身后的窗户。稠密的温暖空气包围了他，让他有些不适。拧开黄铜门锁的时候，鲁本感觉非常荒谬。这小东西太奇怪了。为什么要装锁呢，谁都可以打破门上白框镶嵌的小块玻璃，轻而易举地把门拧开。他可以不费吹灰之力打破整扇门或窗户，甚至直接撕开窗框，消失在外面的黑暗中。

在这片封闭的空间里，他听到了自己从容的呼吸声。

电视屏幕在天花板上映出蓝白交错的光。

在浴室门上的全身镜里，鲁本看到了自己的模样——一个浑身是毛的大块头，肩上覆着长长的鬃毛。

狼人。

“那么，这就是玛钦特家那头野兽拯救我的方式，对吧？”他又笑了起来，仍是那样低沉诱人的轰鸣。当然。“你咬了我，恶魔。我没死，而且也变成了那样。”他突然很想放声大笑。

但这间黑屋子太小了，容不下他的纵情大笑，他也不能撞开房门，朝着夜空中飘浮的星星号叫，哪怕他内心是如此渴望。

他凑近镜子。

电视上仍播放着白天的场景。借着电视的亮光，他看清楚了镜子里的每一个细节。他的眼睛没有变，仍是那样深邃的蓝色，但他从瞳孔的倒影里看见了自己现在的样子，他的整张脸上长满了厚厚的深棕色毛发，只有鼻尖露在外面，那是一个小小的黑点，和狼的鼻子一模一样；他的嘴变得很长，嘴唇退化成一条黑线，雪白的尖牙闪着寒光。

为了更好地吃你啊，乖乖。

他的体型变大了，身高比原来高了大约4英寸；手——或者说爪子——也变大了，锋利的爪子从指尖伸出。同样变大了的还有他的脚，他的大小腿肌肉变得非常强壮，他甚至能看出厚厚的皮毛下肌肉的形状。他碰了碰自己的私密部位，然后立刻缩回了爪子，那地方硬硬的。

但他发现，那地方也长出了一层薄薄的绒毛，而他全身的其他部位都长满了粗硬的皮毛。随后他意识到，薄绒毛其实无处不在，只是有的地方长得特别厚——私密部位周围、大腿内侧以及下腹部。如果用爪子轻轻拨开外层的皮毛，或者说比较粗糙的毛发，就会有一种奇怪的兴奋感如涟漪般穿透他的身体。

这样的感觉让他想要离开这个房间，到外面去，在屋顶上跳跃奔跑，寻找那些需要帮助的声音。他的嘴里还分泌出大量唾液。

“而你正在感受、观察、思考这一切，”他喃喃自语，然后再次被自己低沉的嗓音吓了一跳，“够了！”

他低头看着自己的双手，掌心已经变成了厚厚的肉垫，没有毛发，手指——曾经是手指的地方——之间有薄薄的肉蹼。但他的拇指还在。确实还在吧?

鲁本慢慢挪到床头柜旁边。屋子里太暖和了，他渴得厉害。他伸出爪子抓起小小的iPhone，这样的动作做起来无比艰难，但他成功了。

然后他走到浴室里，打开大灯。淋浴间对面是一整面墙的镜子，他凝视着镜子里的自己。

在这样强烈的光线下，眼前的景象险些超出他的心理承受能力。他很想转过身去，关上灯，蜷缩起来，但他强迫自己睁大眼睛，仔细观察。

他看得很清楚，在他脸上，黑色的鼻尖从毛发中探出头来，这样的鼻子能准确分辨出复杂的气味，就像某些动物一样；他看到了自己强壮的下颚，虽然现在他并没有张开嘴巴；还有那锐利的尖牙。

噢!

鲁本想伸手捂住自己的脸，但他已经没有手了。于是他举起iPhone，给自己拍了几张照片。

然后，他无力地靠在了淋浴室旁的大理石瓷砖上。

他伸出舌头舔舐自己的牙齿，尝到了一股血腥味，是那个男人留下的。

那股欲望再次被点燃。鲁本仿佛又闻到了那股强奸犯的恶臭，听到了女人的啜泣。那些声音仍在他周围萦绕。只要他愿意，他就能潜入那片缓缓旋转的声音之海，捞出另一个声音，然后循声而去。

但他没有那样做。他感觉十分疲惫，动弹不得。

他想哭，想喊叫，却没有付诸实施的兴趣。一个念头在他脑海中掠过：你应该哭泣，应该向上帝祷告，祈求他的谅解，承认自己的恐惧。

不，他不打算那样做。

他打开水龙头，在脸盆里接满了水，然后低头喝了个痛快。他真的很渴，就像这一生中从没喝过水。鲁本从来不知道水的滋味如此美妙，如此甜美清澈，如此沁人心脾。

异变到来的时候，他正努力握住玻璃杯，想倒一杯水。

感觉就像第一次一样，电流穿过了鲁本全身的每一个毛孔，他的腹部感到一阵猛烈的痉挛，不是疼痛，而是单纯近乎快感的痉挛。

鲁本努力抬起头来，站直身体，虽然要做到这一点越来越困难。他身上的毛发逐渐消褪，有的粗毛飘落在地板上；黑色的鼻尖变白消融，鼻子也在缩小，变得越来越短；尖牙不见了；他的嘴开始刺痛，手和脚也在刺痛，身上每一处都异常敏感。

最后，巨大的快感彻底淹没了鲁本。他无法继续观察，无法集中注意力，他已经快要晕过去了。

鲁本蹒跚地走进卧室，扑倒在床上，高潮式的强烈痉挛流过他的身体和四肢。他感觉床变得很软很软，外面的声音逐渐远去、消褪，变成低低的嗡嗡声，直至消失不见。

黑暗如潮水般袭来，就像在玛钦特家的那一刻，鲁本以为自己快要死了。但是现在，他没有奋力挣扎，而是任由黑暗将自己吞没。

异变完成之前，他已经睡着了。

当他被手机铃声吵醒时，天色已经大亮了。

是谁打来的电话?

铃声戛然而止。

鲁本翻身起床。他浑身赤裸，感觉有些冷。虽然天阴着，但白天的光线还是刺痛了他的眼睛。突如其来的剧烈头痛吓了他一跳，但疼痛又倏忽而去，就像出现时一样突然。

他寻找着自己的手机，然后在浴室的地板上发现了它。他抓起手机，点进了照片库。

他很确定，照片上一定会出现他熟悉的那个鲁本·戈尔丁。仅此而已。不会有别的东西。手机里的照片将会确凿无疑地证明，昨晚的一切不过都是他的幻想而已。

但他错了。照片里的狼人凝视着他。

鲁本的心跳停止了。

狼人的头很大，褐色的鬃毛狂野地搭在肩头，长鼻子上面是黑色的鼻尖，雪白的尖牙闪着寒光。*还有蓝眼睛，你那双湛蓝的眼睛。*

鲁本捂住了自己的嘴巴，震惊地端详着镜子里的自己。他的嘴巴很正常，形状自然，颜色健康。然后他又低头看了看照片上的那张嘴，狼人的嘴巴周围镶着一圈黑边。这不可能。但是照片告诉他，这是真的。他真的变成了狼人、怪兽。他一张张翻阅着照片。

我的上帝！

狼人头上的耳朵又长又尖，被浓密的毛发半掩着；前额向前凸出，但并没有完全挡住那双大眼睛，只有那双眼睛还属于人类。这头野兽和他以前见过的任何生物都毫无相似之处——完全不是老电影里那些泰迪熊似的可爱形象，反而像是油画里好色的萨提尔。

“狼人。”他喃喃自语。

在玛钦特家险些让我丧命的就是这种怪兽？就是它叼着我，险些撕开我的喉咙，就像它杀死玛钦特的两个弟弟那样？

鲁本把照片一张张同步到电脑上。

然后，他坐在30英寸的显示器前，点开了照片。他倒抽一口凉气。在一张照片里，他举起了爪子——这头怪兽就是他，对吧？没有理由用“它”来指代。现在，他仔细端详着照片里的爪子、浓密的毛发、带蹼的手指和利爪。

他回到浴室里，扫视地板。昨晚他亲眼看见毛发从自己身上脱落，就像换毛的狗一样。但现在，那些毛发都不见了。地上只有一些细碎的纤维，像是某种卷须，小得肉眼几乎看不见。他伸出手去想捡一根，纤维却一触即碎。

毛发枯萎飘散。现在仅存的证据藏在我的身体里，或许它已经燃烧殆尽，消失不见。

所以他们在门多西诺县的现场没有找到任何毛发！

他回忆起昨晚潮水般的痉挛，一波波冲刷过身体的快感，遍及四肢每一块肌肉的共振，就像音乐流淌过小提琴，流淌过木质的大厅。

他在床上发现了同样枯萎的毛发，一碰即碎，散落消失。

鲁本开始笑起来。“我真是无能为力，”他低声自语，“毫无办法。”笑声疲惫而绝望。他一屁股坐在床边，把头埋在手掌里，笑得上气不接下气，直到累得再也笑不出来。

一个小时后，他依然躺在原地，头深陷在枕头里。他开始回忆昨晚的一切——小巷里弥漫着垃圾和尿液的臭气，女人身上若隐若现的香水味，带着一股微酸，类似某种柑橘——是恐惧的气息吗？他不知道。整个世界都活了过来，充盈着各种各样的气味与声音，但他只注意到了那个男人散发的臭味，还有自己澎湃的怒火。

电话响了，他没理会。铃声执著地再次响起，那又如何。

“你杀死了一个人。”他自言自语，“好好想想吧。别再管什么气味，什么感觉，什么在屋顶上跳跃，在空中跃过12英尺距离，别管这些了。你杀了人。”

他完全不感到愧疚，一点也不。那个男人正要杀死那个女人。他已经给了她无法弥补的伤害，令她恐惧战栗，向她宣泄怒火。那个男人伤害了别人，他活着只会给他人带来伤害和痛苦。鲁本清楚地知道这一点，不光是因为他目睹了一切，还因为他闻到了那股恶臭，虽然这一点有些奇怪。那个男人是个凶手。

狗能闻出恐惧的气息，对吧？而鲁本能闻到无助的气味，还有愤怒。

不，他毫不愧疚。那个女人活了下来。他亲眼看到她跌跌撞撞地冲出小巷，奔向车流如织的街道，奔向光明与生命，奔向仍有希望的未来。

玛钦特浮现在他的脑海中，他看到她紧握着枪走出办公室，看到黑色的影子逼近她身旁。她重重地摔倒在厨房地板上。她死了。一切都随她而去。

玛钦特的死带走了一切。庄园周围宏伟的森林了无生机；宅邸里数不清的房间空留叹息；厨房里的影子萎谢，她身下的地板凋零。万物消逝，无尽的虚空将玛钦特吞没，再无一丝痕迹。

是否真的有另一个世界？那里是否真的洋溢着无尽的爱与光，令玛钦特的灵魂得以安眠？在亲身去往彼岸之前，我们又何从得知？有那么一刻，鲁本尽力揣想着上帝的模样，如宇宙般浩瀚的上帝，掌管万物与星辰，他遥远而严厉，他的旨意不容抗拒，而在很多时候，他一言不发。这样的上帝无所不知。无所不知。他洞悉每一个生灵的思想、态度、恐惧与悔恨，从最渺小的老鼠到所有人类。上帝会采撷厨房地板上垂死的女人完整而高贵的灵魂，用无所不能的双手将她送上超越尘世的天堂，令她与他永远融为一体。

但鲁本如何能确知这一切？当他努力摆脱两具死尸，挣扎求生之时，他如何能知道在走廊另一头的寂静中到底发生了什么？

他再次看到那片森林失去生机，房间萎谢消逝，可见的一切渐次崩塌——玛钦特的死带走了所有生机。

他又看到了那个从强奸犯的魔爪下逃脱的女人跌跌撞撞地奔向生命；他看到整座城市在她周围凝聚显现，数不清的气息与声音汇聚成海；强光从她奔跑的身影向四面八方迸发，向湾区漆黑的水面蔓延，一直通往视野之外的大海，遥远的群山与翻滚的云层。那个女人放声尖叫，奔向生命。

不，他不后悔。一点儿也不。啊，那个男人，当他抓住女人的喉咙，想要夺走她生命的时候，他是多么的嚣张；啊，那对丧心病狂的兄弟，那个高贵的灵魂曾是他们的姐姐，当他们一次次将利刃刺入她的身体，又是多么的贪婪。

“不，我绝不后悔。”他喃喃低语。

他的脑海深处闪过一个念头，以前他从没想过这方面的事。不过此时此刻，重要的不是自省，而是观察他人，另外的那些人。他毫不后悔，异常镇定。

不知过了多久，鲁本终于起身洗漱。

他无意中瞥见了镜子里的身影，被自己吓了一跳。当然，他还是鲁本，不是狼人，但这显然不是过去那个鲁本了。他的头发变长了，而且更加浓密，整个身体的轮廓都大了一圈。无论如何，他的外形确实不一样了，仿佛点石成金一般。他体内的剧变需要一具更结实的躯体来容纳，是吗？

格蕾丝提到过激素，他体内出现了大量成长激素。激素会让人发育，对吧？它会拉长你的声带，促进骨骼和毛发的生长。好吧，这些复杂而神秘的激素远远超越了医院的检测能力。他经历的异变十分类似男人性兴奋时海绵体的勃起，只不过这次是作用于整个身体的。它完全无视主观意愿的膨胀，从绵软的私密部位变成某种武器。

这就是曾在他身上出现的变化，他整个人都膨胀了，控制体内激素的所有过程都得到了极大的提升。

鲁本从来就没搞清楚科学是怎么回事，而现在他试图搞懂的东西可能更接近魔术。不过他能感觉到，看似魔术的变化背后存在着某些科学原理。他是怎么得到这种变形能力的？一定是那头野兽的唾液，人们曾认为它可能传播致命的病毒和狂犬病，但实际上，它给了鲁本这个。那么，它也是狼人吗，就像现在的鲁本一样？

它是否听到了玛钦特的叫声，就像鲁本听到小巷中女人的求救？它是否闻到了那对兄弟身上的邪恶气息？

一定是这样。鲁本终于明白那头野兽为什么会放过他了。它发现了鲁本不是夺走玛钦特生命的恶魔，它能分辨邪恶与清白的气息。

不过，它是故意把力量传给鲁本的吗？

那头野兽唾液里的某些物质进入了鲁本的血液，就像病毒一样，接下来或许又进入了他的大脑，比如说神秘的松果体或是脑垂体，脑子里那个豌豆大的小玩意儿是控制什么的来着？激素？

真见鬼。

鲁本什么都不知道，完全只是在猜。有生以来他头一回想跟格蕾丝讨论一下“科学”，但现在可不是什么好时机。时机完全不对！

不能让格蕾丝知道！永远不能让她知道，也不能告诉别人。

格蕾丝的烦心事儿已经够多了。

不能让任何人知道。

他清楚地记得，在门多西诺县，他向医生咆哮：“告诉我发生了什么！”然后他就被绑到了轮床上。不，不能让任何人知道，因为鲁本无法信任任何人，他们一定会把他关起来。他要搞清楚的事情还有很多，这到底是怎么回事，会不会再次发生，如果会的话，那又会在什么时候，以什么方式发生。这是他的私事，他的秘密。

还有，在那片红杉林里，藏着另一个和他一样的狼人，是他把鲁本变成了这样。不过，万一那不是狼人呢？要是它更类似于某种野兽，鲁本算是某种杂交生物，那该怎么办？

鲁本快疯了。

他想象着那头野兽冲过黑暗的走廊，用尖牙利爪撕碎那对恶魔兄弟，然后叼起鲁本，打算把他也干掉，这时候，有什么东西阻止了它。鲁本是无辜的，他没有罪，于是它放开了他。

但是它知道鲁本身上将会发生什么事吗？

然后，镜子里的影子又吓了他一跳，将他带回了现实。

他的皮肤散发出光泽来。没错，的确有一层微光，像抹了一层油似的，他的颧骨、下颌和前额都光滑闪亮。

难怪他们都盯着我看。

不过他们竟然都没当回事儿。这怎么可能？他突然意识到，自己一直在这胡乱猜测，却毫无头绪。要搞明白的事情太多太多……

门口传来了猛烈的敲门声，有人在拧动把手。他听见菲尔在叫他。

他披上睡袍，走向门口。

“鲁本，儿子，已经下午两点了。《旧金山观察家报》给你打了好几个小时的电话。”

“好的，爸爸，对不起，”他回答，“我冲个澡，马上就来。”

《旧金山观察家报》。他最不想去的就是这个地方，该死。他把自己锁在浴室里，打开了热水。

他还有很多别的事要做，他需要思考、权衡、研究。

不过他知道，他必须去工作，这很重要。离开这个房间，暂时停止思考自己身上的一切，出现在别人面前。为了比莉·卡莱，为了父母。

他从未如此渴望独处，去研究，去探索，去解开正在吞噬他的谜团。

6

上班路上，鲁本把车开得很快。这辆保时捷在城市里总像是套着锁链的狮子一般。在内心深处，鲁本很想直奔门多西诺，前往玛钦特大宅后面的那片森林，不过他知道，时机还不够成熟。去寻找那头野兽之前，他还有很多东西要搞清楚。

与此同时，收音机里仍在播报金木校车绑架案的新闻。没有接到任何勒索电话，也没有任何线索表明是谁带走了那一车孩子，他们现在又在哪里。

他给塞莱斯特打了个简短的电话。“阳光男孩，”她说，“你到底去哪儿了？大家都快把那些孩子给忘了，现在最热的话题是狼人。要是再有个人来问我，‘你男朋友对此有什么看法？’我就要从这里逃走，把自己反锁在公寓里了。”她连珠炮般地描述了北滩那个“疯女人”，那女人认为她的救命恩人是小朗·钱尼[1]和雪人的混合体。

比莉发来了短信。“速来。”

还没走出电梯，鲁本就听到了新闻编辑室的嘈杂声。他直接进了比莉的办公室。

---

① Lon Chaney，Jr.，美国演员，曾出演1941年的电影《狼人》（*The Man Wolf*）。

鲁本认出了坐在比莉办公桌前的那个女人。有那么一瞬间，他想不起来这是谁。与此同时，他闻到房间里有一股熟悉却又不寻常的气味。这是什么味道？不是什么糟糕的气味，当然，是那个女人的气息。他也分辨出了比莉的气味，她的气味太独特了。事实上，所有气味在他脑海里都无比清晰。他以前所未有的方式闻到了咖啡和爆米花的香味，甚至还有附近卫生间的味儿，那可就不那么让人愉快了！

所以，就是这样了，鲁本心想。现在，我拥有了狼的嗅觉和听觉。毫无疑问，就是这样。

那个女人正在哭泣，她身穿浅色羊毛套装，褐色头发，个子娇小，脖子上的丝巾裹得很紧，一只眼睛肿得都睁不开了。

“感谢上帝，你终于来了。”一看到鲁本，比莉就说道。鲁本习惯性地露出微笑。

女人立即紧紧抓住他的左手，几乎把他拖到了她身边的椅子上。她的眼眶盈满泪水。

上帝啊，她是小巷里的那个女人。

比莉的声音仿佛离鲁本很遥远。

“啊，你终于赶到了，这位苏珊·拉森女士只愿意跟你谈。不奇怪，对吧，全城的人都在看她的笑话。”

她丢过来一份《旧金山纪事报》。

“鲁本，你睡得正香的时候，出了件大事儿，‘*被狼人拯救的女子*’。CNN的标题是‘*旧金山小巷神秘野兽袭击色魔*’。今天下午，这消息都传疯了，连日本都有人打电话来问！”

“你能从头说起吗？”鲁本问道，但他心里再清楚不过了。

“‘从头说起’？”比莉反问，“你在想什么啊，鲁本？现在整整一车孩子下落不明，北滩的后巷里有一头蓝眼睛的怪兽在逡巡，你要我跟你从头说起？”

“我没疯，”那个女人开口了，“我真的看到了，就像你在门多西诺县看到的那样。我读过关于你的报道！”

“可是我在那儿什么都没看到。”鲁本回答。他很讨厌这样做。难道他打算让那个女人以为自己疯了？

“你是那样描述的！”女人的声音尖锐得近乎癫狂，“喘息声，咆哮声，那个东西的声音。但它绝不是动物。我看见了它，那是个兽人，真的。我知道，我真的看见了。”她滑向椅子边缘，紧盯他的眼睛。“我只愿意跟你谈，”她说，“我受够了被别人取笑嘲讽。‘被雪人拯救的女人！’他们怎么敢把这种事情当成笑话！”

“带她去会议室，你们慢慢谈，”比莉说，“我要你从头到尾完整采访这件事，每一个细节都别放过，让那些看乐子的媒体瞧瞧！”

“有人提出要付费采访我，”拉森插话，“我没答应，我只想找你。”

“等等，比莉。”鲁本忙不迭开口，他尽量安抚地握住拉森女士的手，“我不适合做这条新闻，原因你很清楚。门多西诺惨案才过去两周，你就指望我去报道另一起动物袭击案……”

“你说的一点儿都没错，”比莉打断了他的话，“不然还能让谁上？听着，鲁本，所有人都在找你。电视网、有线新闻，还有《纽约时报》，我的天哪！他们想听你的意见。会不会是同一头野兽？你难道不知道吗，门多西诺的人一直在打电话来问。而现在，你要告诉我，你不打算为我们揽下这件事儿？”

“‘我们’得讲点同情心啊，比莉，”鲁本反击说，“我还没准备好——”

“戈尔丁先生，求你了，求求你听我说，”那个女人急切地说，“你一定能明白吧？昨晚上我差点丢了命。是它救了我，我诚实地说出自己看到的一切，结果却成了国际笑话！”

鲁本无言以对，脸上一阵滚烫。

真该死，露易丝·莱恩和吉米·奥尔森[①]*去哪儿了？*

比莉的电话救了他的命。她认真听了15秒，咕哝一声，然后挂断了。他也听到了电话的内容。

“好吧，法医办公室已经确认，那是一头动物，呃，犬科动物或者狼什么的，不过可以确定是动物。他们能提供的信息就这么多，这可不太寻常。”

“有毛发或者皮毛吗？”鲁本问道。

“它绝不是动物，”女人仍在坚持，她几乎叫了起来，“我告诉你，它有一张脸，一张人类的脸，而且它跟我说话了，它会说话！它想要帮助我，它触碰了我，想要安抚我！别再说它是动物了。”

比莉站起身来，示意他们跟上。

会议室没有窗户，一尘不染，只有一张桃花心木的椭圆桌和几张齐本德尔式椅子。天花板下面挂着两台电视，无声地播放着CNN和Fox的滚动新闻。

突然，屏幕上出现了一张漫画风格的狼人，看起来颇为骇人。

鲁本迅速转开视线。

---

① 均为美国漫画《超人》里的记者。

刹那间，他仿佛看见了玛钦特大宅的走廊，在这次的想象中，走廊十分明亮，狼人出现，扑向那两个凶手。

他闭上眼睛，比莉抓住他的手腕。“醒醒，鲁本。”她说。然后她转向那个年轻女子，“请坐吧，告诉鲁本你记得的一切。”随后她招呼助手奥尔西娅端上咖啡。

女人用手捂住脸，哭了起来。

鲁本感到一阵恐慌。他靠近女人，伸出手臂拥住了她。一台电视播放着小朗·钱尼在《狼人》里的剧照剪辑，突然间，一幅他从未见过的尼德克角全景照出现在屏幕上——高耸的山墙、菱格窗户。现在，那是他的房子。

“不，不，”女人低语，“不是那样的。你能让他们关掉电视吗？他看起来不像朗·钱尼，也不像迈克尔·J.福克斯！”

“奥尔西娅，”比莉喊道，“把那该死的电视关掉。”

鲁本很想拔腿就逃，但显然他做不到。

“绑架案怎么办？”他嗫嚅着说。

“怎么办？别管那事儿了，现在你全力报道狼人。奥尔西娅，把鲁本的录音机拿过来。”

“不需要，比莉，”鲁本说，“我带了iPhone。”他把手机调到录音模式。

她出去时“砰”一声关上了门。

在接下来的半个小时里，鲁本听着女人的陈述，手指头忙碌地做着笔记，目光一次又一次回到女人脸上。

不过，他一再走神。他无法抑制地揣想着自己遭遇的那头“野兽”是什么样子。

他一次又一次点头，握紧她的手，还一度拥抱了她，但他确实心不在焉。

最后她的丈夫出现了，坚持要带她离开，虽然苏珊很想继续说下去，但鲁本还是把他们送到了电梯口。

然后他回到办公桌前，盯着电脑显示器上贴的留言条陷入了沉思。奥尔西娅告诉他，塞莱斯特在2号线上。

“你的手机怎么了？”塞莱斯特质问，“发生了什么事儿？”

“我不知道，”他喃喃地说，“告诉我，今天是满月吗？”

“完全不是，我觉得现在是弦月，稍等。”他听见塞莱斯特敲击键盘的声音，“没错，是弦月。不过你为什么要问这个？上帝，绑匪刚刚打来了勒索电话，而你还在跟我说狼人的事儿？”

“他们让我跟进狼人的报道，我没办法。他们要多少赎金？”

“这真是我听过最无礼、最侮辱人的事情了，”塞莱斯特发怒了，“鲁本，你要为自己争取。为什么要你报道这个，就因为你在北边遇到过类似的事儿？比莉脑子里在想什么？绑匪索要500万美元赎金，不然就开始挨个杀掉那些孩子。你应该赶去马林县。他们要求把赎金打到巴哈马群岛的一个账户里，不过你肯定知道，这笔钱马上就会被转走，消失在银行网络深处，快得像闪电一样。或许绑匪都不会等到钱打进那家银行，他们说这些绑匪是技术天才。”

比莉突然出现在鲁本办公桌后。

“有什么收获？”

他挂断电话。“很多，”他回答，“她说了很多。现在我需要一点时间去看看别人的报道。”

“你没时间了。我要在头版刊登你做的专访。你知道《旧金山纪事报》想挖你跳槽去他们那儿，对吧？还有，六频道正在四处宣扬对你求贤若渴。自从你在门多西诺遭到袭击，他们就一直在蹦跶。”

“太荒谬了。”

“一点也不。因为你的脸，鲁本，所有电视媒体重视的都是你那张脸。但我雇你不是因为你长得好看。我告诉你，鲁本，在你这个年纪，上电视是最糟糕的事儿。我要的是你的观点，独一无二的观点。还有，别跟今天早上一样闹失踪了。”

她走了。

他坐在原地，茫然地望着前方。

好吧，不是满月。这意味着昨晚在他身上发生的事和月亮无关，而且随时可能再次发生。也许就在今晚。古老的传说到此为止。现在，他应该去探查每一条关于“兽人”的线索，无论那是真相还是传说，但为什么他却被困在这里？

记忆的碎片从他脑子里倏忽闪过，他在屋顶上轻盈跳跃，双腿充满力量。他抬起头，看见了云层后的弦月，人类的眼睛不可能看到这一幕。

一旦天黑，那一切会再次发生吗？

弦月悬挂在浩渺星辰之上，多美啊。他感觉自己再次在街道上飞驰，展开双臂，毫不费力地跃上斜坡屋顶。他感觉到一阵强烈的愉悦。

可怕的念头接踵而来：每一个晚上都会这样吗？

奥尔西娅给他送来一杯刚泡好的咖啡，她离开时微笑着挥了挥手。

他环视周围，人们在白色格子间里进进出出，有人瞥向这边，向他点点头，有人悄无声息地匆匆走过，沉浸在自己的思绪中。他望向房间尽头的那排电视。屏幕上是空荡荡的校车。金木学校。一个女人在哭泣。朗·钱尼再次出现在屏幕上，像一头巨型泰迪熊似的冲进雾蒙蒙的英格兰森林，尖尖的耳朵竖在头顶。

他把转椅转回来，拿起电话接通法医办公室，对方请他稍等。

我真的不想这样做，鲁本心想，但我别无他法。曾经发生的一切如电光石火，我完全无能为力。当然，对于拉森小姐的悲惨遭遇我很遗憾，谁也不相信她的话，我很抱歉，但是，去他妈的，我救了她的命！我不应该在这里做这些事。谁都可以做，但不该是我。这些都不重要，这才是问题所在。至少对我来说不重要。

鲁本觉得有点儿冷。一位女同事给他带来了一碟饼干，是友善的佩吉·弗林。他下意识地露出招牌微笑，但实际上他毫无感觉，就像根本不认识她，从未和她有任何关系，就像他们不属于同一个世界。

就是这种感觉，他们不属于同一个世界。任何人都无法进入他现在所处的这个世界。任何人都不能。

或许只有在门多西诺袭击他的那个东西可以。他闭上眼，仿佛感觉到利齿陷入自己的头皮和脸颊，带来剧痛。

如果昨晚在北滩的小巷里，他没有杀死那个强奸犯，也许那个男人也会变成狼人，就像他一样！鲁本打了个冷战。感谢上帝，他干掉了那个家伙。噢，等等，这算是什么祈求！

他茫然了。

杯子里的咖啡看起来就像汽油，饼干像石膏。

这是不可逆的，对吗？毫无选择。实际上，他毫无选择余地。

法医助理的声音将他带回现实。“哦，没错，那的确是一头动物。因为我们在唾液里发现了溶菌酶。呃，人类的唾液里没这么多溶菌酶，人类唾液富含淀粉酶，可以帮助我们分解吃进去的碳水化合物；动物没有淀粉酶，但它们的唾液里含有大量溶菌酶，这种酶会杀死它们吃下去的细菌，所以狗可以在垃圾堆里翻找食物，也能吃腐烂的尸体，但我们不行。不过我得告诉你，不管那头野兽是什么，它都有一些奇怪的地方。它唾液里的溶菌酶比狗还多，还有一些其他的酶，我们暂时没分析出来，进一步的测试可能还需要几个月。”

不，没有毛发。没有毛皮，这一类的东西都没有。他们搜集到了一些纤维，或者说他们自以为搜集到了，结果却一无所获。

放下电话的时候，鲁本的心跳得厉害。那么，毫无疑问，他变成了某种非人类的东西。都是因为那些激素，对吧？可是他知道的也只有这么多了。

他还知道，天黑之前，他必须把自己锁到房间里。

现在已是深秋，几近冬天，天气晦暗潮湿，看不到天空的颜色，整个旧金山像是被一片湿漉漉的屋顶笼罩着。

下午5点，他终于写完了这篇报道。

他已经暗地里跟塞莱斯特联系了一下，她帮他查证了《旧金山纪事报》的报道，里面描述了女人身上的青紫和撕破的衣服。他又联系了旧金山综合医院，不过毫无收获，格蕾丝还在手术室。

他还在网上查阅了关于那头神秘动物的主流意见。这个故事正在飞一般地传遍全球，几乎所有报道都提到了鲁本在门多西诺遭受的“神秘”袭击，不过就在他查找玛钦特谋杀案的资讯时，他才发现，这个案子早已人尽皆知。

“神秘野兽再次来袭？”“大脚怪挽救生命”

鲁本在YouTube上看到，北滩的记者已经给他起了个绰号——“后巷怪兽”。

然后，他开始敲击键盘，回顾女人的描述。

“它有一张脸，我告诉你。它跟我说话了，它走路的方式和人一样，就像是个，狼人。（她的用词和鲁本自己一模一样，‘狼人’。）我听到了它的声音。上帝啊，我不该逃走。它救了我的命，而我就像对待怪兽一样从它身边逃跑了。”

他的报道相当个人化，是的，不过这只是基调。在当事人栩栩如生的描述之后，他还谈到了法医提供的证据和其中显而易见的问题，最后，他总结道：

从袭击者的魔爪之下拯救受害人的真是某种“狼人”吗？此前在门多西诺大宅昏暗的走廊里，放过笔者一命的是否也是同一头有智慧的野兽呢？

现在，我们仍无法回答这些问题。不过，北滩这位强奸犯的意图毫无疑问——当局已经发现他与几起尚未解决的强暴案之间的联系——在门多西诺海岸杀害玛钦特·尼德克的那对瘾君子杀手的企图也同样明显。

虽然在目前，科学尚无法解释两处案发现场的法医学证据，我们也无法分辨幸存者情绪化的证词有几分可信，但我们仍应抱有希望，或许这一切最终会得到合理的解释。而在目前，正如很多时候一样，我们必须带着尚未解答的疑问继续前行。如果旧金山的小巷里真的潜伏着狼人，那么它威胁的对象到底是谁？

最后，他写下了标题：

旧金山狼人：谜团中的真切道德

发送邮件之前，鲁本在谷歌上查询了“狼人”这个词。和预想的一样，这个名字已经被用过了——是蜘蛛侠漫画里的小角色，另一部系列动漫《龙珠》里也有个叫狼人的配角。不过他还找到了一本名叫《狼人与其他传说》的书，作者是埃米尔·埃克曼和路易斯–亚历山大·沙特里安，1876年首次译为英文。很好，有公开出版的书籍，这就够了。

他按下发送键，然后离开了办公室。

7

鲁本到家前，雨就已经开始下了，等他把自己反锁在卧室里，雨更大了。这样沉郁压抑的暴雨在北加州并不罕见，它缓慢而坚定地浸透一切，淬灭夕阳仅存的余晖，遮蔽初升的新月与星辰。鲁本心情非常糟糕。这场大雨意味着“雨季”已经来临，想要看到下一个晴天，恐怕要等到来年四月。

怀着对大雨的厌恶，鲁本迅速点燃壁炉，调暗台灯。跳动的火苗带来的舒适感令他感到安心。

但同时他也情不自禁地想到，一旦他变身为狼——如果他真的还会再度变身为狼——这点小小的温暖又会变得多么微不足道。

对现在的我来说，什么是像雨一样讨厌的东西呢？他想到了尼德克角，揣想着那片红杉林在雨中的模样。书桌上有一张西蒙·奥利弗送来的庄园地图。从这张地图上，鲁本第一次看到了那片土地的全貌。大宅所在的角落只是一大片悬崖的南角，耸立的峭壁守护着大宅东面绵延的红杉林。海滩面积很小，不知道有没有路可以下去，不过修建大宅的人的确很有眼光，宅邸坐拥海景与林景，得天独厚。

呃，这些事情可以慢慢想。现在他需要约束自己，全心投入正事。

回家路上，鲁本买了汽水和三明治，他一边狼吞虎咽地解决食物，一边在谷歌上搜索“人狼”“人狼传说”“人狼电影”之类的关键字。

不幸的是，楼下餐桌旁的对话他听得清清楚楚。

塞莱斯特仍然十分气愤，《旧金山观察家报》不让鲁本报道金木绑架案，反而让他去采访什么狼人故事，格蕾丝也抱怨儿子从来不懂得为自己争取，简直让她伤心。她的宝贝儿绝对不应该重温门多西诺的恐怖回忆。菲尔咕哝着说也许鲁本以后会成为作家，而每一位作家都会以独特的方式“为自己遭遇的一切找到解脱”。

老爸的话令鲁本备受鼓舞，他甚至放下键盘，匆匆把这句话记到了笔记本上。好老爹！

不过现在，鲁本及其生活管理委员会迎来了新的成员。

今天上午，亲爱的管家罗茜结束了一年一度的墨西哥之旅，回到了家里。她痛心疾首地絮叨在鲁本最需要她的时刻，她居然“不在”，她简直无法原谅自己。她还断言，袭击鲁本的一定是法国传说里的狼人。

鲁本最好的朋友莫特·凯勒也在场，他显然是应邀而来。谁都没想到鲁本一回来就直接把自己锁进房间，不肯跟任何人说话。这一点令鲁本烦躁不已。莫特·凯勒正在准备伯克利的博士毕业答辩，他的时间不应该浪费在这些毫无意义的闲聊上。莫特去医院看过他两次，在鲁本眼里这已经很够朋友了——考虑到他一直在忙着准备答辩，一天没准儿还睡不到四个小时。

现在，莫特——还有鲁本——不得不耐着性子静听“来龙去脉”。门多西诺的悲惨一夜后，鲁本变了，格蕾丝觉得他可能染上了什么东西，咬他的那头野兽没准儿有狂犬病，或是诸如此类。

染上了什么东西！说得太轻巧了。门多西诺的森林里藏着的到底是什么生物？他会说话吗？它会直立行走吗？它会……鲁本掐断了自己的念头。

它当然会说话。“谋杀，谋杀。”鲁本知道那个911求救电话不是他打的，拨电话的是那头怪兽。

他感到一阵巨大的解脱。好吧，看来它退化得没那么厉害，还没变成毫无理智的怪物。它的行为仍受到某种教化的约束，就像旧金山的后巷怪兽一样。如果真相的确如此，那么也许它知道——它知道——差点在它手下丧命的那个男人身上到底发生了什么。

这算是好事儿还是坏事儿？

楼下传来的声音快把鲁本逼疯了。

他起身找了一张莫扎特的钢琴协奏曲，塞进床边的博士CD机，开到最大音量。他很喜欢这首曲子。

现在好了，他听不到他们说话了。谁的声音都听不到——包括整座城市挥之不去的呢喃和低语。他按下循环播放键，放松下来。

炉火跳跃，冷雨敲窗，莫扎特的乐曲在房间里流淌。他几乎感觉一切如常。

等等。

鲁本开始飞速浏览网页，结果不出所料。据他所知，很多史料都把“变狼”视作一种精神疾病，你以为自己是狼，做出类似狼的行为，但实际上这只是幻想；或者某种邪恶的变形术让你真的化身为狼，结果有人用银子弹打了你一枪，你死去以后，狼的身体又恢复了人形，甚至你脸上的表情还十分安详，然后一位吉卜赛老妪宣布你终于得到了安息。

电影里又有另外的说法。呃，他看过不少狼人电影——事实上，多得让他有点羞愧。YouTube上有很多经典片段，他挨个重温，从《变种女狼》到杰克·尼科尔森的《狼人生死恋》。突然，他发现了一件恐怖的事情。

当然，这只是电影里的故事，但是按照电影剧情，现在他经历的一切才刚刚开始，偶尔变身为狼只是狼人的第一个阶段。在《狼人生死恋》的末尾，杰克·尼科尔森变成了一头棕色的四足森林动物；而在《变种女狼》的最后，不幸的女狼人成了丑陋如猪的怪兽。

不过他立刻想起了门多西诺。地狱在上，它拨了一个电话。它打了911，替受害者求救。它多大年纪？在那里游荡了多久？它到底待在那片红杉林里干吗？

塞莱斯特说过一些事，对吧？门多西诺县一直有狼出没。当地人都觉得这是鬼话。他无数次在电视上看到，他们信誓旦旦地表示门多西诺的森林里绝对没有狼的踪迹。

好吧，别指望电影了。拍电影的家伙能知道些什么？不过电影也不完全一无是处，有那么一点点值得记取：一些电影把变身为狼的能力描述成“礼物”，他喜欢这个表达。礼物。很适合他现在的情况。

不过在大部分电影里，这份礼物没什么目的性。事实上，狼人为何会袭击受害者，电影总是含糊其词。他们总是漫无目的地把随机的受害人撕成碎片，甚至不是为了喝血或者吃肉。他们的行为完全不像狼，而像是……得了狂犬病一样。没错，《咆哮》里有一些有趣的剧情，不过除此以外，当电影里的狼人有什么好处？你朝着月亮号叫，不记得自己做过的事情，最后被人一枪崩了。

啊，别管什么银子弹了。要是这个设定真有什么科学依据，他就不会变成狼人鲁本了。

狼人鲁本。所有绰号里，他最喜欢这个。而且这个名字得到了苏珊·拉森的认可。希望比莉不要改掉他精心构思的大标题。

希望以狼人自居，这样的期待真有那么大逆不道吗？他再次试图唤起自己对那个强奸犯的同情心，哪怕一点儿也好。但是他做不到。

大约八点的时候，鲁本放下了手头事。他关掉莫扎特，想试试能不能无视外界的声音。

做到这一点并没有想象中那么艰难。塞莱斯特已经走了，事实上，她是和莫特·凯勒一起去了咖啡厅——莫特一直挺喜欢她的。菲尔和格蕾丝正在谈论他们的去向，不过谈话被打断了。格蕾丝接了个电话，巴黎有一位专科医生对狼人袭击的新闻很感兴趣，不过她没多少时间跟这位医生讨论。这些声音很容易屏蔽掉。

鲁本调出昨晚的自拍照片，他把这些图片放在一个加密文件夹里，设置了密码保护。凝视照片令他感到恐惧，却忍不住要看。

鲁本希望那一切再次发生。

他必须直面这个想法。他渴望异变再次降临，他这一生中从未如此渴望过任何一件事，无论是初夜还是8岁那年的圣诞节清晨，都无法与此刻相提并论。他正在等待它的到来。

与此同时，鲁本提醒自己，昨晚的异变发生在午夜后，于是他继续查阅变狼和神话的相关资料。事实上，他迷恋各种文化里关于狼的传说，丝毫不亚于对狼人故事的热爱。中世纪传说里的“绿狼盟约”令他着迷，村庄里的人们围着篝火纵情歌舞，时而象征性地把“狼”投入火焰。

当他准备结束查找时，他想起了那本书，《狼人与其他传说》，19世纪两位法国作家的作品。何不试试呢？这本书很容易找到。在亚马逊网站上，他订了一本重印版，然后决定在网上找找这本书的标题故事。

没问题，在一个网站上，他找到了免费的下载。其实他不打算细读，只是抱着渺茫的希望，也许小说里会有真相。

18XX年，大约快到圣诞节的时候，在弗里堡的锡格尼特，我躺在床上，快要睡着了。这时候，我的老朋友伊德翁·斯波瓦突然闯了进来，他喊道——

“弗里茨，我有个好消息；我要带你去尼德克……”

尼德克！

接下来，小说里写道，“你知道的，尼德克是这个国家最宏伟的城堡，我们的祖先亲手建立的丰碑。”

鲁本简直不敢相信自己的眼睛——玛钦特的姓出现在一本“狼人小说”里。

他转头去谷歌上查询“尼德克”。没错，真有这么个地方。尼德克城堡是一座著名的遗迹，位于法国的奥贝拉斯拉克和旺让布尔昂让塔之间。但这不是重点，重点在于，这个姓出现在一本一百多年前的关于狼人的短篇小说里，而且这个故事在1876年被译成英文，时间正好是在尼德克家族来到门多西诺县、在海边建起宏伟大宅之前。如果西蒙·奥利弗的资料准确无误，这个“凭空出现”的家族以尼德克为名。

他惊呆了。这一定是个巧合，这个巧合显然从未被人发现，而且或许将被永远湮没。

短短的开篇里还有别的信息，鲁本回头重新读了一遍。斯波瓦。他见过这个姓，一定见过，而且是在与玛钦特和尼德克角有关的某个地方。是在哪里呢？他想不起来了。斯波瓦。他几乎能看到这个名字被写下来的样子，可是到底是在哪里？然后，灵光一闪。费利克斯·尼德克的良师密友，马尔贡，费利克斯叫他无神者马尔贡，他的姓氏正是斯波瓦。挂在壁炉上的那张巨幅照片，相框的衬边上是不是写着这个名字？噢，他为什么没有拿笔记下来那些名字？不过鲁本相当肯定。他记得玛钦特说过这个名字，马尔贡·斯波瓦。

不，这不可能是巧合。单单一个名字或许是碰巧，但是，两个名字？绝不可能是巧合。但这又到底意味着什么呢？

鲁本激动得颤抖起来。

尼德克。

西蒙·奥利弗律师是怎么说的？他打了一个又一个电话，喋喋不休地说啊说，似乎是在给他自己打气，而不是安抚鲁本。

“这个家族很难称得上古老。1880年代，他们凭空出现。费利克斯失踪后，他们曾掘地三尺寻找他的下落和这个家族的其他亲属，结果一无所获。当然，19世纪有很多新人崭露头角，白手起家。一位木材大亨凭空出现，修建了一座大宅，一点儿也不稀奇。重点在于，不太可能有失联很久的亲属冒出来质疑你的继承权，他们已经没有亲属了。”

鲁本呆坐在原地，凝视着电脑屏幕。

他们故意起了这么一个姓，有可能吗？不，太荒谬了。为什么要这样做？啊，他们读了一个关于狼人的故事，然后就用尼德克作为自己的姓氏？一个多世纪以后——不，完全是乱弹琴。管他什么斯波瓦。完全不可能。玛钦特从没听说过自己的家族还有这样的秘辛。

他又看到了玛钦特光彩照人的脸，他看到了她的笑容，听到了她的笑声。如此动人心弦，拥有一种内在的……内在的什么？幸福感？

但是，如果那幢黑暗的大宅真的隐藏着诸如此类的俗不可耐的秘密，那会怎样？

在接下来的一刻钟里，鲁本飞快地读完了这篇小说。

果然很有趣，典型的19世纪风格。尼德克城堡的休·鲁珀斯因家族诅咒变身为狼人，故事里充满了迷人的元素，譬如城堡的侏儒看门人，名叫黑死病的强大女巫，不过这些细节不是鲁本要找的东西。斯波瓦是黑森林里的猎人。

这些情节和鲁本在现实世界里的遭遇有着怎样的联系？尼德克角也遭受了狼人的诅咒吗？他显然不会相信这样的陈词滥调。

为什么不呢？

鲁本无法忽视这个想法。

他想到了玛钦特藏书室壁炉上方的巨幅照片：雨林深处的男人们——费利克斯·尼德克和他的老师，马尔贡·斯波瓦。玛钦特还提到了其他名字，不过鲁本记不清了——只能确定他们没有出现在这个故事里。

看来必须通读所有关于狼人的文学作品。鲁本立即订购了一批书，狼人小说、民间传说、诗歌、选集、研究文献，隔夜就能送到。

但他感觉这完全是在抓救命的稻草，一切都是他自己在胡思乱想。

费利克斯已经死去很久了。马尔贡或许也死了。玛钦特已经找过一遍又一遍。太荒谬了。从森林进入大宅的那头野兽，它显然是从被打破的餐厅窗户进来的。它听到了尖叫声，就像你听到的那样；他闻到了邪恶的气息，就像你闻到的那样。

浪漫而荒唐。

突如其来的悲伤侵袭了鲁本。费利克斯已经死了，再也不会回来。但是，别忘了狼人故事里的那些名字。如果说，如果说他还有堕落为狼的兄弟，在森林中逡巡……守卫着那座宅邸？

鲁本感觉很累。

暖意袭来，鲁本听到火苗的低吟声，听到檐沟里雨水的歌唱。他感到全身变得很温暖，很轻。整座城市在隆隆悸动，令他产生了一种奇妙的感觉，仿佛已与整个世界融为了一体。是的，和他在《旧金山观察家报》与女同事交谈时的疏离感正好相反。

“现在，你是他们的一员了，也许吧。”他喃喃低语。所有声音水乳交融着，说话声、哭喊声、祈求声，在表层之下盘旋低回。

上帝啊，如果身处你的位置，时时刻刻听到无所不在的乞求、恳请，不顾一切的喊叫与求助，会是什么感觉？

鲁本看了看表。

刚过十点。

现在跳进保时捷，开去尼德克角，怎么样？为什么不呢？这段路并不难走，只需在瓢泼大雨里淋几个小时而已。他应该能进到屋子里去。必要的话，可以打破一小块窗玻璃。应该没问题吧？几周内，那幢房子就将合法地归入他名下。他已经签署了产权公司要求的所有文件，接手了所有的账单，不是吗？去他妈的，为什么不去？

还有森林里的兽人。他会知道鲁本来了吗？他会闻到他的气息吗？这个曾被他撕咬，又被他放过的男人。

鲁本迫不及待地想要出发。

有什么东西分散了他的注意力。不是声音，是……某种振动，就像一辆开着重低音的汽车正驶过街道。

鲁本看到了一片漆黑的树林，但不是门多西诺的树林。不，这是另一片树林，浓雾弥漫，根须纠缠。有情况。

他猛地起身，推开通往露台的门。

大风呼啸，寒气逼人。雨点抽打着鲁本的脸庞和双手，简直令他心旷神怡。

雨雾中，城市灯光迷离，灯火闪亮的高楼层层叠叠，美不胜收。他听到一阵低语，近得就像在他耳畔，“烧死他，烧死他们。”声音尖锐刺耳。

他的心跳响得犹如鼓声，他的身体紧绷。狂喜的涟漪顺着皮肤流遍全身，体内的源泉猛地喷薄而出，他挺直了脊背。

来了，它来了！狼毛覆盖了他的身体，鬃毛直垂过肩，强烈的愉悦淹没了他，同时抹掉了所有警觉。他脸上冒出一层密密的狼毛，就像被一只看不见的手轻轻抚过，沁人心脾的快感令鲁本喘息起来。

暗夜里，所有声音都更加清晰，在他身旁缭绕回荡，钟声、音乐声、绝望的祈祷声。他感到一阵无法抑制的冲动，想要逃脱房屋的藩篱，跃入无边的黑暗，跃入另一个截然不同的世界。

等等，拍下来。去找镜子，亲眼见证这一刻，鲁本心里想着。但没时间了，他又听到了那个声音，“我们要把你活活烧死，老头子！”

他猛地跃上房顶，大雨顷刻就将他浇得透湿，但他却感觉雨点的击打轻盈如雾。

他向着那个声音奔跑，将一条条街巷甩在身后，在高楼间飞跃，跨过低矮的建筑，毫不费力地穿过宽阔的大道，顺着风指引的方向奔向海边。

那个声音更大了，还夹杂有另一个嗓音，随后还有受害者的喊叫。“我不会告诉你，绝不，我死也不会告诉你。”

鲁本知道自己身在何方，他以逼近想象极限的速度在海特区的高楼间纵跃。就在前方，金门公园渐渐露出形状，那是一片阴暗的大方框。那里有树林，没错，就是那片幽深的美丽森林。就是那里！

他闪电般冲进树林，踩过湿漉漉的草坪，跃上散发着芬芳的树梢。

突然，鲁本看到了，衣着褴褛的老人正在逃跑，他匆匆穿过欧洲蕨掩映的小道，躲避着后面的追捕。有人瑟缩在林中用油布和破纸板搭成的帐篷里观望。大雨如注。

一个袭击者抓住老人的肩膀，把他拖到一片开阔的草地上。雨水浸透了他们的衣服。其他追捕者停下脚步，点燃报纸卷成的火把，但雨水很快就把火浇灭了。

“煤油呢！”抓住老人的男人大喊。老人挣扎踢打。“我永远都不会告诉你。”他高喊着。

“那就带着你的秘密下地狱吧，老头子。”

拿火把的人在报纸卷上浇了煤油，火光蓦地腾起，煤油的味道与邪恶的气息混杂在一起。臭气熏天。

鲁本一声低吼，扑向拿火把的人，他的爪子深深刺进男人的喉咙，几乎把那家伙的头从肩膀上扯了下来。男人的脖子“咯”一声断了。

然后，鲁本扑向另一个袭击者，那人已经放开瑟瑟发抖的老人，冒着倾盆大雨逃向远处树下的帐篷。

鲁本毫不费力地抓住了他。他本能地张开爪子，全心全意地渴望挖出那人的心脏。他的利爪是如此饥渴。不，不要用牙齿，牙齿的撕咬或许会赠予对方狼的礼物。不，他不能冒这样的风险。鲁本的咆哮如同诅咒，他撕扯着那个毫无抵抗之力的男人。“你要活活烧死他，是吗？”——撕开他脸上的血肉，扯烂脆弱的皮肤。爪子刺破颈动脉，鲜血喷涌。男人软绵绵地跪倒，血浸透了他的牛仔布旧外套。

鲁本回过头来，泼洒在草地上的煤油正在燃烧，大雨浇在火焰上嗞嗞作响，浓烟滚滚，犹如地狱之火。

被追捕的老人瑟缩着跪坐在地，双臂紧紧抱着自己，他望着鲁本，眼神坚定。鲁本看着他在雨中艰难挪动，在暴雨的鞭挞下努力向前，仿佛完全感觉不到雨的肆虐。

鲁本扶起老人。他充满力量，镇定从容，火焰在身旁跳跃，他却感觉不到哪怕一丝温暖。

周围昏暗的灌木丛里传来窸窸窣窣的响动和低语，还有绝望的咒骂和恐惧的惊号。

“你想去哪儿？”鲁本问道。

老人指了指橡树丛背后的阴暗处。鲁本抱起他，把他送到树荫下。这里的泥土干燥芬芳，纠结的藤蔓与巨型羊齿蕨遮蔽着一座破纸板和油布搭成的窝棚。鲁本把老人放到破布和羊毛毯堆成的窝里，老人蜷缩起来，用毯子紧紧裹住自己。

小小的空间里充溢着脏衣服和威士忌的气味，然后是新鲜泥土的味道，鲁本闻到了湿漉漉闪着微光的绿色植物的气味，闻到了黑暗中奋力掘土的微型生物的气味。他退了出去，这个人造的小空间就像某种陷阱。

鲁本迅速跃上树梢，动作舒展自然。他离开森林深处，朝着史丹扬大街昏黄的灯光奔去。这条大道在金门公园东面，柏油路面上的车声仿佛永不停歇。

鲁本飞一般穿过大道，进入潘汉德尔的桉树林。狭窄的林地一直向东延伸。

鲁本尽量在高处行动，脚下的桉树仿佛巨大的草株，窄长的灰叶散发出苦涩与甜蜜交织的古怪气息。沿着公园的狭窄地带飞驰，行云流水般从一棵大树跳到另一棵大树的梢头，呼啸的快感让他想要放声歌唱。然后，他一跃来到共济会大街沿山坡蜿蜒而上的维多利亚式建筑屋顶上。

黑暗中谁能看见他的身影？没有人。大雨是他的朋友。他毫不犹豫地迈过屋顶湿滑的瓦片，发现自己来到了另一片昏暗的林地，这里是美景公园。

低沉徘徊的呢喃中有一丝不同的声音，他捕捉到了另一个人绝望的乞求。

“让我死，我想死。杀了我吧，我想死。”

声音并不高昂，然而在鲁本听到的那些隐藏于语言之下，或者说超越语言的呻吟与哭号中，这缕丝线般纤弱的乞求却如鼓声般响亮。

他来到求助者所在的房顶上，这是一幢宏伟的四层大宅，坐落于通往公园的陡峭山坡上。他向房子正面攀爬，抓住墙上的管道与凸起，透过窗户，他看到了一个形容可怖的老妇人被绑在黄铜床上。她瘦得皮包骨头，身上满是流血的溃疡，稀薄的灰发下粉色的头皮在一盏小台灯的照耀下闪着微光。

她面前的托盘里放着一碟热气腾腾的人类粪便，一个年轻女人舀起一勺大便，塞进老妇人嘴里。老人瑟瑟发抖，似乎快要晕过去了。恶臭的粪便，恶臭的残忍行径，邪恶的气味更是臭气熏天。年轻女人尖酸地开口讽刺。

“你一辈子除了残羹剩饭就没给我吃过别的，难道你觉得自己不会为此付出代价？”

鲁本破窗而入。

年轻女人尖叫起来，逃离床边，她的脸上满是愤怒。

她刚摸出抽屉里的枪，鲁本已经向她扑去。

枪声大作，一瞬间他的耳朵里只剩下那声巨响，然后他感到肩部一阵剧痛，但他很快将疼痛抛诸脑后，伴着一声低吼，他抓住了那个女人，狠狠将她砸倒在灰泥墙上。枪从她手中滑落，她的头撞破了墙皮。他感觉到生命正从女人体内流逝，咒骂声湮灭在她的喉间。

他愤怒地号叫着，将女人从撞坏的窗户里扔了出去，然后传来人体撞击路面的声音。

漫长的一瞬间，他站在原地，等待疼痛卷土重来，结果却没有。肩膀不再痛了，只有痉挛般跳动的暖意。

他走向黄铜床，老妇人被胶带绑在床头，枯瘦如幽灵。鲁本小心翼翼地解开束缚。

老妇人转开瘦削的脸庞。“万福玛利亚，你充满圣宠，”她低声祷告，干涩的嗓音低如耳语，“主与你同在。你在妇女中受赞颂，你的亲子耶稣同受赞颂。”

他弯腰解开老人手腕上最后的束缚。

“天主圣母玛利亚，”他凝视她的眼睛，低声续道，“求你现在和我们临终时，为我等罪人——我等罪人！——祈求天主。”

老妇人低声呻吟。她太虚弱了，几乎无法动弹。

他离开老人，悄无声息地穿过铺着地毯的过道，在另一间宽阔的房间里找到了电话。用爪子按下电话键如此艰难，他失声笑了出来，不由得想起那头门多西诺怪兽是如何在iPhone上完成拨号的。听到接线员的声音，一股突如其来的冲动攫住了鲁本，他想对着电话说“谋杀，谋杀”，但他克制住了自己。那太疯狂了。尽管很有趣。他突然讨厌起自己恶作剧的念头。何况这里并没有发生谋杀。

“救护车。侵入。顶楼老妇人。被囚禁。”

接线员还在追问细节，核实地址。

“快点。”他放下电话，但没有挂断。

他凝神静听。

房子里空荡荡的，只有那位老妇人——还有一个已经睡着了的人。

没过多久，鲁本就找到了二楼房间里的另一位老人，他也被绑在床上，身上满布瘀痕，奄奄一息。他已经睡熟。

鲁本摸索着电灯开关，随后灯光照亮了房间。

他还能做点儿什么来帮助这两个生灵，最大限度地预防不可挽回的悲剧？

走廊里镶嵌着一面巨大的金框镜子，借着房间的灯光，鲁本看到了自己模糊的轮廓。他猛地砸向镜子，玻璃碎片哐啷啷撒满地板。

他抓起过道边桌上老式的玻璃罩台灯抛向栏杆，任由它轰然摔碎在楼下的前厅里。

那缕海妖般的声音又出现了，缭绕盘旋，如同他在门多西诺听过的那缕声音。暗夜中的游丝。

现在他可以走了。

他逃离了这幢房子。

他在美景公园的柏树林里停留了很久。山顶的树木没有那么粗壮，但他很轻松就找到了一根足以承托体重的树枝。透过枝丫的缝隙，他看到救护车和警车涌向山坡上的大宅，看到两位老人被送走，看到他们收殓了那个"复仇者"的尸体，看到睡眼惺忪的看客终于散去。

鲁本感觉十分疲惫。肩膀上的疼痛不翼而飞，事实上，他几乎完全忘记了这事儿。然后他意识到，爪子没法像手一样触摸，他感觉不出纠缠的皮毛下面是否有黏湿的液体。

他更加疲累，非常虚弱。

不过他依然迅速地潜回了家里，不费吹灰之力。

在卧室的镜子里，他再次面对这样的自己。

"有什么新鲜事儿要告诉我吗？"他问道，"听听你的声音，多么低沉。"

异变开始了。

他抓住双腿之间柔软的皮毛，它正在萎缩消褪，然后他感觉自己的手指回来了。他举起手，触摸肩部的伤口。

没有伤口。

完全没有。

鲁本累得几乎站不稳，但他必须确认一下。鲁本凑近镜子。没有伤口。可是子弹是否还留在体内？会不会感染，会不会致命？天知道！

想到格蕾丝可能会有的反应，他险些笑出来。他该怎么说呢？

老妈，我昨晚可能中了一枪。你能帮我照个X光吗？看看子弹有没有嵌在我肩膀上。别担心，我没啥感觉。

不，这样的对话不可能发生。

他躺到床上，枕头柔软清新的气息令他安心，熹微的晨光渐次洒进卧室，他很快睡着了。

8

十点，鲁本醒了。他冲了个澡，刮了胡子，然后立刻出发去西蒙·奥利弗的办公室拿尼德克角大宅的钥匙。啊，玛钦特的律师完全不反对您拜访那幢大宅。事实上，勤杂工很希望见到您，有一些维护项目亟待您作决定。哦，还有，能请您自己做一份物品清单吗？我们很担心“屋里那些东西”。

还没到正午，鲁本已经开车上路了。他穿过金门大桥，直奔门多西诺。窗外的蒙蒙细雨似乎永不停歇。鲁本的车里装着衣服、备用电脑、两台旧的博士DVD播放器和其他打算留在大宅里的东西。那里将成为他的安乐窝。

他急需独处。今晚，他需要不受打扰的空间，供他研究、观察体内的力量，甚至寻找控制它的办法。也许他能够主动中止或是调整异变的过程，或者引导异变的发生。

无论如何，他必须远离外物外界，包括那些诱使他杀了四个人的声音。他别无选择，只能去北边。

而且……而且他心中尚存有一丝希望。也许在北边那片森林里，有某种东西清楚地知道他现在的状况，也许它会向他揭开秘密，告诉他真相。他知道这很渺茫，不过这样的可能性的确存在。他想让那东西看见自己，想让它看到他的身影在尼德克角的房间里游荡。

他溜出来的时候，格蕾丝还在医院，菲尔不见踪影。他跟塞莱斯特简单交代了几句，麻木地听她绘声绘色地描述昨晚发生的恐怖事件。

“那家伙把那个女人从窗户扔了出去，鲁本！然后她‘啪’地摔在人行道上！我说，全城的人都疯了！它在金门公园把两个流浪汉撕成了碎片，其中一个的内脏都被掏了出来，就像砧板上的鱼一样。还有，大家都很喜欢你写的故事，鲁本。狼人——现在大家都这么叫了。那些马克杯和T恤，你真该让他们分红给你。或许你应该把‘狼人’这个词儿注册成商标。不过谁会相信北滩那个疯女人的话呢？我是说，那家伙下一步会干什么呢，用受害者的血在墙上写诗？”

“想法真不错，塞莱斯特。”鲁本喃喃回答。

车在沃尔多坡道上被堵住了，他给比莉打了个电话。

“你又成功了，神奇男孩，”比莉说，“我不知道你是怎么做到的。全世界的通讯社和网站都在转载你的报道，脸书和推特上的链接更是不计其数。你赋予了那头怪兽生命，你叫它什么来着——狼人，哲学上的深度！”

有吗？怎么会这样？鲁本只是忠实记录了苏珊·拉森的描述，包括那头生物的声音。现在他连自己写了什么都不记得了。但大家都接受了“狼人”这个称呼，算是小小的成功吧。

比莉兴奋地谈论着昨晚刚发生的案件，她希望鲁本去采访金门公园的目击者和美景山案发现场的邻居。

“呃，我得去北边，没办法。”他告诉比莉，“我必须得去看看自己险些丧命的地方。”

“好吧，当然，你要去那儿寻找关于狼人的证据，对吗？记得拍几张走廊的照片！你也发现了，对吧，我们还没有大宅内部的任何照片。你带相机了吗？”

“绑架案怎么样了？”他换了个话题。

“绑匪不肯保证让孩子活着回来，而FBI坚持要他们拿出送还人质的方案，否则绝不汇款，谈判陷入了僵局。他们对外公布的信息有所保留，不过我在警长办公室的线人说，这次的绑匪是专业级的。情况似乎不太妙。如果这个见鬼的旧金山狼人真是什么主持正义以牙还牙的超级英雄，他怎么不去找找那些失踪的孩子？”

鲁本一时语塞。“真是个好问题。”他说。

*也许狼人还没弄明白自己在干什么，随着每一个夜晚的成功行动，他的信心也会与日俱增，你想过这个可能性吗，比莉？*但他没有说出口。

想到金门公园里那两个人的尸体，鲁本突然感到一阵恶心。他想到了那个年轻女人躺在人行道上的样子。也许比莉应该去一趟太平间，好好看看那位“超级英雄”到底都干了什么。那绝不是什么鼓舞人心的杰作。

不过恶心的感觉转瞬即逝。鲁本清楚知道，自己对那几个人没有一丝同情；同样清楚的是，他没有权利杀死他们。但那又怎样？

车流开始动了。雨下得更急。鲁本得动身了。公路上的嘈杂几乎淹没了他耳畔徘徊不去的声音，但仍能听到些细碎的低吟，像啤酒冒泡的嗞嗞声。

他把收音机的音量开到最大，让新闻和谈话节目淹没其他所有声响。

电台里说的不是金木绑架案就是狼人，还有不出所料的取笑和嘲弄。“狼人”这个名字已经家喻户晓，不过也有不少人说是雪人、大脚怪，甚至超级大猩猩。国家公共广播电台一位声音甜美的主播表示，本市近期发生的系列案件手段残忍，现场物理证据含混不清，酷似爱伦·坡小说《莫格街谋杀案》里面的情节，并由此推测凶手可能是一头由人操控的野兽，或者是个穿着野兽戏服的大力士。

事实上，听着新闻播报，鲁本发现，凶手穿着戏服作案的说法已经得到了大众认可，人们不再愿意接受反面的证据或证词。显然，没人相信这头怪兽拥有寻找不义之事的特殊能力，大家普遍认为它只是偶然撞上了案发现场。也没有人提出这位狼人可以或者应该去追捕金木案的绑匪。比莉的主意抢在了所有人前面。现在，鲁本也想到了。

为什么不试着找找那些孩子？别去北边了，掉头去马林县，去解决绑架案，怎么样？

部分谈话节目的主持人非常反感这阵狼人热潮，他们认为所有人都应该集中精力关注金木绑架案。一位家长已经跟FBI和警长办公室翻脸，公开谴责他们不肯按照绑匪的要求交付赎金。

想到那些失踪的孩子和金木学校紧闭的校门后家长的啜泣，鲁本就感觉自己的力量毫无用武之地，尽管就在昨晚，这样的力量还令他陶醉，没错，陶醉。行动起来吧！可是，该怎么做呢？如果他掉头开往案发地附近，敏锐的听觉能帮助他辨别出孩子们的哭号吗？

问题在于，他的听觉在白天并不是很灵。等到夜幕降临，他的听觉才会变得敏锐，但现在离天黑还有好几个小时。

鲁本继续向北。雨下得更大了。很长一段时间里，来往的车都打开了大灯。到了索诺马县附近，车流缓慢下来。鲁本发现，天黑前他不可能赶到尼德克角再折返了。真见鬼，才下午两点，天色已经暗得像黄昏了。

鲁本在圣罗莎靠边停车，用iPhone查到最近一家大码服装店地址，迅速买了两套最大的雨衣、几条超大运动裤和三件连帽衫，有一件雨衣是棕色的军用风衣款，他挺喜欢的。然后他又找到一家滑雪商店，买了滑雪面罩和最大号的滑雪手套。一同丢进购物车的还有五条棕色的羊绒围巾，配上药店里买到的超大墨镜，足以把他的脸遮得严严实实。如果滑雪面罩不管用或是太引人注目，至少还有备用方案。

沃尔玛里有大号雨靴。

这些准备工作让鲁本振奋不已。

回到车里，重新上路，鲁本立刻打开收音机跟进新闻。暴雨如注，车流的前进十分缓慢，有时甚至完全不动，今晚铁定要在门多西诺县过夜了。

大约四点左右，他终于开上了通往玛钦特大宅的森林公路。好吧，我们的大宅。新闻继续喋喋不休。

关于狼人案的最新进展，法医办公室已经确认，美景山的女死者是那两位老人的远亲，她的母亲也于两年前神秘死亡。至于金门公园的两位死者，他们的指纹与洛杉矶地区两起谋杀案的嫌疑犯吻合——他们曾用棒球棒敲死过好几个流浪汉。金门公园案死者之一的身份已经确认，他是弗雷斯诺的失踪人口，他的家人终于知道了他的下落，万分欣慰。北滩的强奸未遂者曾是一名杀人犯，因一起奸杀案入狱近十年，最近刚刚被释放。

“所以，无论这位疯狂的复仇者是谁，”警方发言人表示，“他的确拥有不可思议的能力，他总是在正确的时间出现在正确的地方，干预正在发生的罪案，这的确值得嘉奖。但现在，他干预的方式让我们不得不启动了旧金山有史以来最大规模的搜捕行动。”

“毫无疑问，”记者的问题如潮水般蜂拥而来，发言人继续说道，“我们此刻面对的是一个非常危险的精神失常者。”

“凶手是否穿着某种动物戏服？”

“这个问题需要等到证据梳理完成之后才能回答。”

告诉他们唾液里富含溶菌酶啊，鲁本心想，你当然不会说。这样的消息对公众的狂热来说，不啻火上浇油。而且昨晚他没有留下唾液，他们最多只能找到一点爪子上脱落的碎屑。

有一件事情很清楚：面对狼人，公众并不担心自身的安全。不过，没人相信狼人真的跟北滩的受害人或者目击者说过话，至少从热线电话的内容来看是这样的。

鲁本打算关掉收音机，就在这时，他听到了新的消息。两个小时前，人们在缪尔海滩发现了金木学校一位8岁女孩的尸体。死因是钝器外伤。

圣拉菲尔的警长总部正在召开新闻发布会，小女孩似乎是被私刑处死的。

“必须切实议定学生和老师的送还方案，在此之前，”警长宣称，“我们无法同意绑匪的任何要求。”

够了。鲁本听不下去了，他关掉收音机。一个小女孩死在了缪尔海滩。是那些“技术天才”干的，对吧？手里有这么多人质，何不杀掉一个来宣示决心？当然。他们有45名人质呢。

鲁本非常愤怒。

现在是下午五点，天色晦暗，暴雨丝毫没有停歇的迹象。所有声音都很遥远。事实上，现在他什么都听不到。显然，这意味着此刻他的听觉范围与普通动物无异。但他的超能力能听多远？完全没有头绪。

沙滩上发现小女孩的尸体。

这就够了，不是吗？足以推断其他人质的距离不会太远。

突然间，他翻越了最后一段坡道，大宅宏伟的轮廓出现在车头灯的光柱尽头，在雨雾的掩映下，这幢大宅比他记忆中还要恢宏，窗户里透出灯光。

在这一刻，他几乎敬畏起来。

与此同时，金木绑架案仍折磨着他。他无法控制地想着那些孩子，想着冰冷沙滩上小女孩的尸体。

他在大门前停车，门前的灯倏地打开，照亮了台阶和大门，强光直达二楼的窗户上方，壮丽辉煌。

噢，就在不久前，他才第一次和玛钦特·尼德克一同迈过这道门槛，那时候他还是个天真无邪的年轻人。

大门开了，穿着黄雨衣的勤杂工走下台阶，帮鲁本把行李搬进屋子。

大厅里的壁炉已经点燃，屋里飘荡着咖啡的芳香。

“我给您带了点晚餐，在炉子上，”勤杂工是个瘦高的灰眼睛男人，饱经沧桑的脸上满布皱纹，铁灰色头发所剩无几，笑容平淡却周到，一口加州腔十分悦耳，完全听不出原来的口音。“是我妻子带过来的。当然，不是她自己做的，是在镇上的红杉屋餐馆打包的。她还帮您买了点日用品，有点冒昧——”

“我很高兴，”鲁本立刻回答，“我什么都带了，却忘了食物，谢谢你。我原以为四点铁定能到，真抱歉晚了这么多。”

“别客气，”男人回答，“我是勒罗伊·高尔顿，大家都叫我高尔顿。我的妻子名叫贝丝，她一辈子都生活在这里。以前大宅举办派对的时候，她经常帮忙做饭打扫。”他接过鲁本手里的行李箱，单手拎起另外一大堆东西，转身沿着过道走向楼梯。

鲁本屏住了呼吸。他们就快走到那里了，就是在那里，他与袭击者殊死搏斗，险些丧命。

他不记得这里有黑橡木的护墙板，血迹已经清理干净，但从楼梯通往厨房门口这段长约7英尺的地毯显然是新换的，和楼梯上的宽幅东方地毯格格不入。

“完全看不出来了吧！”高尔顿得意地宣告，“地板我们都刷过了，上面的旧蜡起码有两英寸厚。我要是不说，你肯定想不到。”

鲁本停下脚步。他对这里完全没有印象。记忆里只有无边的黑暗，他毫无所觉地走进黑暗，遭遇攻击。这样的感觉让他想起了古比奥教堂里高悬的耶稣受难图，而他正走在那条通往十字架的路上。利齿如尖刀般扎进他的脖颈和颅骨。

你放过我的时候，是否知道后来会发生什么？

高尔顿发表了一大串毫无新意的感慨：生活还要继续，生者当节哀，人生总有意外，谁都不能幸免，你知道的，有些事情的原因你永远搞不清楚，直到某日真相终于水落石出，毒品那玩意儿太害人了，只要染上了，哪怕最乖的孩子都会变坏，我们只能接受已经发生的事情，继续生活下去。

“我说，”他的嗓音突然变得自信低沉，“我知道是谁干的，我知道咬你的家伙到底是什么。它饶了你的命，这真是个奇迹。”

鲁本听得背上一炸，心跳响如鼓声。“你知道是谁干的？”他问道。

“是美洲狮，”高尔顿眯起眼睛，抬起下巴，“而且我知道是哪一头。她在这附近出没的时间可不算短。”

鲁本摇了摇头，感到一阵轻松。老调重弹。

“不可能。”他说。

“哦，孩子，我们都知道，就是美洲狮。她带着她的崽子在附近游荡。我亲眼见过她三次，不过都没抓到。她咬死了我的狗，年轻人。你没机会见识了，我的狗可不寻常。”

鲁本彻底放松下来，高尔顿的猜测完全是南辕北辙。

“那是一条最棒的德牧，他叫潘泽尔，我看着他长大，从六周的小狗崽到成年，除了我亲手喂的食物，他绝不会吃别的东西。我训练他的时候都是用德语，在我养过的所有狗里，他是最棒的。”

“那头美洲狮咬死了他。”鲁本低声说。

老人又抬起了下巴，严肃地点点头。“美洲狮从我的后院里直接把他拖进了森林，等我找到他的时候，几乎什么都没剩下。是她干的。她和她的崽子，那窝崽子差不多也成年了。我一直在找她，找那一家子。我一定会抓到她的，去他妈的什么规定！他们拦不住我。早晚我会抓到她。不过你要是去了林子里，一定得当心。她总是带着崽子一起行动。我知道，她是在教它们捕猎。凌晨和黄昏的时候，你一定要多加小心。”

“我会小心的，”鲁本回答，“但真的不是美洲狮。”

“孩子，你怎么知道？”高尔顿问道。

为什么要跟他争论？你压根儿就不该说话！老头子愿意相信什么就让他相信好了。大家不都是这么干的吗？

“如果是美洲狮的话，我应该能闻到气味，”他说，“她的气味会留在我和死者身上。”

高尔顿思索了一会儿，勉强接受了鲁本的说法。他摇摇头，强调说：“无论如何，她咬死了我的狗，我一定要干掉她。”

鲁本点点头。

老人踏上宽阔的橡木楼梯。

“你听说马林县那个可怜的小女孩了吗？”他转头问道。

鲁本低声回答：“听说了。”

他感到呼吸艰难，但他还是想看清楚这里的每一件东西。是的，每一件。

这地方看起来非常干净，旧的东方地毯两头露出的地板擦得闪闪发亮，所有的烛台式壁灯都亮着，就像上次来的时候一样。

“你可以把我的东西安置在那边的最后一间卧室里。”他说。那是费利克斯住过的卧室，就在西走廊尽头。

“你不想要正面那间主卧室吗？那个房间的日照更多，非常漂亮。”

“不一定，现在我觉得这间挺好的。”

老人走在前面，他开灯的动作非常地迅速，显然对大宅十分熟悉。

床上铺着崭新的廉价花朵图案涤纶床罩，不过鲁本在床罩下面找到了干净的床单和枕套，浴室里的浴巾很旧了，但还算干净。

“我妻子尽了最大的努力，”高尔顿说，“他们说，银行希望这地方看起来尽可能体面，所以警察一解除封锁，她就打扫过了。”

“明白。”鲁本回答。

高尔顿挺好相处的，不过鲁本希望赶紧走完这套过场。

他们巡视了几个房间，讨论着诸如哪里应该修补，这个球形拉手要换，那扇窗户要上漆，有间浴室的吊顶塌了之类的问题。

主卧室的确很漂亮，威廉·莫里斯的花朵墙纸让人惊艳，大宅正面最漂亮的卧室。

它位于整座房子的西南角，两面都有窗户，大理石装饰的浴室十分宽敞，淋浴间也有向外的小窗。墙边有一座气派深邃的石头壁炉，壁炉台上装饰着漩涡形花纹，为了迎接鲁本的到来，炉火已经点燃。

“以前在左边的那个角落有一道铁楼梯，”高尔顿说，“通往上面的阁楼。不过费利克斯不喜欢这个设计。他想要绝对的私密，所以他让弟弟和弟媳拆掉了那座楼梯。”高尔顿很乐意充当向导，“看，这里的家具统统原封未动，”他指向那张胡桃木大床，“文艺复兴断拱风格，看到上面的瓮形顶饰了吗？床头板足有9英尺，硬胡桃木的。看看这镶板上的节瘤。”他朝着大理石面的梳妆台做了个手势。

“断拱风格，”这次说的是那面大镜子，“盥洗架也是原装的。来自大急流城，伯基和盖伊公司出品。那张桌子也一样。不过那张大皮椅的产地我不太清楚，玛钦特的父亲很喜欢它。每天早上他都会带着报纸坐在那张椅子上吃早餐。哦，报纸必须派人去取，没人肯往这里送报。这些都是真正的美式古董货，这座大宅就是为这样的家具而造的。楼下藏书室和大厅里的欧洲家具都是费利克斯买回来的，他喜欢文艺复兴风格。”

“看得出来。”鲁本回答。

“我们给这间房换了最好的床单，专门为你准备的。其他可能用到的东西都在浴室里。桌上的鲜花是我花园里的。”高尔顿说。

鲁本表达了他的感激，“我今晚就住这里了，”他说，“这果然是大宅里最好的房间。”

“从这里能看到最棒的海景，”高尔顿说，“当然，玛钦特从没在这里住过。对她来说，这是父母的房间。她的房间在走廊那头。”

丹佛斯太太的阴影，鲁本想起了希区柯克的电影。突如其来的冷战几乎令他感到愉悦，他很高兴地觉察出自己变得敏锐多了。现在，这是我的房子了，我的房子。

他无比渴望带菲尔来看一看这个地方，但现在还不行。没的商量。

东南角的卧室和主卧室一样，古色古香，正中间的另外两间卧室也是同样的风格。这三间房间里都摆着沉重肃穆的大急流城家具，装饰着绚丽的威廉·莫里斯花朵壁纸，不过有些地方的壁纸已经脱落发霉，亟需修理。高尔顿说，这些卧室都没有翻修过，所以没有足够的电源插座，壁炉也不好用。旧浴室里的老式柱盆和带爪浴缸看起来很迷人，用起来却不太方便。

“费利克斯本来打算处理掉的。”高尔顿摇摇头。

宽阔的前走廊上，地毯很旧。

他们来到东面的几间卧室，仍然是美式古董家具，巨大的床架，文艺复兴式的旧椅子。

“这边的房间倒是都翻修过，”高尔顿骄傲地说，“每个房间里都有电视接口和中央暖气，壁炉情况良好。都是费利克斯操办的。不过玛钦特从来没装过电视，以前的旧电视早就没了。玛钦特不爱看电视，自从男孩子们被赶出去以后，她更是完全不看了。当然，她经常带朋友过来，有一次她从南美把整个会所的人都请了过来。不过客人们也不在乎有没有电视。她说就这样好了。”

“能请你帮我在主卧室里装一台大尺寸平板电视吗？我要开通所有的有线频道，”鲁本说，“我是个新闻迷，简直不能自拔。楼下的藏书室里也要一台大的，厨房里倒是可以装台小的。我之前说过吧，我自己做饭。”

“没问题，马上就办。”高尔顿显然很高兴。

他们回到橡木楼梯上，穿过一片死寂的前厅。

“啊，你应该知道，我有两个帮工，”高尔顿说，“他们有时候也会进出大宅，一个是我表亲，还有一个是我的继子。你要是有什么事儿，告诉他们也一样。无论你想做什么，我们都会处理妥当。”

他们回到楼下，高尔顿骄傲地指给鲁本看，被打破的餐厅窗户已经“修好了”，完全看不出来，要把菱格窗修成这样可不容易。

大厅门口两侧的银器收纳间被那两兄弟洗劫一空，银盘子和茶壶丢得满地都是，他们想伪装成抢劫，好像谁会蠢得相信这个拙劣的圈套一样。

“现在，所有东西都整理复原了，”他打开两边的门向鲁本展示，“大宅里的储藏室可不少，这里有两个，厨房旁边还有专门的备餐间。希望你的人生规划里有一个大家庭和很多孩子。走廊另一头有个壁橱，同样装满了瓷器和银器。”

鲁本强迫自己跟在高尔顿身后走进厨房。他花了很大力气才勉强自己低头看向地板，白色大理石上已经铺了几块椭圆形的小地毯，玛钦特的血迹就藏在地毯下面，也许还留在灰泥缝里，也许就在大理石上。他不知道她摔倒的具体位置。他完全不想待在这间屋子里，火炉上的锅热气腾腾，那是为他准备的晚餐。鲁本感到一阵恶心反胃。

目睹死亡之后立刻进食总是让他反胃。他还记得，在伯克利的时候，塞莱斯特的哥哥去世以后，他好几天水米不进，即使并没有呕吐。

他把自己的痛苦掩饰得很好。高尔顿还在等他。

“你可以动手干活了，”鲁本说，“我把维护修复的事儿全权委托给你。”他打开皮夹，抽出一沓钞票，“这些应该够前期开销了。请把冷库和食物间填满，你知道的，买点常用的东西就好。解冻烹调羊腿什么的我挺拿手，帮我买几袋土豆、胡萝卜和洋葱。我能照顾好自己，你管好其他事儿就行。对我来说，隐私很重要，所以，除了你以外，谁也不许进宅子里来，我是说，任何人都不行，就算是你的手下要来，也必须由你陪同。”

老人很高兴，他把钞票塞进口袋，对鲁本的每一个命令都点头称是。他解释说，“那些记者”在附近窥探了很久，不过没人敢进来，后来出了绑架案的事儿，他们就都消失了。“现在这世道就是这样，网络什么的，”高尔顿说，“什么事儿都是昙花一现，现在他们又在说什么旧金山狼人了，一直有人往这里打电话。不久前警察还来过两趟。”

还有，警察离开以后，大宅的警报系统就打开了。警方的调查人员一走，高尔顿就自作主张，打开了警报系统，家族律师知道这事儿。这套系统能监控整个一楼，运动探测器、破窗警报，应有尽有，所有门窗都有监控。

“如果警报系统被触发，我家里和本地的警察局都会立刻得到通知。我们会打电话过来确认，而且他们会马上派武装人员过来。”

他告诉鲁本警报系统的密码，向他示范如何输入。二楼装了一台控制器，早上下楼之前，可以在控制器上输入密码，关掉一楼的运动探测器。

“如果你还没睡下，又不想关掉整个系统，就输入密码，按一下主菜单键，门窗的运动探测器就都关掉了。”

“噢，还有，你一定要记一下我的电子邮件地址，我每天都会检查邮件。如果这儿有什么问题，你就给我发邮件，我很快就会处理。”他骄傲地举起手里的iPhone，“或者打电话也行，我整晚都把手机放在床边。

“也不用担心那些锅炉，燃气锅炉看起来虽然老旧，但考虑到这座大宅的年纪，它们还算是新的，而且锅炉房里绝对没有石棉。锅炉让室温保持在69华氏度左右，玛钦特喜欢这个温度。当然，很多出风口都没打开。不过现在已经够暖和了吧？

“还有，主楼梯下面有个小地下室。别管它了，里面什么都没有，锅炉好多年前就都搬到侧翼的仆人房去了。”

“嗯，好的。”鲁本回答。

“网络服务已经开通，和玛钦特小姐在的时候一样。整幢房子都能上网，她的办公室里有一个路由器，二楼走廊尽头的配电间里还有一个。”

鲁本很满意。

他把高尔顿送到后门门口。

在树梢的泛光灯照射下，他头一次看到了大宅背面宽阔的停车场和左翼两层的仆人房，菲莉丝就是在那里被杀害的。这片建筑显然是后来新修的。

离开灯光的范围，森林那边黑得几乎什么都看不见，只有树木偶尔反射出一点儿绿光。

你在那里吗？你在看吗？你还记得被你放过的那个人吗？

高尔顿的福特牌卡车很新，他唠叨了好几分钟这辆车有多好。对男人来说，还有什么东西的魅力比得上一辆崭新的卡车。“没准你也应该在大宅里准备一辆卡车，以防万一，不过我的车随时听候你的差遣。”最后他终于准备走了，不过他保证，只要鲁本打他的手机或是家里的电话，他十分钟内就能赶到。

“最后一个问题，”鲁本说，“我这里有勘测员绘制的地图，不过庄园周围有围栏之类的吗？”

“没有，”高尔顿回答，“红杉林绵延好几英里，有一些是这片海岸上最老的树，不过到这边来远足的人不多，这里离常规路线太远，他们都去了国家公园那边。北边是汉密尔顿家，以前德雷克赛尔家住在东边，不过现在那里恐怕没人了，好几年前那片地方就已经挂牌待售。几周前我确实看到那边有灯光，可能是房产中介吧。他们的树和您的一样老。”

“我等不及要去树林里走走。”鲁本喃喃说道。不过他真正在意的是，现在终于只剩下他一个人了。只有他自己。

想想看吧，等到异变降临的那一刻，以狼人的形态在林间漫步，以前所未有的方式去看，去听，去品尝，还有比这更美妙的事吗？

美洲狮和她的崽子呢？它们真的在附近吗？一个念头在他脑海里盘桓不去——像美洲狮那么强壮的野兽，我能跑过它吗？我能干掉它吗？

他在厨房门口站了片刻，听着高尔顿的车声逐渐远去，然后转过身来，直面空荡荡的大宅，直面曾在这里发生过的一切。

9

第一次来这里的时候，他什么都不怕，现在，他更是无所畏惧。他感觉自信十足，精力旺盛，浑身充满力量，在异变发生前，他从来没感觉这么好过。

不过，此刻的孤独仍让他有点儿不适。这种纯粹的孤独，鲁本一直不怎么喜欢。

鲁本在旧金山熙熙攘攘的人群中长大，俄罗斯山优雅的小房间是他的安乐窝，在那幢狭小的房子里，格蕾丝、菲尔还有格蕾丝的朋友们总是进进出出的，带来了无穷活力。他的一生都在人群中打转，拥挤的北滩和渔人码头是他最常出没的地方，离同样拥挤的联合街只有几分钟路程，那边有他最爱的餐馆。假期里，他要么和家人一起乘坐游轮度假，要么和一群胆大包天的同学一起探索中东的遗迹。

现在，他得到了渴求已久的独处与安静。自从和玛钦特一起走进大宅的那个下午以来，这样的独处与安静一直引诱着他，蛊惑着他，令他不得安宁。而在这一刻，当他真的孤身一人，他感到前所未有的孤独与疏离，就连玛钦特都变得遥远起来。

暗夜里是否潜藏着什么东西？比所有人更了解他的东西？他毫无头绪。他听到很多细微的声音，但没有任何异常之处。仅此而已。

而且他心里很明白，希望那东西就此出现，只不过是他的一厢情愿。

孤独感太过强烈。

还是做点儿正经事吧——研究这个地方，研究这里的一切。

厨房十分空旷，干净得一尘不染。就连编织小地毯也是崭新的，但是跟白色大理石地板格格不入。铜底锅挂在中央岛台的铁钩上，岛台上还有砧板和几个漂亮的小水槽。靠墙的一列黑色花岗岩台面闪闪发亮。透过白色珐琅橱柜的玻璃门，鲁本看到各式各样的瓷器整齐地排列成行，还有大型厨房里常见的各种壶和碗。厨房和餐厅之间是狭长的备餐间，玻璃门的橱柜里满是瓷器和亚麻织物。

鲁本缓缓将视线投向玛钦特的办公室，然后他走进这间黑暗的小屋，目光落在空荡荡的书桌上。这个房间是在厨房西头隔出来的，同样铺着大理石地板。那个惊魂之夜他见过的杂物都被收起来了，房间里摆着白色储物盒，每个盒子都贴着标签，上面用黑色记号笔写着数字和缩写，应该是警方调查员的手笔。显然，地板已经被彻底清扫过了，但房间里仍有若隐若现的香味——玛钦特。

对她的爱意与无法诉之于口的痛苦同时袭来，鲁本咬紧牙关，等待潮水退去。

他们把所有东西都清理归位了。电脑留在原地，不过他不知道硬盘上还有什么东西。打印机和传真机都很正常，还有一台带玻璃盖板的复印机。墙上的相框里挂着一幅费利克斯·尼德克的肖像，是鲁本从没见过的。

这是一张普通的正面半身照，这种照片里的人总像是在盯着你看。鲁本暗自推测，这张照片也是胶片拍的，最微小的细节都清晰可见。

费利克斯的黑发微微打卷，笑容和蔼可亲，黑眼睛热情而富有表达力。他穿的似乎是一件浅色斜纹布的夹克，剪裁合体，白衬衣的领口敞开着。他看起来好像随时都会说话。

照片的左下角用黑色墨水写着：

亲爱的玛钦特，勿忘我。

爱你的费利克斯叔祖父，1985年

鲁本猛地转身离开，关上房门。

他没想到痛苦会如此强烈。

“尼德克角，”他喃喃低语，“我愿意承受你带给我的一切。”但是当他看到厨房门外的那条走廊，他险些丧命的那条走廊，他觉得自己或许承受不了。

慢慢来，别着急。

他静静地伫立了片刻。暗夜中没有丝毫声响，他听到了远处的海浪声，海水拍打着沙滩，涛声如枪声般响亮。不过，他只能任由海浪声钻进耳朵，提醒他在这光线充足的舒适房间之外，还有别的世界。

他盛了一些炖菜，又从放银器的抽屉里拿了一把叉子，然后端着盘子走进东边的早餐室，坐在窗畔的餐桌旁。

就连这个房间都有取暖炉，虽然并没有点燃。富兰克林式黑铁炉摆在角落，墙边橡木的大陈列柜里放着一排排的彩绘碟子。

陈列柜右边挂着一口漂亮的黑森林布谷鸟钟。菲尔一定会喜欢这东西，鲁本心想。有一段时间，菲尔沉迷于收集布谷鸟钟，没完没了的报时音乐和咕咕声让全家人的精神都有点不对劲儿了。

黑森林。他想到了那篇小说，“狼人”，那个叫斯波瓦的角色，还有尼德克。黑森林。他迫不及待想去看看藏书室里的照片，但楼上还有很多照片等着他去查看。

别着急，慢慢来。

东边的一整面墙都是窗户。

他一直不喜欢在夜间坐在没拉帘子的窗前，尤其是在外面一片黑暗、什么都看不见的情况下。但现在，他故意选择了这样的位置，就像站在被聚光灯照亮的舞台上。这是为了告诉森林里的那个东西，他在这里。

所以，尼德克家的堕落堂亲，如果你在那里，看在上帝的份上，现身吧。

当然，他坚信，不久后异变就将到来，就像昨晚和前晚一样，虽然他并不知道原因，也不知道确切的时间。不过他尝试着促使它提前发生。而且他很好奇，如果那个生物真的在外面观察，那他是会等待鲁本变形，还是直接现身？

他机械地吃着牛肉、胡萝卜和土豆，实际上，味道相当不错。现在他已经不反胃了。他举起盘子，喝掉肉汤。高尔顿的老婆安排得挺好。

突然间，他放下叉子，双肘撑在桌边，捂住自己的额头。“玛钦特，请原谅我，”他低语，“请原谅我，有那么一瞬间，我居然忘记了你死在这里。”

塞莱斯特打来电话的时候，他仍静坐在原地。

“你在那儿待着不害怕吗？”

“有什么可害怕的？”他问道，“袭击我的人已经死了，他们当场就丢了命。”

“我不知道，想到你在那里，我就有点儿不安。下午的事儿你知道了吧，他们找到了那个小女孩。”

“我在过来的路上听说了。”

“记者已经在警长办公室外面安营扎寨了。”

“想象得到。但我现在还不打算过去。”

“鲁本，你错过了职业生涯里最重磅的新闻事件。”

“我的职业生涯才六个月，塞莱斯特，前面的路还长着呢。”

“鲁本，你真是永远都分不清轻重缓急，”她轻声责备，显然，两人之间遥远的距离给了她鼓励，“你要知道，所有认识你的人都没想到，你能为《旧金山观察家报》写出那么有趣的文章。现在，你应该继续写下去。我是说，当你接受那份工作的时候，我心想，好吧，他能坚持多久？而现在，鼎鼎大名的狼人就诞生在你的笔下。大家都在引用你的描述——”

“是目击者的描述，塞莱斯特——”他干吗要费这番口舌？

“听着，我跟莫特在一起呢，他想跟你打个招呼。”

这算是安抚，是吧？

“你还好吧，哥们儿？”

“挺好的。”鲁本回答。

莫特夸了几句他的狼人报道。“写得真不错，”他说，“现在你是在那边继续写关于大宅的东西吗？”

“我不想让外界再多关注这幢房子，”鲁本回答，“我希望大家赶紧把这地方忘掉。”

“可以理解。放心，这种故事人们不会关注太久的。”

是吗？

莫特说，他打算带塞莱斯特去伯克利看电影，希望鲁本能一起去。

唔。

鲁本说，没关系，过几天我再联系你们。

电话打完了。

啊，她和莫特待在一起，很开心，于是感到有点儿内疚，所以给我打了个电话，嗯，就是这样。全城的人要么在找绑匪，要么在找狼人，这时候她怎么会想起来跟莫特去看电影？

外面正在发生大事儿，她却窝在伯克利的电影院里，这可不像是塞莱斯特的性格。呃，或许她爱上了莫特。鲁本无法责怪她。实际上，他压根儿不在乎。

厨房台面下足足有三台洗碗机，他随便找了一台，把碟子和叉子扔进去，然后开始了真正的探索。

他先是彻底巡视了底楼，所有的柜子都是老样子，里面的东西原封未动；废弃的温室被彻底清理过了，所有死掉的植物都被搬了出去，黑色花岗岩的地板打扫得干干净净，就连那座希腊式的喷泉都擦过了，旁边还用透明胶贴了一张字迹工整的纸条，“需要水泵”。

在主楼梯下方，他找到了通往地下室的台阶。地下室的确很小，大约只有20英尺见方，墙边顶天立地的深色木质储物柜已经有点儿褪色，里面装的都是撕破弄脏的亚麻织物。还有一台满是灰尘的旧锅炉，看得出来，以前所有锅炉都放在这里。管道已经拆掉了，留下来的只有天花板上的痕迹。一张坏掉的餐椅胡乱丢在角落里，还有一个旧的电吹风和一只空箱子。

现在，关键时刻来了，实际上，他特地把这地方安排在了路线的最后——藏书室和镀金相框里的先生们。鲁本转身回到底楼，怀着朝圣般的心情走进藏书室。

鲁本打开头顶的枝形吊灯，辨认着相框衬边上的名字。

马尔贡·斯波瓦，巴伦·蒂博，雷诺兹·瓦格纳，费利克斯·尼德克，谢尔盖·格拉贡，还有弗兰克·凡陀弗。

他迅速把这几个名字输入iPhone，给自己发了一封电子邮件。

他们的表情多么轻松愉快啊。正如玛钦特描述，谢尔盖个子很高，金发闪亮，就连浓密的眉毛也是金色的，脸的轮廓呈长方形，典型的北欧人。其他人的个子都比他矮一些，不过各有鲜明的面部特征。只有费利克斯和马尔贡的皮肤是深色的，看起来似乎拥有亚洲或拉丁血统。

拍照片的时候他们正在讲什么内部笑话吗？或者只是几位密友在冒险旅途中的某个闪光时刻？

斯波瓦，尼德克。也许只是巧合。其他名字，鲁本完全没有印象。

好吧，反正照片跑不了，有足够的时间慢慢探究。

鲁本来到二楼。

这里的回忆更多。在他第一次来到这里的那个晚上，二楼的很多房间都紧锁房门。现在，所有的锁都打开了。

“这些是储藏室。”高尔顿介绍的时候漫不经心。

不出所料，储藏室的架子上满是让他倾心不已的宝藏，雕像多不胜数，有玉石的、有闪长岩的、也有石膏的，书籍和残片随处可见。

他从一个房间走进另一个房间，大致浏览了一遍。

然后，他沿着大宅正面的楼梯上了三楼，摸索着找到了电灯开关。鲁本发现自己站在一间巨大的屋子里，头顶的天花板是大宅西南角的斜顶，眼前摆着一张张木桌，上面散乱地放着书籍、纸张、雕像、古玩、标着潦草记号的一盒盒卡片、空白记事簿、看起来像是分类账目的表格，甚至还有一捆捆的信件。

这间阁楼位于主卧室正上方，费利克斯拆掉了下面的楼梯。鲁本看到了地板上留下的方形痕迹。

房间正中挂着一盏古老的黑铁枝形吊灯，吊灯下的几张大椅子坐垫都已经坐塌了，不过看起来很舒服。

在一张椅子的扶手上，他发现了一本布满灰尘的平装本小书。

他捡起这本书。

德日进

我 相 信

真有意思，费利克斯也读德日进的书？那位优雅神秘的天主教神学家？鲁本不太懂抽象的哲学和神学，正如他不懂科学，不过他一直很欣赏德日进诗歌般的韵律，在这一点上，哥哥吉姆是他的同好。在德日进的作品里，鲁本看到了某种希望，正如那位神学家常说的，他不光是上帝的虔诚信徒，也同样信仰尘世。

鲁本打开这本书。书页旧得发脆，版权页上标着1969年。

我相信，整个宇宙在不断演化。

我相信，演化的方向通往精神。

我相信，精神完全映射于某种人格之中。

我相信，这至高无上的人格便是万能的基督。

写得真美，德日进。鲁本心里有些酸涩，悲伤突如其来，还有一点愤怒，最后化成某种类似绝望的情绪。绝望不是鲁本的天性，不过在某些时刻，他会品尝到它的滋味，正如此刻。鲁本正打算把书放回原处，然后他看到了书页上潦草的字迹：

亲爱的费利克斯，

献给你！

我们熬过了这一切，

没有什么能打倒我们，

欢呼吧！

马尔贡

罗马，2004

好吧，这本书是他的了。

他把书塞进衣兜。

废弃的铁质旋转楼梯仍在房间角落里，积满灰尘，旁边还有一些盒子，不过现在他不打算打开查看。

在接下来的一小时里，鲁本在三楼来回巡视，找到了另外三间独立的斜顶阁楼，其中两间和这间的摆设差不多，另外一间空荡荡的。每个房间都有通往二楼的暗梯。

然后，鲁本回到了一楼费利克斯的那间旧卧室，今晚他打算住在这里。远离电视新闻令他有点儿恐慌，从4岁那年学会打开电视以来，新闻便成了他生活中永恒的背景。当然，后来他有了电脑，这其实也没什么区别。

还在伯克利的时候，有一天晚上突然停了电，他借着烛光读完了乔伊斯的《芬尼根的守灵夜》。有时候，人们往往需要一点外力来帮助他们专注于眼前的东西。

他翻了翻费利克斯房间里的置物架。放在卧室里的一定是他心目中最重要的东西。应该从哪里开始呢？先检查什么比较好？

有什么东西不见了。

他条件反射地想到，不可能，肯定是我记错了。不过当他的视线快速扫过房间里的架子，他明白过来，他没有记错。

是黏土板，那些写满楔形文字的价值连城的美索不达米亚黏土板，统统不翼而飞。一片也没有留下，包括所有残片。

他飞奔出去，检查了另外两间储藏室。结果不出所料，没有黏土板。

他又回到阁楼上。

还是没有，所有东西都在，除了黏土板。

现在，他看出来了，陈列架的薄灰之中有一块块的空白，曾经放在那里的东西不见了踪影。

所有的黏土板都已经被人小心翼翼地取走了。

他回到最熟悉的房间里，又检查了一遍。黏土板真的都不见了，只留下灰尘中干净得刺眼的空白，他甚至能看到零星的指纹。

鲁本恐慌起来。

有人进入了这幢房子，偷走了费利克斯最宝贵的遗产。费利克斯在中东奔波多年，辛苦搜集的宝藏被人洗劫一空。玛钦特曾那么努力地想要保护这些宝贝，将它们传承下去，现在一切都已化为乌有。有人……

但这毫无道理。

谁干的？他单单偷走了黏土板，压根就没碰别的任何东西——那些雕像一定很值钱，古老的羊皮纸卷更是学者和博物馆垂涎三尺的无价之宝，还有那一盒盒的古硬币，这些东西统统原封未动。看看，中世纪的手抄本，放在这么显眼的地方，楼上还有无数的珍贵典籍。

简直毫无道理！那些黏土板看起来毫无特别之处，和石膏板、泥板没什么两样，甚至还有点像变质的饼干，谁会知道它真正的价值？

想象一下，这位神秘的小偷，如幽灵般在大宅里穿梭，蹑手蹑脚地拿走所有黏土板，却无视其他宝藏，就此逃之夭夭。

谁会拥有这样的知识、耐心和技巧？

完全没有道理。但黏土板的确消失了，一片也没有留下。

不过，也许不见的还有别的很多东西，只是鲁本没有发现。

他开始翻找卧室的架子。17世纪的古书，书页已经开始脱落，不过还能翻阅。嗯，这个小雕像是真品，手感不会骗人。

噢，这里值钱的东西真是太多了。

他在架子上发现了一条精致的金项链，柔软的金子被雕成细密的叶片，这显然是一件古董。

他小心翼翼地把项链放回原处。

然后，他走到楼下的藏书室，拨通了西蒙·奥利弗家的电话。

“我需要一些信息，”鲁本说，“我想知道，警察调查的时候是否给大宅里所有东西拍过照片，我是说，他们没有搜查的屋子是不是也拍照存档了。你能帮我找一下这些照片吗？”

西蒙抗议说这活儿可不容易，不过在玛钦特去世后，尼德克家的律师事务所立即给所有东西都拍了照。

“玛钦特以前拍过全套，她告诉过我，”鲁本说，“你能帮我弄到那些照片吗？”

“我真的不知道。试试看吧。不过他们事务所的那份清单应该能给你，这一点我可以保证。”

“越快越好，”鲁本说，“明天就要，不管你找到多少照片，直接发邮件给我。”

他挂掉电话，打给高尔顿。

老人向他保证，进过大宅的只有他和他的家人。他们老两口进出了几天，呃，还有他的表亲和继子。哦，还有尼娜，镇上那个小姑娘，经常给菲莉丝打下手的，没错，她也来过。尼娜喜欢在森林里远足，她不会碰大宅里的东西。

“别忘了，我们装了警报，”高尔顿说，“警察一走，我就打开了警报。”警报系统绝对不会失灵。如果那天晚上尼德克小姐打开了这套系统，窗户一破就会触发。

“没有其他人进过大宅，鲁本。”高尔顿很有信心，他说，我就住在大宅山脚下，只有10分钟车程，要是有人开车从这条路上去，我肯定能看到或者听到。没错，前段时间来过几个记者和摄影师，不过没几天他们就走了，而且，那几天我一直待在大宅里，盯着他们的动静，再说他们也不可能绕过警报。

“你要知道，鲁本，”高尔顿说，“想去那上面可没那么容易。到这边来的人本来就不多，也就那些大自然爱好者和远足者而已。”

好吧，鲁本表达了一番谢意。

“孩子，如果你觉得心里没底，我很乐意上来陪你，我可以住在后面的房子里。”

“不用了，我很好，谢谢你，高尔顿。”鲁本挂断电话。

他在桌边坐了很长时间，凝视着对面壁炉上方照片里的费利克斯和他的同伴。

藏书室的窗帘没拉，周围的玻璃窗如黑镜一般。壁炉里堆着橡木和引火柴，但他不想点火。

他觉得有点儿冷，但还不是很冷，他陷入了沉思。

有一个显而易见的可能性。费利克斯的某个老朋友读到了玛钦特案的新闻，他可能在某个遥远的地方，地球的另一边。在没有网络的年代，这样的新闻可能永远都不会传那么远——那个人花了一点儿时间，弄清了事情的来龙去脉。然后，他来到这里，悄无声息地潜入大宅，拿走了所有的黏土板。

玛钦特案的新闻已经传遍世界，这一点毫无疑问。昨晚他在网上确认过。

那么，如果事情真的如此，背后的含义就颇为深长。

这意味着费利克斯宝贵的黏土板可能到了某位关注此事的考古学家手里，等他了解到鲁本的好意，也许很快就会把东西送回鲁本手里，或者交给其他更适合的人。

这个想法让鲁本略微平静了一点。

还有，这个人很可能知道一些关于费利克斯下落的消息，或者至少，这条线索也许能帮他找到某个认识费利克斯的人，对吧？

当然，这个想法太过乐观，现在塞莱斯特批评的声音已经从鲁本脑海里消失，不然的话，他肯定会听到她说，别做梦了！

不过，鲁本心想，现在我已经不会时时刻刻听到她的声音了，对吧？而且她既没发短信给我，也没打电话。她正在和莫特·凯勒一起看电影。我也听不到哥哥的说教声。他们俩知道什么？菲尔呢，我告诉他黏土板的事情时，他正在读《草叶集》。我没跟莫特说过这事儿，对吧？他来医院的时候，止痛药和抗生素搞得我头晕脑涨，什么话都说不了。

鲁本回到楼上，从行李里取出笔记本电脑，带回藏书室。

书桌左边放着一台老式打字机，他把电脑放在打字机旁边，连上了无线网络。

没错，在旧金山狼人新闻出来之前，玛钦特案的报道已经传遍世界，就连俄罗斯和日本也有报纸拿它当头条。这一点毫无疑问。他还懂一点儿法语、西班牙语和意大利语，世界各地的报道都提到了作案的凶手被一头神秘的野兽杀死。报道还描述了这幢大宅，甚至包括大宅后面的森林，当然，对神秘野兽的描绘更是浓墨重彩。

没错，费利克斯的那位朋友能查到所有关键元素：大宅、海岸，还有这个神秘的名字，尼德克。

鲁本暂时放下了这个线索，开始查阅金木绑架案的新闻。一切还是老样子，不过家长已经对警长办公室和FBI失去了信心，他们认为当局应该为小女孩的死负责。苏珊·柯克兰，这是她的名字。小苏珊·柯克兰。今年8岁。现在，她的彩色照片已经被传到了网上，照片里的小女孩笑得很甜，金发上别着粉红色的塑料发夹。

鲁本看了看表。

已经八点了。

他的心狂跳起来，但什么也没有发生。鲁本闭上眼睛，却只听到森林里的窸窣声和没完没了的雨声。动物在黑暗中走动的沙沙声与鸟儿的歌唱混合成巨大的漩涡，让鲁本失去了方向，迷失其中。他浑身一凛，清醒过来。

鲁本迟疑着起身拉上所有窗帘。天鹅绒布料上飘出些许灰尘，不过很快就沉了下去。他打开皮沙发和莫里斯椅旁边的几盏台灯，点燃壁炉。干吗不点炉子呢？

他又走进大厅，点燃这里的炉火，加了几块木柴，然后检查了一下壁炉前的警报系统控制板——上次这里还没有这东西——确保一切正常。

然后，他走进厨房。咖啡壶早就不见了，不过这难不倒鲁本。

只花了几分钟，他就煮好了咖啡，捧着玛钦特的漂亮瓷杯回到了藏书室里。炉火细微的噼啪声让他舒缓下来，细雨永不停歇地敲打着屋檐，雨水流过屋顶的瓦片，顺着排水沟汩汩流进下水道，或是从窗棂滴落。

他头一回清晰地听见了这些声响。

问题在于，以前你也没有集中精力留意这些细节。这个结论不科学。

他放下咖啡，在电脑上建立了一个密码保护的文档，开始记录这件事。

片刻后，他来到后门门口，望向外面的黑暗。泛光灯已经关掉了，现在，他能够清楚地看到远处的树木，仆人房的石板屋顶上爬满藤蔓。

他闭上眼睛，试图唤起体内的力量。他用头脑细细描绘，呼唤那种目眩神迷的感觉，放空大脑，凝神描摹异变。

但是他失败了。

孤独感再次袭来。这地方如此荒凉。

“你在期待什么？你在梦想什么？”

所有事情似乎都有着某种联系，改变他的那个生物，尼德克这个名字，甚至还有偷走黏土板的窃贼，似乎都被一条神秘的纽带连在一起。或许那些古老的黏土板里藏着某些与这一切有关的秘密？

太荒唐了。谈到邪恶的时候，菲尔是怎么说的？

它是一种无心之失，一种疏忽。人类总会犯错，无论是袭击村庄、杀死所有村民，还是在冲动之下杀了一个孩子，都同样是疏忽和错误。仅此而已。

或许现在发生的一切也只是个错误。他只是足够幸运，该死的幸运，在他手中丧生的人在世人眼中都“有罪”。

如果赠予他异变的只是一头残暴的野兽——不是有智慧的狼人，而是纯粹的野兽——比如说，那头名声在外的美洲狮，那又怎样？接下来会怎样？不过他绝不相信这种可能性。从人类诞生以来，有多少人被野兽咬过？他们可没变成怪物。

九点，他在书桌后的大皮椅里醒来。他的肩膀和脖子都僵了，头疼得厉害。

他收到了一封来自格蕾丝的电子邮件。她又跟“那位专科医生”通了电话。你能打个电话回来吗？

巴黎的专科医生？跟他有什么关系？他没打电话，只是迅速地写了一封回信。“老妈，我好得很，不需要看什么专科医生。爱你的，R。”

我只是坐在自己的新房子里，耐心等待自己变成狼人。爱你的儿子。

他感到一阵焦躁和饥饿，但不是想吃东西的那种饥饿，而是某种糟糕得多的感觉。他环视周围，巨大的藏书室漆黑一片，到处都是放得满满的书架。炉火已经熄灭。他感觉十分焦虑，似乎自己必须动起来，必须从这里出去，必须前往某个地方。

他能听到森林里轻柔的沙沙声，雨点穿过浓密树枝的含混声音。但没有大型动物的声音。如果外面真的有一头美洲狮，或许她和她的崽子一起睡着了。无论如何，她是一头野兽，而他是一个正在等待的人类，在玻璃墙的房子里等待。

他给高尔顿发了封邮件，列出了大宅需要购买的物品清单，虽然很多东西可能这里已经有了。他想给温室添置大量新植物——橘子树、羊齿蕨、九重葛——能请你办一下这事儿吗？还有什么？一定还有什么事儿。焦灼感快把他逼疯了。

他上网为藏书室订了一台激光打印机、一台苹果台式机、几台博士CD机和大量蓝光碟，尽快发货。博士CD机是他唯一偏爱的过时技术。

他打开行李，找到了带过来的那两台博士播放器——都带收音机功能——一台放在厨房里，另一台放在藏书室的书桌上。

他听不到任何声音。周围的黑夜如此空旷。

异变还没有到来。

有那么一会儿，他在屋子里漫无目的地游荡，思索，大声地自言自语，脑子不停转动。他必须动起来。他在应该装电视的地方做了记号。他不断地坐下又站起，来回踱步，爬上楼梯，在阁楼上逡巡，又回到楼下。

他走进外面的雨中，在大宅的后院里游荡。他站在屋檐下，透过窗户窥视仆人房底层的一个个小房间。每个房间都有通往石头走廊的门和窗户，室内家具简单粗陋，看起来井井有条。

仆人房尽头搭着一个棚子，里面堆着很多柴火。靠墙是一溜儿工作台，墙上挂着斧头、锯子和其他修理大小物件所需的工具。

鲁本从没亲手握过斧头。他取下墙上最大的一把斧头——木质手柄足有3英尺长——试了试锋刃。除开手柄，斧头本身大约有5磅重，长度至少有5英寸，而且很锋利。非常锋利。他这辈子只在电影和电视里见过别人用这样的斧头劈木头。他很想知道亲手尝试会是什么感觉。斧柄没什么重量，斧头的力量显然来自头部的重量。要不是外面下着雨，他一定会找找劈木头的地方在哪儿。

但是鲁本想到了另一件事——这把斧头是他唯一的武器。

他带着斧头回到大宅，把它放在大厅的壁炉旁边。斧头放在这地方毫不突兀——木柄上的漆很久以前就脱落了——柴火堆和火焰之间，非常自然。

在有需要的情况下，他觉得自己能足够快地拿到它。当然，不到两周以前，他从未想过要举起任何武器来保护自己。但那时候，他也不像现在这样疑惧。

心神不定的感觉快让他受不了了。

他是在抗拒异变吗？还是说只是时机未到？异变的到来从来没有这么早，他必须等待。

但是他等不下去了。

鲁本的手脚刺痛起来。雨声更急，他觉得自己再次听到了海浪的声音，但他拿不准。

不能再在这儿待下去了，他下定决心。别无选择。

他脱下身上的衣服，整整齐齐地挂进衣柜，然后换上大码服装店买来的行头。

超大号的连帽衫和裤子把他整个人都淹没了，不过没关系。棕色军用风衣实在太大，穿不上身，不过他可以带着走。

他脱下鞋子，换上大号雨靴，戴上围巾，掖紧，把墨镜、手机、钱包和钥匙一股脑儿地塞进外套的兜里，抓起滑雪手套和电脑，离开大宅。

他差点忘了打开警报系统，不过最后还是想了起来，输入了密码。

所有灯都开着。

驾车离开时，他从后视镜里看到大宅底楼和二楼灯火辉煌。他喜欢这种感觉。大宅看起来美好、安全，仿佛有生命一般。

啊，拥有这座房子的感觉真好，再次来到这片黑森林真好，靠近这个巨大的谜团，真好。他一边开车，一边惬意地活动着双脚，伸展手指，然后紧紧握住皮革覆面的方向盘。

大雨冲刷着保时捷的挡风玻璃，不过他的视线轻而易举地穿透了雨幕。车头灯照亮崎岖不平的公路，他发现自己正在唱歌，速度计正在奔向极限。

好好思考，像藏匿了42个孩子的绑匪一样思考，像冷酷的技术天才那样思考。你将一个小女孩抽打至死，在雨中将她丢在荒凉的沙滩上，然后回到温暖舒适的巢穴里，用电脑拨打勒索电话，提出要求。如果这个人是你，你会躲在哪里。

噢，那些孩子可能就藏在所有人的鼻子底下。

10

鲁本熟悉马林县的乡间小道，就像他熟悉旧金山的街巷一样。从小到大，他经常去索萨利托和米尔谷拜访朋友，偶尔还会穿过缪尔森林惊险的小道，去塔玛尔派斯山远足。

其实他并不需要先去警长办公室，但他还是去了。因为现在他能够清晰地听到周围的声音，知道自己能躲过所有人的视线，偷听到办公室里的谈话，或许会发现一些外界无从知晓的秘辛。

鲁本把车停在圣拉菲尔市政中心附近的小树林里，离那群记者安营扎寨的地方还有相当一段距离。

然后他闭上眼睛，凝聚所有意志去捕捉那间办公室里的声音，搜寻与案件有关的只言片语。很快，他就有了收获。是的，绑匪又打来了电话，他们不打算公开此事，无论外界如何要求。

“我们只公布有意义的线索！”一个男人坚称，“而这毫无意义。”

“他们威胁说要再杀掉一个孩子。”

嘈杂的争执声，有人提出意见，有人反对。巴哈马群岛的银行肯定不会配合，不过说实话，那些黑客也找不到什么有用的东西。

还有那具小女孩的尸体，尽管雨水和海浪抹掉了许多痕迹，他们仍从受害者的鞋子和衣服上找到了来自马林县的泥土。当然，这并不算铁证，但没有发现其他地方的泥土，所以还算是个好消息。

这足够让鲁本确认自己的怀疑。

警车挤满了森林和山间的公路。

警方设立了随机巡查点，开始挨家挨户地搜查。

那么，唯一可能阻碍他行动的只有执法机关。

他正打算回到车里，突然有什么东西吸引了他的注意力。那是一缕气息——邪恶的气息，和前几夜曾闻到的一模一样。

他迟疑着转过头，这时他不想节外生枝，然后他就听到了那个声音，在记者群的嘈杂喧嚣中显得无比清晰——那是两个年轻人的声音，故作无知地问着早已知道答案的问题，略带嘲弄地品味着对方的回答。险恶，挑剔，可疑。“我们代表校报前来采访……”“她真的是被殴打致死的吗？可怜的小姑娘！”

刺痛感涟漪般抚过鲁本的身体，如异变般甜蜜。

“呃，我们没有什么要问的了，现在我们必须赶回旧金山……”但那不是他们真正的目的地！

鲁本走到藏身的灌木丛边缘，透过树木的缝隙，他看到了那两个年轻人——身穿蓝色夹克，剪着普林斯顿常见的发型——正在快活地跟其他记者挥手道别。

他们匆匆穿过停车场，走向一辆开着灯的路虎。车里的司机紧张得有点魂不附体。你们能快点吗！

对鲁本来说，他们的窃笑和自吹自擂是那么刺耳；他们嘴里蹦出来的音节丑陋、毫无意义；他们沉溺于罪恶的刺激感中，得意洋洋地钻进车里；司机是个鼻涕虫、懦夫，对受害者毫无同情心。他能闻出来。

他开着车在停车场周围转了一圈，轻而易举就找到了路虎的去向，他们朝海滩那边去了。

不需要看路虎的尾灯，鲁本能听到那辆车里每一句下流的调笑。哈哈，他们完全察觉不到！

司机已经快要歇斯底里了，他不喜欢现在的处境，从心底里盼着自己没有卷进这件事情。他结结巴巴地表示，无论你们怎么说，我再也不要回那边去了。你们简直疯了，居然开车跑到警长办公室，混进记者堆里。另外两个人压根儿就没理他，只管自顾自地互相吹擂刚才的壮举。

那股气息混杂在风中，如此强烈。

鲁本在夜色中追逐着他们。话题转移到了技术性细节。我们是今晚就把尸体扔在缪尔森林公路上，还是再过几个小时，等天快亮了再说？

尸体，鲁本闻到了尸体的气息。就在那辆车里，另一个孩子。他的视线变得敏锐起来，黑暗中他看到了前方的路虎，年轻人大笑的剪影映在后窗上，司机一边发疯似的咒骂，一边努力试图看清雨幕中的道路。

“我说，缪尔森林公路太他妈的近了，”司机说，“你们太着急了。”

“去他妈的，越近越好。你不觉得这很完美吗？我们应该把尸体丢在那幢房子正对面。”一阵大笑。

鲁本提高车速，靠近了一些。臭味太过浓烈，他几乎没法呼吸了。还有腐烂的气息。他有些反胃。

他的皮肤变得异常敏感，痉挛一波波涌入他的胸膛，愉悦如电流传遍头皮。毛发从他全身的毛孔中悄然伸出，像一只充满爱意的手拂过身体的每一个角落，安抚着体内的力量。

路虎加速了。

“听着，我们等到凌晨五点。如果到时候他们还没回邮件，我们就把他丢出去，让他们觉得人是刚刚被杀掉的。”

那么，是个小男孩。

“我说，要是到了中午还没有答复，我们就把那个长头发的老师也丢出去吧。”

天哪，人质已经被他们杀光了吗？

不，不可能。他们只是说话的时候不分死人活人，因为他们打算把所有人都杀光。

愤怒在鲁本体内一点点儿积聚。

他的个子变高了，手上覆满毛发。等一等，不要急。他的手指还是原来的形状，但鬃毛已经垂到肩头，他的视线越来越敏锐，越来越清晰。他感觉自己能听清几英里外的每一丝声响。

车似乎完全是在靠惯性前进。

路虎向上转了个急弯，现在他们正沿着一条蜿蜒的公路驶向米尔谷深处的丛林小镇。

鲁本缀在后面。

另一阵声音的洪流猛地填满他的耳朵。

那是孩子们的哭喊和啜泣，女人低声哼着歌，安抚着孩子们。他们挤在一个气闷的地方。有人在咳嗽，有人在呻吟。他感觉到那片无边的黑暗，仿如身临其境。

路虎再次加速，转弯开上一条不起眼的土路，红色的尾灯消失在树丛中。

鲁本感觉到了孩子们的确切位置，他知道在哪里。

他把保时捷停在深谷上方茂密的橡木林里，然后下车脱下滑稽又难受的行头。在那一波波汹涌澎湃的狂喜中，异变已经完成。

他按捺着体内的冲动，强迫自己耐心地把衣服藏到车里，锁好车门，把钥匙藏到旁边的树根下。

路虎就停在脚下的山谷里，那是一片空旷的草地，上面耸立着一座三层楼房，露台向大楼两翼伸展，大楼灯火通明，主楼背后的树丛里藏着一座爬满藤蔓的谷仓。

孩子和老师就关在那座谷仓里。

绑匪的窃窃私语像烟雾一样钻进鲁本的鼻孔。

他奔下山坡，从一棵树跃向另一棵树的树梢，掠过一座座沉睡的山间小屋，如闪电般在林间飞驰。当他落到那片草地上，从路虎里下来的年轻人刚刚走进楼房。

夜幕下，这幢房子如婚礼蛋糕般绚烂。

在鲁本来得及反应之前，低沉的咆哮已从他胸膛中喷薄而出，那是只属于野兽的声音。

三个年轻人已经走进房子的前厅，他们错愕地回头，看到鲁本笔直地冲了过来。他们大概有19岁，或者20岁。尖叫声淹没在鲁本的咆哮里。一个人摔倒在地，另外两个——自命聪明、得意洋洋的那两个——转身就跑。

鲁本轻松地抓住了第一个人，撕开他的脖子，鲜血喷涌而出。鲁本很想将他撕个粉碎，吃个精光，但没时间了。他毫不留情地抓起支离破碎的尸体，抛向身后遥远的公路。

喔，太快了，太不过瘾了！

另外两个人正拼命想从后门出去，但是门锁着，一个人绝望地抓挠着门上的玻璃，就在这时候，鲁本猛地扑了上来。

另一个人手里有枪。鲁本夺过枪丢到一边，那个人的手腕应声而断。

他迫不及待想咬这个人，撕咬的冲动如此强烈，他几乎无法自控。咬啮的饥渴冲击着他的大脑！为什么不呢，反正他绝不会让这个人活下来。

利齿刺入男人的头颅和喉咙，无法控制的咆哮喷薄而出。他用尽全力压住身下的猎物，感觉到这具躯体的骨头寸寸碎裂。垂死的男人吐出一串哀号。

在声音的刺激下，鲁本伸出舌头，舔舐着男人脸上的鲜血。*凶手，卑劣的凶手。*

他咬住男人的肩膀，连衣服带血肉一起撕开。肉的味道如此丰美，混杂着邪恶、残暴与腐败的恶臭，令他无法抗拒。他想撕开这个男人的身体，吞噬他赤裸的血肉。这是他长久以来的渴望，为何不放纵自己，大快朵颐？

但是，还有一个人去哪儿了？他不能放过那个暴徒。

绝对不可能。那家伙无处可逃。他已经瘫倒在墙角，浑身颤抖，双手无助地伸向前方，嘴边流下一道水痕，或者是呕吐物？他已经吓得失禁了，尿水在周围的地板上流成一摊。

眼前丑陋的一幕激怒了鲁本。*是你杀死了那些孩子，那些无辜的人。房间里充满了你们的腐臭。现在又多了怯懦的恶臭。*鲁本扑向那个人，双爪撕开猎物的胸膛，骨头应声而断，他恶狠狠地盯着男人苍白颤抖的脸庞，直到那双眼睛失去光彩。*喔，你死得太快了，你这个胆小的畜生。*

男人的尸体摔倒在地板上，发出刺耳的摩擦声。鲁本意犹未尽地咆哮着，抓起尸体从房间侧面的窗户扔出去，玻璃窗碎了，尸体消失在暗夜的雨幕中。

突如其来的失落感攫住了鲁本。他们都死了。鲁本放声悲号，粗粝的呜咽声隆隆碾过他的胸口。一切来得太快，鲁本猛地转头，高声号叫。

爪子涨得发疼，他不断握拳又松开，一阵又一阵号叫。他想用牙齿撕碎房子里的每一扇门，想要撕咬能找到的任何东西，他从未感受过这样的渴求。

唾液从他嘴角滴落，他满怀怒气地擦掉涎水。爪子上的鲜血已经一块块凝结成痂。*还有孩子们呢，你忘了那些孩子吗？你忘了自己来到这里的目的吗？*

他蹒跚着回头走向大门，随手将两边墙上的镜子和画框打得粉碎。他想毁掉所有家具，但必须先找到那些孩子。

警报系统控制板吸引了他的视线，和门多西诺大宅的那套一样。他按下蓝色的医疗呼救键和红色的火警键。

尖锐的警报声立即打破了周围的寂静。

他大叫一声，捂住自己的耳朵。突如其来的疼痛钻心刺骨，鲁本感觉头皮像要炸开。警报声震耳欲聋，没时间去找开关了。

动作必须快，这声音快把他逼疯了。

他几乎在瞬息间就奔到了谷仓前面，一把扯掉门上的锁，砸碎紧闭的大门。

借着楼房那边明亮的灯光，他看见那辆校车停在谷仓里，周围锁着链子，车外缠着一圈圈胶带，孩子们就在里面，饱受折磨。

车里一片混乱，哭号和尖叫几乎完全淹没在凄厉的警报声中。他能闻到他们的恐惧与绝望。他们以为自己快死了。再过几秒，他们就会知道自己得救了，自由了。

胶带在利爪下如棉纸般脆弱。他一拳打碎车门上的玻璃，然后把门从车上拽了下来。

一股恶臭钻进他的鼻孔，那是粪便、呕吐物、尿液和汗液夹杂的味道。太残忍了。他想放声嚎叫。

他后退几步。刺耳的警报声让他心神不宁，烦躁无措，但活儿已经快要干完了。

他冲出谷仓，回到雨中，脚下的泥土湿润而柔软，他迫切地想找到路虎里那个男孩的尸体，把他放回应该在的地方，但是警报声越来越难以忍受。警方会到处寻找这具尸体，他们会找到的。但他不应该就这样离开。这样不对，他的任务完成得并不完美。

从眼角的余光里，他瞥见大大小小的身影从校车上爬了下来。

他们正朝他走来。他们一定看见他了，看见了他现在的样子。来自楼房的灯光照亮了他的身影，他的爪子和皮毛上浸满鲜血。

他们会更害怕的！他必须马上离开。

草地后方的树木闪着湿漉漉的微光，他跃上树梢，奔向西面寂静的缪尔森林。

11

缪尔森林占地约550英亩，这里有加州最古老的红杉，200英尺以上的参天巨树已在这里矗立了1000多年。森林公园幽深的峡谷里至少有两条小溪，鲁本曾多次到这里远足。

对独处的渴求曾经驱使他前往门多西诺。此时此刻，他带着这样的渴求纵身跃入缪尔森林无边的寂静。他在树枝之间跳跃，如鸟儿一般轻捷；他攀上傲然耸立的巨树，为自己的力量而欣喜；动物的气息无处不在，逗弄着他，引诱着他。

他一路奔向公园深处，直到夜晚所有属于人类的声音都被远远抛在身后，他才离开树梢，来到林间柔软的落叶层上。雨滴永不停歇地歌唱，草丛中不知名的小动物和枝叶间的鸟儿发出窸窣的声响。

他放声大笑，哼唱着走调的字句，在林间穿梭逡巡，随即又跃身跳到树上，雨点如钢针般刺入他的眼睛，他向上攀爬，直到纤细的枝条无法再负担体重，才重新寻觅下一个落脚的地方。他在林间攀爬、跳跃，又回到地面，展开双臂，随性舞蹈。

他猛地昂起头，放声嚎叫，任由响亮的咆哮慢慢变成低沉的呜咽。夜色中应答他的只有其他生灵穿过树丛的细碎声响。

突然，他趴下身子，四足着地，像狼一样奔跑，飞一般掠过茂密的草丛与灌木。他闻到了另一只动物的气息，那是一只山猫，它在前方飞奔，雨水冲刷着它的毛发，送来甜美的气息，这气息令鲁本欲罢不能，他饥渴地追逐寻觅，直到抓住那只叫个不停的毛球，用利齿刺破它的喉咙。

这一次，再没有什么能阻止他大快朵颐。

他从骨头上撕下多汁的肌肉，连骨带肉一起撕碎，扯破脆弱的黄色皮毛，贪婪地啜饮甜美的鲜血，啃食柔软的内脏和肥美的肚皮。整整40磅重的山猫被他一扫而空，只剩下爪子和头，头上缀着一双冰冷的黄眼睛。

然后，他喘息着躺在落叶铺成的床上，低声呜咽起来。他舔了舔自己的牙齿，上面还残留着最后一丝血肉的温暖。山猫。好一餐珍馐。猫从不哀求慈悲。它至死仍在咆哮。这令它更加美味。

鲁本感到非常恶心，近乎恐惧。他像动物一样四脚着地奔跑。他像动物一样野蛮地饕餮。

他跌跌撞撞地站起来，如梦游般穿过茂密的树林，踩着密布苔藓的落木蹚过宽阔的溪流，利爪轻而易举地扎入木头，让他站得稳稳当当。他去往峡谷深处，越过所有熟悉的地方，走进塔玛尔派斯山腹地。

最后，他靠着一棵树无力地坐了下来。黑暗中，他第一次看到灌木丛中栖息着无数生物，多得超乎想象。空气中飘来狐狸、松鼠与金花鼠的气味——他怎么知道这些气息属于哪种动物?

一个小时过去了。他一直四脚着地，嗅探，逡巡，游走。

饥饿感再次袭来。他跪坐在小溪旁，鲑鱼在冬季的溪水中灵巧地游动，但在他眼中却清晰而缓慢。他伸出爪子，抓住一条大鱼，鱼儿惊慌地扭动拍打，他毫不犹豫地用牙齿撕开它。

他品尝着生鱼肉的滋味，和山猫多汁的肌肉完全不同。

这样的饕餮满足的不是他的胃口，对吧？它满足的是另一种东西——是他因此刻的自己而生的兴奋与证明力量的强烈需求。

他再次爬到树上，摸索着颤抖的树枝间鸟儿的巢穴，尽管雌鸟尖叫着在他身边打转，徒劳地啄着他的皮毛，他仍将鸟巢里的蛋吃得干干净净。

他回到溪流边，用冰冷的溪水清洗脸和爪子，最后索性蹚进水里洗了个澡，用水泼着自己的头和肩膀。血迹应该都被冲掉了吧。清水令他精神一振。他跪在水中，痛痛快快地喝了起来，就像一生从未痛饮过一般。

雨点在水面上荡起小小的涟漪，水面下，灵巧的鱼儿漠不关心地游过他身旁。

他回到岸上，再次跃上树梢，远离林间的地面。很抱歉，小鸟们。不是我想折磨你们。

你不应用母亲的乳汁煮食她的孩子。——千真万确。

像上次一样，他又看到了重重迷雾后的星空。多么壮丽，在遮蔽大地的雾气与云层之上，天堂敞开的大门缓缓升起。匆忙跌落的雨滴仿佛带着来自星空的银光，在周围的叶片上闪烁、歌唱。雨水顺着枝条滑落到低处的树枝上，又一路向下，亲吻颤抖的羊齿蕨叶片，融入厚厚的落叶层中，丰饶而芳香。

除了眼睑以外，他根本感觉不出敲打在身上的雨点。但他能闻到雨的气息，雨水滑过每一处皮肤表面，带来洁净与滋润，而它自身的气息也随之变化。

他慢慢地回到地面上，四处走动，他的背脊挺得笔直，饕餮的渴求已经离他而去，黑暗的森林中，奇妙的安全感包围了他。

他所到之处，万物恐惧逃窜，他无声地微笑起来。

想到自己咬死了那三个恶棍，鲁本有点反胃。他觉得有些头晕，想要流泪。他可以流泪吗？未开化的动物真的会流泪吗？他低声笑了起来。周围的树木似乎在侧耳聆听，但这样的念头未免太过荒谬，这些伫立了上千年的守卫者不会知道渺小活物的行止，也不会在乎。巨树矗立在大地上，藐视众生，原始而伟大。

他一生中从未感觉过夜晚如此甜蜜。他觉得自己可以永远这样生活下去，自足、强大、狰狞、全然无所畏惧。如果这便是狼的礼物带来的馈赠，也许他能够承受。

但是，自省的灵魂或许会向体内搏动的野兽之心俯首称臣，这样的可能性令他恐惧。虽然现在，他仍拥有诗意——和最深处的道德准则。

一首歌映入他的脑海，一首老歌。他已经想不起来是在哪儿听到的了。他在心里无声地唱起来，回忆着残缺不全的字句，喃喃哼唱。

他来到一片空旷的林间草地上，低垂的灰暗天空投下的光线变亮了一点，从树木的缝隙中望去，薄雨中闪着微光的草地如此美丽。

他哼唱着老歌，缓步转着圈跳起舞来。他听到自己的声音低沉而清晰，与以前的鲁本截然不同，哦，那个可怜的小鲁本，无辜、胆怯、畏首畏尾，现在的他已经重生。

这份恩赐是淳朴天真，

这份恩赐亦是自由自在，

这份恩赐令我们找到归宿，

当我们来到自己应属的地方，

它便出现在爱与乐的山谷之中。

他一遍遍地唱着这首歌，舞步越来越快，转的圈越来越大。他闭上眼睛，感觉到一束光落在自己的眼睑上，一道遥远晦暗的光束，但他没有理会，只是自顾自地跳着，唱着——

舞步戛然而止。

他闻到一股强烈的气息——意料之外的气息。甜蜜，混杂着人造的香味。

有人站在离他很近的地方。他睁开眼睛，看到草叶中的那道光束，光束里的雨点被映成金色。

他完全没有感觉到危险。这股属于人类的气息干净、清白，无畏。

他转身望向右边。轻一点，小心一点，他提醒自己。你可能会吓坏这位笨拙的目击者。

几码外有一座黑漆漆的小房子，房子的后门廊上站着一个女人，正盯着他看。她的手里举着一盏灯笼。

在夜晚的绝对黑暗中，灯笼微弱的光照得很远，借着灯笼的光线，她一定看到了他。

她一动不动地站着，显然是在盯着他看，她的长发向两边分开，露出雾蒙蒙的大眼睛。她的头发看起来是灰色的，不过可能是光线带来的错觉。视野所及之处，他不太确定这些细节。她穿着一件白色的长袖睡袍，孤零零地站在那里，身后那间黑漆漆的屋子里没有人。

别害怕！

这是他脑子里闪过的第一个念头，也是唯一的念头。她站在门廊上，看起来渺小而脆弱，这个柔弱的生灵，正举起灯笼盯着他看。

喔，求求你，不要害怕。

他又开始哼唱同样的旋律，声音同样清晰低沉，只是放慢了速度。

他慢慢向她走去，看到她沿着门廊走下台阶，他暗自惊讶，却仍不动声色。

她不怕他。非常明显，她完全不害怕。

他离她越来越近。他再次开始哼歌。现在，他已经完全沐浴在灯笼的光雾中，而她仍静静站在原地。

她脸上的神色像是好奇，又像是迷恋。

他的脚步终于踏上屋后的台阶。

她的头发的确是灰色的，脸庞像瓷器一样光滑，大眼睛一片冰蓝。她完全被他迷住了，就那样痴痴望着他。

她看到了什么？她是否看见，他的眼中也闪烁着同样的好奇和迷恋？

欲望从他小腹处升起，强烈得令他吃惊。他开始变硬了。她看到了吗？她能看到吗？现在他浑身赤裸，完全无法掩饰自己的欲望，这进一步刺激着他，勉励着他，鼓舞着他。

他从未感受过此刻这般的欲望。

他拾阶而上，很快就站到了她的身前。她在门廊上后退了几步，但不是因为恐惧。不，看起来她像是在欢迎他。

她为何如此无畏，她抬头望向他的眼神为何如此宁静？她大概30岁左右，或许更年轻，她的骨架很小，厚厚的嘴唇弧线优美，双肩娇小而强健。

他尝试着伸出双手，如果她想要跑掉的话，她有足够的时间。他用爪子接过她手里灼热的灯笼，放在墙边的木质长凳上。她身后的门半开着，透过门缝他看到一缕微弱的光线。

他想要她，想撕掉她身上洁白的法兰绒睡袍。

他张开双臂，小心翼翼地将她拥入怀中。他的心跳得厉害。对她的渴望就像对杀戮、对饕餮的渴望一样强烈，一样无法抵抗。野兽是本能的动物。

在灯笼的微光中，她的肉体看起来苍白、甜蜜而柔软。她张开双唇，微微喘息。他轻柔地用爪子边缘触碰了她的唇瓣。

他轻而易举地把她抱了起来，左臂托着她的双腿，她的身体如羽毛般轻若无物。她抬起手臂搭在他的颈上，手指滑进他厚厚的毛发里。

这个简单的动作冲破了他最后的界限，他的喉咙里爆发出压抑的低吼。

只要她允许，他一定要占有她。而她显然允许。

他抱着她走进屋子，轻轻掩上身后的门，步入温暖、甜蜜的室内空气中。

属于家庭的气息在他周围盘旋——擦亮的木头、香皂、蜡烛、熏香的轻触、炉火的气味。还有她的芬芳，她天然可爱的体香，夹杂着怡人的柑橘香味。噢，肉体，哦，神圣的肉体。充满爱意的低吟再次从他唇边逸出。她能听出他的情绪吗？听出他的爱意？

黑色的小炉子里余烬尚未熄灭，电子钟上的数字闪着微光。

他走进一间小小的卧室，墙边是一张古董床，镀金的橡木床头板高耸，白色床罩看起来像泡沫一样柔软。

她紧紧抓住他的身体，伸出手抚摸他的脸庞。隔着厚厚的毛发，他几乎感觉不到她的爱抚，但触感随即呼啸着直抵发根。她抚摸他的嘴唇，抚摸他细细的黑色唇线，抚摸他的利齿和尖牙。她知道他正在低头微笑吗？她的手紧抓住他长长的鬃毛。

他亲吻了她的头顶，随后又吻了她的前额，唔，缎子般光滑，他吻着她向上望的眼睛，合上她的眼睑。

她的眼睑如丝缎般柔软，像花瓣一样柔软芬芳。

她看起来赤裸而柔弱，这令他癫狂。

哦，求你，我亲爱的，求求你不要改变主意！

他抱着她上了床，但他小心注意不让全部的体重压在她身上，不然她会受伤。他紧紧依偎着她，用臂膀拥抱着她，梳理着她的头发。她的金发中夹杂着一绺绺柔软的灰发。

他弯下身子亲吻她的嘴唇，她张开双唇，迎接他的呼吸。

“温柔一点儿。”她喃喃低语，手指轻轻向后梳理着他眼睛上方的毛发。

“哦，美人儿，美人儿，”他说，“我不会伤害你。我宁可死也不愿意伤害你。脆弱的小花枝，我发誓。”

12

床边的小钟清晰地显示此刻是凌晨四点，电子钟的光线足以让他看清这个房间。

他躺在她身旁，凝视着天花板上深色的串珠木嵌板，上面刷了厚厚一层光亮的清漆。

这间卧室曾是一条走廊，横贯整幢房子后方。贴着护墙板的墙壁上三面都有小小的菱格窗。他完全能够想象，当太阳升起，这个小房间会变得多么可爱。等到太阳升起，照亮漆黑的森林，人们将会看到，红色的树干上绿叶如羽毛般轻盈。

在这里，他能闻到木头的气息，就像身处林木深处一样清晰。建造小木屋的一定是个深爱森林、渴望隐居的人。

她背对着他，睡熟了。

这个女人大概30岁。没错，她的长发原本是灰金色，蓬松而自然，现在大部分已经变成了灰白色。是的，他剥开她的睡袍，将她的身体一寸寸解放出来。他将睡袍撕得粉碎，而她是那么温顺。现在，睡袍的残片垫在她身下，就像铺在巢穴中的羽毛。

他拼尽全力，才控制住自己在做爱时不至于太过激烈。人与兽的欲望和激情融为一体，而她滚烫的渴求如熔化的蜡烛一般。她完全放弃主导，接受着他，迎合着他，和他一起情不自禁地呻吟，热烈地撞击他的撞击，然后在他身下绷紧了身体，陷入极乐。

她的无畏中有某种超越信任的东西。

她在他身旁睡得像孩子一样安详。

但鲁本不敢入睡。他躺在床上，思考，回忆，将人与兽的存在融为一体，然后他想到，她拥抱了他，拥抱了他这头野兽，一阵欣喜涌上他的心头。

如果不是怕弄醒她，他会起身四处看看——也许会试试她那把木摇椅，也许会仔细看看床头柜上的相框。从现在的角度，他能看到照片里的她一身户外装，背着背包，拄着登山杖，向镜头微笑。还有一张照片里，她和两个金发小男孩在一起。

照片里的她看起来和现在完全不同——头发梳理得整整齐齐，脖子上戴着珍珠项链。

桌上放着几本书，有新的也有旧的，全都是森林、野生动物、缪尔森林本地植物、塔玛尔派斯山之类的主题。

不出所料。

要不是她把这片森林当作生命的全部，又怎么会住在这个毫无防备的地方，他暗自想道。而在这个世界里，她是个多么柔弱的孩子啊。噢，还有那近乎愚蠢的信任。太过盲目。

他被她和她背后的谜团深深吸引，她的床铺为何欢迎他的到来，她的热情因何而生。他低头看着她的脸庞，思量着她到底是谁，她梦见了什么。

但现在，他必须走了。

他开始感觉到累了。

他把车藏在绑架案现场上方的悬崖上，如果不赶紧穿过森林，或许还来不及找到自己的车，异变就会降临。

他用无唇的狼嘴亲吻了她，感觉到自己的利齿触到她的脸庞。

她突然睁开眼，湿漉漉的大眼里带着一丝警醒。

“你会欢迎我再来吗？”他尽量让自己沙哑的嗓音显得温柔一点。

“会的。”她低声回答。

喔，这已经足够。他想再次占有她，但没有时间了。他想了解她，还想——没错，还想让她了解自己。噢，你太贪婪了，这样的念头在他脑子里一闪而过。但想到她没有被吓跑，而是在这张温暖芬芳的床上和他依偎了好几个小时，他又重新鼓起了勇气。

他握住她的手，亲吻她的手掌，又再次亲吻了她。

“那么，让我暂时和你道别吧，美人儿。”

“劳拉，”她说，“我的名字叫劳拉。”

“真希望我能有个名字，”他回答，“我会很高兴地把它告诉你。”

他起身走出小屋，没有多说一个字。

他在树梢飞驰，沿着来路穿过缪尔森林，向着西南方前行，直到离开森林公园的范围，他才下到地面上，钻进米尔谷茂密的灌木丛。

他毫不费力地找到了自己的保时捷，就在昨晚停车的地方，一丛低矮的橡木树荫下。

雨势终于开始停歇，只余丝丝细雨，敲打得叶片沙沙作响。

远远地他听到下面警察的无线电一片嘈杂，他们仍在搜查山谷里的“绑架案现场”。

他在车旁坐下，弓起背脊，试图引发异变。

几秒之后，它来了。狼毛开始消融，愉悦一波波袭来。

天空开始变亮。

他虚弱得快要晕过去了。

他穿上那套松垮垮的超大号衣服，可是现在他该去哪儿？毫无疑问，他肯定撑不到尼德克角。就连回家的短短路程似乎也不太可能。他不能回家，现在不行。

他强迫自己开车上路，他已经累得快要睁不开眼睛。米尔谷旅馆可能已被蜂拥而来的记者订满，或许还有几英里内的每一家汽车旅馆和酒店。他向南开往金门大桥，一再努力保持清醒，太阳已经升起，无情的阳光穿透清晨的雾气。

他开进城里的时候，雨又开始下了。

看到朗伯德街上的大型汽车旅馆，他立即停车订了个房间。吸引他的是顶楼的独立阳台，就在屋顶下面。他要了一间靠里的顶层套房。远离车声。

拉上窗帘，脱掉一身难受的劣质衣服，他像溺水者爬上救生筏一样爬上房间里的大床，躺在冰冷的白色枕头上，他立刻进入了梦乡。

13

天色刚刚擦黑，吉姆神父就锁上了古比奥圣方济教堂的大门。这座教堂位于旧金山田德隆区，白天总有无家可归者在教堂的长凳上睡觉，他们醒来后会去街道另一头的食堂用餐。到了晚上，为了安全起见，教堂会锁上大门。

鲁本很清楚这一切。

他还知道，晚上十点——也就是现在——哥哥一定已经在简朴的公寓里睡熟了，公寓所在的廉价房子就在教堂庭院入口的正对面。

最开始几年，吉姆住在教会的旧宿舍里，不过现在，那里已经成了教区办公室和储藏室。得到大主教的许可后，格蕾丝和菲尔花钱买下了吉姆现在住的公寓，他们甚至买下了那一整幢楼，吉姆慢慢将它打造成一家勉强称得上体面的旅馆，供老城区那些相对稳定可靠的人居住。

鲁本穿着棕色的军用风衣和连帽衫，变成爪子的手和脚都裸露在外面，他已经沿着屋顶来到教堂，悄无声息地潜入了昏暗的庭院。异变在三小时前完成，从那时起，他就奋力抵抗着耳畔的声音。来自四面八方的声音一直在执著地呼唤他，他快要受不了了。

他用手机拨通了哥哥的电话，经过简单的练习以后，他开始适应用爪子拨弄手机。

“我需要告解，在教堂里。”鲁本已经熟悉了自己现在粗粝的声音，但吉姆显然听不出来，“我需要告解。必须在教堂里。”

“啊，现在吗？”他的哥哥正在努力清醒过来。

“不能等了，神父。我需要你。我需要上帝。等你听了我说的话，你就会原谅我。”

呃，或许吧。

鲁本拉了拉脖子上的围巾，遮住嘴巴，然后戴上墨镜。

虔诚奉献、永不疲惫的吉姆神父走进教堂大门，惊讶地发现告解者已经在庭院里等着了。看到对方的大块头，他或许有点儿惊讶，不过还是点点头，打开教堂正厅沉重的木门。

太冒险了，鲁本心想。我不费吹灰之力就能把他打晕，抢走教堂里的金质烛台。他很想知道，吉姆是不是经常干这类事情，他还想知道，吉姆为何会选择这样的生活，将自己全身心奉献给劳神费力的宗教事业。每一天，吉姆都会用长柄勺舀起一勺勺汤和咸牛肉土豆泥，分发给那些曾无数次令他失望的人们；每一个清晨，他都在圣坛前重复千篇一律的仪式，为面包和酒祝圣，分发代表“基督身体”的白色小圣饼，虔诚得好像这一切真是什么奇迹。

圣方济教堂是旧金山最美丽的教堂之一，早在田德隆区成为这座城市最大、最富传奇色彩的贫民区之前很久，这座教堂就已建立。教堂的厅堂十分宽阔，古老沉重的长凳上装饰着涡形花纹，墙上的镀金壁画金碧辉煌。巨大的壁画簇拥着三重罗马式拱顶下的主圣坛，又向侧面的两座圣坛延伸——分别供奉着圣约瑟和圣母玛利亚——最后沿着侧壁通往正厅后方。厅堂深处的右侧，伫立着一座座古老的木质告解室。每个告解室分成三个部分，两边是供告解者跪坐的小隔间，中间则是神父的座位，从里面推开木质的隔板，就能听到告解。

告解不一定非要在告解室里完成，公园的长凳、普通的房间，任何地方都可以，鲁本十分清楚。但现在，他需要绝对的正式，绝对的保密，所以他要求在教堂里告解。

他跟着吉姆走向第一间告解室，吉姆平常只用这个房间。他耐心地等待吉姆取出缎子小披肩佩在颈上，这个动作意味着神父已正式完成告解圣事的准备工作。

然后，鲁本默默摘掉墨镜和围巾，露出自己的脸庞。

吉姆正用手势示意“客人”打开告解室的门，无意间回头瞥了一眼。一眼就够了。

看到眼前这张野兽的脸，吉姆倒吸一口气，后退几步靠在告解室的木墙上。

然后，他立即抬起右手，在自己的额头上画了个十字。他闭上眼睛，又重新睁开，面对眼前的情景。

“告解。”鲁本一边说，一边打开告解室的门。现在，轮到他伸出爪子，用手势示意吉姆坐到自己的位置上。

吉姆过了好一会儿才镇定下来。

面对吉姆的感觉十分奇怪，他并不知道眼前的怪兽是他的亲弟弟鲁本。嫡亲的兄弟姐妹像看陌生人一样看着自己，谁有过这样的体验？

现在他对吉姆有了一些新的发现，不可能通过日常接触得到的发现——他的兄长比他想象的更勇敢、更虔诚。他能够冷静地控制自己的恐惧。

鲁本走进小隔间，拉上身后的天鹅绒门帘。对他现在的块头来说，告解室的空间太过局促，但他仍跪在带衬垫的木板上，面对眼前的隔板。他看到吉姆拉开隔板，随后举起手祝福。

“请降福于我，神父，因为我有罪，”鲁本说，“现在我对你所说的一切，都应保守绝对的秘密。”

“好的，”吉姆回答，“你的意图是虔诚的吗？”

“绝对虔诚。我是你的弟弟鲁本。”

吉姆没有说话。

“是我杀了北滩的强奸者和金门公园的暴徒。是我杀了美景山那个折磨老人的女人。是我杀了马林县的绑匪，救了那些孩子。我去得太晚，来不及救出所有人。有两个孩子已经死去，另一个小女孩也在今天早晨死了，她有糖尿病。”

一片死寂。

“我真的是你的弟弟，”鲁本说，“异变是从我在门多西诺县遭到袭击开始的。我不知道是什么样的野兽攻击了我，也不知道它是否有意赐予我现在的力量。但是我知道自己现在的状况。”

吉姆还是没有说话，他直直地望着前方，手肘紧靠在椅子的扶手上，似乎想要捂住嘴巴。

鲁本继续说了下去：“每一天晚上，异变来得越来越早，今天是大约七点。我不知道自己能不能靠意志阻止它的出现，或是诱发它的到来，我也不知道它为何会在凌晨离我而去。但是我知道，每当它离开以后，我总是疲累至极。

“我是怎么找到那些受害者的？我能听到。我听到他们的声音，闻到他们的无辜与恐惧。我闻到的还有袭击者的邪恶气味，就像狗和狼闻到猎物的气息。

“剩下的你都知道了，报纸上、新闻里，我没有其他要说的了。”

吉姆依然悄无声息。

鲁本等待着。

局促的空间憋闷燥热，但他仍耐心等待。

最后吉姆终于开口了，他的声音低沉沙哑。

“如果你真是我的弟弟，那你一定知道一些只有他才知道的事情，说几件这样的事情，让我确认你的真实身份。”

“看在上帝的份上，吉米[①]，真的是我，”鲁本回答，“妈妈什么都不知道，还有菲尔、塞莱斯特，他们都不知道，吉姆。知道这事儿的只有一个女人，但她也不知道我的真实身份，只知道我是一个狼人。我不知道她有没有打电话报警，不过至少媒体还没有报道。吉姆，我现在告诉你这些，是因为我需要你，我需要让你知道这些事情。吉姆，现在我是一个人面对这一切，完全孤身一人。是的，我是你的弟弟。我还是你弟弟吧，吉姆？请回答我。”

朦胧中，鲁本看见吉姆举起手捂住鼻子，短促地哼了一声，像是在咳嗽。

“好吧，”他叹了口气，坐回原位，“鲁本，给我一点儿时间。你知道那句老话，别人总说，神父接受告解时听到什么都应该稳如泰山。呃，我想他们一定没见过，人竟然会变成某种……”

“动物，”鲁本接上了他的话，“我现在是人狼，吉姆。不

---

① 吉米是吉姆的全名。

过我更愿意用狼人这个称呼。在现在的状态下，我的确保留了全部的自我意识，你应该也发现了。不过事情没有这么简单。现在的我体内充满激素，它们对我的情绪有影响。我是鲁本，没错，但是有很多东西正在影响我。谁也不知道激素和情绪对自由意志、良心、自我克制和道德感到底有多大的影响。”

“啊，真的是你，除了你，还有谁会这样措辞，我的弟弟，鲁本。”

“菲尔·戈尔丁的儿子总是沉迷于这些宏大的问题。”

吉姆笑了。

“那么在我们需要菲尔的时候，他又在哪里？比如现在。”

“别提这事儿，”鲁本回答，“我们在这里说的一切都要保密。”

“阿门，理应如此。”

鲁本沉默了片刻。

然后他说：“杀戮非常容易，杀掉那些散发着罪孽臭气的人不费吹灰之力。不，不能这样说。他们散发的臭气不是来自罪孽，而是来自作恶的意图。”

“那其他人呢，那些无辜的人？”

“其他人的气味很正常。他们闻起来清白、健康、善良。一定是因为这个原因，门多西诺的野兽放过了我。他袭击那两个凶手时误伤了我，但他留下了我的命，或许他知道自己对我做了什么，知道他给了我什么样的礼物。”

“但你不知道他是谁，或者说，是什么。”

“是的，我不知道。但我会搞明白的，如果有可能的话。而且除了表面上的线索以外，这件事背后还有很多谜团，我是说，关于那幢大宅，那个家族。不过现在，我还没找到头绪。”

“今天晚上，今晚你杀了人吗？”

“还没有。但现在还早，吉姆。”

“全城的人都在找你。他们新装了很多监控探头，也安排了人看守屋顶。鲁本，现在他们已经调用了卫星监控屋顶，他们知道你是从屋顶上走的。他们会抓住你，鲁本，他们会开枪！你会被他们杀死的。”

“没那么容易，吉姆，这事儿你就别操心了。”

“听着，我希望你向当局自首。我跟你一起回家，我们给西蒙·奥利弗打电话，再找找他们所里那个诉讼律师，他叫什么来着，加里·佩吉特，还有——”

“别说了，吉姆，这不可能。”

“小男孩，你自己处理不了这事儿。你把人活生生撕——”

“吉姆，别说了！”

“你指望我宽恕——”

“我来这儿不是为了得到宽恕，你知道，我来是为了保密！你不能跟任何人说，吉姆，这是你对上帝的承诺，不光是对我。”

“是的，但你必须照我说的办。你必须去见妈妈，告诉她一切。听着，让妈妈去做测试，让她去弄明白这东西的实际成分，搞清楚到底是怎么回事。妈妈和巴黎的专家有联系，是个俄国医生，他的名字挺复杂的，亚斯卡，大概是叫这个，他说他见过类似的病例，也是有点不寻常的东西。鲁本，遇到这种事儿的人不光你一个——”

“事情不是发生在你身上。”

“现在不是黑暗时代了，鲁本。这不是19世纪的伦敦！妈妈是找到真相的绝佳人选。”

“你是认真的吗？你觉得妈妈会跟那个亚斯卡组建一个弗兰肯斯坦实验室，亲自研究这个小课题？他们是不是还打算雇一个名叫伊戈尔的驼背助手来鼓捣鼓捣试剂，做做核磁共振？你觉得她会把我绑在铁椅子上，等太阳下山，我就在小牢房里口吐白沫，疯狂咆哮？简直就是白日梦。只要让妈妈知道一个字，我就完蛋了，吉姆。她会打电话给他们那一代最优秀的科学家，那个见鬼的巴黎专家，这就是她处理问题的方式。全世界都盼着她这么做，然后她还会打电话给美国国主卫生研究院，同时想尽办法控制我，免得我去‘伤害’别人，然后一切到此为止，吉姆，全剧终。或者说，新剧本开始了，被囚禁的实验动物鲁本，受到政府的严格监控。你觉得离我彻底消失在某个政府机构里还有多少时间？她根本无法阻止这一切。

“让我告诉你那天晚上发生了什么。两天前，我进入美景山那幢房子的时候，那个女人朝我开了枪。吉姆，伤口到早上就不见了。我被枪打中的肩膀完全没事，什么痕迹都没有留下。

“吉姆，在我的余生里，他们会每天来抽我的血，想方设法地分离这种超级愈合物质。他们会活体检查我的每一个器官，要是没人阻止的话，他们大概还会活体检查我的大脑。他们会用尽人类制造的所有仪器，殚精竭虑地搞明白我为什么变成现在这副样子，变化是怎么发生的，让我体型变大的是什么激素或者化学物质，我的尖牙利爪是从哪儿来的，狼毛为什么长得那么快，强壮的肌肉和攻击性来自何方。他们会设法诱发异变，控制它的出现。很快他们就会意识到，发生在我身上的异变不仅可以延长寿命，还能用于国防——如果能培养出一支狼人精英部队，他们就拥有了一件强大的工具，能在常规武器毫无用处的地方打游击。”

“好吧，别说了，你已经想得很清楚了。”

“哦，是的，一点儿没错，”鲁本说，“我一整天都躺在汽车旅馆的房间里，听着新闻，满脑子想着这事儿。我想到了哥伦比亚丛林里的那些人质，如果我出手的话，轻而易举就能把他们救出来。我又想到了……很多很多东西。但思路没有现在这么清晰。”他犹豫了一下，声音变得尖厉起来，“你不知道跟你谈这些对我意味着什么，吉姆。我们认真想想，我是说，让我们认真面对在我身上发生的事儿。”

“总有什么人是你可以信任的，总有什么人，”吉姆说，“能研究这件事，又不会伤害你。”

“吉米，没有这样的人。狼人电影总有类似的结局，一颗银子弹解决一切。”

“那是真的吗？银子弹会杀死你吗？”

鲁本低声笑了起来。

“我不知道，”他说，“或许不会吧。我只知道刀子和普通的子弹都没有用，我很清楚。不过，没准有什么简单的东西可以杀死我。毒药之类的，谁知道呢。”

“好吧，我理解。我能理解你为什么不相信妈妈。我懂了。坦白说，我觉得我们能说服她保守秘密，因为她爱你，小男孩，她是你的母亲。不过或许我想错了，错得离谱。也许……也许这事儿超过了妈妈的承受能力，这一点毫无疑问，无论她最后作出什么决定，这事儿都很难接受。”

“这就是另一个问题所在，不是吗？”鲁本说，“对我爱的人保守秘密，这是一种保护，因为它会影响他们的头脑和生活。”

这就是为什么我想离开这里，去马林县的森林里与劳拉重聚。

这就是为什么我渴望投入她的怀抱，因为无论如何，她不害怕，也不抗拒。

她拥抱了我，也让我拥抱她……

他想告解这件事。

“有一个女人，”他说，“其实我不太清楚她是谁。我在网上查了一下，大概了解了她的身份，但重点在于，我与她不期而遇，然后和她共度良宵。”

“‘共度良宵’，你的口气听起来像是《圣经》。你的意思是说，你和她发生了性关系？”

“是的，不过我更愿意用‘共度良宵’这个说法，因为，就像他们说的陈词滥调一样，那真的很美。”

“哦，真是太好了。听着，你没法一个人面对这事儿。你掌控不了体内的力量，而且根据你说的话，我想你也无法承受这样的寂寞。”

“那么，谁和我一起面对？”

“我正在尝试。”吉姆回答。

“我知道。”

“你必须找一个能安全过夜的地方，现在就得找到。他们正到处追捕你，他们觉得你是个打扮得像狼的疯子。他们就是这么想的。”

“他们什么都不知道。”

“不，他们还是知道点儿东西的。他们正在加快进度，检查你留下的唾液里的DNA证据。如果他们发现那是变异的人类DNA，你该怎么办？万一他们在DNA里找到了异常的序列，又会怎样？”

“我不懂这些东西。”鲁本回答。

“他们的测试出了点儿问题，他们不愿意对外公布。不过这可能意味着他们正在做更加精密的测试。塞莱斯特说，他们觉得那些证据被人以某种方式篡改过。”

“什么意思？”

“狼人在跟他们耍花招，在犯罪现场留下各种烟雾弹。”

“太荒谬了，他们真该看看当时的情景！”

“他们正在把现在的案子跟门多西诺的事儿联系起来。妈妈觉得这些事儿跟门多西诺案有关，她正在督促当局进一步检查那两个瘾君子的尸体。他们正在刨根究底。”

“那么你是说，他们会发现门多西诺的DNA和现在这些案子里的完全不同，所以一共有两个狼人在外面游荡。”

“我不知道。谁也不知道。听着，不要低估他们的能力。鲁本，要是系统里有你的DNA，一旦配对成功——！”

“我的DNA不在系统里。妈妈说过，他们采集的样品出了点问题。还有，我不是……我不是罪犯。警方的系统里没有我的数据。”

“噢，你以为他们会按规矩办事儿？他们从玛钦特·尼德克的尸体上采集了样品，对吧？”吉姆开始激动起来。

“这倒是，他们手里很可能有那份样品。”鲁本回答。

“妈妈说他们打过电话，想再采集一份你的DNA，但她一直没答应。显然，那位巴黎医生建议妈妈不要答应他们的任何测试。”

“求求你，吉姆，你冷静一点。你说的这些我都不懂。你真应该去当医生，就像妈妈那样。”

吉姆沉默了。

“吉姆，我得走了。”

“鲁本，等等！你要去哪儿？”

“有一些事我必须得搞清楚，其中最重要的是如何控制这种异变，如何阻止它的到来，如何让它停止。”

“这么说的话，变狼跟月亮没什么关系。”

“这不是什么魔法，吉姆。是的，和月亮毫无关系，那只是个传说而已。异变更像是某种病毒，它是由内而外的，至少看起来是这样。变化的不光是我的外形，还有我看待世界的方式，对事物的道德判断。我不知道它是怎么影响这一切的，不过毫无疑问，这不是什么魔法。”

“如果它不是超自然的力量，而只是某种病毒，那你杀死的为什么都是坏人？”

“我说过了，因为气味和声音。”鲁本不由得打了个冷战。这意味着什么？

“难道邪恶也有气味？”吉姆问道。

“我不知道，”鲁本回答，“但我们也不知道狗为什么能闻到恐惧，对吧？”

“狗接收到的是细微的化学信息。它们能闻到汗水的气味，或许还有肾上腺素之类的激素。难道你是想告诉我，邪恶也和某种激素有关？”

“也许吧，”鲁本回答，“攻击、敌意、愤怒……或许这些情绪都有气味，人类无法以常规手段测量的气味。我们谁也不知道，不是吗？”

吉姆没有回答。

“怎么，你更希望这是某种超自然的力量？”鲁本问道，“你宁可它是某种恶魔？”

“我什么时候说过你跟恶魔有关系？”吉姆回答，“而且，你拯救了很多无辜的人。难道恶魔会在乎谁是无辜的？”

鲁本叹了口气。他无法将内心的所有想法诉诸语言，就算没有异变的影响，他也不知该从哪里开始解释，他为何觉得自己变了。他不确定，自己是否真的愿意将所有秘密对吉姆和盘托出。

“我知道的就这么多，”他说，“每一次异变都难以预料、无法控制，我完全处于被动。能搞清楚这件事儿的只有我自己，还有，你说的没错，就算没有别的样品，他们至少从玛钦特身上提取到了我的DNA。答案就在他们的眼皮子底下，他们随时都可能发现我。我现在必须走了。”

“你要去哪儿？”

“尼德克角。现在，听我说，吉姆神父。你随时都可以到那边去，如果你觉得有必要的话，你可以私下里和我谈论这件事儿。我允许你这样做。不过不要告诉别人，也别在有人在场的时候谈。”

“谢谢，”吉姆明显松了口气，“鲁本，我希望你允许我研究这件事。”

鲁本明白。除了与告解者本人谈论以外，神父不得对信徒的告解采取任何实质性行动。他答应了吉姆。

“今天早些时候，我去了那边一趟，取了我订的几本书，”鲁本解释说，“都是些传说、小说、诗歌什么的。不过美国一直有这样的事，你知道吗，有人目击——”

“妈妈提到过这些事儿，”吉姆说，“亚斯卡医生也说过。布雷路怪兽什么的。”

“没什么实质性的东西，”鲁本说，“威斯康星有人看到了某种奇怪的生物，大脚怪之类的，仅此而已。不过我正在竭尽全力寻找可能的线索，关于尼德克这个名字，有一个古怪的巧合，我正在努力弄清这件事，只是没什么可用的资料。哦，我同意，你可以研究，完全没问题。”

“谢谢，”吉姆说，“现在，我希望你和我保持联系，鲁本。”

“好的，吉姆，我会的。”

鲁本转身掀开帘子。

“等等，”吉姆说，“等一下。求你，说几句告解祷语，你要用心去说，”吉姆的声音变了，“让我赐予你宽恕。”

他的声音让鲁本的心疼痛起来。

鲁本低下头，喃喃祷告：“上帝啊，请宽恕我。请宽恕我的杀戮之心，我的心为杀戮而自豪。我不愿，亦不会放弃杀戮，我愿寻求某种方法，令杀戮亦有良善之途。”他叹了口气，引用了圣奥古斯丁的名句，“‘上帝赐予我纯洁，但并非今日。’”

吉姆认真吟诵着告解词，或许还有别的祷言，鲁本不太清楚。

“愿上帝保佑你。”

“祂为什么要那样做？”鲁本问道。

吉姆的声音里带着孩童般的虔诚：“因为祂创造了你。无论你是何物，祂创造了你。祂知道你为何而生，向何处去。”

14

鲁本沿着屋顶回到旅馆，把自己反锁在房间里。

整整一夜，他都在努力变回人形。他没法用电脑，爪子太大了，很不方便。他也没法阅读订购的新书。这让他坐立不安。

传说里的狼人跟他有什么关系?

他不敢尝试开车。追踪绑匪的时候他领教过，变身之后，开车简直是种折磨。就算能克服种种难题，他也不能以现在的样子坐在车里。他可能会被抓起来，不能冒这个风险。

他也不敢出去。

无论内心多么渴望，他就是没法掌控异变。至少现在不能。

整整一夜，那些声音一直在他周围徘徊。和吉姆待在一起的时候，它们仍在耳边流连。

现在，他不敢专心捕捉任何一缕声音。如果有某个声音吸引了他的注意力，他就会循声出去。

如果我去了，或许就能救出某个受苦的人，甚至救下他的命，想到这一点，鲁本痛苦不已。他蜷缩在角落里，努力试图入睡，但找不到一丝睡意。

到了凌晨三点，异变终于来了，比平常早得多。

开始依然是一波波高潮似的快感，伴着目眩神迷的愉悦，他从狼变成了人。他从镜子里观察着整个过程，用iPhone拍下照片，最后他终于又看到了那个熟悉的鲁本·戈尔丁，似乎和狼人毫无交集。他的手多么纤细呵，他很好奇，身为人类的时候他也没有感觉脆弱，是的，完全没有。他觉得自己非常强壮，无论是人是狼，都足以对抗任何可能的威胁。

他不是很累。所以洗了个澡，决定小睡片刻再上路。

他已经有两天没跟家里人联系过了，根据古老的圣律，吉姆甚至不能告诉任何人他见过鲁本。

几乎每个人都给他打过电话、发过邮件，包括高尔顿。电视已经按照要求装好了。高尔顿还带来了新消息。有人从佛罗里达送来了两棵巨大的洋紫荆，显然是玛钦特在那个夜晚订购的。鲁本想留下这些树吗？

鲁本喉头一阵哽咽。他第一次发现这个陈腐的形容确有其事。是的，我想留下那两棵洋紫荆。棒极了。高尔顿，能请你再订购一些别的植物吗？

他发了几封邮件。现在大家应该都已经睡了，不会马上答复。他告诉格蕾丝，我很好，正在尼德克角处理一些琐事。给菲尔的邮件内容差不多。他告诉比莉，我正在写一篇大文章，分析狼人的行为习惯。最后，他告诉塞莱斯特，现在我需要独处，希望你能理解。

他必须对塞莱斯特放手。虽然现在他迫切需要她的友谊，但友谊之外的部分简直就是噩梦。这不是她的错。不，完全不是她的错。他绞尽脑汁，想找到某种浪漫的分手方式，某种体面而友善的方式。

于是他又加了一句话：“我希望你和莫特在一起能开心。我知道你很喜欢他。”

这算是帮莫特一把，还是算吃醋的气话？鲁本没心情去仔细推敲。他继续写道：“你和莫特一直相处得很好。而我，我已经变了，关于这一点，我们都很清楚。是时候承认了，我的确不再是过去那个自己了。”

现在大约是四点半，外面依然很黑，而鲁本毫无睡意，焦躁不安。这样的不安并不痛苦，不像那天在门多西诺的时候那样，但依然令他不太愉快。

突然间，他听到一声枪响。枪声来自哪里？他从旅馆的小写字台旁站起身来，走到窗边。外面一切正常，明亮的街灯下只有空旷的朗伯德街和寥寥几辆汽车。

他的肌肉紧绷起来。他听到了什么声音，某个尖锐清晰的声音。一个男人呜咽着，哭泣着，说他必须这样做。然后是一个女人，女人在哀求那个男人。*不要伤害孩子。求你，求求你，不要伤害孩子。*紧接着是另一声枪响。

痉挛从身体最深处爆发，险些让鲁本摔倒。他弯下腰，感觉自己的每一个毛孔都在呼吸，毛发从他的胸口和手臂争先恐后地钻出来。异变来了，来得比任何一次都更加迅猛。狂喜攫住了他，然后是一波近乎窒息的愉悦和力量。

瞬息间，他已经离开了房间，在屋顶上飞驰。

男人在哭喊，在哀号，在怜悯自己，怜悯他“必须”杀死的人。他的妻子已经死了。鲁本循着男人的声音奔跑。

恶臭猛地涌进他的鼻孔，带着腐败的气息，那是懦弱和憎恨的气味。

鲁本跃过长街，全速奔向街区尽头那座白色灰泥房子，轻巧地降落在房子背面二楼的铁质阳台上。

他打破玻璃，闯进房间。屋里没有开灯，唯一的光亮来自外面。房间干净整洁，家具漂亮。

女人的尸体躺在四柱床上，鲜血从她头上流出。男人站在她身旁，只穿了一条睡裤，上身和双脚赤裸，手里握着枪，涕泪横流。屋里弥漫着浓烈的酒精味和沸腾的怒气。你们活该！是你们逼我这么做的，是你们让我失去了理智，你们就是不肯放过我！

“我必须这样做，必须终结这一切！”男人向着看不见的质问者辩白。他失神的眼睛望向鲁本，但鲁本不知道他是否真的看清了眼前的情景。他颤抖着，啜泣着，再次举起手里的枪。

鲁本悄无声息地迎面而上，夺过他手里的枪，拧断男人粗短的脖子。一声轻响，他听见气管破裂的声音。他加大手上的力度，男人的脊骨“啪”的一声被折断了。

尸体以一种滑稽的姿势跌落在地板上。

鲁本把枪放到梳妆台上。

镀金镜子上用口红潦草地写着语无伦次的自杀遗言，他费了很大力气才看懂上面的字句。

他迅速离开房间，循着孩子的气息穿过狭窄的小走廊，脚无声地踩在硬木地板上。那甜美可爱的气味——他听到一扇门后孩子的低语。

他慢慢推开门。一个穿睡袍的小女孩蜷坐在床上，膝盖高耸，还有一个小男孩依偎在她身旁。男孩一头金发，最多只有3岁。

看到鲁本的时候，小女孩的眼睛睁大了。

“狼人。”她的脸上瞬间有了光彩。

鲁本点点头。“我走了以后，你们要乖乖待在房间里，”他柔声说道，“在房间里等警察来，听到我说的话了吗？不要出去，就在这里等。”

“爹地要杀了我们，”女孩的声音细小却坚定，“我听见他跟妈咪说的话了。他要杀了我和崔西。”

“现在不会了。”鲁本说。他伸出爪子，摸了摸两个孩子的头。

“你真是个有礼貌的狼人。”小女孩说。

鲁本点点头，叮嘱道：“照我说的做。”

他沿来路回到卧室，用座机拨通911，告诉接线员：“两个人死了。这里有孩子。”

赶在破晓之前，他回到了旅馆。也许有人看见了他从屋顶跃到三楼的阳台上。概率不大，不过依然有可能。这里危机四伏，他必须换个地方。

异变突如其来，就像某个狼人之神听到了他的心声，促成了他的变化。或者是他促成了自己。

他支撑着疲惫的身体，迅速收拾好东西离开旅馆。

他在索萨利托北面的红杉大道旁找到了一家只有一层楼的小旅馆。旅馆的房子已经很旧了。观察片刻之后，鲁本停下车，要了一间最靠里的房间，紧邻着山脚下坑坑洼洼的柏油小路。

他醒来时刚过中午。

近乎绝望的情绪攫住了他。我应该去哪里？又应该做什么？他知道答案——门多西诺有他想要的安全和独处空间，大宅的房间足以让他藏身，而且只有在那里，才有希望找到可能为他提供帮助的“那个人”。他想念藏书室照片里的先生们。

该死，真希望我知道你到底是谁。

但他无法停止思念劳拉。他不想去门多西诺，因为劳拉还在这里。

他在脑海里翻来覆去地重放着那几个小时里的所有细节。当然，劳拉或许已经向当局报告了自己的遭遇。但她身上有某种奇怪而坚毅的气质，让鲁本情不自禁地希望她不会那样做。

他从附近的咖啡店买了点咖啡和三明治带回房间，然后打开电脑。

不用费太多力气就能查到——劳拉堪称森林专家，她与户外活动、与这片荒野有着密不可分的关系。昨天，他找到了一个专为女性设计行程的导游网站，网站的建立者名叫L.J.丹尼斯。现在，他打开这个网站，继续寻找线索。L.J.丹尼斯的照片只有一张，而且脸被墨镜和帽子遮得严严实实，连头发都看不清楚。

他还找到了一些与L.J.丹尼斯有关的链接，她是一位自然主义者、环保人士，但完全没有有用的照片。

他又搜索了“劳拉·J.丹尼斯”，跳过几条无用的链接后，他发现了完全出乎意料的东西：《波士顿环球报》四年前的一条新闻里提到了一位劳拉·丹尼斯·霍夫曼，她的丈夫考尔菲尔德·霍夫曼和两个孩子在玛莎葡萄园岛附近的一次船难中丧生。

呃，可能不是同一个人，但鲁本还是点了进去。网页上方的新闻照片里正是他要找的那个人，戴着珍珠项链的女人，两子之母。照片里的劳拉衣着体面，身旁显然是她的亡夫，那是个非常英俊的男人，眼睛深邃，牙齿洁白。

她是那样端庄而美丽——这个女人曾被他拥在怀中。

没花多少时间，鲁本已经查到了考尔菲尔德·霍夫曼和两个儿子遇难的诸多细节。“事故”发生时，劳拉人在纽约。经过漫长的调查，法医宣布，所谓的“事故”实际上是携子自杀。

当时霍夫曼正因内幕交易和基金管理不善而面临严重的刑事指控，他已经和妻子讨论过分居，两人为儿子的监护权发生了争执。

这还不是故事的全部。此前，霍夫曼家的第一个孩子因院内感染而夭折，当时那个小女孩还不到1岁。

不需要太多聪明才智就能勾勒出劳拉·J.丹尼斯的前半生。

她的父亲雅各布·丹尼斯是加州著名的自然主义者，曾出版过五本关于加州北岸红杉林的著作。两年前，雅各布·丹尼斯去世了。他的妻子科莱特是索萨利托的一位画家，已在二十年前因脑部肿瘤撒手人寰。这意味着劳拉很小就失去了母亲。雅各布·丹尼斯的长女桑德拉在23岁时死于一次酒后抢劫商店案，她“在错误的时间出现在错误的地点”，成了遭殃的池鱼。

这一连串的悲剧超越了鲁本的预想。最后的不幸是，雅各布·丹尼斯在生命的最后几年里饱受阿兹海默症的折磨。

鲁本靠回椅背上，喝了一口咖啡。三明治看起来就像是废纸和锯末。

劳拉的不幸令他震惊，他的心中产生了一丝模糊的内疚感，甚至近乎羞愧。是的，他偷偷摸摸地查了劳拉的底细。是的，这是为了解开她身上的谜团，也许他还暗自盼望着，她之所以接受他，是因为她的优秀和卓越。

但这只是奢望。

他想起旧金山的那两个孩子，互相依偎着蜷缩在床上。他为自己拯救了他们而暗自高兴，又因没能来得及救出他们的母亲而懊恼不已。他很想知道，那两个孩子现在在哪儿。

难怪劳拉会回到加州，隐居在幽深的森林中。署名L.J.丹尼斯的网站已经三年没有更新过了，这段时间她大概一直在照顾老父亲。然后他终究离开了她，和其他所有人一样。

鲁本为劳拉感到极度悲伤。

我很愧疚，我那么想要你，于是我情不自禁地想，只是想想，既然你失去了一切，那么你也许会爱我。这样的想法让我深感愧疚。

他绝对受不了那样的孤独，尽管现在他经历的一切也很艰难。事实上，未曾品味过的孤独与疏离已经快把他逼疯了。

但就算现在，他的周围也还有很多爱他的人——格蕾丝、菲尔，当然，还有他敬爱的兄长吉姆，愿意为他做任何事的塞莱斯特，挚友莫特。还有俄罗斯山那个温馨的家，以及充满活力的家庭成员构筑的整个朋友圈子。还有罗茜，可爱的罗茜。就连菲尔那些乏味的教授朋友也在鲁本的生命中留下了不可磨灭的印记，和无数慈爱的叔叔阿姨一起。

他想着劳拉和森林边缘的小屋，又试着想象了一下，结婚生子然后失去所有家人，那会是什么感觉。无可言喻的痛楚。

这样的经历可能让你变得优柔、怯懦，也可能让你变得坚强、豁达、独立。或许它会让你漠视自己的生命，蔑视所有危险，率性而活。

鲁本知道，还有很多方法可以继续挖掘劳拉的信息——信用记录、车辆登记、个人资产，但这不公平。事实上，这很可耻。不过他的确还想知道一点儿东西——她的地址。他很快就找到了。不少文章提到了她现在居住的那幢房子。小屋原本属于她的祖父哈珀·丹尼斯，建成的年代相当久远。现在那片森林已经受到严格保护，根本不可能再修建房屋。

他走出房间，绕着小旅馆走了一圈。外面飘着蒙蒙细雨，天黑以后，应该很容易就能溜出房间，翻越绿树葱茏的小山，进入草木茂密的米尔谷。进入山谷深处后，要去缪尔森林就很简单了。

现在，这边很可能还没开始搜查他的下落，毕竟几小时前他刚在旧金山杀了人。

或者应该说，如果劳拉·J.丹尼斯没有报警，那么这里应该还没开始搜查。

她报警了吗？

他们会相信她的话吗？

他不知道。他无法想象她会报警。

如果小屋里有电视，或者订了报纸，又或者她从镇上的杂货店买了报纸，那她应该知道外面出了什么事儿。

也许她会相信，来自森林的野人宁可死也不会伤害她——除非，对她的爱、想要再次见到她的渴望也是一种伤害。

天黑之前，鲁本去商店里买了几件合身的廉价衣服，还有干净内衣和袜子之类的小玩意儿。他把这些东西装进袋子，放到车上。未来很长一段时间，这个袋子大概得一直留在车里。他厌倦了松松垮垮的连帽衫和风衣，但现在他也没急着换掉。

太阳落山时，他已经冒着无声的细雨开进了米尔谷，沿着全景公路驶向森林深处。他找到了劳拉的家，那幢灰瓦小屋离公路很远，几乎淹没在林木之间。

他继续往前开，找到了一处隐蔽的小峡谷，然后他停下车，在车里小睡了一会儿。他睡得很不安稳，朦胧中他感觉到异变来了，比他原本以为的早得多。

15

他走进小屋时，里面空无一人，后门敞开着，没有上锁。

他从树梢上穿过森林而来。小屋周围寂静无人，没有警察，没有监控者。事实上，完全听不到人声。

屋后那间卧室依然是他记忆中的模样，氤氲着同样甜美的气息。

高背橡木床上铺着柔软美丽的百衲被，床头柜上放着一盏黄铜小台灯，透过羊皮灯罩，温暖的灯光照亮了整个房间。橡木摇椅上堆满靠枕，靠枕中藏着一个破旧的手工布娃娃，娃娃精心缝制的脸上嵌着纽扣做的眼睛，嘴唇像玫瑰般红艳，黄色的长发披散在肩头。小书架上放着一排排哈珀·丹尼斯和雅各布·丹尼斯的著作，甚至还有一本署名L.J.丹尼斯的作品，介绍塔玛尔派斯山和附近地区的野花。

卧室背后是充满乡村风情的厨房，黑色的大炉子朴实无华，白色搁板下挂着蓝白相间的瓷杯。

水槽旁的窗台上摆着一排玻璃杯，马铃薯藤蔓从杯子里探出头来；白色小桌子中央放着蓝色的花瓶，瓶里插满白色和金色的雏菊。墙上的画框里是盛放的玫瑰园，签名写着“科莱特·D”。

厨房后面是宽阔的浴室，浴室里装着铁质小壁炉、大花洒和带爪的浴缸。浴室另一头有狭窄的楼梯通往二楼。

再往前走，迎面而来的大餐厅里摆着古老的橡木圆桌和沉重的靠背椅，壁橱里蓝白色的古董瓷器琳琅满目；起居室的壁炉是天然石材砌成的；壁炉前摆着几把旧椅子，精美的靠垫和毯子看起来十分舒适，仿佛专为促膝谈心而设；壁炉屏后，小小的火焰在炉膛深处跳动，角落里的老式黄铜台灯散发出令人安心的柔和灯光。

小屋里到处都是科莱特·D的花园风景画，或许有些平淡乏味，但明亮的色彩营造出舒适甜美的氛围。相框无处不在，很多照片里都有雅各布·丹尼斯饱经风霜的笑脸，头发雪白的老爷子笑得像年轻人一样。

起居室里有一台平板电视，厨房台面上还有一台小的。起居室的壁炉旁放着最近的报纸，在《旧金山纪事报》头版，“**狼人解救被绑架儿童**”的大标题分外显眼。米尔谷的本地报纸似乎温和一些，他们的标题是“**米尔谷儿童安全得救 两人死亡**”。两份报纸上登的狼人画像十分相似——猿猴似的脸，狼一样的耳朵，还有可怖的尖牙。

这间小屋有很多窗户，轻柔的细雨拍打着玻璃，四壁的木墙闪着木蜡的微光。墙板都是天然的木材，被精心漆成了深褐色。

她从后门进来的时候，他正站在起居室的壁炉旁。听到外面的动静，他闪身藏到走廊里。他看着她走进厨房，放下装日用杂货的棕色纸袋和一卷像是报纸的东西。

她看起来有点疲惫，头发上束着黑色的缎带。她脱下沉重的灯芯绒夹克，露出银灰色的高领毛衣和长长的黑裙。小屋里渐渐充满了她的甜美气息。现在他知道，无论他走到哪里，都不会错认这缕气息——微妙的柑橘香混合着她独有的暖意。

他痴痴地凝望着她，她的双手多么纤细，前额多么光滑，白发多么柔软，还有她那双冰蓝的眼睛，正心不在焉地扫过房间。

他靠近厨房门口。

她有些焦虑不安，有些沮丧。她走向白色小桌，打算坐下来，就在这时候，她看到了他站在走廊里。

“美丽的劳拉。”他低声叫她。

我在你眼中是什么样子？狼人，怪物，还是生撕活人的野兽？

她惊讶地用手捂住了自己的脸，透过手指的缝隙凝望着他，泪水盈满了她的眼眶。突然间，她放声大哭起来。

她张开双臂向他跑来，他迎上前将她拥入怀中，温柔地让她贴在他的胸口。

“美丽的劳拉。”他喃喃叫着她的名字，像上次一样将她抱了起来，穿过走廊，将她放到卧室的床上。

他拉掉她发上的缎带，她的白色卷发披散下来，其间一绺绺黄色发丝在台灯的照射下闪着金光。

他等不及想要剥开她的衣服，她手忙脚乱地解开纽扣和夹子，简直就像一个世纪那么漫长。她粉红的身体终于袒露在他眼前，乳头像花瓣一样美丽，双腿间的神秘草丛如烟雾般迷蒙。他吻住她的嘴唇，听见低沉的咆哮声从自己胸膛里喷薄而出，人类永远不可能发出这样野性的呼喊。他发狂般亲吻着她的身体，从脖颈到胸口，到腹部，再到光滑如丝的大腿内侧。

她的手指抚过他的脸庞，穿过长长的粗毛，抚摸着里层柔软的绒毛，他用双手捧住她的头。

她还在啜泣，但是在他听来，她的呜咽如窗上的雨点般轻柔，如音乐般美妙。

16

她还在酣睡。他点燃起居室的壁炉。其实他一点都不冷，他只是想看火苗跳动，在天花板和墙壁上映出温暖的火光。

她走进来的时候，他正单脚踩在炉膛边上。

她已经披上了白色的法兰绒睡袍，就像他第一晚见到的那样。睡袍的领口和袖口点缀着粗线梭织花边，珍珠小纽扣在黑暗中反射着微光。

她的头发已经梳过了，发丝闪亮。

她在壁炉左边的旧椅子上坐下来，试探着指了指右边的大椅子。椅子已经很旧了，不过足以容纳他庞大的身躯。

他坐进椅子，向她做了个邀请的手势。

她飞快地挪到他腿上，他用右臂拥住她的肩膀，她的头依偎在他胸口。

“他们在找你，”她说，“你应该知道。”

“当然。”他还是不太习惯自己低沉粗嗄的声音，不过至少还能说话，或许这已经足够幸运。

“你一个人住在这儿，不害怕吗？”他问道，“我知道你不害怕，我只是想知道原因。”

“这里有什么可怕的呢？”她一边玩弄着他肩头长长的狼

毛，一边亲昵随意地回答。她的手指终于摸到了他胸口厚厚毛发之下的乳头，轻轻捏了捏。

“真淘气！”他低声抗议，往后躲，假装生气地低吼一声，随后听到了她轻柔的笑声。

“真的，”他说，“我很为你担心；你一个人住在这里，我很担心。”

“我在这幢房子里长大，”她的回答简单朴素，“在这里，从来没有任何事物伤害过我。”她停了停，继续说道，“你来到我身边，也是在这幢房子里。”

他没有回答，只是轻抚着她的长发。

“我才真的为你担心，”她说，“自从你走了以后，我怕得要死。就算是现在，我也很怕他们会跟着你找到这里，或者有人看见了你……”

“他们没有跟踪我，”他说，“如果他们找到了附近，我会听到的。我会闻到他们的气味。”

他沉默了一小会儿，凝望着壁炉的火光。

“我知道你是谁，”他说，“我读到了你的故事。”

她没有回答。

“今时今日，每个人都有自己的故事，整个世界就是一间巨大的档案馆。你遇到的事情，我都知道了。”

“用他们的话来说，现在你占了上风，”她回答，“因为我对你一无所知，也对你出现在这里的原因毫无头绪。”

“现在，我也不知道自己是谁。”他说。

“那么，你并不一直都是现在的样子？”她问道。

“不是。”他低声笑了起来，“当然不是。”

他用舌头舔了舔自己的尖牙和光滑如丝的黑色唇线，惬意地在椅子里挪动了一下，她的身体轻如羽毛。

“你不能留在这里，我是说，城里，这里，都不行。他们会找到你的。现在的世界太小，规矩无处不在。只要在森林里发现了一丁点儿你的蛛丝马迹，他们就会成群结队地扑上来。这里看起来荒凉，其实一点都不安全。”

“我知道，”他说，“我很清楚。”

“但你还是选择了冒险。太冒险了。”

“我会听见声音，”他说，“我听见声音，然后循声而去，这个过程似乎完全不由我做主。如果我不去，就有人会受苦，有人会死。”

他娓娓告诉她事情的来龙去脉，大体上和他告诉吉姆的差不多——谜一样的气味，前几次袭击，受害者如何在黑暗中哭号，他如何清楚地知道谁是恶人，谁清白无辜。他还谈到了那个枪杀妻子的男人。

“我知道，他本来打算杀掉两个孩子，”她说，“今晚开车回家的时候，我从广播里听到了。”

“我去得不够及时，没能救出那个女人，”他说，“我不可能永远正确，我也会犯下大错。”

“但是你很小心谨慎，”她替他辩解，“你对北边那个男孩就很小心。”

“北边那个男孩？”

“那个记者，”她说，“长得很帅的那个，门多西诺那幢房子里，就是北边那里。”

他哑口无言，心痛如绞。

“那个女人没想到他们会对她下手，对吧？”她低声问道。

“是的。”

“要不是这样，你也许可以——”她没有说下去。

“是的，”他回答，“她没想到。我也没有想到。”

他沉默了。

片刻之后，她才试探着柔声问道：“你为什么会来到这么远的地方？”

他没明白她的意思。

“是因为那些声音吗，这边的声音很多很多？”

他没有回答。但他已经懂了。她以为他来自北边的森林，湾区的城市不过是他临时的落脚点。听起来似乎很有道理。

他很想将一切对她和盘托出，想得要命。但是不能。现在还不是时候。他贪恋将她拥在怀中的惬意，也无法舍弃这宁馨背后的力量——保护她，爱她的力量。他不能告诉她，我并不是一直都像这样，我就是北边那个男孩。如果他坦白了一切，她会不会离开他？她会不会对他不屑一顾，弃他如敝履？那会撕裂他的灵魂。

北边那个男孩。他回想着过去的那个自己，塞莱斯特的阳光男孩，格蕾丝的宝贝儿，吉姆的小弟弟，菲尔的好儿子。那个平淡无趣的“男孩”凭什么去吸引她的注意？光是想想就够荒谬了。说到底，玛钦特·尼德克也不是真的对他动了心，她只是觉得他风度翩翩、诗意盎然，而且足够有钱，能从她手里接过尼德克角这副重担。但这不是动心，远远不是，更谈不上爱情。

他对劳拉的情感，是爱。

他闭上眼睛，聆听她呼吸的悠缓韵律。她已经睡着了。

窗外的森林在窃窃私语。远处传来山猫的气息，令他癫狂。

他想追上它，杀死它，吞噬它。他仿佛已经尝到了那鲜美的血肉。他的嘴里分泌出大量唾液。溪流在森林深处歌唱，猫头鹰在高高的树枝上咕咕叫嚷，灌木丛里数不清的无名生物窸窣作响。

他很想知道，如果劳拉亲眼看到他在森林里奔跑，扑倒挣扎嘶吼的山猫，狼吞虎咽地吃下它热腾腾的血肉，她会有什么感想。这样的饕餮有着致命的诱惑，刚刚杀死的猎物多么新鲜，它的血仍在躯体里奔流，它的心脏仍在微微跳动。如果她真的看到这一幕，她会怎么想？

她不会明白，眼看着一个人的手臂被齐根撕下，眼看着他的头颅离开身体，那会是什么感觉，她对此毫无概念。我们人类从不会真正去观察周围的恐怖事件。无论她曾遭遇过什么，她也不曾目睹如此血腥的死亡。不，这样的经历不在她的认知之中，就算劳拉曾历经苦难。

只有那些成天跟凶手打交道的人才知道看似安宁的世界背后残酷的真相。短暂的记者生涯足以让他明白，为什么他采访的警察都迥异常人，为什么处理了无数公诉案以后，塞莱斯特性格大变，为什么格蕾丝那么特别，因为她在急诊室里见过太多肚子上插着刀子、脑袋上留着弹孔的人。

但就算是这些人，警察、律师、医生，他们看到的也只是事后的情景。凶手杀死受害人的时候，他们并不在场。他们不曾闻到那邪恶的气息，也不曾听到那绝望的哭号。

突如其来的悲伤笼罩了他。他是这么想要她，但他有什么权利告诉她这一切？他的“故事”充满了暴力、黑暗和原始的欲望。他有什么权利，用这看似正义、实则可能毫无意义的故事，去诱惑她？

能和她待在一起，这就很好，他黯然想道。就让我在炉火边拥抱着她，就让我在这简单的小屋里，贪恋这一刻。

他迷迷糊糊睡着了，睡梦中，他感觉到她的心跳紧挨着他的。

一个小时过去了，或许更久一点。

他睁开眼睛。森林寂静无声。

但是有哪里不对。非常非常不对。一个声音顽强地冲破了他周围层层包裹的声音之海，缥缈、细微而绝望。

是一个男人在喊叫求助。远在森林的另一边。他知道方向，他知道，很快他就会闻到气味。

他抱着她走进卧室，轻轻把她放在床上。她惊醒了，用手肘撑起身体。

“你要走了。”

“我必须走，它在呼唤我。”

“他们会抓住你的，到处都是他们的人。”她急急恳求，随后哭了起来，“听我的！”她恳求道，“你得回北边去，回到森林里，远离这里。”

他迅速弯腰，亲吻了她。

“你很快就会再次见到我。”

她追在他身后，但瞬息间他已跃上树梢，向着海滨公路奔去。

几小时后，他来到一片俯瞰太平洋的小树林里。低低的云层笼罩着冰冷的大海，银色的天空上月亮藏在雨云后，月光照亮了海面上起伏的波涛。噢，月亮是否也有秘密，月亮是否也有隐藏的真相。但月亮只是月亮而已。

他跟着那辆囚禁着呼救者的车，灵巧地从树梢跳到车顶上。就在司机准备减速转弯的时候，他一把扯开车门，把那两个小偷拖了出来。他们已经杀死了那个男人的同伴，但却留下了男人的性命，将他绑起来，堵上嘴巴，丢到行李箱里。他们打算带他去找自动提款机，洗劫他账户里的几百美元，然后再把他干掉。

鲁本狼吞虎咽地吃掉了那两个小偷，然后才放出行李箱里的男人，让他待在海边的悬崖上，告诉他救援很快就到。然后，他迎着微咸的海风在悬崖上兜了几圈，任由暴雨洗去身上的血迹。

天已经快要亮了，他疲累而孤独。劳拉在怀中的一幕遥远得仿佛不曾发生。

我们都需要爱，不是吗？

无论是最残暴的凶手，还是最无情的野兽，我们都需要爱。

他飞快地回到全景公路，找到自己的车，然后静待异变的到来。和上次一样，这次的异变同样出乎意料，它似乎越来越……服从他的意志。他催促着它，推动着它，让它变得越来越快。

随后，他开车进入米尔谷，找到一间漂亮迷人的小旅馆。米尔谷客栈位于小镇中心，就在斯罗克莫顿街后面。藏在这里真是再妙不过了，因为现在他们肯定还在马林县寻找狼人的下落，而他在去北边之前，必须再见劳拉一面。这一次，他或许会在尼德克角待很长一段时间。

17

时近正午，他刚把车停在劳拉小屋的山坡下，就看见她从屋里出来，上了一辆橄榄绿的四门吉普车，开往山下的小镇，那正是他刚才出发的地方。

他看见她走进一间漂亮的小咖啡厅，挑了一张落地窗边上的桌子。

他停下车，走了进去。

她坐在那里的样子仿佛与世隔绝。现在，她穿着灯芯绒外套，脸庞和昨晚一样红润可爱，头发还是用黑缎带束在脑后，匀称的脸颊完美无暇。这是他第一次在白昼的光线下看到她的样子。

他一言不发地在她对面坐下。今天他的打扮更像过去那个自己——还算得体的卡其夹克，干净的衬衫和领带。这些衣服都是他昨天买的。结账离开酒店前，他还洗了足足一个小时的澡。他的头发太多太长，不过至少梳得整整齐齐。

“你是谁！”她一边质问，一边怒气冲冲地放下餐牌，寻找餐厅后方侍者的身影。

鲁本没有回答。后面现在没有侍者，只有零星的几桌客人。

“听着，我想一个人用餐，”她的语气礼貌而坚决，“现在，请你离开。”

然后，她的脸色变了，生气和恼怒转眼变成了有所遮掩的警觉。她的眼神和声音都冷了下来。

“你是那个记者，”她指责道，“《旧金山观察家报》的。”

“是的。”

“你来这儿干吗？”她开始激动起来，“你想从我身上得到什么？”她换上了一副顽固的表情，但是他知道，她的内心深处正在恐慌。

他前倾身子，用一种亲昵的语气柔声说道，“我就是北边那个男孩。”

“我知道，”她完全没反应过来，“我知道你是谁。劳驾你解释一下：你想从我身上得到什么？”

他沉思了片刻。她再次慌乱地扫视周围，寻找着侍者，但前厅里空无一人。最后她站起身来。

“好吧，我换个地方吃午饭好了。”她有些颤抖。

“劳拉，等等。”

他抓住她的左手。

她不情愿地重新坐下，声音里还带着戒备。

“你怎么知道我的名字？”

“昨晚我和你在一起，”他轻声说，“我们一起待了大半夜，直到凌晨，我不得不离开。”

他一生中从没见过这么惊讶的表情。她完全愣住了，只能直直瞪着桌子对面的他。她的脸颊一片苍白，他能看到她皮肤下的血管突突跳动，她的下唇微微颤抖，却说不出一个字来。

“我的名字叫鲁本·戈尔丁，”他的声音低沉温和，“对我来说，事情就是从那里开始的，北边那幢房子，那是一切的开端。”

她深深吸了一口气，汗水从她的前额和上唇涌了出来，他能听见她的心脏怦怦跳动。她的脸色缓和下来，嘴唇仍在颤抖，泪水开始涌进眼眶。

“我的天哪。”她喃喃低语。她低头看了看他紧攥她的那只手，又抬头望着他的脸庞。她正在仔细打量他，他感觉到了，他也快要流泪了。

“可是谁——这是怎么——”

“我不知道，”他坦承，“但是我知道，我现在必须离开这里，回那边去。那个地方是我的。门多西诺的那幢房子，它属于我。我想去那里。我不能再待在这里了，你愿意跟我一起走吗？”

他终于说了出来。如果她退缩了，收回被他紧握的手，藏到他够不到的地方，他完全能够理解。真相大白，她心中的野人原来并不是什么野人。

“呃，我知道，你有你的工作，导游，客户……”

“现在是雨季，”她的声音很微弱，“没什么游客，我没有工作要做。”她的眼睛睁得大大的，眼神呆滞。然后她又深深吸了一口气，反手握住了他。

“噢……”他不知道还能说点什么，“那你愿意去吗？”

坐在这里接受她的审视，等待她的回答，这简直就是煎熬。

“我愿意。”她突然说道。然后，她点点头。

“我跟你一起去。”她的眼神坚定，却又有一丝茫然。

“你知道自己作出的是什么样的决定吧。”

“我跟你去。”她重复道。

现在他真得拼命忍住泪水了，这花费了他好一会儿时间。然后他紧紧握住她的手，转头望向外面，斯罗克莫顿街上细雨如雾，数不清的小商店外撑着伞的人们来来往往，步履匆匆。

“鲁本。”她紧握住他的手。她已经从震惊中恢复过来，现在她很认真。“我们该走了。”

当他发动保时捷驶向全景公路，她开始笑了起来。

她的笑声越来越大，这是一种宣泄，她显然无意控制自己。

他有点儿困惑，有点儿不安。“你在笑什么？”他问道。

“哈，仔细想想，你也会觉得很好笑的，”她回答，“看看你吧，看看你现在的样子。”

他的心开始往下沉。

她的笑声戛然而止。

“对不起，”她有些沮丧地小声说，“这事儿不好笑，对吧？我不应该笑，太失礼了。只是……呃，我这样说吧，你是我这辈子见过的最英俊的男人。”

“噢。”他低声回答，甚至不敢看她。好吧，至少她还没叫他“男孩”或者“孩子”。

“这算是好事儿？”他问道，“还是坏事儿？”

“你是认真的？”

他耸耸肩。

“怎么说呢，就是惊讶而已，”她说，“对不起，鲁本，我不应该笑。”

“没关系。这不重要，对吧？”

他把车停在小屋的砾石车道上，转头望向她。她看起来真的很不安，于是他不由自主地给了她一个宽慰的笑容，她的脸色瞬间明媚起来。

“你知道吧，”她真挚地说，“在王子和青蛙的故事里，总会有一只青蛙。可这个故事里……没有青蛙。”

“唔，这不是青蛙王子的故事，劳拉，”他回答，“更像是《化身博士》。”

“完全不是，”她抗议道，“我觉得一点都不像。也不是什么《美女与野兽》，或许这是个新的故事。”

“对，新的故事，”他热切地回答，“我想这个故事的下一幕应该是，‘离开这个鬼地方’。”

她靠过来亲吻了他——她现在吻的是他，不是那个浑身是毛的大块头。

他用双手捧起她的脸庞，充满爱意地深深吻着她。一切都已不同，噢，别理那些陈腐的老调，烂俗的套路，全新的故事是那么——那么甜蜜。

18

劳拉迅速地打包好行李，拜托邻居帮她取回停在镇上的车，在她离开的时候帮忙照管房子，这一切只花了不到十五分钟。

前往尼德克角的旅途花费了将近四个小时，主要是因为下雨，和上次一样。

在路上，他们一刻不停地交谈。

鲁本原原本本地告诉了她所有事情，从头到尾，事无巨细。

他告诉她，在一切开始之前，他是个什么样的人——他的家庭、塞莱斯特、吉姆，诸如此类。他的倾诉自然而然，毫不费力，有时候甚至有些凌乱。她提出的问题总是恰到好处，没有太多刺探的意味。谈到某些事的时候，他有些难为情，甚至有点儿尴尬，但她却依然兴味盎然，毫不介怀。

“我进入《旧金山观察家报》纯属侥幸。比莉认识我母亲，最开始她是想帮我们一个忙。后来她倒是真的喜欢上了我写的东西。”

他是塞莱斯特的阳光男孩，母亲的宝贝儿，吉姆的小男孩，后来就连比莉都开始叫他神奇男孩，只有菲尔会叫他的名字。谈到这个的时候，劳拉又笑了起来，过了好一会儿才停下来。

可是跟她说话很轻松，听她说话也很愉快。

劳拉在早间脱口秀里看到过格蕾丝·戈尔丁医生，也在某次正式的慈善宴会上见过她本人。戈尔丁一家很支持野生物种保护事业。“我读过你在《旧金山观察家报》发表的所有文章，”她说，“大家都很喜欢你写的东西。我开始读你的文章也是因为别人的推荐。”

他点点头。如果这一切不曾发生，或许她的赞扬会让他欢欣鼓舞。

他们谈到了她在雷德克里夫求学的岁月，谈到了她的亡夫，也提到了她的孩子。鲁本很快明白过来，这些事情她不想多说。劳拉说起了她的姐姐桑德拉，就好像她还活着一样。桑德拉是劳拉最好的朋友。

父亲则是她一生的精神导师。她和桑德拉在缪尔森林长大，十多岁时她们去了东岸求学，暑假总是游学欧洲，但北加州这片丰饶的森林一直是她们心中梦幻般的天堂。

是的，她原以为鲁本是来自北边森林的野人，某个神秘的物种，闯进现实世界的都市传奇。

森林里的小屋曾经属于她的祖父，她幼时还见过这位祖父。二楼上有四个卧室，现在都空着。“有个暑假，我的两个儿子到森林里来玩过。”她低声说道。

他们互相倾诉，袒露心扉，如水流般自然。

他谈到了在伯克利上学的日子和海外奔波挖掘古迹的事儿，谈到了他对书的热爱。她说起在纽约的时候，她如何神魂颠倒地迷上了那个男人。她全身心地爱着他，不亚于对父亲的敬爱。尽管她不顾父亲的反对，执意嫁给了考尔菲尔德·霍夫曼，但父亲从来没有对她说过一句重话，只给过坦率而温和的建议。

在纽约的时候，她和考尔菲尔德频繁出入于各种派对、音乐会、歌剧演出、招待会和慈善活动。现在想来，那样的生活恍若梦幻。中央公园上东区的豪宅，保姆，富足快节奏的生活，仿佛全都不曾存在。霍夫曼杀死了孩子和他自己，终结了一切。他们曾经共同拥有的一切化为泡影，不留一丝痕迹。

有时候她会在午夜惊醒，恍惚间不敢相信自己的孩子曾经存在过，更遑论以那样悲惨的方式死去。

话题兜兜转转，又回到鲁本身上。此刻他身上的谜团，在门多西诺大宅遇袭的那夜。他们反复猜测到底发生了什么。

他告诉了她关于尼德克这个名字的疑团，不过这条线索太过脆弱。于是他又说起了那个赠予他“礼物”（按照他的叫法）的生物，它也许是某种游荡于现实与未知世界之间的神秘造物。

他向她描绘了异变的每一个细节，将他曾对吉姆告解的一切都和盘托出。

她不是天主教徒，所以她不太相信告解圣律，不过她能接受吉姆和鲁本的信仰，当然她也完全认可鲁本对吉姆的爱和信任。

劳拉对科学的了解比他多一点，不过她反复强调自己并不是科学家。她问起DNA测试的细节，他答不上来。他提起自己在每个现场都留下了DNA证据，但不知道当局会得出什么结果。

DNA测试可能是他最危险的破绽，他们两人对此并无异议，但与此同时，谁也不知道有什么补救的办法。

去尼德克角，这当然是现在最好的方案。如果那个生物真的还在那儿，如果它真的有秘密要告诉鲁本，那么他们至少应该给它机会。

不过劳拉有点儿害怕。

“我觉得，”她说，“它可能和你不太一样，也许它没有感情，也没有良知。可能它完全没有这些东西。”

“呃，为什么呢？”鲁本问道。她是什么意思？也许再发展下去，他也会失去道德和感情？那是他最深的恐惧。

天黑之前，他们在海边的一家小饭馆停了下来。尽管天空一片灰暗，雨势无休无止，这里的景色依然很美。他们挑了张靠窗的桌子，窗外是一望无际的大海，遍布礁石的海滩荒芜却壮阔。

桌布和餐巾是淡紫色的，食物香味四溢，滋味美妙。他狼吞虎咽地吃掉了端上桌的所有东西，包括最后一点儿面包屑。

餐馆里洋溢着浓郁的乡村风情，天花板斜顶低垂，壁炉里炉火正旺，木地板饱经沧桑。

这样的环境让他放松下来，甚至有点儿亢奋。天色渐渐变暗。

窗外的大海漆黑一片，泡沫为海浪镀上一道银边。

“你应该知道我对你做了什么。”他低声说道。

烛光给她的脸庞涂上了一层微光，漆黑的眉毛让她的表情看起来十分严肃，蓝眼睛里有一丝冷意，但还是那么漂亮。他很少看到这么明亮、热情的蓝眼睛。她的脸如此生动，洋溢着十足的热情和爱意。

“从我第一次见到你，我就知道你对我做了什么。”她回答。

“现在，你已经成了从犯。”

“唔，一系列奇怪暴力事件的从犯，没错。”

“这不是什么奇幻故事。”

“谁能比我更清楚这一点？”

他静静地坐在原地，不由自主地想到，如果他现在离开她，她就算自由了吗？他模糊地觉得，如果他真的离开，对她而言会是一场灾难。但或许是他搞反了。失去她才是他的灾难。

“某些谜团就是那么令人难以抗拒，”她说，“蕴藏着改变人生的元素。”

他点点头。

他意识到，自己对劳拉产生了强烈的占有欲，他从未体验过这种情绪，哪怕是对塞莱斯特。想到这一点，欲望的火苗腾地升起。餐馆楼上有住宿的房间。他很想知道那会是什么滋味，他们两人，以现在的面貌。

但是今晚，他还有多少时间？他期盼着异变的到来，他渴望成为更完整的自己。

一个可怕的念头在他脑海里闪过。她说了点什么，但他完全没有听见。如果那一个才是真正的他，那现在的他又该算什么？

“……现在该走了。”

“好的。”他回答。

他起身帮她拉开椅子，取过外套。

她仿佛被他的动作触动了。

“这些旧世界的礼节是谁教你的？”她问道。

19

晚上九点。

他们坐在藏书室的皮沙发上看电视。大电视挂在壁炉左侧，炉火已经点燃。劳拉换上了白色睡袍，他也换了套旧的卫衣和牛仔裤。

屏幕上系着红色领带的男人表情相当严肃。

“凶手严重心理变态，”他说，“这一点确凿无疑。他觉得自己是正义的化身，公众的吹捧让他产生了病态的满足感。但是我们必须清楚地看到：他残忍地撕碎受害者的身体，他以人类的血肉为食。”

屏幕下方闪过男子的名字和头衔：犯罪心理学家。镜头切到采访者那边，这位主持人经常出现在CNN新闻里，不过鲁本一时间想不起来他的名字：

“但是，会不会是某种变异？”

“绝对不可能。”受访者斩钉截铁地回答，“凶手是人类，和你我完全相同，他只是采用了一系列复杂的手法，让公众以为袭击者是动物。DNA检测结果确凿无疑，凶手是人类。哦，是的，他搞了点儿动物的体液，这倒是真的。所以他靠这个污染了证据。还有，他使用了假牙，类似动物的犬齿，还用某种精致的面具罩住了整个头部，但是，他的确是人类，而且很可能是近年来最危险的变态罪犯。”

“但是凶手为何那么强壮？我们该如何解释？”主持人问道，“我是说，显然他能以一敌二，甚至敌三。就算他戴着动物面具，他又怎么能——”

“呃，这一点确实不合常理，”专家表示，“但他的力量很可能被夸大了很多。”

“可是现场那些证据……我是说，三具尸体支离破碎，还有一具的头都被扯掉了……”

“我再说一遍，不要急于得出结论。”专家有些不耐烦了，“完全可能是凶手用某种气体让受害人失去了知觉或是无法反抗。”

“好吧，但他还把一名女性从窗户里丢了出去，受害人尸体落地点与房子的距离超过75英尺……”

“夸大凶手的能力对我们毫无益处。目击者的说法不足为凭。”

“您相信当局已经完全彻底地公布了他们掌握的DNA信息。”

“不，当然不是，”专家回答，“毫无疑问，他们并未公开所有信息，而且仍在分析已有的数据。他们正在全力遏制公众的狂热。但是，媒体上那些毫无根据的臆测完全不负责任，而且很可能刺激凶手犯下更残忍的罪行。”

“但他是怎么找到那些受害者的？”主持人问道，“外面传得沸沸扬扬。他是怎么发现旧金山某座房子的三楼上有人正在被虐待？怎么发现金门公园里有流浪汉遭到袭击？”

“哦，只是巧合而已，”专家明显不想再回答下去，“而且我们并不知道，凶手作案之前到底跟踪了受害人多久。”

“还有金木案的绑匪，凶手在马林县找到绑匪的时候，其他人根本就不——”

“尽管我们知道，他可能与绑匪有关，”主持人说，“但现场没有任何绑匪生还，所以我们也无从得知参与绑架案的到底有哪些人员。或许这也是运气而已。”

鲁本拿起遥控器，换了个频道。

“对不起，我没法听下去了。”他说。

一个女人悲痛欲绝的脸立刻占据了整个屏幕。“无论我的儿子做了什么，”她说，“要对他进行惩处，也必须通过司法程序，这是所有美国人应有的权利。谁都无权将我儿子撕得四分五裂，那完全就是个怪物，他以为自己能取代法官、陪审团和刽子手？而现在，所有人都在歌颂那个凶手！”她开始啜泣，“这个世界疯了吗？”

画面切回直播间，女主播一头长发，肤色黝黑，声音醇美。

“现在，全球都已经知道了这位神秘造物的大名——旧金山狼人。他安慰幼小的儿童，将无家可归的流浪汉送回窝棚，救出一整车被绑架的孩子，还按响了警报求助。现在，当局无法回答的问题比他们能解释的还多。（市政厅镜头，官员聚集在麦克风前。）但有一点是确定的：人们并不害怕旧金山狼人。他们为他欢呼，在网络上疯狂转发他的画像，甚至为他谱写诗歌。”

镜头转向几个年轻人，他们穿着廉价的戏服，把自己打扮成亮橙色的大猩猩，举着手写字体的标语：**狼人，我们爱你**！一个十多岁的女孩弹着吉他唱道：“他是狼人，是狼人，是狼人，蓝色大眼睛的狼人！”

街道上妇女对着记者举过来的麦克风说：“他们不许目击者接受直播采访，这太糟糕了！为什么总是告诉我们他们看见了什么，何不让他们自己来说呢？”

“呃，你觉得人们会怎么想呢？”一个高个子男人问道。他背后是繁忙的街角，叮当作响的有线电车沿着鲍威尔大街开往山下，“谁不想奋起反抗世间的邪恶？你看，那些绑匪杀掉了两个孩子，还有一个孩子因酸中毒而死。容我问一句，谁会害怕狼人？我不会。你呢？”

鲁本关掉电视。

“我看够了。”他有些抱歉地说。

劳拉点点头。

“我也是。”她一边说，一边走向壁炉，用黄铜拨火棒整理壁炉里的柴火，然后回到沙发，蜷缩在白色的枕头上。枕头是她从楼上带下来的，上面盖了条同色的毯子。她的手里握着一本鲁本新买来的狼人小说，来到大宅以后，她一直在读这些书。

书桌上的铜质台灯散发着柔和的光，窗帘低垂。事实上，鲁本拉上了大宅里所有的窗帘，虽然这项工作相当繁琐，但他们不厌其烦。

此时此刻，鲁本只想和劳拉依偎在一起，无论是在这里，还是在楼上那间主卧室的豪华大床上。

但他们两人都很不安。鲁本满脑子都想着异变。它会来吗？或者不会来？如果异变姗姗来迟，焦灼感会达到怎样的地步？他已经品尝过那样的滋味。

“我真想知道，”他叹道，“接下来的日子里，它每晚都会来吗？真希望我能预知它，甚至控制它。”

劳拉无声地抚慰着他。她只求一件事：留在他身边。

刚刚进入大宅的那几个小时里，他们非常快乐。鲁本满怀爱意地带着劳拉参观每一个房间，如他所愿，她果然爱上了主卧室。

高尔顿已经在温室里种上了不少新的植物，分门别类摆放得十分赏心悦目。

洋紫荆树种在木质的花盆里，高达8英尺，虽然在运输途中有一些损伤，但看起来依然美得惊心动魄，巨大的树冠上缀满粉紫色的花朵。想到这些树是玛钦特在临终那夜订购的，鲁本有些呼吸困难。紫荆树旁是喷泉和白色大理石的桌子，两把白铁椅子摆在桌旁。

喷泉已经修好了，优美的水花从顶部的小盆里喷出，如帘幕般垂入下方宽而浅的水池里。

鲁本的电脑设备和打印机都已运到，包括蓝光影碟。新装的大量电视已经调试完毕，状况良好。

鲁本花了些时间回复邮件，主要是为了预防问题。塞莱斯特说，狼人案的DNA分析结果“让大家灰心丧气”，但她没有详细说明其中的原因。

格蕾丝坚持要他回家去做测试，但同时又提醒他，如果有人想取他的DNA样品，绝对不能答应。只要他不同意，谁也不能从他身上取样。巴黎的那位俄国医生向她推荐了索萨利托的一家私人机构，她正在深入了解，也许那地方适合做一些秘密研究。

她还告诫鲁本不要接受记者采访。随着狼人案的进展，记者们发疯似的想知道鲁本的意见，现在他们已经开始出现在俄罗斯山的宅邸周围，甚至打通了家里的私人电话。

比莉希望他写一写对狼人热的深度看法。

或许是时候动笔了。他强忍不适，看了很多电视新闻，同时在网上浏览了大量网页，对于公众的看法，他已经有了一定把握。

待在这里的感觉真好，与劳拉共处一室，周围一片安静，炉火噼啪作响，帘外的森林低声细语。为什么不动手工作呢？谁说他不能写作？谁说他不能继续工作？

鲁本终于打开了文档。

回顾了狼人案中的部分细节后，他写道：

我们的世界观——西方世界观——总在不断地变化和修正中。生死、善恶、正义与悲剧，这些概念从来没有真正的定论，但无论是在公众领域还是在私人领域，我们总会面临这类问题，而它们的内在含义又在不断演化。我们以为道德准则是永恒不变的，但我们的实际行为和抉择总在变化。我们不是相对主义者，因为我们总是一次又一次地重新定义自己的基本道德位置。

看起来，狼人惩罚罪行的方式我们无法苟同，既然如此，我们为何又要将他的行为浪漫化？

狼人的暴行本该招致所有人的厌恶，然而公众因何为他欢呼？冷血残忍的杀戮欲本是人性中最原始、最丑陋的一面，这样的怪兽果真能成为超级英雄？答案显然是否定的。在那些并不平静的晚上，我们能在床上安睡，是因为我们心里深知，哪怕面对如此挑战，我们赖以维持平安的力量仍然在有条不紊地运行。

无论社会的经纬如何富有弹性，也绝对无法容忍狼人的存在。流行文化的狂热吹捧也无法改变这一事实。

也许我们应该记住，人类是一个多么容易被美梦和噩梦迷惑的物种。无数图景从某个不可靠的神秘源头不可抑制地喷涌而出，造就了艺术。这些图景可能充满快乐与奇迹，也可能带来阴郁和恐惧。出自本能的原始幻梦转瞬即逝，常令我们蒙羞。

狼人不是什么美梦，他显然应当归于噩梦的行列。我们有责任认清这一点，不光是为了狼人本身，也是为了那些可能承受他无常怒火的人。

写完以后，鲁本立即用邮件发给比莉，又打印了一份给劳拉。她默默地读完，然后拥抱亲吻了他。他们肩并肩坐着。鲁本凝望炉火，双肘撑着膝盖，用手指梳理着头发，好像这样就能理清脑子里的想法似的。

“告诉我，说真话，”他说，“发现我不是你想象中的野人，你感到失望吗？我觉得在你眼里，我应该是某种毫无道德负担的纯粹造物，或者至少是拥有完全不同的道德准则，因为那时候，你觉得我不是人类。”

“失望……”她思索着，“不，我一点儿都不失望。我深深地陷入了爱河。”她的声音轻柔而平稳，“这样说吧，也许你能理解——对我而言，你是一个谜，就像圣事一样。”

他转头望着她。

他疯狂地想要吻她，想要和她做爱，就在这间藏书室里，或者随便哪儿都行，只要她同意。但他固执地认为，她不喜欢他现在的形态。她怎么会爱上这个鲁本？狼人才是她的爱人。现在，他们正在等待，等待鲁本变成她的爱人，而不仅仅是她见过的“最英俊的男人”。

尽管没有钟，他仍觉得脑子里有秒针嘀嗒作响，慢得令人焦躁。

他开始吻她。热浪扑面袭来，她拥住他的身体。他摸索着白色法兰绒睡袍下的躯体，左手握住她赤裸的乳房。等待了这么久以后，他已迫不及待。

他们滑到地毯上，他听到她急促的脉搏，嗅到她欲望的气息，缥缈、微妙、时隐时现。在他身下，她的脸一片潮红。哦，真热。

他们匆忙无声地脱掉衣服，急急地再次相拥，缠绵的吻让他近乎窒息。

突然，狂暴的痉挛自他胸腹间升起，喜悦的浪潮瞬间传遍整个身体，近乎刺痛的愉悦令他浑身发软。他滚到一边，跪坐起来，蜷缩成一团。

他听到她深深吸了口气。

他的眼睛紧闭。以前也是这样的吗？是的，瞬息间他感觉毛发从每一个毛孔里生长出来，快感如火山爆发般汹涌而来，他什么都看不见。

当他再次睁开眼睛，发现自己站了起来，厚厚的鬃毛披散在肩上，双手已经变成爪子。脖子和大腿根部周围的毛发围成厚厚的一圈。他的肌肉在为力量歌唱，手臂在伸展，双腿像是被看不见的手拉长了一般。

他低下头，从新的高度看着她。

她跪坐在地，仰望着他，脸上满是震惊。

她颤抖着站起，断断续续地低诵着祷词，小心翼翼地伸出手，倏地触摸了他。她的手指像从前一样滑入毛发深处，而他的皮毛还在不断生长。

“就像天鹅绒一样！”她低声说，手指抚摸着他的脸庞，“像丝绸一样光滑。”

他迫不及待地把她抱了起来，热切地寻找着她的嘴唇。她娇小的身体赤裸地被他拥入怀中，他听到她急促的心跳。

“劳拉。”听到自己新的声音，真正的声音，他如释重负。她微微张嘴，回应着他的热吻，他的胸腔里逸出低沉的呢喃，仿如鼓声。

森林里的窸窣声越发清晰，细雨丝丝敲打着屋顶，他听见细小水花的声响，听见雨水流入檐沟，顺着排水管一路向下。海风吹打雨丝，摇撼着大宅的墙壁。

他听见檐间颤动的风声，听见树枝在风中轻柔的呻吟。

所有属于夜晚的气息突破墙壁的藩篱，穿过无数细小的缝隙，如蒸汽般弥漫在他周围。但在这片气味的汪洋中，最清晰的是她的气息，直抵他脑海最深处。

20

他站在门外，任由雨水拍打身体，风声在屋檐下呼啸。

他听见了，南面那片向东绵延的红杉林里，传来猎物低沉的呼吸。

是那头美洲狮，它正在小憩。哦，这样的猎物值得尝试。

劳拉走近他，夜晚的寒冷让她攥紧了睡袍宽大的领口。

“你不能去，”她说，“不能冒这样的风险。不要把他们引到这里来。”

“不，不是那些声音。”他回答。

他知道自己正目不转睛地凝望着森林，他听到自己低沉的声音：“不会有人为这个受害者哀悼，她和我都是蛮荒的造物。”

他想要那头美洲狮。是她杀死了高尔顿的狗，是她带着三头幼狮藏在森林深处，藏在离他这么近的地方。她体型庞大、凶猛强壮。她的孩子已经成年，现在它们正在沉睡，但它们随时可以和母亲分道扬镳，走进杀戮的世界。美洲狮的气息挑逗着他的鼻孔。

他必须动手。他无法抗拒，无法忍受这样的饥饿与焦灼。

他转身弯腰，再次亲吻了劳拉，小心翼翼地用爪子捧起她的脸庞，生怕她受到一点儿伤害。

“在壁炉边等我。别冻着，我保证，不会花太长时间。”

一离开大宅灯光的范围，他就开始奔跑。森林低声呢喃，仿佛有生命一般，大猫的气味吸引着他，如颤抖的琴弦，他四脚着地掠过林地，快得看不清周围的景物。

茂密的林木隔绝了呼啸的海风，雨滴如雾气般弥漫在他眼前。

来到巢穴附近后，他蹿上低处的树枝。暗夜中他在枝丫间轻巧地移动，逼近熟睡的母狮。或许是闻到了他的气味，母狮醒了，她拨动周围的灌木发出警报，他已经听到了幼狮的低吼。

本能将母狮的预谋告诉了鲁本。她会埋伏在灌木丛中等待，一旦他走过，她便会蹲下强壮的后腿，全力扑向他的后背。她会用牙齿刺进他的脊背，让他失去反抗能力，然后撕开他的喉咙。这一切清晰可见，仿佛气味告诉了他母狮的惯伎。

啊，可怜的动物，空有蛮勇，你粗陋的陷阱在狼人面前不值一提，只能沦为猎物。每一分每一秒，他的饥饿和怒火都更加炽热。

现在他已经逼近巢穴边缘，三头幼狮警觉地从湿漉漉的叶子上站了起来，它们已经是成年的大猫，每一头都有六七十磅。母狮蹲下身子，准备伏击。这头母狮非常强壮，体重大约有一百五十磅，它感觉到了危险。通过他的气味，它是否能判断出他到底是何种造物?

如果你真能判断，那你知道的比我还多。他想道。

他放声咆哮，宣布自己的到来，然后纵身跳向另一根枝丫，引诱母狮进攻。

母狮果然上钩了，就在它扑过来的瞬间，鲁本迎面而上，将它压在身下。他的胳膊紧紧扼住母狮的身体，利齿刺穿猎物颈部坚韧的肌肉。

他从未见过这么强壮、这么庞大、这么充满原始求生欲的生物。伴着混乱的咆哮，他们缠斗在一起，他的脸压在它厚厚的皮毛上，他闻到动物强烈的气息。挣扎，搏斗，多刺的藤蔓抽打着他们的身体，湿漉漉的树叶被压得片片碎裂。鲁本竭力撕咬母狮，利齿陷入肌肉，疼痛激发猎物疯狂的反抗。他一次又一次拼尽全力，用利爪撕下一块块仍在搏动的肌肉。

母狮没有放弃。它庞大的身体仍在抽搐，后腿奋力踢蹬，沉重的哀鸣和疯狂的嘶吼响彻云霄。最后，鲁本终于找到了杀死它的机会。他压住母狮，用左爪狠狠地将它的头按在地上，利齿刺穿后颈的薄弱处，深陷入肌肉，直达脊骨。

现在，美味的血肉是他的了。但幼狮已经来了。它们包围了鲁本，慢慢逼近。鲁本叼着母狮的尸体，跃上一棵老树的粗枝，毫不费力地爬到幼狮够不到的高度。失去生命的尸体拍打着他的胸膛，重量坠得他的下颚有些发痛，但感觉如此美好。

他在高处找了个落脚点，茂密的枝叶织成的安乐窝。周围的动物纷纷逃窜，挥动的翅膀撩得枝叶沙沙作响。

他慢慢品尝着略带咸味的狮肉，新鲜的肉块还在滴血。

等到他终于满足，已经过去了很长时间。愤怒的幼狮还在树下逡巡，黄色的眼睛在黑暗中闪烁着危险的光芒。他听到它们狺狺的咆哮。

他改用左臂抱住母狮沉重的身体，更方便啃食腹部和里面柔软多汁的组织。

他亢奋得有些过头了。他放开胃口大快朵颐，肥美的鲜肉赶走所有饥饿，一丝也不曾留下。他满足地往后靠在吱嘎作响的树枝上，半闭眼睛，周围的细雨织成一道柔软甜美的帘幕。仰望天空，他的目光如激光般穿透夜幕。满月漂浮在云间，亘古不变的清辉透过花瓣般的云层，照亮遥远的星辰。

他的心中涌起一阵深沉的爱意，他爱这冷月的浩淼，爱闪烁微光的繁星，爱世间的一切造物。浓密的树荫遮蔽了他，冰冷的雨丝带着来自天堂的光辉降落到他的小小安乐窝上。

他的胸中燃起一团火焰，令他坚信天地间存在包容万物的力量，正是这股力量造就了他所能见、能感知的一切，也是这股力量以超越想象的爱支撑着世界的运行。他期冀世间真有这样的神力。他还很想知道，整座森林是否也以某种方式如此期冀。在他看来，整个有生命的世界都因热切的期冀而生。生存欲本质上是否也是某种信仰，某种期冀?

幼狮仍在黑暗中围着树转圈。面对它们，他毫无怜悯之心。他的确想到过怜悯，但他没有产生丝毫类似的感情。他已陷入另一个世界的深处，在这里，怜悯毫无意义。说到底，美洲狮会怜悯他吗?只要抓到机会，它们会把他撕成碎片。母狮会毫不留情地吞食他的血肉，别忘了，正是她把高尔顿的爱犬送进了地狱。原来的鲁本在她面前只是毫无反抗之力的猎物。

可怕之处在于，他比美洲狮认知范围内的所有造物更加凶猛，对吧?在他心里，就连熊也不是他的对手。有机会的话，他很乐意试试，这个可能性带来的兴奋让他大笑起来。

人们对狼人的认知错得离谱，他们总以为狼人最终会变成毫无理智的疯狗。现在他知道，狼人既非狼，也非人类，而是二者结合的恐怖化身，比狼和人都强大许多倍。

不过现在，这无关紧要。关于语言的迷思仅仅是……迷思而已。语言完全不可信，“怪物”“可怕”“恐怖”，最近写给比莉的文章里，他频繁用到这些词语。比起他亲身体验的一切，纸面的词语不过是轻飘飘的蛛丝。

大猫已死，是它杀死了高尔顿的爱犬，那暖烘烘的小东西。

大猫已死。

哦，死亡，我是多么爱你！

半梦半醒间，他俯身凑到大猫腹部狭长的伤口上，吮吸着热乎乎的血液，就像啜饮糖浆。“再见，猫小姐，”他轻蹭母狮咧开的嘴巴，用舌头舔着它失去生命的牙齿，“永别了，猫小姐，你打得不错。”

然后，他松开手臂，战利品顺着树枝一路下滑，跌入柔软饥渴的泥土，跌入那群幼狮之中。

他的脑子还在转动。要是能把劳拉带到这里，用他的双臂守护她的平安，让她仰望那个闪光的国度，那该多好。他开始幻想，她安全地靠在他怀中，他们彼此依偎着打盹。湿润的微风吹过森林，暗处传来不知名生物翅膀的颤抖、行动的窸窣，他快要睡着了。

现在他听不到远方的声音了，那又怎样？遥远的城市里，是否有人正在呼唤他的到来？是否正有人跌跌撞撞地逃跑，哭喊着祈求他的帮助？阴郁的骄傲随着每分每秒都在增长的力量填满他的脑海；对所有呼唤置之不理，他还能支撑多久？远离“最危险的游戏”，他还能逃避多久？

突然间，他听到了声音！

声音穿透繁茂的枝叶，打破了他的庇护所。

有人遇到了危险，很糟糕的危险——而且他认识这个声音！

"鲁本！"那人凄厉地叫喊，"鲁本！"是劳拉在叫他。

"我警告你，"是她在呜咽，"你再靠近一步试试！"

笑声——低沉邪恶的笑声，然后是另一个人的声音："噢，来吧，小姑娘，你打算用斧子劈死我？"

21

他在树木间穿梭，闪电般穿过森林，他从来没跑得这么快过。

“亲爱的，你可帮我解决了大难题。你不会知道，让无辜的人流血会让我多么痛苦。”

“离我远点儿。滚开！”

为他指引方向的不是邪恶的气息。事实上，他闻不到任何气味。如此危险的声音为何没有气味？

仅仅落地一次，他就穿过石头铺成的庭院，闯进了门里，木门上的锁应声而落。

他挥手关上身后的房门，头也不回地向前冲去。

他看到了劳拉，她站在巨大的石头壁炉左边，身体因恐惧而瑟瑟发抖，双手紧握着长柄斧头。

“他是来这里杀你的，鲁本！”她的声音嘶哑。

壁炉对面是一个瘦削的身影，一个深色皮肤的黑眼男人，看起来有些像是亚洲人。他个子不高，看起来相当沉稳，大约50岁上下，黑发短得几乎贴着头皮。他穿着简洁的灰色外套和裤子，白衬衫的领口敞开着。

鲁本冲到他面前，挡在他和劳拉之间。

小个子男人风度翩翩地让出了一点儿空间。

他正在打量鲁本，漠不关心的眼神像是在打量街角的陌生人。

“他说他必须杀了你，”劳拉哽咽着说，“他说他别无选择。他还说，他必须连我一起杀掉。”

“你先去楼上，”鲁本向前踏出几步，“锁好卧室的门。”

“哦，我想我们没那个时间，”男人说，“看来他们对你的描述完全没有夸张，你的确是这个种族的优秀样本。”

“什么种族？”鲁本问道。现在他站在男人几步之外，居高临下地看着对方。他还是闻不到任何气味，这令他有些困惑。哦，他身上有普通人类的气味，当然有，但完全没有敌对或邪恶的意味。

“对于你遭遇的一切，我深感抱歉，”男人的声音自信而平稳，“我不应该弄伤你。对我而言，这是个不可原谅的错误。但覆水难收，现在我别无选择，只能纠正。”

“那么你就是这一切的根源。”鲁本说。

“千真万确，虽然这并非出于我的本意。”

他看起来彬彬有礼，而且完全不是鲁本的对手，但鲁本知道，这不是他最终的形态。哦，无论如何，这绝不是他真正的面貌。赶在他变形之前动手是不是更好？趁着现在，他还很弱小，无力反抗。或者应该先套一套话？想想看吧，他脑子里藏着多少珍贵的信息。

“我守护此地，已有很长时间，”随着鲁本的紧逼，男人又往后退了一步，“很久很久。事实上，我不算什么优秀的守护者，有时候还会离开。这样的缺席不可原谅。若我尚存一丝悲悯，那我必须纠正已经犯下的错误。可怜的小‘狼人’，你如此自称，但恐怕，你根本就不应诞生。”

一丝不祥的笑意浮上他的脸庞，异变来得如此迅猛，令人眼花缭乱。男人的胸膛开始扩张，手臂和双腿以不可思议的速度伸长变粗，随着身体的膨胀，他的衣服片片碎裂。男人摘下腕上的金表扔到身旁，光滑浓密的黑毛覆盖了他的全身，像泡沫一样蓬松。他的鞋已被爪子撑裂，他伸展双臂，扯掉身上残余的布条，胸腔里爆发出低沉的嘶吼。

鲁本眯起眼睛：男人的个子不如他高，手臂不如他长，但力量和技巧却无从判断。况且这家伙的爪子很大，两条腿比鲁本的粗，至少看起来是这样。

劳拉往鲁本身边凑了凑。鲁本眼角的余光瞥到，她靠在壁炉旁，右肩上仍然扛着斧子。

鲁本稳稳地站在原地，深深吸了口气，感觉力量在体内无声地膨胀。

你不光是为自己的生命而战，还有劳拉的命。

现在，那个男人比原来高了一个头，黑色的毛发如披风一般，但身高还是不及现在的鲁本。他的脸上只余冷漠与残酷，眼睛变得很小，口鼻部变长，露出弯曲的尖牙。

他屈起强壮的双股，粉红的舌头在雪白的牙齿后一闪即逝。他的毛发黝黑如墨，包括最里层的绒毛；尖耳朵如狼一样竖立，鲁本感到有些恶心，因为他想到自己的耳朵应该也是这样。

稳住，这是鲁本内心唯一的念头。

稳住。他的怒气正在膨胀，但不是那种令人腿脚发软的狂怒，绝对不是。

某种神秘的力量让局面陷入了僵持，某种黑发狼人绝不乐见的力量。鲁本又向前迈出一步。

黑狼再次退了一步。

“现在你打算怎么样呢？把我干掉？”鲁本问道，“你觉得你应该消灭我，因为你犯了错？”

“我别无选择，”黑狼的声音浑厚低沉，“我说过了。这件事本来不该发生，早知如此，我应该连你一起杀掉，和那两个罪人一起。但是，你当然知道，让无辜的人流血是多么不愉快的经历。当我发现自己犯了错，我放过了你。你看，总有那么一丝机会，受害者不会染上圣血，伤口自然痊愈，或者受害者很快死去。这样的事经常发生，受害者一命呜呼。”

“圣血？这是你的叫法？”鲁本问道。

“是的，圣血——多年来我们一直这样叫它。礼物，力量——它有成百上千个名字——但又有何关系？”

“‘我们？’”鲁本问道，“你说的是‘我们’。像我们这样的生物到底有多少？”

“喔，我知道你心里有无数问题，”黑狼的声音里带着一丝轻蔑，他似乎强行压抑着什么，继续说了下去，“我清晰地记得自己当时的好奇。但我为什么要告诉你呢，既然我不能让你活下去？现在我是在纵容自己，还是在纵容你？请相信，对我而言，善待你比杀死你容易得多。给你们带来痛苦，绝非我的本意。”

这些彬彬有礼的话全都出自眼前的野兽，局面着实有些怪异。在别人眼里，我也是这样的，鲁本想道，和他一样丑陋的怪物。

“现在你可以放那个女人离开，”鲁本说，“她可以开我的车，离开这个地方——”

“不，我不会让她离开，无论现在还是以后，”黑狼回答。他的语气依然镇静，“决定她命运的人不是我，而是你。当你告诉她你的身份，结局就已经无可更改。”

“我根本就不知道自己的身份。”鲁本回答。他努力拖延时间，脑子里飞快地计算着。什么时候动手最好？他的弱点在哪里？他有弱点吗！鲁本向前迈出一步，让他惊讶的是，黑狼再次后退了。

“现在都没关系了，不是吗？”黑狼问道，“真糟糕。”

“对我而言有关系。”鲁本回答。

在劳拉眼里，这该是怎样一幅令人毛骨悚然的景象——两头怪兽正在唇枪舌战。鲁本再次逼近，黑狼再次退避。

“你还年轻，所以你无比渴望活着，”黑狼的语速略微变快了，“也同样渴望力量。”

“我们都渴望活着，”鲁本回答，他刻意压低自己的声音，“这是生命的本能。如果连求生的欲望都没有，那根本就不配活着。”

“噢，但是你的渴望特别强烈，不是吗？”黑狼语气尖酸，“请相信，对我来说，处死你这么强壮的造物并非乐事。”在壁炉的映照下，他黑色的小眼睛闪烁着恶毒的光芒。

“如果你不处决我，会发生什么？”

“我对你负有责任，包括你这些天的丰功伟绩，”黑狼轻蔑地回答，“全世界都想抓住你，把你关起来，放到显微镜下研究。”

鲁本再次向前逼近，但这次，黑狼纹丝不动地站在原地，举起一只爪子，似乎想要挡住鲁本。

他的抗拒太无力了。我还能发现多少蛛丝马迹？

“我做的一切都是出于本能，”鲁本说，“我听到那些声音，他们在呼唤我。我闻到邪恶的气息，然后循踪而去。就像呼吸一样自然。”

“噢，相信我，”黑狼若有所思地说，“你说的我都很清楚。你根本无法想象，在那最初的几周里，有多少差错、恶心和死亡。它来得那么突然，一切都不可预测。圣血侵入多能祖细胞，谁也没法确切地说会发生什么。”

“告诉我，”鲁本屏住呼吸，“圣血是什么？”他再次进逼，黑狼再次后退，仿佛不由自主。他的双股依然保持蹲踞，双臂垂在身体两侧，微微弯曲。

“我不会告诉你，”黑狼无情地拒绝，“如果你再谨慎一点，再聪明一点，哪怕一点点儿，或许你有机会知道。但现在，我绝不会告诉你。”

“喔，所以都是我的错，是吗？”鲁本冷静地问道。他再次靠近，黑狼后退两步。他已经快要退到墙边了。

“那么圣血开始起效的时候，你在哪里？我需要指引，需要警告的时候，你又在哪里？”

“这都是过去的旧事了，”黑狼头一次露出了不耐烦的口气，“你创下那些光辉战绩的时候，我还在世界的另一头。现在，你要为做过的一切偿命。值得吗？请告诉我。这些天是你一生中最辉煌的时刻吧？”

鲁本没有回答。就是现在，鲁本想道，他要动手了。

但黑狼继续说了下去。“别以为我真的无动于衷，”他扯动嘴角，露出尖牙，勉强算是个丑陋的笑容，“若是我选择了你作为圣血的传人，那你也许会成为狼族最优秀的宠儿，但是，我没有选择你。你不是狼族的孩子。”这个词他是用德语说的，但发音非常古怪，“你形容可憎，令人厌恶，你是一个孽种！”他的声音愤怒但平稳，“我绝不会选择你，甚至不会注意到你。结果现在，你成了全世界的焦点。好吧，是时候结束了。”

现在是他在拖时间了，鲁本想道。为什么？难道他知道自己打不过？

“是谁让你守护这幢房子？”鲁本问道。

“他不会容忍这一切，”黑狼回答，“但他现在不在这里，”他叹道，“而你，卑鄙的男孩，你引诱了玛钦特，他最珍爱的玛钦特。现在，玛钦特死了。”他的眼睑有些颤抖，然后，他再次无声地亮出利齿。

“他是谁？他和玛钦特是什么关系？”

“是你害死了她，”黑狼低声咆哮，“都是因为你，为了给你和玛钦特留下空间，我转开了视线。哦，你这个蠢货，我不过离开了一小会儿，玛钦特就丢了命！都是因为你！那么，只要我还活着，就不能留下你的性命。”

鲁本勃然大怒，但他按捺住自己。

“费利克斯·尼德克？是他让你守护这幢房子？”

黑狼警觉地绷紧身体，肩膀高耸，双臂弯曲。他再次咆哮。

“你以为这些问题能让你占到便宜？”黑狼咬牙切齿地厉声说道，“我的话已经说完了！”他狺狺低吼。

鲁本冲向黑狼，扼住他的喉咙，将他的头抵在黑色护墙板上。

黑狼愤怒地号叫，踢打着鲁本，爪子在鲁本脸上疯狂地抓挠。他的确十分强壮，很快挣脱了鲁本的控制。

鲁本抓住他的鬃毛，顺势将他掷向石质壁炉台，黑狼发出一声压抑的呻吟。他的利爪扎进鲁本的手臂，借力重新站起，随后立即踢向鲁本的下腹，他的力气大得不可思议。

猛烈的攻击让鲁本有些喘不过气，他踉跄着后退，眼前倏忽一片漆黑。他感觉到黑狼扼住了自己的脖子，爪子探进皮毛深处，刺进坚韧的肌肉，热乎乎的喘息喷在脸上。

鲁本怒吼着挣扎，用爪背奋力拍打黑狼手臂内侧，迫使他松开爪子。

然后，鲁本再次抓住对手丢了出去。黑狼的头“砰”一声撞上墙壁，但他立刻回过神来，强壮的大腿如弹弓般拉开，他猛地将鲁本扑倒在地板上。

鲁本从他身下挣脱，奋力挥出右臂，狠狠砸在黑狼身上，沉重的一击打得黑狼有些发懵，但他立即重新压制了鲁本，利齿刺入鲁本的喉咙。

疼痛比那夜更加剧烈，狂怒之下，鲁本猛地推开黑狼。他感觉到热乎乎的鲜血从颈上的伤口汩汩流出。他终于站直了身子，这一次，他更加狂暴地扑向黑狼，两头野兽立即扭在一起，互相踢打，鲁本摸索着黑狼的脸，利爪撕开他的右眼。黑狼怒吼一声，试图推开鲁本，鲁本再次扑过去，狠狠咬住他的侧脸。尖牙越陷越深，他已经触到了肌肉下的颌骨，黑狼痛苦地嚎叫起来。

我能战胜他，鲁本恶狠狠地想着，他打不过我。黑狼发起反击，他的膝盖和胳膊如钢铁般坚硬。厮打中两人离墙越来越远。坚持！挺住！

伴着暴戾的号叫，鲁本撕咬着对手，就如撕咬美洲狮的血肉一般。他深知，在那场战斗中，他仍压抑着狂暴的野性，而现在，他必须拼尽全力。

生存或死亡，在此一举。

他的左爪一次又一次地抓挠黑狼，撕扯他的眼窝，忍住下颌的疼痛倏地叼住对方的头。

黑狼在咆哮，在咒骂，但鲁本听不懂他的语言。

突然之间，黑狼的动作凝固了。钢铁般的胳膊缓缓垂落，喉间爆出一阵咯咯的呻吟。

黑狼完好的那只眼睛直愣愣盯着前方，身子向下滑落，但还没有倒下。

鲁本松开手，放开黑狼面目全非的脸。

黑狼软绵绵地站在原地，仅存的一只独眼无神地望着天花板，另一只眼还在流血。劳拉站在他的正后方，怒目而视。

黑狼无声地倒下，鲁本看到，锋利的斧刃插在他的后脑上。

“我就知道！”黑狼吼叫，“事情会变成这样！”他怒吼着试图拔出背后的斧柄，但他的胳膊已经不听使唤。他的双臂无法控制地颤抖着，嘴巴大张，泡沫和鲜血从嘴里汩汩流出。他转了一圈又一圈，蹒跚着想站稳脚跟，他狂怒地号叫，牙齿咬得咯咯作响。

鲁本握住木柄拔出斧头，用尽全力挥向黑狼颈部。锋刃穿透皮毛，狠狠嵌入肌肉，几乎砍断了半个脖子。黑狼的号叫戛然而止，他的爪子无力地张开，喉间只余下一缕微弱的喘息。

鲁本拔出斧子，再次奋力劈砍。这一次，黑狼的头颅应声而断，骨碌碌滚落。

鲁本无法自控地抓起黑狼扔向壁炉，失去生命的躯体沉重地跌落在东方地毯上。

他听到劳拉断断续续的啜泣，看到她弯腰站在壁炉前，呻吟着，颤抖着，指着炉火，然后又踉跄着退回椅子里，最后跌坐在地板上。

她爆发出一阵歇斯底里的尖叫："鲁本！把他从炉子里弄出来，求求你，看在上帝的份上！"

火苗舔舐着黑狼的躯体，舔舐着还在流血的眼睛。鲁本无法控制自己，他猛地从壁炉里把尸体拽出来扔在地板上，青烟如雾气般升起，烧焦的皮毛尚余点点火花。

这具尸体就摆在他们眼前。面目全非，鲜血横流，肿胀丑陋。

噢，诗意的想象！

喔，不羁的幻梦！

闪亮的黑毛从尸体上一片片脱落，掉落在一旁的头颅开始萎缩，尸体本身也在萎缩，无人可以阻挡。脱落的毛发开始消失，他们眼睁睁看着黑狼渐渐恢复人形，赤裸，遍体鳞伤，毫无生机。

22

鲁本跪坐在地。他浑身肌肉酸痛，双肩刺痛，脸颊滚烫。

这么说，我不是狼族的一员。

我形容可憎，令人厌恶，是个孽种。

好吧，这个孽种刚刚杀死了一个真正的狼族。

当然，有一点点外来的帮助，孽种的爱人和她的斧子。

劳拉开始哭泣，绝望的哭号歇斯底里，听起来反倒像是在笑。她跪坐在鲁本身旁，鲁本将她拥入怀中。她的白色睡袍和头发上溅满鲜血。

他紧紧地拥抱她，抚慰她，力图让她平静下来。她哭得撕心裂肺，最后终于慢慢减弱，变成无声的呜咽。

鲁本温柔地吻了她的头顶和前额。他抬起爪子，轻触她的嘴唇。他的爪子上有血，太多的血，多不堪言。

“劳拉。”他低声呼唤。她紧紧搂抱着他，就像溺水的人一样，就像看不见的巨浪会将她卷走。

黑狼的尸体毛发已经褪尽，光滑的黑毛仿佛从来就未曾存在，只余下一点类似尘土的灰烬，散落在尸体和周围的地毯上。

他们就这样跪坐了很久，劳拉的哭声越来越微弱，她仿佛耗尽了所有力气，终于归于平静。

“现在我必须把他埋掉，”鲁本说，“后面的棚子里有铁锹。”

“埋掉！鲁本，这样不行。”劳拉抬头看他的表情仿佛刚从噩梦中惊醒。她抬起手背擦擦鼻子：“鲁本，你不能把他一埋了之。你当然知道，这具身体对你来说有多大的价值——它是个无价之宝！”

她站起来，退开几步低头看向尸体，好像不敢靠得更近一样。黑狼的头颅就在尸体旁边，黄色的左眼半闭，肤色略微有些发黄。

“这具尸体的细胞里藏着那股力量的秘密，”劳拉说，“如果你打算弄个水落石出，就绝不能把它随便丢弃。想都别想。”

“那该让谁来研究这具尸体呢，劳拉？”鲁本问道。他浑身没有一丝力气，这时候他突然很怕异变会突然降临，不，千万不要。他需要狼人的力量来为这东西挖个足够深的坟墓。

“谁来验尸？谁来解剖尸体，检查器官和大脑？我做不了这些事，你也不行。那该让谁来？”

“总有什么办法能把它保存起来，等到有人能做检查的那一天。”

“那该怎么办？藏在冰箱里？冒着被人发现的风险？你真打算把这具尸体藏在我们住的房子里？”

“我不知道，”她的语气充满狂热，“但鲁本，你不能把这东西一埋了之。上帝啊，这是超乎想象的生命体，我们对那个世界一无所知。通过这具尸体，我们可以了解——”她的话戛然而止。她沉默片刻，微颤的头发如面纱般掩住她的侧脸，“能不能把它丢到什么地方……某个别人很容易发现的地方？我是说，远离这里。”

“为什么，这么做的目的是什么？”鲁本问道。

“如果有人发现了它，做了检测，也许他们会认为它是所有罪案的源头？”她望着鲁本，“想想看吧。别急着说不。这家伙想要我们的命。比如说，我们可以把它丢到高速公路旁边，某个显眼的地方，那么如果他们检查以后，在它身上发现了人类DNA和属于狼的某些东西……圣血，他是这么叫的——”

“劳拉，DNA线粒体成分会证明它不是元凶，”鲁本说，“这一点连我都知道。”

他的视线再次回到黑狼的头颅。它好像又缩小了一点，颜色也变深了，就像熟透的水果，已经开始变质。黑狼的身体同样在萎缩变黑，躯干部位尤其明显，他的脚已经缩成了粗短的桩子。

“你有没有真正意识到，他告诉了我们什么？”鲁本耐心地说，“他要处死我，是因为我带来的麻烦，用他的话来说，‘丰功伟绩’，我吸引了外界的注意。关于狼人的一切应该保密，他们在乎的是这个。既然如此，要是我把这具尸体贸然丢出去，暴露在光天化日之下，你觉得其他狼族会作何反应？”

她点点头。

“世界上的确有其他狼人，劳拉！这家伙透露了很多信息。”

“你说得没错，无论哪个方面，”她也注意到了黑狼尸体的变化，“我发誓，它……正在消失。”

“是的，它在萎缩，在干涸。”

“在消失。”她重复了一遍。

劳拉重新回到他身边坐下。“你看，”她说，“尸体内部的骨头正在碎裂，它变扁了。我想摸一摸，但我不敢。”

鲁本没有回答。

尸体和头颅的确越来越瘪，她说的没错，肌肉看起来已经变成了粉状。

“你看！”她说，“地毯上的血迹——”

“我看到了。”他低声说。地毯上的血已经结成薄薄的一层，现在这片薄膜正在无声地变成数不清的细小微粒和碎片，而微粒和碎片也正在消融。

“看，你的睡袍。”白色睡袍上的血迹也在变干脱落。劳拉搓搓衣襟，血末纷纷飘落。她摸索着头发上的血迹，细小的残片一触即碎。

“我知道了，”鲁本的语气里充满敬畏，“我懂了。一切我都懂了。”

“懂了什么？”她问道。

“为什么他们坚持说行凶的是人类。你没发现吗？他们在撒谎。他们手里没有任何生理证据。你看，我们的身体会发生变化，全身的每一个粒子，包括所有液体。他们没有任何来自狼人的样品。是的，他们的确从罪案现场采集了样品，但恐怕分析工作还没有完成，样品就已衰败消失，就像现在这样。”

鲁本凑近了一点，弯腰仔细观察黑狼的头颅。他的脸已经整个塌了下去，仿佛黏在地毯上的一小摊污迹。他闻了闻。腐坏的气息、人类的气息和动物的气息混合在一起，但非常非常微弱。我也是这样完全无味的吗？或者只有狼族才能发现其中的玄妙？

他重新跪坐回原地，查看自己的爪子。柔软的肉垫取代了手掌，白色的利爪闪闪发亮，屈伸自如。

“所有发生异变的组织，”他说，“都会消失。换句话说，它会完全脱水，变成肉眼不可见的微粒，最终无法检测，无论他们的实验室里有多么精妙的化学物或者防腐剂。喔，一切都得到了解释——门多西诺官员自相矛盾的发言，旧金山实验室里毫无头绪的检测。现在我都明白了。”

“我没有听懂。”

鲁本解释了旧金山综合医院检测失败的事情。他们当时应该是发现了某些蹊跷，可是回过头去，却发现原始材料已经没用了，被污染或者干脆就消失了。

“最开始，在我的身体组织里，衰变的过程可能比较慢。因为那时候，我的变异还没有完成。刚才那家伙怎么说的来着……你还记得吗……”

“我记得。他提到了多能祖细胞，我们体内原有的细胞。胎儿阶段，每个人都是一团多能祖细胞，然后这些细胞得到化学信号，开始以不同的方式表达——发育成皮肤组织细胞、眼细胞、骨细胞，或者其他的……”

“是的，当然，”他说，“干细胞是多能祖细胞。”

“是的。”她回答。

“所以我们体内现在仍有这样的细胞。”

“没错。”

“而狼人之源，圣血，它会让这些细胞以某种特殊的方式表达，让我变成狼族，变成现在的样子。”

“圣血，”她说，“一定是唾液里的某种物质，某种毒素，或者血清，它存在于狼族的体液中，引发一连串的腺体反应和激素反应，带来全新的发育。他们给它起了个深奥的名字，圣血。”

他点点头。

“你是说，在你刚刚被咬以后，变异还没有完成，他们就已无法正常检测。”

“样品衰变的速度应该比现在慢得多，但是，它的确会衰变，这一点确凿无疑。在它消失之前，他们发现了我体内的激素异常和多余的钙，但我母亲说，检测最终失败了。”

他安静地坐了很长时间，冥思苦想。

“母亲没有向我透露她知道的所有信息，”他说，“第二轮检测以后，她一定已经知道，我血液里有某些东西会导致样品衰变。她不能告诉我这一点，也许是想保护我。天知道，她最担心的事已经发生。喔，妈妈。但是她知道。所以当局的人再次向她索要DNA样品的时候，她拒绝了。”

他感到非常悲伤，因为他无法告诉格蕾丝这一切，无法听到她充满爱意的建议，但他又有什么权利奢望这些呢？

格蕾丝一辈子都在治病救人，这是她活力的源泉。眼下的局面，鲁本无法奢求她的同情，更不能让她沦为共犯，把劳拉卷进来就够糟了。吉姆的余生必将睡不安枕，那已经够糟糕了。

“你明白这意味着什么吗？”劳拉说，“电视上他们说的那些东西，什么人类DNA样品，什么篡改证据。”

“哦，我当然明白。他们只是说说而已，”他点点头，“我就是这个意思，全都是胡言乱语。劳拉，他们手里根本没有不利于我的证据。”

他们对望一眼。

鲁本摸摸自己的脖子，激斗中黑狼曾在这里狠狠咬过一口，但现在，他没有摸到凝结的血块。血迹已经消失。

他们双双凝望地面，黑狼的残躯已化为一堆灰烬，看起来似乎一阵风就能吹散，而且就连灰烬也仍在不断地萎缩、变轻。

地板上只余灰色的残迹，和劳拉白睡袍上的灰迹一模一样。

他们观察了大约一刻钟。现在，黑狼已彻底消失，地毯的纤维间还能看到点点斑斑的深色痕迹，慢慢洇入盛放的玫瑰与缠绕的绿色藤蔓之间。

就连斧刃都已变得光洁如新。

鲁本收拢黑狼破碎的衣物。没有发现任何个人信息，没有身份证明，外套和裤子的口袋空空如也。

鞋子是昂贵的莫卡辛平跟软皮鞋，尺码很小。外套和裤子上有佛罗伦萨的商标。这套行头不便宜，但没有任何与身份有关的线索，也无从得知黑狼来自何方。显然，来到这里之前，他已经准备好了丢掉这些衣服，这可能意味着他在附近有住地和交通工具。但他还是留下了一样东西——他的金表。那块表在哪里？金表掩藏在地毯的花朵图案之间，险些逃过鲁本的视线。

鲁本捡起金表，仔细查看印着罗马数字的硕大表盘，然后翻到背面。拉丁印刷体大写字母拼出一个名字：*莫罗克*。

“莫罗克。”他喃喃自语。

“不能留下这东西。”

“为什么？”他问道，“所有证据都已消失，包括这块表上可能有的东西……无论是指纹、体液，还是DNA。”

他把表放在壁炉台上。他不想和劳拉争执，但他也不会毁掉这块手表。要确认黑狼的身份，这是唯一的线索。

他们把那堆破布送进壁炉，默默地看着它烧成灰烬。

现在他很累。

但他必须赶紧设法把前门和坏掉的锁修好，否则等他变回鲁本·戈尔丁，恐怕连螺丝刀都转不动。

所以他俩一齐动起手来。

修理花费的时间比他们预想的长得多，但劳拉想办法把掉落的木屑塞回了残破的孔里。螺丝重新咬合，锁勉强能用了，剩下的事情可以交给高尔顿。

他需要睡眠。

他需要异变立即到来，但他有一种感觉，他正在抗拒异变。他有些害怕它的到来，害怕自己变得弱小，无法抵御或许很快就会到来的另一位不速之客。

他已无法再思考、分析、揣想。圣血。狼族。这些诗意的词语于事何补？

他恐惧的是：还有其他狼人存在。一旦知道黑狼已经死于非命，他们会作何反应？

他们可能有个部落，一整个种族。

费利克斯·尼德克必然是其中的一员，也许他现在还活着，作为狼族。他的玛钦特。费利克斯是他们的头领。取走黏土板的人会是他吗？还是这个家伙？

鲁本思索着。黑狼是来杀他们的，但鲁本没有闻到任何气味！完全没有，没有任何属于动物或人类的气味，也没有邪恶的气息。

整个搏斗过程中，他没有闻到哪怕一丝邪恶的气味，那股气味会唤醒他的野性，推动他向前。

也许这意味着死去的黑狼也无法从鲁本身上闻到任何气味，

没有恶意，也没有毁灭的意愿。

难道这就是他们的搏斗如此笨拙、如此绝望的原因?

如果我无法闻到狼族的气味，那就算他们来到附近，我也没法发现。

他没有把内心的担忧告诉劳拉。

他缓缓站起身来，在大宅里巡视了一圈。

谁也不知道黑狼是怎么进来的。所有的门都紧锁着，他一到这儿就检查过了底楼所有的锁具。

但劳拉说，黑狼出现的时候，她正在藏书室里打盹。他低声解释了一大堆，为何她的生命必须终结，他如何不愿让无辜的人流血。他还说，他讨厌对女人下手，希望她明白这一点，对她的美丽，他并非“一无所觉”。他说，她就像一朵鲜花，必将被践踏成泥。

这个比喻蕴含的残忍意味让鲁本悚然。

也许他是从上面的窗户进来的，可以想象。

鲁本彻查了所有房间，甚至包括那间屋子背面朝向北边森林的最小的卧室。所有窗户都关得紧紧的。

他头一回检查了那些装着亚麻织物的壁橱，包括空置的衣柜和四条走廊深处的浴室，结果一无所获。

没有什么漏洞，也没有通往屋顶的暗梯。

他还检查了大宅四面的阁楼，所有窗户都如常紧闭。没有隐藏的楼梯。事实上，他完全不知道有什么办法能爬到大宅的房顶上。

鲁本暗自发誓，明天我会走遍整座庄园。黑狼可能开着某种交通工具，或许他在森林里有个窝点，藏着背包、行李袋之类的东西。

天色已经开始发亮。

异变依然没有到来。

他在主卧室里找到了劳拉。她已经洗过澡，换上新的睡衣，梳过了头发。因为疲累过度，她的脸色有些苍白，不过在他眼里，她依然和往常一样纤弱美丽。

他怒气冲冲地跟劳拉吵了一刻钟以上，他坚持要她离开这里，开着他的车回到南边马林森林的家里。如果费利克斯·尼德克前来造访，如果他真是狼族的头领，他该有多么强大，多么狡诈？但他的劝说徒劳无功，劳拉不肯离开。她没有大吵大嚷，事实上，她十分平静，只是寸步不让。

“面对费利克斯，我唯一的机会是向他恳求，跟他交谈，以某种方式——”他说不下去了，疲惫让他无以为继。

“你不能确定他背后的人就是费利克斯。”

“噢，至少一定是尼德克家的人，”他回答，“一定。黑狼认识玛钦特，他希望保护玛钦特，有人委托他守护这幢大宅。除了尼德克家的人，还能是谁？”

但还有那么多问题找不到答案。

他走进主浴室，任由水流冲刷身体。鲁本在浴室里待了很久。美洲狮残留的血迹化作暗红的液体，流入下水道的铜管里。但他几乎感觉不到水流的冲击，被浓密皮毛覆盖的身体渴望森林里的冷雨。

天色越来越亮，透过浴室的窗户，外面的景色非常清晰。他看到左边遥远的大海，灰色透明的海浪在苍白的天空下闪着微光。

而在右手边，悬崖拔地而起，遮住海景和海风，延伸向遥远的北方。

或许有什么东西正藏在悬崖上。费利克斯·尼德克，或许他正在耐心观察，等待为死去的莫罗克复仇。

哦，不。如果费利克斯近在咫尺，莫罗克为什么还会出现？莫罗克说得很清楚，那个委托他守卫大宅的人，莫罗克害怕与他会面，所以在此之前，他必须纠正自己的“错误”。

如果费利克斯·尼德克还活着，他为什么会容许他们正式宣布他的死亡，将他的财产传给别人？

有太多太多可能性。

想想好消息吧。在罪案现场，你没有留下任何证据，任何痕迹。关于这一点的恐惧可以宣告终结。“外界”对你和劳拉已经毫无威胁。呃，几乎没有。还有玛钦特的验尸报告，对吧？在鲁本的DNA开始异变之前，他们亲热过。但如果他们无法从罪案现场得到任何证据，这又有什么关系？他的脑子有点不清醒了。

鲁本用双臂抱紧自己，用意志呼唤异变的降临。他全身心地呼唤着它，感觉热量在太阳穴聚集，心跳逐渐加快。

去吧，离开我，就在此刻，请你消融。

异变真的来了，仿佛身体听从了他的指令，仿佛那股力量理解了他的期冀。这小小的进步险些让他落泪。愉悦感包围了他，征服了他，他颤抖起来，毛发从身上脱落，痉挛撕扯着他的身体，他在狂喜的战栗中恢复了原来的形态。

他走出浴室，劳拉还没有睡，她正在读一本书。是那本德日进的小书，它曾经属于费利克斯——来自马尔贡的礼物。鲁本把衣物从费利克斯的旧卧室搬上来的时候，在夹克口袋里找到了这本书。

“你看到前面的题词了吗？”他问道。她还没有看过。他翻到第三页，送到劳拉面前。

亲爱的费利克斯，

献给你！

我们熬过了这一切，

没有什么能打倒我们，

欢呼吧！

马尔贡

罗马，2004

“你觉得这是什么意思，‘我们熬过了这一切，没有什么能打倒我们’？”

“我想不出来。”

“我只能想到，这说明费利克斯对神学有一些见解，他有兴趣思考灵魂的命运。”

“也许是，也许不是，”她迟疑着，“你有没有意识到……”

“什么？”他问道。

“我不太愿意说，不过我真是这么想的。天主教徒……某些时候看起来都有点疯狂。”

他笑了。“大概真是这样吧。”他回答。

“呃，也许费利克斯·尼德克不是天主教徒，”她冷静地说，“也许他也对神学没有兴趣。对他来说，灵魂的命运或许毫无意义。”

他点点头，微笑着表示赞同，但心里却不以为然。他了解费利克斯，至少部分了解。这些了解足以让他爱上那个未曾谋面的男人，实在不能算很少。

她拥住他的身体，轻柔地推着他向床边走去。

他们拥抱了彼此，然后爬上大床，睡了过去。

23

黄昏时，吉姆来到了大宅。

当时，鲁本正和劳拉一起在树林里巡视。他们没有发现车辆或背包，也没有找到任何与莫罗克有关的东西。他们始终没搞明白，莫罗克是怎么进入大宅的。

吉姆已经做好了安排，今晚不必操心教堂的事务，这对他来说相当罕见。他也说服了格蕾丝、菲尔和塞莱斯特，让他们暂时不要过来，他会搞清楚鲁本为什么不接电话也不回邮件，亲自确认一切是否正常。如果早点开饭的话，他可以和鲁本共进晚餐，不过饭后他得立即动身回家。

鲁本必须承认，见到吉姆，他很高兴。吉姆穿着全套神职制服，鲁本热情地拥抱了哥哥，就像足足有一年没见到他一样。这几天漫长而煎熬，离开家人让他倍感不适。

草草参观完大宅以后，他们带着一壶咖啡来到东面与厨房相连的早餐室里。

劳拉能理解，这就是鲁本所说的“告解”，于是她上楼去回邮件。她已经挑了西边的第一间卧室做办公室，就在主卧背后，他们会尽快帮她把房间清理出来。与此同时，她已经把书籍和文件都搬了进去。那个房间相当舒适，既能看到大海，又能欣赏郁郁葱葱的壮丽峭壁。

鲁本看着吉姆取出紫色小披肩围在脖子上，准备好聆听告解。

“我让你聆听这一切，是否算某种亵渎？”鲁本问道。

吉姆沉默片刻，然后柔声说：“请带着你最真挚的善意，来到上帝身旁。”

“请降福于我，神父，因为我有罪，”鲁本说，“我正在努力寻找悔罪的方式。”他望向东边窗外，红杉林旁有一小片灰色的橡树，枝叶繁茂，树干虬结，树下星星点点散落着色彩斑斓的树叶，有黄的，有绿的，也有棕色的。常春藤爬满粗壮的树干，蜿蜒伸向高处的树枝。

拂晓时，雨停了。天空湛蓝，温暖的夕照斜斜穿透浓密的树荫，照亮林间的小道。鲁本凝望着窗外的景象，恍惚间有些失神。

然后他回过神来，手肘撑在桌上，双手托腮，开始说话。他原原本本地告诉了吉姆发生的一切，包括尼德克和斯波瓦这两个名字背后的奇怪巧合，他的陈述详尽得可怕。

“我不能说自己想要放弃这股力量，”他坦白承认，“也无法向你描述以狼的形态穿过森林是什么样的感觉。这种生物能四足着地，长途奔跑，爬到数百英尺的高度，直达树荫之上。它能轻而易举地满足自己的需求……”

吉姆的眼睛湿润了，脸上满是悲伤和担忧。但每次鲁本停下来的时候，他只是点点头，耐心地等待他继续倾诉。

“与这相比，其他所有东西都很苍白，”鲁本说，“噢，我想念你和妈妈，还有菲尔，非常想念！但这一切都已失色。”

他描述自己如何享用那头美洲狮，如何藏在枝叶织成的庇护所里，狂怒的幼狮在树下转着圈子，在那一刻，他多么想带着劳拉一起，依偎在那小小的安乐窝里。他该如何向吉姆描绘那一刻的感觉，如何向他解释这全新的存在有多么诱人？吉姆的表情如死灰般悲伤，他该如何启齿赞颂自己体验到的惊艳甚至辉煌？

“你是不是完全无法理解？”

“我觉得我不需要理解，”吉姆回答，“我们还是回过头来，谈一谈莫罗克和你学到的东西。”

“但若是你不能理解，你就无法宽恕我。”鲁本说。

“宽恕不是来自于我，对吧？”吉姆反诘。

鲁本再次转开视线。砾石车道尽头的橡木林仿佛近在咫尺，枝叶繁茂，光影婆娑。

“那么现在，你已经知道，”吉姆说，“有‘其他狼人’存在，费利克斯·尼德克可能是其中的一员，但你无法确定。还有那个马尔贡·斯波瓦，他或许也是狼族，因为你怀疑他的名字里有暗藏的信息。这些生物有一套专有名词——圣血、狼族，这意味着他们已经存在了很长时间。根据黑狼的话，我们可以推测他们存在了很久。你已经知道，是圣血让你变成了这样，它本来可能让你生病或者死去，但你活了下来；你还知道，你体内的细胞已经变异，一旦离开你的身体，它们便会衰败。而若是生命之火熄灭，尸体也会衰败。所以当局完全不知道你的身份。”

“是的，目前为止，就是这些。”

“还有，莫罗克的话让你觉得，你太过草率，吸引了公众的注意力，因此给整个种族带来了威胁，对吧？”

“是的。”

“所以你觉得，‘别的狼人’，一个或者很多个，可能会伤害你，甚至杀死你，包括劳拉。除此以外，你已经杀掉了他们中的一个，他们也很可能发起报复。”

“我知道你打算说什么，”鲁本说道，“我明白你的打算，但你要知道，谁也没法帮我们应对这一切，谁都不行。别劝我给哪个部门打电话！也别劝我跟哪个医生坦白。这样的举动只会葬送我和劳拉的自由甚至生命！”

“但你有什么更好的方案，鲁本？住在这里，孤身对抗这股力量？努力抗拒那些声音的诱惑，抗拒森林的召唤，抗拒杀戮的冲动？然后你会尝试让劳拉变成你的同类，如果圣血——血清、毒素，随便怎么叫吧——夺走了她的生命，就像莫罗克说的那样，你又该如何收场？”

“我考虑过这件事，当然，”他说，“我都想过了。”他确实想过。

恐怖电影里的“怪物”总是想要一个伴侣，或是永不疲惫地追寻着失去的爱人，以前他觉得这样的套路十分愚蠢，现在却完全理解。他理解了其间的孤独、疏离与恐惧。

“我不会伤害劳拉，”他说，“劳拉没有要求这份礼物。”

“礼物，你是这么叫的？听着，我从来就不是个缺乏想象力的人。你感觉到的自由与力量，我能想象——”

“不，你不能。你不会，你拒绝去想象。”

“好吧，就算我不能想象你体验到的自由与力量，但至少我知道，它比我最狂热的幻梦更加诱人。”

“现在你说到点子上了。狂热的幻梦。你有没有想过，要让伤害你的人付出代价，要让他们品尝别人经受的莫大痛楚？对那几个绑匪，还有其他几个家伙，我就是这样干的。”

“你杀了他们，鲁本。你打断罪行的进程，终结了他们俗世的生命！也因此剥夺了他们忏悔与赎罪的机会。是你剥夺了这一切，鲁本。若不是你，接下来的岁月里，他们或许会忏悔，会赎罪，但你永远地终结了这样的可能！你带走了他们的生命，因此受难的不光是他们和他们的后裔，甚至还包括被他们伤害的人——那些人原本可能得到救赎。”

吉姆停了下来。鲁本紧闭双眼，双手撑着前额。他很愤怒。剥夺受害者得到救赎的机会？他们原本正在遭受屠戮！所谓“救赎”完全是镜花水月，如果没有鲁本，等待他们的只有死亡。就连被绑架的孩子当时也正面临死亡的威胁。但这都不是重点，对吧？他杀了人，所以他有罪。他无法否认事实，但也无法产生哪怕一丝懊悔。

“听着，我想帮助你！”吉姆恳求，“我不想谴责你，也不想把你从我身边推开。”

“不会的，吉姆。”

是我正在不由自主地疏远你。

“你不能孤身面对这一切。还有那个女人，劳拉，她很美丽，而且全身心爱着你。她不是孩子，也不是傻瓜，我明白。但她知道的也就和你差不多而已。”

“我知道的事情她都知道。她还知道，我爱她。如果不是她举起斧子砍了莫罗克，我也许没法击败他……”

吉姆完全不知该如何回答。

“所以你想说什么呢？”鲁本问道，“接下来你希望我怎么做？”

“我不知道，让我想想。让我想想，谁值得信任，谁能研究、分析、找到某种办法让你变回去——”

“变回去？吉姆，莫罗克整个人都蒸发了！尘归尘，土归土，消失得无影无踪。你觉得如此强大的力量能被逆转？”

“那个生物得到这股力量已有多长时间，你并不知道。”

“那是另一回事，吉姆。刀枪都无法伤害我，如果再给莫罗克一点儿时间，也许他能拔出后颈的斧头。他的颅骨和大脑，我是说，就连颅骨和大脑也可能完全复原。我砍下了他的脑袋，一了百了。你还记得吧，就连枪伤也没能把我怎样，吉姆。”

“我记得，鲁本，一点儿都没忘。上次你说的时候，我并不相信，我得说，那时候我不以为然，”他摇摇头，“但塞莱斯特说，他们在美景山那幢房子的墙壁里找到了弹头。弹道分析表明，子弹发生了某种偏转，它穿透了某个东西，然后嵌进了墙上的灰泥。子弹上没有留下任何组织，完全没有。”

“这意味着什么，吉姆？关于我的身体，关于时间……”

“别以为你能永生不死，小男孩，”吉姆低声警告。他伸出手，握住鲁本的左腕，“千万别那么想。”

“也许我们的生命会很长，吉姆。我不知道，但那个莫罗克，我有一种强烈的感觉，他已经活了很久很久。”

“你为什么会这么想？”

“他说了一些话，关于记忆，他说他记得自己最初的好奇心，但细节已经忘记。我不知道，我承认，这只是我的猜想。”

“事实可能正好相反，”吉姆说，“谁也不知道真相究竟如何。法医检验的事儿，你刚才说的是对的，否则无法解释当局为何没有得到任何有效信息。塞莱斯特是这么说的……妈妈也说过，出于某种难以解释的原因，样品材料全都没用了。”

“我知道。妈妈知道他们从我身上取走的样品都失效了。”

“她什么都没说，但她一定知道一些事情。妈妈很担心，她很想搞清楚到底发生了什么。那个俄国医生，据说他今天会来，然后他会带妈妈去索萨利托看看那家小医院——”

“这条路行不通！”

“我理解妈妈的心情，但我不喜欢事情的走向。我是说，我希望你把事情告诉妈妈，但我不喜欢这件事，巴黎来的那个医生，谁知道他在打什么主意。爸爸也不喜欢这事儿。他跟妈妈吵了一架，叫她最好不要强迫你。”

“啊？”

“听着，我跟你说的这些都是听来的。爸妈在网上没有查到那家医院的任何信息，别的医生也从来没听说过那个地方。”

“真见鬼，妈妈到底是怎么想的？”

“我觉得跟妈妈实话实说，对你不会有什么坏处。我会劝她自己来处理这事儿，甩开巴黎那个医生，不管他是谁。鲁本，你不能把自己送到私人机构手上，最糟糕的选择莫过于此。”

“私人机构！”

吉姆点点头。“我不喜欢这样。我不知道妈妈心里到底怎么想，但或许她太过绝望了。”

“吉姆，我不能告诉她。私人医院、公立医院都一样。害怕自己的儿子变成怪物是一回事，亲耳听到他承认又是另一回事。而且，我不会选择这样做，这不是我的方式。如果有机会再来一次，我甚至不会告诉你。”

“别这么说，小男孩。”

“听我说。我的担心和你一样。我害怕这股力量会吞噬我，我会一点点失去控制，最后彻底失去理智，屈从于它的召唤——”

“上帝啊。”

“可是吉姆，我会背水一战。我不是坏人，吉姆，我是个好人。我知道这一点。我的灵魂仍属于自己，我仍拥有道德、同理心和行善的能力。”

鲁本张开右掌，盖住自己胸口。

“我从心底里知道这一点，”他说，“我还有别的事要告诉你。”

“请讲。”

“异变没有进一步发展，我似乎进入了某个平稳期。我努力摸索着规律，每一次异变降临，我对它的了解就更多，但我没有堕落，吉姆。”

“鲁本，你刚才还说，异变带来的一切让其他所有东西都变得苍白无力！而现在，你却告诉我，事情不是这样？”

“我的灵魂没有堕落，”鲁本说，“我发誓。看着我，你说，难道我不是你的弟弟？”

“你是我的弟弟，鲁本，”吉姆回答，“但被你杀死的那些人，他们也是你的兄弟。天哪，我还能怎么说得更清楚一点？你杀死的女人是你的姐妹！看在上帝的份上，我们不是蒙昧的野兽，我们是人类。你和他们本是亲人！你看，要认清这一点，不需要你信仰上帝。哪怕抛开所有教义与信条，你也知道我说的没错。”

“好吧，吉米，放轻松，别着急。”鲁本取过咖啡壶，重新注满吉姆面前的杯子。

吉姆坐回原地，努力试图控制自己，但他的眼眶里满是泪水。鲁本从没见过吉姆哭泣。吉姆比鲁本大了将近十岁，鲁本蹒跚学步的时候，吉姆已经是个高挑的少年，他从来都是那么聪明，那么镇定，鲁本从没见过他孩子气的一面。

他的兄长望向窗外的森林。夕阳正在坠落，近处的小树林被大宅的阴影笼罩，而在远处，金色的余晖洒落在南端的红杉树梢。

“你甚至不知道该如何引发异变，如何控制它的进程，”吉姆心不在焉地低语，他的目光缥缈，声音沮丧，“从今往后的每一个晚上，你都会变成那样？”

“不可能，”鲁本回答，“如果每个晚上异变都会降临，那狼族根本就无法生存。我必须相信，事情不是这样。我也正在学习如何控制它，如何彻底掌握它的力量。那个守护者，那头黑狼，莫罗克，他能随心所欲地变形。我也能学会。”

吉姆长叹一声，摇了摇头。

他们陷入了沉默。吉姆望着窗外的森林，冬日下午的阳光正在飞速消逝。鲁本很想知道，吉姆听到了什么声音，闻到了什么气味。森林是有生命的，它在呼吸，在呢喃，在窃窃私语。那片森林里氤氲着生命与死亡的气息。这是否也算某种形式的祈祷？某种追求精神完满的努力？这中间是否蕴藏着某些精神性的东西？他真想和吉姆聊聊，但他不能。现在吉姆不会有心情谈论这些。鲁本望向远方，红杉林郁郁葱葱，延伸向视线尽头，深沉的暮色渐次笼罩。他感觉自己飘了起来，离开这张桌子，离开这场对话与告解。

突然间，吉姆柔和的声音让他回过神来。

“这真是个美丽的地方，”吉姆说，“呵，可是想想看吧，你为它付出了什么代价。”

“难道我不知道吗？”鲁本抿紧嘴唇，扯出一丝苦涩的微笑。

他双手合十，开始了悔罪的仪式：“‘上帝啊，我诚心忏悔’……我发誓，我全心全意忏悔，请为我指明道路。上帝啊，请向我明示，我到底是何造物。请赐予我力量，令我能抵御所有诱惑，令我不伤害他人，令我无法为害，令我以你之名传递善与爱。”

祈祷全心全意，但内心深处，鲁本仍不为所动。他有一种奇妙的感觉：他周围的一切，在整个世界里是如此渺小，地球不过是银河系中缓缓旋转的一粒尘埃。比起无垠的宇宙，超越人类感知的浩渺苍穹，银河系又是多么微不足道。恍惚间他有些虚脱，仿佛他祈祷的对象不是上帝，而是吉姆。他祈祷是为了吉姆。但在昨晚，他曾以另一种方式与上帝对话。当他身处繁茂的森林之中，仰望天堂，感受万物的活力与生机，这岂不是另一种与上帝交谈的方式？

空气中充满无声的悲伤。他们静静地坐着，鲁本开口了：“你有没有想过，德日进或许是对的？我们害怕上帝并不存在，是因为我们无法从空间上理解宇宙的无垠。我们害怕人格迷失在无垠的宇宙中，也许某个至高无上的人格控制着这一切，也许全知全能的神将不断演化的意识注入我们每一个人……”他没有再说下去。抽象的神学或哲学从来就不是他的强项，他迫切需要一套可理解的理论，好让他相信，在这个浩渺得令人绝望的宇宙之中，每一样事物都有其存在的意义与宿命，包括鲁本自己。

“鲁本，”吉姆答道，“当你夺走一个有知觉的生命，无论它是有罪还是清白，你已经违背了救赎的大义——拯救、补偿，无论用哪个词语来描述——你抹杀了它的力量，摧毁了它的神秘。”

“是的。”鲁本回答。他仍然望着窗外，橡木林渐渐被阴影吞噬。

“我知道，这是你的信仰，吉姆。但当我变身为狼的时候，我感觉不到你说的救赎与悲悯，我感受到的，是别的一些东西。”

24

白天出门前，鲁本已经准备好了羊羔腿。整个下午，炖锅里肉和蔬菜的香味都飘荡在屋里。

劳拉用生菜、西红柿、牛油果、上等橄榄油和香料拌了一份美味至极的沙拉，三个人在早餐室里坐下来共进晚餐。和平常一样，鲁本把所有东西吃得一干二净，而吉姆对每道菜都是浅尝辄止。

在鲁本看来，劳拉今晚的装束相当复古。棉布裙上印着黄白相间的格子，袖口缝着精致的锁边和白色的花瓣形纽扣。她的长发披散在肩头，光滑柔顺。她央求吉姆谈谈教堂和工作。她的笑容纯朴自然。

餐桌上的对话轻松愉快。他们谈到了缪尔森林和劳拉对“林下叶层”的研究。想领略红杉林壮丽景色的人成千上万，完全可以理解，要满足他们的愿望，同时避免过多的行人破坏森林地面，这就是劳拉的课题。

对于自己的过去，劳拉绝口不提。鲁本也不觉得自己有权搅动那潭黑水。吉姆满怀热忱地谈到了圣方济教堂的慈善餐厅，说着今年感恩节打算发放多少份餐点。

从前的每个感恩节，鲁本和菲尔都会去教堂帮忙，就连格蕾丝也会尽量抽空到访。

鲁本心头沉甸甸的。今年他不能去了，他有这个感觉。他甚至没法参加晚上七点的感恩节家宴。

在俄罗斯山的家里，感恩节向来是欢乐团聚的一天。塞莱斯特的母亲有时也会参加。格蕾丝总会邀请手下的实习生或住院医师一同赴宴，尤其是那些远离家园的新人。菲尔每年都会为感恩节写一首新诗，他以前的一位学生住在嬉皮区的一家廉价旅馆里，每到感恩节，他总会出现，喋喋不休地抱怨有权有势的富人毁掉了整个社会，然后总有人会跳出来指责他的阴谋论调，激得这位古怪的天才勃然大怒，扬长而去。

而今年，鲁本不能参加了。

他把吉姆送到停车场旁。

风从海边吹来，虽然才六点，但天已经黑了。吉姆又冷又担心，但他还是答应回去以后告诉全家，鲁本需要独处一段时间。他叮嘱鲁本一定保持联系。

就在这时，高尔顿开着敞篷小卡车出现了，一下车他就喜气洋洋地宣布，杀死他爱犬的美洲狮“遭了报应”。

吉姆只好礼貌地询问详情。高尔顿竖起领子挡住海风，把爱犬的故事又讲了一遍，那条狗如何通晓人性，如何感觉敏锐，如何拯救生命，创造奇迹，等等，它甚至会用爪子关灯。

“可是你怎么发现那头大猫已经死了？”鲁本问道。

“喔，今天下午他们在林子里发现了它。四年前大学里的人给它装上了识别牌，就在它左边的耳朵上。绝对没错，就是那头美洲狮，真是活该！森林里一定有头熊，你们出去的时候千万小心，我是说，你和那个漂亮姑娘。”

鲁本点点头。他快要冻僵了，可高尔顿穿着鹅绒外套，似乎完全不在乎外面的寒冷。他咒骂着那头美洲狮。“他们早就该批准我干掉那个混账，”他说，“可他们总是推三阻四，大概非得等到她咬死个把人，他们才打算当真。我说真的，她真能咬死人。”

“她那几只崽子呢？”鲁本假装随意地问道。是他杀死了那头大猫，吃掉了它的半具尸体，想到这个，鲁本暗地里有些得意。当他想到吉姆其实也知道这件事儿，但却什么都不能说，高尔顿也永远都不会发现背后的秘密，他就感到一阵阴郁的快乐。随后他立即为自己的想法感到羞愧，但愧疚感转瞬即逝，记忆中鲜明的仍是那只大猫，树上的安乐窝，美妙的大餐，他无法阻止自己因此感到愉快。

“哦，那些崽子分头去找新地盘了，或许会有某只留在附近，谁知道呢？整个加州大概有五千只这样的大猫。不久前，还有一只大猫闯进北边的伯克利，大摇大摆地在镇子里兜了一圈。”

“我记得那件事，”吉姆说，“当时还引起了小范围的恐慌。不过我得走了，很高兴见到你，高尔顿先生，希望很快有机会和你再见面。”

吉姆的旧萨博班驶向森林，尾灯很快消失在黑暗中。

“这么说，你们家还有自己的神父，”目送着他，高尔顿说，“你开着保时捷，孩子，他开的是家里淘汰的旧车，哈。”

“呃，不是我们不想让他开体面的新车，”鲁本说，“妈妈给他买了一辆奔驰，结果他只开了两天。教区里的流浪汉总拿他开玩笑，于是他就把车退了。”

他抓住高尔顿的胳膊。“进去吧。”

在厨房的桌旁，他给高尔顿倒了一杯咖啡，问起高尔顿是否认识费利克斯·尼德克。

“他是个什么样的人？”

“噢，他是个大好人。要我说的话，费利克斯先生是旧世界的贵族，当然我对贵族没什么了解。但他好得不像凡人，你懂我的意思吗？附近所有人都喜欢他，我从来没见过这么慷慨大方的先生。他的失踪对每个人都是莫大的损失，那时候谁也不知道，我们再也见不到他了。大家总觉得他还会回来。”

“他失踪的时候有多大年纪？”

“呃，大概60岁左右吧。他们开始找费利克斯的时候，报纸上说的。但我做梦也没想到他有那么大年纪，他看起来最多有40岁。他失踪那会儿，我刚好40岁，要说他比我老，至少我不太相信。结果发现，他是1932年出生的，我倒是头一回听说。当然，他不是在这里出生的，你懂吧。他生于海外，后来才到了这里。我得说，到他失踪那会儿，我已经认识他足足十五年了，差不多就是这个数。我简直无法想象他有60岁，但他们就是那么说的。”

鲁本点点头。

“啊，我得走了，”高尔顿终于开口告辞，“喝了咖啡，整个人都暖和了。我只是过来看看，确保一切正常。哦，顺便说一句，那位老伙计找到你了吗，费利克斯的那位朋友？”

“什么老伙计？”鲁本问道。

“莫罗克，”高尔顿回答，“几天前，我在镇上的旅馆见过他。他在那喝了一杯，还问我知不知道你什么时候回来。”

“他是谁？”

“呃，他在这儿转悠可有年头了，我说过吧，他是费利克斯的朋友。他来的时候总是住在大宅里，至少在玛钦特把他赶出来之前，一直都是这样。玛钦特时不时就会赶他走，她完全受不了莫罗克。不过每次她总会回心转意。他想到这里拜访，可能只是出于对费利克斯一家的尊重，仅此而已。莫罗克不是爱管闲事的人，他也许只是想看看，确保大宅一切正常，没被新主人糟蹋。我告诉他你把大宅照管得很好。”

“玛钦特跟他合不来？”

“啊，玛钦特小时候确实跟他合不来，我猜是这样，不过费利克斯失踪后的事儿我就不知道了。他们俩并不亲近，有一次玛钦特告诉我，她真想摆脱莫罗克。我老婆贝丝说，莫罗克爱上了玛钦特，死皮赖脸地纠缠，不过玛钦特不感兴趣。她可不打算给他机会。”

鲁本没有回答。

“玛钦特的弟弟讨厌他，”高尔顿接着说了下去，“他总是给那两兄弟带来麻烦。那哥俩经常私下里谋划一些坏事儿，偷辆车啊，弄点儿酒啊，就是那些他们不够年纪，还不能买的东西。莫罗克每次都会告发他们。

“他们的父亲也不怎么喜欢莫罗克。埃布尔·尼德克一点儿都不像费利克斯·尼德克，完全不像。他倒是不会赶莫罗克走，只是不耐烦跟他打交道。当然，埃布尔一家来大宅住的时间不多，包括玛钦特。我估计玛钦特为了莫罗克的事儿跟她爸吵过，当然，主要是看在费利克斯的份上。有时候莫罗克住在楼上的卧室里，有时候住在森林里。他常常在后面的林子里扎营，他喜欢那样，喜欢一个人待着。”

“他是从哪儿来的？你知道吗？”

高尔顿摇摇头。

“经常有人来拜访费利克斯，他的朋友来自……管他呢，哪儿来的都有。那家伙估计是个亚洲人，没准是印度的，我不知道。他的肤色有点儿深，头发是黑的，说话彬彬有礼，费利克斯的朋友都这样。我得说，他看起来不算老，完全配得上玛钦特。不过和费利克斯一样，莫罗克的年龄也叫人捉摸不透。我知道他的年纪是因为我记得，玛钦特还是个小女孩的时候他就经常来做客了。”高尔顿左右看看，仿佛怕有什么人偷听似的，然后他压低声音说，“我告诉你吧，玛钦特是这么跟贝丝说的，她说，‘费利克斯托他照顾我，保护我。啊，谁又来保护我不受他的骚扰！’”他往后一靠，大笑着喝了口咖啡，“不过他人不坏。为什么这么说呢？埃布尔和西莉亚去世以后，莫罗克专门赶来陪着玛钦特，免得她孤单。我觉得，那大概是玛钦特一辈子唯一真正需要他的时候。不过没过多久，一切又回到了老样子。噢，你当然不必留他做客，知道吧。现在这地方是你的了，孩子。大家得习惯这一点。这不是费利克斯的宅子了，费利克斯已经走了很久。”

“好吧，我会留意他的。”鲁本说。

“就像我说的，他不是什么坏人。附近的人都认识他，大宅经常有奇怪的国际流浪汉出没，莫罗克不过是其中的一个。但现在，这是你的房子了。”

他把高尔顿送到门口。

“要是想跟我们喝一杯的话，今晚你可以到旅馆来，”高尔顿说，“那只大猫弄死了我的狗，现在它完蛋了，我们得好好庆祝一下！”

“旅馆？在哪儿？”

“孩子，你绝不会找错地方。就在山下的尼德克镇，镇上只有一条大街，旅馆就在大街边上。”

“哦，那家小旅馆，我知道，来这儿的第一天我就看到了，”鲁本说，“门外挂着待售的牌子。”

“现在还挂着呢，估计还会挂很久！”高尔顿笑了，“尼德克镇离海岸足足有12英里，谁会没事儿跑到这儿住宿？晚上你们一起来，我们万分欢迎。”

鲁本关上门，走进藏书室。

他打开西蒙·奥利弗送来的资料夹，里面都是关于大宅的文件。应该有一张手写的清单，玛钦特被害前留下的，列出了大宅的供应商和服务人员。名单里或许有……

清单在哪儿呢？

找到了。

鲁本快速浏览了一下。就在这里，托马斯·莫罗克。

家庭友人，时常出现。可能会要求睡在后面的树林里。费利克斯的老朋友。你看着办。没什么特殊需求。一切你说了算。

他走上二楼，劳拉在她的办公室里。

他告诉她高尔顿刚才说的话。

他们开着保时捷去了尼德克镇。

小旅馆的大堂看起来十分舒适。正是晚餐时间，客人济济一堂。屋子里洋溢着浓郁的乡村风味，四周是粗糙的木板墙，一位老人坐在角落里弹着吉他，唱着忧伤的凯尔特歌谣。餐桌上铺着红白格子桌布，烛光昏黄。

他在后面的小办公室里找到了旅馆经理，这位先生正把腿搭在办公桌上，一边读着平装本小说，一边看着小电视上重播的《荒野大镖客》。

鲁本询问他是否认识一个叫莫罗克的人，上周这个人是否在旅馆订过房间。

“啊，他确实来过，”经理回答，“不过没有住在旅馆里。”

“你知道他是从哪里来的吗？”鲁本问道。

“呃，照他的说法，他经常到处跑。我记得昨晚他说，他前段时间在孟买，还有一回，他说自己刚从开罗回来。我不知道他有没有固定住所。据我所知，以前他的邮件总是寄到那幢老宅里。等等，我记得今天有一封他的信。邮递员说，大宅换了主人，不能再把他的信送上去了。所以信就留在了我这儿，也许他哪天会过来取。”

“或许我可以把信转交给他，”鲁本说，“我就是从尼德克大宅下来的。”

“嗯，我知道你。”经理回答。

鲁本作了自我介绍，并为此前的疏忽道歉。

“没关系，”经理说，“大家都认识你。我们都非常高兴看到那栋老房子搬来了新人。很高兴认识你。”

经理走进大堂，取回了那封信。“我老婆没注意看信封，拆开以后她才发现，这是寄给汤姆[1]·莫罗克的。我很抱歉。你可以转告莫罗克，信是我们拆的。”

---

① 汤姆是托马斯的简称。

“谢谢你。”鲁本说。他以前从没偷过别人的信，这是违法的。他感觉自己的脸红了。

“如果他来了，我会转告他你在宅子里，让他上去取信。”

“万分感谢。”鲁本说。

鲁本和劳拉离开旅馆时，吧台那边的高尔顿冲他们举起啤酒杯，挥了挥手。

他们开车回到大宅。

“莫罗克说的话，你一个字都不能信，”劳拉警告说，“不管是‘其他狼人’还是他的意图，统统都是谎言。”

鲁本笔直望着前方。他脑子里只有一个念头——昨天，在他们回来之前，莫罗克已经进入了大宅。

一走进大厅，鲁本立刻打开了信封。既然他确信这是黑狼的遗产，现在还有什么好顾忌的?

信里的文字纤细而怪异，鲁本只在一个地方见过这种文字——楼上那本费利克斯的日记里。

信一共有三页。但是，当然，鲁本一个字都读不懂。不过信里或许有签名。

“跟我来。”他领着劳拉，走进楼上费利克斯的小工作室里，揿亮头顶的吊灯。

“不见了，”他说，“费利克斯的日记。原来就在这张书桌上。”

他不甘心地动手翻找，但他知道，不会有什么结果。偷黏土板的人拿走了费利克斯·尼德克的日记。

他望向劳拉。“他还活着，”他说，“我知道，他还活着。是收他信的那个人——莫罗克，让他回到这里，好——”

“你不知道费利克斯交代了什么事儿给莫罗克，”劳拉的回答合情合理，“事实上，你根本无法确定这封信是不是真的来自费利克斯。你只知道，他们都会使用某种特殊的语言。”

“不，我知道，他还活着，他一定还活着。有什么事阻止了他，他不能回来公开身份，收回财产。或许是他自己想要消失，或许他的年龄无法再掩饰下去，因为他根本就不会变老，所以他必须消失。不过我不敢相信，他居然忍心这样伤害玛钦特和她的父母，丢下一切一走了之。”

他伫立片刻，环顾小房间里熟悉的杂物。黑板、布告板——看起来全都原封未动。粉笔留下的模糊字迹，用图钉按在板上的剪报，还有无处不在的照片，照片里是费利克斯、谢尔盖和那些神秘的先生们微笑的脸。

“我必须想办法联系上他，我必须跟他谈谈，恳求他理解我的遭遇，我要告诉他，我不知道这是怎么回事，我——”

“怎么？”

他恼怒地长叹一声。“我心神不定，”他说，“每当我无法变形，每当我听不到那些声音的召唤，不安就会愈演愈烈。我必须离开这里，我必须出去走走。我们不能在这里坐以待毙，干等着他发起攻击。”

他焦躁地来回踱步，又把架子翻找了一遍。一定还有其他日记，也许曾经塞在架子上的某个地方，但他不知道，书架可能从来就没填满过。莫罗克曾经潜入大宅，拿走东西的人是他吗？还是费利克斯自己？

通往旁边卧室的门敞开着——西北角那间卧室，他和玛钦特曾在里面缠绵。他又感觉到了费利克斯的气息，这幢大宅的旧主，是他精心挑选了那张华美的黑色四柱大床，床沿上刻满错综复杂的精致花纹；是他将黑色闪长岩的汽车雕刻放在台灯旁；是他在安乐椅旁的小桌上留下济慈的诗集。

他拾起那本诗集，褪色的紫色缎带夹在书里。他随手翻到那一页，《忧郁颂》。第一节诗句下有黑色的记号，旁边还有一条长线，潦草地写着他看不懂的文字——是费利克斯的笔迹——看起来仿佛一幅海景的素描。

“你看，这里有他很久以前做的记号。”他把书递给劳拉。

劳拉把诗集凑到灯下，柔声读了出来：

哦，不。
不要去那忘川，也不要榨挤附子草
深扎土中的根茎，那可是一杯毒酒，
也不要让地狱女王红玉色的葡萄——
龙葵的一吻印上你苍白的额头；
不要用水松果壳串成你的念珠，
也别让那甲虫，和垂死的飞蛾
充作灵魂的化身，也别让阴险的
夜枭相陪伴，待悲哀之隐秘透露；
因为阴影叠加只会更加困厄，
苦闷的灵魂永无清醒的一天。

鲁本极度渴望与费利克斯交谈，向他倾诉。

我做的一切都是出于天性，我之所以那样做，是因为我不知道还有什么选择。

但是，事实真的如此吗？

对力量的无上渴求淹没了他。不安感逼得他烦躁欲狂。

风裹挟着雨，敲打着黑色的窗户。远处传来海浪拍打滩涂的涛声。

劳拉看起来那么耐心，那么敬畏，那么沉默。她站在台灯旁，捧着济慈的诗集。然后她低头看了看封面，回到他身旁。

“来，”她说，“我必须确认某些事情。也许是我弄错了。”

她领着鲁本穿过走廊，来到主卧室里。

平装本的《我相信》依然静静躺在桌上，和她早上放下的时候一样。

她打开封面，小心翼翼地翻着脆弱的书页。

“没错，真是这样。我没有记错，你看上面的题词。”

亲爱的费利克斯，

献给你！

我们熬过了这一切，

没有什么能打倒我们，

欢呼吧！

马尔贡

罗马，2004

“呃，是啊，这本书是马尔贡送给费利克斯的，没错。”鲁本纳闷地说。他没太明白劳拉的意思。

“你看时间。”

他读了出来，“‘罗马，2004’，噢，上帝啊。费利克斯是在1992年失踪的，所以这意味着……意味着他还活着……而且他一直留在大宅里。从他失踪以后，他一直留在大宅里。”

“显然如此，至少在过去八年里，他还回来过。”

“我早就看到了这几行字，但却一直视而不见！”

“我也是，”她说，“然后我突然想到了这件事。你觉得在这些年里，大宅里还有多少东西悄然出现或是默默消失，从来就没有人发现过？我认为他一直没有远离，这本书是他留下来的。如果莫罗克能悄悄潜入大宅藏在里面，那费利克斯也可以。”

鲁本默默地来回走动，思索着整件事。他需要合理的解释，他需要知道，自己能做点什么。

劳拉在桌边坐下，翻阅着德日进的平装本小书。

“书里有批注吗？”

“有几个小勾、下划线、波浪线，诸如此类，”她回答，“还有那种奇怪的文字，和济慈那本一样，看得出来，就连小勾和下划线都是出自同一个人笔下。我觉得他一定还活着，但我们不知道他是谁，或者说，是什么形态；也不知道他想要什么，会做什么。”

“但莫罗克说的那些话你也听到了，他指责我的那些话。”

“鲁本，那位守护者嫉妒得发狂，”她说，“你抢走了他珍爱的玛钦特，他要你付出代价。案发那天晚上，他觉得你死定了，他袭击你很可能不是出于意外。他不能直接杀死你，但他以为圣血会要你的命。他打911不是为了救你，而是为了玛钦特，否则她的尸体就得孤单地躺在地板上，直到被高尔顿或者其他人发现。”

“我想你说得对。”

“鲁本，你才华横溢，难道你看不出来嫉妒的怒火？那个怪物的话浸透了嫉妒的毒汁——什么他绝不会选择你，绝不会看你第二眼，什么都是你的错，才让他一时大意没看好玛钦特。这是彻头彻尾的嫉妒。”

“我懂了。”

“所以你不能从他的话里推测费利克斯是个什么样的人。从客观的角度来看，如果这封信真是费利克斯写的，如果他真的还活着，那么他一定会允许你继承这幢大宅。此前他并没有耍过什么手段来干预这件事，现在为什么要突然反悔？他为什么要派一个小怪物来杀掉大宅的新主人，让他的房子再次落入遗嘱法庭手里？这毫无道理。”

“因为他已经取走了自己想要的东西？”鲁本猜测道，“那些日记和黏土板？玛钦特死后，他立即取走了那些东西？”

劳拉摇摇头。

“我觉得不是。大宅里还有别的很多东西，羊皮纸卷、古老的手抄本，费利克斯收藏的零碎物件多不胜数。上面的阁楼，其他的房间，里面到底藏了多少东西，又有谁能说得清楚？楼上那么多的箱子，一盒盒的文件，你根本就没有打开过。而且，大宅里应该还有密室。”

“密室？”

“鲁本，这里一定有密室。来，我们到走廊里去。”

他们站在南走廊与西走廊的交会处。

“四条走廊围成长方形——东南西北各一条。”

“是的，不过我们已经查看了走廊两侧的所有房间。外侧是卧室，内侧是收纳织物的储藏室和浴室。密室能藏在哪儿？”

“鲁本，这是个几何问题。你看，”她走到对面，打开第一个储藏室的门，“这个房间深度只有10英尺，走廊内侧的所有房间都差不多。”

“是的。”

“那么，中间呢？”她问道。

“上帝啊，你说的没错。中间一定有一块巨大的方形空间。”

“下午你和吉姆谈话的时候我就检查过了。我找遍了每一间储藏室、浴室和楼梯间，但没有找到通往房子中间的门。”

“所以你觉得大宅里有密室，里面藏着费利克斯想要的东西？”

“来，我们换个法子。”

她领着鲁本走进自己的办公室，这里曾是一间卧室。她已经把墙边的一张小桌挪到了窗下，她的笔记本电脑就放在桌子上。

“这幢房子的确切地址是什么？”

他想了想。尼德克路40号，他记得这个地址，因为他在网上订过办公室的设备。

劳拉立即把地址输入搜索框，并在后面加了一个词：卫星地图。

海岸和森林的鸟瞰图出现在屏幕上，劳拉迅速放大地图，找到了大宅。然后，她继续挪动鼠标，屏幕上的屋顶越来越大，中间明显有一块巨大的方形玻璃板，周围环绕着四面山形墙。

“你看。”她说。

“上帝啊，这是怎么做到的！”他说，“那不是房间，而是一整个巨大的空间。山形墙完全挡住了视线，外面看不到玻璃屋顶。能再拉近点儿吗？我想看看细节。”

“不能再放大了，”她说，“不过我知道你看到了什么。那块屋顶上有个活门之类的东西。”

“我得检查一下阁楼。一定有什么办法能进到里面去。”

“阁楼我们已经翻过一遍了，”她说，“没发现门。不过谁也说不清，这么多年来，费利克斯或者莫罗克到底有多少次来到大宅，通过屋顶上的活门或其他我们还没发现的秘道潜入中间的密室。”

“这就对了，”鲁本说，“玛钦特被害的那天晚上，莫罗克就藏在大宅里。当局没找到任何证据，他一定是藏在某个密室里。”

“我觉得，或许里面的东西和外面差不多，置物架、书架，诸如此类。”

他点点头。

“可是谁知道呢，”她说，“既然我们都不知道，那总有一线希望，说不定能找到什么筹码。我是说，费利克斯可能想要密室里的东西，或许他想要整幢大宅。光是杀了你，大宅可不会自动回到他手里。要是你死了，大宅会被卖掉，落到某个陌生人手里。那时候他又该怎么办？”

“呃，他可以偷偷潜进来，就像以前那样。”

“不，他不能。以前大宅的主人是他的侄孙女，所以他才能溜进来，现在的主人是你，或许也可以。但要是大宅落到某个完全陌生的人手上，那个人可能会把这里改装成酒店，或者更糟糕，整个拆掉，要是这样的话，他就什么都得不到了。”

“我懂你的意思了——”

“我们还没弄清整件事的来龙去脉，”她说，“这封信昨天才送到。也许他自己都不知道下一步该做什么。而且我还很怀疑，人们口中的费利克斯简直是个完人，莫罗克真是他派来的杀手吗？”

“噢，我真希望你是对的。”

鲁本走到窗边。他感觉浑身燥热，焦灼感几近恐慌。但他知道，异变还不会来。他甚至不知道自己是否盼望它的到来。他只知道，身体和精神的双重煎熬简直无法忍受。

“现在我得想办法进到密室里去。”他说。

“这对你现在的情况有什么帮助吗？”

“没有。”他摇摇头。

他深深吸了口气，闭上眼睛。

“听着，劳拉。我们必须离开这里，我们必须开车出去。”

“去哪儿？”

“我不知道，但我不会让你一个人留下来。我们现在必须离开。”

她明白他的意思，也知道他的打算。她没有质疑。

他们离开大宅的时候，雨势正急。

他开车向南，拐上101号高速公路，全速驶向湾区的城市，驶向那片声音的海洋。

25

奥克兰山景墓园。巨木成荫，大大小小的墓地点缀其间，绵绵细雨无休无止，远处市区的灯火如幽灵般星星点点。

男孩凄厉的哀号划破雨幕，有两个人正在用刀子折磨他。他们的头目刚刚出狱，瘦削精干，赤裸的双臂上满是文身。他的T恤被雨淋得透湿，身体因为吸毒亢奋得微微颤抖。此刻，他满怀怒意，迫不及待地想要惩罚背叛他的人，折磨仇人的独子。

"怎么？"他对着男孩嘲弄地说，"你以为狼人会来救你？"

鲁本如黑翼天使从旁边的小树林里出现，扑向头目。两个小喽啰一声惊叫，落荒而逃。

利爪划过脆弱的喉咙，黑暗中的人影痛苦地弯起身子，鲁本的爪子紧紧攥住他的肩膀，撕开肌腱，失去活力的手臂颓然跌落，血肉如此诱人，但他没有时间。

他纵身跃过墓园，那两个丧胆的喽啰拼命奔向黑暗深处。鲁本抓住其中一个，撕开他的喉咙，甩开尸体，双爪攫住另一个送到嘴边。哦，这美味的珍馐，他已等待了太久，鲜血从突突跳动的肌肉上滴落。

男孩躺在草地上的血泊里，他的皮肤是栗色的，头发漆黑，此刻他像婴儿般蜷缩在皮夹克里，脸和腹部都在流血。他的神志已经不太清醒，但仍在努力凝结仅存的意志。男孩大概有12岁。鲁本低下头，咬住厚夹克的领子把他叼了起来，就像猫儿叼住小猫的脖子一样。鲁本轻快地跑了起来，仿佛男孩的体重没有带来任何负担。他的速度越来越快，很快就望见了明亮的街灯。他跃过墓园的铁门，把男孩放在一家小咖啡馆外。小店没有亮灯，周围一片寂静，没有车辆路过，只有街灯照着周围空无一人的商店。鲁本举起强壮的右爪，打破咖啡店的玻璃窗，警报声凄厉地响起。有人开了灯，灯光照亮人行道上遍体鳞伤的男孩。

鲁本迅速离开。他回头穿过墓园，追踪着战利品的气味。但猎物已经凉了，真无趣。他想要点儿热乎乎的东西。暗夜里他又听到了别的声音。

一个年轻的女人正在痛苦呻吟。

他在伯克利校园的小树林里找到了她。当他还是个人类男孩的时候，他深爱这片古老的校园。那样的生活，如今看来如此遥远。

桉树林悄然耸立，她在树下搭好了生命最后一程的安乐窝——绣着花的枕头倚在水果皮般弯曲的厚厚落叶层上，身旁放着酒瓶和心爱的书本，她握着锋利的餐刀，割开了自己两边的手腕。血液连同意识慢慢流出这具躯体，她在低声喃喃自语。“不，我错了！”她的声音如游丝般纤细，“救救我，求求你。”她已经没有力气握住酒瓶，手臂如铅块般沉重，凌乱的头发遮住她湿漉漉的脸庞。

鲁本把她扛在肩上，奔向电报大道的灯光。暗夜里，他如风一般掠过校园里的小树林，很久以前，他曾在这里学习、争论、梦想。

密集的建筑物里充满了声音，心跳声、砰砰的鼓声、嘈杂的交谈声、小号的鸣叫、混杂不清的乐声……他轻轻把姑娘放在一间小酒吧门外，酒吧里热闹非凡，漠不关心的笑闹如玻璃破碎般清脆。转身离开时，他听到人们的惊叫。“快打电话求援。”

来自市中心的声音在呼唤他。城市这么大，选择这么多，生命是痛苦的花园。谁应该死去？谁应该活着？他一路向南，恐惧在心头凝结。

我做的一切都是出于本能……我听到那些声音，他们在呼唤我。我闻到邪恶的气息，然后循踪而去。就像呼吸一样自然。

骗子，怪物，凶手，野兽。

孽种……这一切终将结束。

鲁本回到那家老旧的灰砖旅馆，天色仍一片漆黑。他跃过凌乱不堪的屋顶平台，闪身钻进狭小的防火楼梯，掠过昏暗的走廊，无声地打开房门。

门没有锁，室内满是劳拉的气息。

她已经在窗边睡着了，手臂叠放在窗台上。灰色的云层如铅块般沉重，细密的雨丝无声地坠入铅笔似的塔楼丛林，远处的高速公路划出长长的弧线，如弓弦般轻轻颤动。鳞次栉比的高楼向远处的太平洋延伸，逐渐消失在视线尽头的迷雾中。街道上，嘈杂的市声正在苏醒。痛苦的花园。谁将收割所有痛苦？

请带走那些声音，我不想再听到。

他把劳拉抱回床上，银白的发丝从她脸上滑落。她醒了，半闭着眼睛迎接他的热吻。她抬头望向他的眼神藏着什么？*是爱。吾爱，我和你。*她的香味冲刷着他的感官。外面的声音沉寂下来，就像有人拨动了开关。雨滴嗒嗒地敲打着窗户，在清晨寒冷的光线中，他缓缓脱下她的紧身牛仔裤，卷起她薄薄的蓝色衬衫。私密处的毛发，哦，就像我的毛一样。他的舌头舔舐着她的脖颈，她的乳房。粗重的喘息在他胸口隆隆作响。拥有什么，又失去什么。哦，母亲的乳汁。

26

格蕾丝一走进前门，他就已发觉。鲁本回来时家里没人，他已经打包好几乎全部的衣服和书籍，塞进了保时捷里。现在，他只是进来查看一下警报。

格蕾丝差点儿叫了起来。她穿着医院的绿罩袍，头发没有挽起来。明亮的红发和眉毛和往常一样衬出她苍白的脸色，她眉头紧锁，忧心忡忡。

一看到鲁本，格蕾丝立刻抱住了他。“你去哪儿了？”她质问道。他在母亲两边的脸颊上各吻了一下。格蕾丝双手捧起他的脸：“你为什么不打电话？”

“亲爱的老妈，我好得很，”他说，“我一直待在门多西诺那幢大宅里。现在我得走了，我只是路过，好让你知道我爱你，不用为我担心。”

“现在我需要你留在家里！”她厉声说道。格蕾丝的声音很小，她情绪激动时才会这样。

“我不会让你离开。”

“我真得走了，老妈。我想让你知道，我一切都好。”

“你一点都不好。看看你自己。听我的，你知道你在医院做的测试都怎么样了吗？所有东西，无论是血液、尿液还是活体检查样品——全都消失了！”她还想说点什么，但又咽了下去，“现在你必须留在家里，鲁本。我们会搞清楚这是怎么回事……”

“不可能，老妈。”

“鲁本！”她在颤抖，“我不会让你走的。”

“你拦不住我，妈妈。”他回答，“现在，看着我的眼睛，听我说。我是你的儿子，我会竭尽全力。是的，我知道，那事儿发生之后，我的心理出现了某些变化。还有激素。没错。但你必须相信我，妈妈，我在尽己所能掌控局面。我知道你跟那个巴黎来的医生谈过——”

“亚斯卡医生，”说到具体问题，格蕾丝放松了一点，“阿基姆·亚斯卡。他是一位内分泌学家，在这方面很擅长。”

“嗯，我知道。我还知道，他推荐了一家私立医院，妈，你打算把我送去那个地方。”

她没有搭话。事实上，她看起来有些茫然。

“对吧，你们讨论过这件事儿，”他说，“我知道。”

“你爸不同意，”她直接把脑子里的念头说了出来，“他不喜欢亚斯卡，也不喜欢这个主意。”

格蕾丝开始哭泣，仿佛再也承受不了这样的压力。她的声音低得像是耳语：“鲁本，我很害怕。”

“我知道，老妈。我也害怕。但我希望你尽量帮帮我，让我自己来处理。”

她松开鲁本，退回门口。“我不会让你走的，”她咬住嘴唇，“鲁本，你还在为狼人写那些不知所谓的东西，要知道，那头怪兽袭击了你。你根本不明白这到底是怎么回事儿！”

看到格蕾丝这样，鲁本实在受不了了。他向母亲走去，但她紧紧挡在门口，似乎打算誓死不让他出去。

“妈。”鲁本柔声喊道。

“鲁本，你不知道，狼人，那个杀人凶手，”她结结巴巴地说，“他在每一个凶案现场留下的法医学证据，都和你的一样消失了。听着，鲁本，那东西袭击了你，让你染上了某种……非常强大的东西，非常危险，它影响了你的所有系统……”

“妈，你是说，你觉得我会变成人狼？”他问道。

“不，当然不是，”她说，“那个疯子绝不是什么人狼，完全说不通！但他绝对精神变态，他是个凶暴残忍的疯子。而你是唯一一个被他袭击以后还幸存下来的人。你的血液和身体组织里有某些东西，可以帮助他们找到那个凶手，可是鲁本，我们并不知道那种病毒会对你造成什么影响。”

啊，这才是格蕾丝内心深处的真实想法。当然。听起来天衣无缝。

“宝贝儿，我想带你去医院看看，不是索萨利托那个可疑的地方，我们只要回旧金山综合医院就好——”

“妈妈。”他的心都碎了。

“有那么一小会儿，我以为你觉得我就是狼人，妈妈。”他说。他讨厌这样试探，他不想对母亲撒谎，但他忍不住。他想把格蕾丝拥入怀中，保护她免受真相的伤害，免受任何伤害。如果她不是格蕾丝·戈尔丁医生，那该多好。

“不，鲁本，我不觉得你有本事飞檐走壁，徒手把人大卸八块。”

“那我就放心了。”他低声说道。

“可是那个生物，不管他到底是什么，也许他的疯病会传染，你还不明白吗？鲁本，求你听我的话。狂犬病就是一种会传染的疯病，你听懂了吗？你感染的东西比狂犬病还要危险，我希望你现在就跟我去医院。亚斯卡说他见过其他案例，某些超常规的东西。他说你很可能染上了某种侵蚀性病毒。”

“不，妈，我不能跟你去。我回家是为了让你亲眼看到，我真的一切都好，”他尽量温和地说，“现在你已经看到了，那么我必须走了。求求你，妈，别挡在门口了。”

“好吧，那不去医院，你留下来，留在家里，”她说，“不准跑到那片林子里去！”她激动地挥舞着手臂。

“妈，我真的不能留下来。”

他用力拨开母亲的身体，力气大得他永远都不会原谅自己，在她来得及再次阻拦之前，他已经走出大门，迈下砖块楼梯冲向街边的保时捷。

格蕾丝站在门口，鲁本有生以来第一次发现母亲这么瘦小，这么脆弱，这么饱受惊吓，如此不知所措——这还是他的母亲吗？那个总在拯救生命不知疲惫的美丽女人。

车还没开出一个街区，鲁本的眼泪已经坠落下来。到达劳拉所在的咖啡馆时，他已经哭得看不清前面的路了。他把钥匙递给劳拉，挪到副驾驶位坐下。

“结束了，”车驶向高速公路，鲁本说道，“我再也无法真正回到他们身边，他们每一个人。结束了。上帝啊！我该怎么办？”

“你是说，她知道了？”

“不。她确实知道一些事情，而且紧追不放，但她并不知道真相。我也不能告诉她。要让她知道这一切，我宁可死去。”

车还没过金门大桥，他已经睡着了。

当他醒来时，天色已近薄暮，保时捷刚刚离开101号高速公路，驶上通往尼德克路的交叉口。

27

西蒙·奥利弗的邮件相当简短。

“坏消息，不过也可能是好事儿。尽快打电话给我。”

时间是昨天晚上。

他拨通奥利弗家的电话，留了个口信：我的电话和网络已恢复畅通，请复电。

他和劳拉在温室里新装的大理石桌子上吃了晚餐。桌子放在一片香蕉树和小无花果树之间，洋紫荆的枝叶在头顶交织成绿色的穹顶，美丽的粉紫色花朵点缀其中，美景让他心旷神怡。

就在今天，高尔顿给温室添置了一批蕨类盆栽和白色九重葛。下午的阳光虽然暗淡，但温室里却暖和得出奇。这里的所有植物劳拉都认识，她还推荐了一些鲁本可能感兴趣的新品种。如果鲁本想要的话，她可以为温室订一批植物，包括大树，她知道大树该种在哪里。

“那就太好了，”他回答，“绿色植物和花越多越好。你也应该买一些你爱的东西，只要你喜欢的，我都喜欢。”

晚饭的浓汤是昨晚剩下的羊肉做的，他觉得今天的滋味儿更加美妙。

“累吗？”她问。

“不累。我想抓紧时间搜查二楼，真想早点找到密室的入口。”

“也许房子里根本没有入口，唯一的通道就是玻璃房顶上那道小门。”

“我觉得不是。密室应该有好几个入口。要是不能随心所欲地进去，干吗设计这么个有趣的密室？入口也许就在储藏室的背板后面，要么就在浴室里，或者顶层的阁楼里。”

“你说得对。”她回答。

他们彼此对望。

“目前，”她说，“我们没法确认大宅里是不是只有我们俩，对吧？”

“是的，这让我很焦躁。”鲁本回答。他很想保护她，几近疯狂。他不想吓着她，所以并没有说出来，但他绝不愿让她离开身边，哪怕几步之遥。

他们带上了那把劈柴火的斧头，还有一把锤头和工棚里找到的手电筒。

搜寻依然徒劳无功。他们找遍了二楼内侧和阁楼上的每一个房间，敲遍了每一面墙壁，但却一无所获。

他们还检查了地下室，同样毫无线索。

最后，鲁本累了。现在已经七点多了，他全心全意祈祷，希望异变不要来临，希望今晚什么都别发生，但他无法抑制心头的渴望。昨晚他没有好好享受珍馐。饥饿感不是出于肠胃，而是来自别的什么地方。

还有另一件事。

今天早上，和劳拉做爱以后，他希望异变降临，然后它真的如愿而来。这次似乎比以前都快，他的肌肉开始配合那股力量，而不是抵抗。他清晰地记得当时的感觉，深深吸入一口又一口空气，全身心地呼唤原来的自己，让增大、变硬的躯体融解，恢复原状。

他收回思绪，继续思考如何进入密室。

雨势渐弱，他和劳拉穿上厚厚的运动衫，到外面转了转。大宅周围有很多泛光灯，但他们没找到开关。回头得问问高尔顿，他第一次见到高尔顿那晚，泛光灯都开着。

不过窗户透出的灯光足以让他们看清橡木林里的小路，这片林子包围了大宅的整个东面。橡木惹人喜爱，鲁本说，因为可以爬上去。看看那低矮的树枝，就像是在邀请你。他很想在白天来这里看看，沐浴着阳光，一点一点攀向高处。劳拉也有同感。

大宅的高度至少有60英尺，或许更高。西北角种着一片花旗松，高度和附近的红杉差不多，而在东边，茂密的橡树簇拥着砾石车道，通往远处。大宅的外墙爬满常春藤，窗边的藤蔓显然经过精心修剪。劳拉告诉了他很多树木的名字——这是西部铁杉，那是槠柯，它们根本就不是橡树。

如果没有专业辅助，现在的鲁本如何才能爬上大宅的屋顶？恐怕就算请来专业的屋顶公司，搭起梯子也很难上去，而且他想尽量掩人耳目。当然，狼人能够轻而易举地攀上灰泥涂抹的粗糙石墙，但如果他变成狼人，就得丢下劳拉，不是吗？

鲁本这辈子从没想过买枪，但现在，他开始考虑这事儿了。劳拉会用枪，但她讨厌这种武器。她的父亲从不用枪，不过她的亡夫曾用枪威胁过她。她很快转移了话题。我有斧子呢，你放心上去，不会有事的。就算真有什么事儿，你不是能听到我叫你吗？就像上次那样。

他们回到大宅，电话正好响起。

鲁本快步走进藏书室，接起电话。

是西蒙·奥利弗。

“好吧，听着，在我解释清楚之前别忙着灰心丧气，”他说，“我告诉你，鲁本，这是我见过的最离奇的事儿，不过从全局来看，未必就是坏事，如果我们谨言慎行，或许最后会一切顺利。”

“西蒙，拜托，你到底在说什么？”鲁本坐在书桌前，险些按捺不住自己。劳拉正在点燃壁炉。

“听着，你知道，我很尊敬贝克-汉默米尔事务所，尤其是亚瑟·汉默米尔，”西蒙继续说了下去，“我相信亚瑟，就像相信自己律所的同事一样。”

鲁本翻了个白眼。

“事情是这样的，一个可能的继承人突然冒了出来，你别急，先听我解释。看起来，费利克斯·尼德克——就是那个失踪者，你知道吧……”

“是的，我知道。”

“呃，费利克斯·尼德克有个私生子，他的名字和他爸一样，也叫费利克斯。他来到了旧金山，鲁本，你先听我说——”

鲁本惊呆了。

“西蒙，我还一个字都没说呢。”

“呃，或许是我操心太过，当然，这是我的职责所在。听着，这位先生表示，他无意争夺任何财产，我是说，他宣称自己什么都不要……当然，这并不意味着他有权索取遗产，完全不是这么回事。他出示的文件或许是伪造的，而且按照我们得到的说法，他‘没有兴趣’通过DNA检测证明自己与费利克斯的亲属关系……”

“真有趣。”鲁本说。

“呃，不止是有趣，”西蒙说，“完全可以描述为‘可疑’。但是鲁本，重点在于，他很想跟你见面，在我的办公室，或者去贝克–汉默米尔那边，由我们决定。我告诉他们，就在我的办公室见，不过去他们那儿也行。他想跟你谈谈那幢房子，他父亲失踪时可能留下了某些东西。”

“是吗？好吧，关于费利克斯·尼德克的失踪，他有没有什么线索？”

“完全没有。他的出现完全无助于调查，这是亚瑟说的。没有任何线索，这些年来他一直没有父亲的音讯。你放心，费利克斯的失踪已成定论。”

“真有趣，”鲁本说，“那么，我们怎么知道他说的是不是真的？”

“鲁本，家族遗传是个相当神秘的东西。亚瑟认识费利克斯·尼德克，他说，这位先生和费利克斯长得太像了，绝对不会有假。”

“有意思。”

“听着，鲁本，我已经跟这位先生见过面了，就在今天下午，和亚瑟一起。他是一位相当引人注目的绅士，非常健谈，真的。我得说，要不是我知道他的身份，准会以为他是一位南方绅士。他生于英国，是在那边受的教育，但他说话没有一点英国口音，完全没有，我说不准他的口音是哪里的，似乎没什么特别的腔调。不过他真的很英俊，也很和蔼。鲁本，他向我保证，他无意争夺尼德克女士的任何财产，只是想见一见你，谈一谈他父亲留下的动产。”

“那么亚瑟·汉默米尔也一直不知道有这么个人？”鲁本问道。

“亚瑟吓了一大跳，”西蒙回答，“要知道，贝克·汉默米尔事务所一直在寻找费利克斯·尼德克，包括任何跟他有关系的人。”

“那位先生有多大年纪？”

“哦，40岁，45岁，我想想。他今年45岁，1966年生于伦敦。实际上，他看起来还要年轻得多。显然，他拥有双重国籍，英国和美国，他的足迹遍布全球。”

“45岁，嗯。”

“听着，鲁本，我觉得年纪跟这事儿没什么关系。有关系的是，遗嘱里完全没有提到他的存在，不过当然，如果他愿意接受DNA测试，确认亲属关系，那么或许能分走相当大的一部分遗产。但也不一定——”

“他说他想要父亲的个人动产？”

“只是一部分，鲁本，部分动产。他没有谈得太深。他想见你。看起来，他对情况相当了解。玛钦特遇害的事儿上新闻的时候，他正在巴黎。”

“嗯。”

“当然，他很急。今时今日，每个人都很急。他住在科立夫酒店，他要求尽快与你会面。看起来他没多少时间，似乎忙着去别的什么地方。呃，我说我会尽量安排。”

这意味着他想把我从大宅里引开，在某个特定的时间段，这样他就能进入大宅，带走费利克斯的所有东西，鲁本暗自想道。他一定是费利克斯本人，不是吗？他为什么不直接过来，表明自己的身份？

“好吧，”鲁本说，“我愿意跟他见面。明天下午一点，怎么样？你知道，西蒙，我开车过来得花四个小时。我上路的时候会打电话跟你确认。”

“噢，没问题，他已经说了，明天一整天都行。他一定会很高兴，似乎他明晚就得离开。”

“不过我有个要求，西蒙，这次会面必须完全保密。我不希望菲尔或者格蕾丝知道这事儿。你知道，妈妈就是那么个人。要是我到了城里，却没有回家——”

“鲁本，除非得到你的明确允许，我不会跟你母亲谈论你的个人财务问题。”西蒙回答。

他说的当然不是真话。

“鲁本，你的母亲很担心你。你看，你搬去了门多西诺，既不回邮件，也不接电话。”

“就这么说吧，一点钟，你的办公室见。”鲁本回答。

“呃，别急，等等。要是你能提前一小时过来——”

“为啥，西蒙？有什么事儿我们现在就可以在电话里谈。”

“呃，鲁本，我必须警告你。在这种情况下，一个可能的继承人突然出现，却没有任何财产要求，这事儿太过反常。会谈期间，我希望你完全遵照我的指示，什么话该说，什么话不能说。而且我强烈建议你不要回答任何关于大宅价值的问题，包括大宅估价、屋里的家具、家具的估价和费利克斯·尼德克个人动产的估价——”

“知道了。我完全理解，西蒙。我会好好听着，看看那位先生打算说什么。”

“就是这样，鲁本。多听少说，什么都别答应。就像现在的孩子们常说的，让他先上，你听着就好。他坚持要跟你本人谈，不过你不需要回答他说的任何一个字。”

“懂了。明天下午一点。”

“我觉得他完全把亚瑟·汉默米尔迷住了。他们俩今晚待在一起。昨天晚上，他们还一起去看了歌剧《唐璜》。亚瑟说，他跟他的父亲长得一模一样。不过我跟你说，这年头，除非他同意去做DNA测试，否则说什么都是白搭。那位先生心里也很清楚。不过当然，他随时可能改变主意。”

但他不会改主意的。他不能。

“明天见，西蒙。很抱歉这么晚才回你电话。”

“噢，顺便说一句，”西蒙说，“今早《旧金山观察家报》上你那篇关于狼人的文章，真是写得好极了。大家都有同感。写得真棒，那位年轻的尼德克先生也很欣赏。”

喔，是吗？鲁本再次与西蒙道别，然后挂掉电话。他非常兴奋。费利克斯出现了！他终于来了。

劳拉坐在壁炉前的小地毯上，她捧着一本狼人小说，一边看一边在小本子上做笔记。

他盘腿在她身旁坐下，告诉她电话的全部内容。

“毫无疑问，这位先生就是费利克斯。”他抬头望向壁炉上方照片里的先生们，无法克制内心的兴奋。费利克斯还活着，他真的还活着。这些日子里，厚厚的谜团如浓雾般包裹着鲁本，有时候他感觉喘不过气来。而现在，费利克斯出现了！他会揭开所有秘密。不过也许，他想要鲁本的命，还有劳拉的。

“是的，我确信你的判断没错。听我说，”劳拉捡起小本子，刚才她一直在上面做笔记，“这是那几位先生的名字，”他们生活中惯用的称呼，“凡陀弗、瓦格纳、格拉贡、蒂博。呃，每个名字都与某个狼人故事有关。”

他张口结舌。

“我们从弗兰克·凡陀弗开始。唔，有一本非常著名的狼人小说，名叫《凡陀弗与兽性》，出版于1914年，作者是弗兰克·诺里斯。”

我想的没错！

鲁本一时间震惊得说不出话来。

劳拉继续说了下去。

“然后是下一个名字，雷诺兹·瓦格纳。你看，有一个相当出名的故事，《人狼瓦格纳》，作者名叫G.W.M.雷诺兹，首次出版于1846年。”

“请继续。”

“格拉贡，这是中世纪一个狼人故事里的角色，作者是玛丽·德·弗朗丝。”

“当然，多年前我就读过那个故事！”

“巴伦·蒂博——这个名字是拼凑的，来自大仲马的名作《头狼》，1857年法国初版。”

“真是这样！”鲁本一边低语，一边站起身，望向雨林里的先生们，劳拉站在他的身旁。

照片中的所有男人里，只有巴伦的年纪明显较长，他头发灰白，满脸皱纹，不过依然和蔼可亲。他的眼睛大得出奇，灰色的瞳孔平和亲切。雷诺兹·瓦格纳的头发可能是红的，说不太清，不过他的年纪看起来和费利克斯、马尔贡差不多，身材瘦削优雅，手掌很小。弗兰克·凡陀弗似乎比其他人年轻一点，卷曲的头发和眼睛都是黑的，皮肤苍白，唇线完美如丘比特的弓臂。

他们的表情让鲁本想起某幅名画，但他想不起来到底是哪幅。

“噢，还有汤姆·莫罗克，”劳拉说，“应该是对莫罗克爵士的致敬。15世纪，托马斯·马洛里爵士写过一本小说，《亚瑟之死》，莫罗克爵士就是书中的狼人，这本书你或许也读过。”

“我读过。”他的目光在照片上流连。

“故事里的情节无关紧要，”她说，“年代也不是问题，重点在于，他们的名字全部来自狼人小说里的角色。要么是某个俱乐部的集体化名，要么就意味着，这是一种巧妙的信号，表明他们同样拥有某种特别的礼物。”

“信号，哈，”他说，“谁也不会随便改动自己的法定名字，只为了加入什么俱乐部。”

“你觉得他们已经被迫换了多少次名字？”她问道，“或者说，他们有多少次改名换姓重获新生？现在出现的这个人，费利克斯·尼德克，他自称是照片里这位费利克斯·尼德克的私生子。我们还知道，大宅落成于1880年左右，它的建造者也叫费利克斯·尼德克。”

鲁本缓缓地踱步，随即回到壁炉旁。劳拉已经在炉屏旁停下了脚步，手里还握着那个小本子。

“你明白这可能意味着什么。”她说。

“他们都与这件事有关，当然。我浑身都在发抖。我快要没法……我不知道该说什么。我早就怀疑过！从最开始，我就有这样的怀疑，但在当时看来却那么缥缈。”

“这可能意味着，”她严肃地说，“这些生物不会变老，你也不会变老。他们可能永生不死，你也一样。”

“我们不知道到底是怎么回事，也不可能知道。但如果这个人真是费利克斯，那么，他也许真的不会像其他人一样变老。”

他想到了那颗子弹，子弹从他肩头穿过，但他毫发无损；还有被他砸碎的那些玻璃，也没在他身上留下任何痕迹。现在他很想鼓起勇气，再试验一下，但他终究放弃了这个念头。

费利克斯·尼德克知道他苦苦追寻的全部答案。诱人的可能性让他头晕目眩。

“可是，为什么，他为什么希望在律师的陪同下与我会面？”他说，“也许他只是想把我引开，趁机搬走大宅里的东西？”

“我觉得不是，”劳拉回答，“他应该是想亲自见一见你。”

“那他为什么不直接到这里来？”

“他想见你，但不想暴露身份，”她说，“我猜大概是这样。还有，他的确想要黏土板、日记和其他一些东西。他想要，在这一点上他相当诚实，呃，至少比较诚实。”

“没错。”

“但他也许还不清楚到底发生了什么。也许他不知道莫罗克已经死了。”

“这是我的机会，对吧？”他说，“我可以恳求他，告诉他我是个什么样的人，为什么我必须杀掉莫罗克。”

“我也动手了，”她说，“我们别无选择。”

“我会为莫罗克之死全权负责，”他说，“这事儿交给我。不过他会在意我或者我们动手的原因吗？他是否在乎玛钦特的遗愿？或者在他眼里，我也就是个孽种而已？”

“我不知道，不过如你所说，这是你的机会。”

他们在壁炉前坐下。

寂静持续了很长时间。和劳拉在一起，他可以就这样静静坐着，什么都不干，这是他深爱劳拉的原因之一。她似乎沉浸在自己的思绪中，膝盖屈起，手臂温柔地拥着他，目光望着炉火。

和她在一起的感觉如此惬意，想到她或许会遭遇不测，鲁本的大脑立即被怒火烧得一片空白。

“这次会面我希望你能在场，”他说，“你觉得会不会有风险？”

“我觉得你应该单独跟他见面，”她说，“我不知道自己为什么这么想，真的，但脑子里就是有这个念头。我会跟你一起去，但不会参加会谈。我在另一间屋子里等你。”

“噢，你一定得去，我不能让你一个人待在这里。”

很久以后，他再次开口。“它不会来了。”他说的是异变，当然。

“你确定？”

“我知道，它不会来了。”他回答。

但今天，他没有感觉到那股焦灼，那股欲望。

他们没有再谈这件事。

最后，劳拉终于起身回了楼上的卧室，虽然时间还很早。

鲁本再次打开那封信，凝视着信里含义不明的字迹。他取过壁炉台上的金表。

莫罗克。

凌晨一点，鲁本叫醒了劳拉。他站在床边，身披睡袍，手握斧头。

“鲁本，看在上帝的份上，你这是要干吗？”她低声责备。

“把斧头放在身边，”他说，“我要去屋顶上看看。”

“但你上不去。”

“我要试试，引导异变发生。如果成功了，我就上去。需要我的话，大声喊我，我会听到。我答应你，我不会去森林里，不会把你一个人留在这里。”

他走进那片橡树林。飘忽的细雨无声飘落，大部分被浓密的树荫遮挡。厨房的灯光透过参差交错的树枝，若隐若现。

他抬起双手，向后梳理头发。

“来吧，”他低语，“就是现在。”

他绷紧腹部的肌肉，强烈的痉挛蓦地从小腹处升起，愉悦的浪潮冲刷着他的胸膛和肢体。他任由睡袍跌落在落叶上，甩开脚下的拖鞋。

“快一点。”他低声命令。快感在升腾，在扩张，力量从腹部涌入胸膛，涌入腰间。

毛发如爆炸般从他全身飞速长出，他梳理着毛发，晃了晃脑袋，沉甸甸的重量令他感觉愉快，厚厚的鬃毛打着卷儿披散在肩头。他感觉自己正在变高，四肢正在膨胀，愉悦感支撑着他，抚摩着他。他感觉自己的身体轻若无物，仿佛沐浴在至圣至美的光芒之中。

夜色变成了半透明的水晶，阴影如薄冰般消融，雨丝轻若尘埃，在他眼前盘旋跳动。森林在歌唱，无数不知名的小生物环绕在他身旁，仿佛是在欢迎。

他看到了，劳拉站在厨房的窗口向外张望，她的脸庞藏在阴影之中，身后是昏黄的灯光。但他看得清清楚楚，她的眼睛如宝石般闪亮。

他奔向大宅，奔向两堵山形墙的交汇处，毫不费力地跃上粗糙不平的石墙。凹凸的石块是他的落脚点，他爬得越来越高，终于到达了屋顶。两堵墙之间的垛口十分狭窄，但他还是钻了进去，来到那片玻璃屋顶上。

现在他明白了，这片屋顶位于阁楼下方，里面的空间属于二楼。

高耸的墙壁一片空白，仿佛守护密室的庄严卫兵。

这片屋顶四面深邃的檐沟已被落叶填满，朦胧的月光下，玻璃如湖面般微微泛着光。

鲁本跪在屋顶上膝行，地面太滑，他感觉到了玻璃的厚度，看到了下方纵横交错的钢铁桁架，却看不清室内的情景。玻璃颜色很深，或许是镀了一层膜，遮住了里面的东西。他在西南角找到了那道活门。从卫星地图上看，活门只是个模糊的方块，但实际上却大得惊人。门框是铁的，玻璃紧紧嵌在铁框里，就像一扇巨大的天窗。门上没有把手，没有可供抓握的凹槽，也没有任何铰链，完全严丝合缝。

一定有什么办法可以打开，除非他从头就想错了。不，不可能，他确信这扇门一定能开。他摸索着檐沟，像小狗一样扑腾着厚厚的落叶，但却一无所获。没有把手，没有撬杆，也没有按钮。

门会不会是从里面开的？或者需要足够的重量？他伸出爪子

按了按。活门边长大约有3英尺。

鲁本直起身子，站到门上。他先是小心翼翼地挪到活门南侧边缘，然后屈起双腿，跳起来狠狠踩了下去。

门开了，铰链在他背后。脚下一片黑暗，他伸出爪子抓住玻璃光滑的边缘。气味如潮水般涌入他的鼻孔，木头、尘土、书籍，还有一股霉味儿。

现在，他的双爪依然紧抓着头顶的玻璃，身子在半空中晃荡。他环顾四周，昏暗中宽阔的房间隐约可见。他很怕被困在里面，但好奇心战胜了恐惧。能进去，就一定能出来。他松开爪子，坠了下去。脚下是柔软的地毯。活门缓缓合拢，挡住天空。

他从未体验过如此深邃的黑暗。深色玻璃几乎完全遮住了昏暗的月光。

他感觉面前有一堵灰泥墙，还有一扇带嵌板的门。他摸到门钮，缓缓一拧，便听到锁芯转动的声音，感觉到了机械的震动，但眼前仍一片漆黑。这是一扇拉门，通往右手边。

他小心翼翼地走进去。门后是一道狭窄陡峭的楼梯，他险些一头栽了下去。噢，之前的猜想看来是错的，密室的入口不在二楼。他迅速走下楼梯，来到大宅一楼，爪子摸到了两侧的墙壁。

底下的门是向内开的，空间狭小，但他立即分辨出了熟悉的气味：亚麻、抛银剂、蜡烛……这是餐厅与大厅之间的一间收纳室，他打开门，踏入分隔两间巨室的拱形凹槽。

劳拉离开厨房，穿过长长的备餐间和一片黑暗的餐厅，奔到他的身边。

“原来路在这里。”她震惊地说。

“我们需要手电筒，”他说，“就算是我也需要手电筒才能看得见。里面很黑。”

她走进他身后的收纳间。

“你看，这里有电灯开关。”她揿了下去。狭窄的楼梯顶上立即有一盏小灯泡亮起。

“原来是这样。”他感到十分惊奇。

密室里有电路和暖气？上一次有人进到这里——是什么时候的事情？

他领着劳拉回到楼梯顶上。

借着小灯泡微弱的光线，他们看到了门那边巨大的房间。四处的书架被填得满满当当的，书脊上蒙着灰尘和蜘蛛网，但这绝不仅是一间藏书室，远远不止。

房间中央有许多工作台，大部分台子上摆满了科研设备——烧杯，本生灯，一排排试管，小盒子，一堆堆载玻片，各种瓶瓶罐罐……一张陈旧的灰布盖住了一整张长桌。所有东西都满布尘埃。

他们找到另一个开关，点亮了头顶的灯。房间西面，屋顶的玻璃上电线纵横，灯泡就装在铁质的椽子下面。

原来整个屋顶都留着灯座，只不过现在，大部分灯座都空荡荡的。

灰尘呛得劳拉咳了起来。目力所及之处，所有东西都蒙着一层薄灰，无论是烧杯、本生灯，还是四处散落的纸张、铅笔和钢笔。

“老式显微镜，”鲁本说，“这些东西都是古董了。”他在遍布尘埃的工作台间穿梭，“这里的东西都很老。这些设备几十年前就被实验室淘汰了。”

劳拉指指房间对面。借着头顶的光线，他看到那边有几个巨大的长方形笼子，锈迹斑斑，似乎有些年头了，看起来很像是动物园里关灵长类动物的铁笼。事实上，东面墙边有一整排大大小小的笼子。

恐惧在鲁本心头腾地升起。这些笼子是用来关押狼族还是其他野兽的？他缓步走向对面。笼子的铁门巨大沉重，他往外一拉，铰链发出沉重的呻吟。破旧的锁头挂在铁链上，同样锈得不成样子。呃，这个笼子或许能关住其他狼族，但关不住他。不过，真的吗？

“这里的所有东西，”他说，“应该都是一百年前的了。”

“或许这是唯一的安慰，”劳拉回答，“无论这里发生过什么，那都是很久以前的事儿了。”

“但他们为什么放弃了这里？”鲁本问道，“是什么导致他们遗弃了这里的一切？”

他的目光投向北墙的一列列书架。他走近查看。

“医学期刊，”他说，“不过都是19世纪的。呃，有一些20世纪早期的，1910年，1915年，然后戛然而止。”

“不过，近期确实有人来过，”劳拉说，“你看，从门口进来的足迹不止一条，脚印到处都是。”

“应该是同一个人。脚印很小，平跟软皮，莫卡辛鞋。是莫罗克。他来过这里，但没有别人。”

“你怎么知道？”

“直觉。我觉得他是从上面的活门进来的，和我一样，然后他走到了那里，”鲁本指向西北角的一张书桌，“看那把椅子，没有灰尘，周围还有几本书。”

“那是房间里唯一看起来比较新的东西。”

鲁本仔细检查。侦探小说，都是经典之作——雷蒙德·钱德勒、达希尔·哈米特、詹姆斯·M.凯恩。

“他经常在这里过夜。”鲁本说。

椅子右边的地板上有半瓶酒，螺旋瓶盖。常见的加州年份酒，不算坏，不过也就是螺旋瓶盖的普通货色。

书桌后的高架上是一排皮面账本，书脊上标记年份的金粉已经褪色。鲁本缓缓抽出1912年的账本，轻轻翻开。里面的纸张依然完好，如羊皮纸般柔韧。

还是那种神秘的文字，一页页如波浪般蜿蜒起伏。

“这会是他最想要的东西吗？”

“这里的东西都很老了，”劳拉说，“还能隐藏什么秘密？也许他想这些东西，仅仅因为这原本就是他的？或者属于某个和他一样使用这种神秘语言的人。”

劳拉指指那张盖着灰布的长桌。地上的灰尘里有明显的脚印，从门口到桌边来回往返，桌边的足迹凌乱不堪。

他知道长桌上藏着什么。鲁本小心翼翼地揭开灰布。

“是黏土板，”他低声说，“所有的美索不达米亚古黏土板。是莫罗克把它们收走，藏到了这里。”他轻轻卷起灰布，露出一排排黏土板残片。“都在这里，”他说，“也许是费利克斯的命令。”桌上还有费利克斯的日记，十多本日记整整齐齐叠成几摞，每摞四本，每本都和鲁本在藏书室里见过的一模一样。“看看，他放得多么整齐。”

异变的秘密也许能一直追溯到乌鲁克与马里帝国的年代？为什么不呢？

圣血——多年来我们一直这样叫它。

礼物，力量——它有成百上千个名字——但又有何关系？

劳拉沿着北面和东面的书架逡巡，查看架子上的书籍。她来到一扇褪色的黑门前面。

黄铜门钮和其他的门没什么两样，鲁本推开黑门，露出对面另一扇闩紧的门。推门的时候，铰链发出刺耳的嘎吱声。

他们发现自己走进了北走廊内侧的一间浴室，门的背面是一整面镶着金框的长方形镜子。

“我早该知道。”鲁本说。

二楼西南角一定还有入口，鲁本非常肯定。大宅建成后，第一位费利克斯·尼德克就住在那里。

他找到了，那扇门通往一道壁橱，门后是光秃秃的木板和一排置物架。移开架子相当轻松，他们很快发现自己站在南走廊西侧尽头，对面就是主卧室的大门。

他们还有一些小发现。玻璃屋顶的活门下挂着一卷铁索，以便从下面开门。密室各处的台灯都没装灯泡。一部分桌子上装着小水槽，水龙头和下水道一应俱全。工作台和本生灯下方铺设着煤气管道，以当时的标准而言，这间实验室的设备相当不错。

他们很快发现，实验室每个角落都有一道暗门，其中一扇通往另一间浴室，和刚才那个十分相似，最后一扇位于东南角的壁橱里。

“我觉得我大概弄清楚了，”鲁本说，“起初，有人在这里做实验，研究异变的特性，或者说圣血，他们可能有很多种叫法。如果那些生物真能永生，我是说，真正的长生不老，那么想想看，经过数千年炼金术的折磨，现代科学对他们来说意味着什么。他们一定满心期待着伟大的发现。”

“那他们为何停止了实验？”

“可能的原因很多。也许他们把实验室搬到了别的地方，在这样一个房间里，能做的事情很有限，对不对？而且，显然，他们希望保密。又或许，他们发现自己实在无能为力。”

“为什么这么说？”劳拉问道，“他们一定发现了什么东西，确切地说，很多很多东西。”

“是吗？我倒是认为，他们从自己或同类身上取来的样品很快就会消失，来不及做太深入的研究。可能他们正是因此而放弃了努力。”

“如果是我，我不会那么轻易放弃，”劳拉说，“我会寻找更好的防腐手段，更先进的技术。我会抓紧时间，在样品消失前尽量深入研究。我觉得他们把总部搬到了别的地方。还记得吗，那个守护者提到过多能祖细胞。这是个复杂的术语，大多数普通人不会知道这样的词。”

“呃，如果真是这样的话，费利克斯想要这些东西就很自然了。这是他的私人笔记，他的财产，还有那些黏土板，无论它们意味着什么。”

“跟我讲讲，”她恳求，“这些黏土板到底是什么东西？”她走到长桌旁，灰布半垂在桌边，她有些不敢伸手去碰。灰色的残片看起来这么小，这么脆弱，就像风干的面团一样。

鲁本也不想碰，不过他多么希望能有一道强光把它们照亮。他很想弄明白莫罗克是按照什么规律来排列黏土板的。这些东西放在书架上的时候有特定顺序吗？他完全想不出任何规律。

“这是楔形文字，”他说，“最古老的文字之一。我可以找一些样本给你看，书里或者网上。这些东西很可能是在伊拉克出土的，那里有世界上最早的城市遗址。”

“原来黏土板这么小，我从来没发现过，”她说，“以前我一直以为它们很大，就像我们的书页一样。”

“我真想离开这里，”鲁本突然说，“我快要喘不过气了，这里阴森森的。”

“呃，我觉得今天的收获已经够多了，我们找到了一些很重要的东西。真希望我们能确定，最近来过这里的人只有莫罗克。”

“我相当确定。”鲁本回答。他们原路返回，关掉密室里的灯，走下楼梯。

藏书室里一片昏暗，他们重新点燃壁炉。劳拉坐在壁炉前，抱着自己的身体取暖。鲁本坐在远处的书桌后面，他已经够热了。

他开始习惯狼人的形态。他舒舒服服地坐在桌后，和待在自己的旧皮囊里一样惬意。他听见窗外橡树林里虫子和鸟儿的鸣唱，听见灌木深处小动物行走的窸窣声响。但他完全没有出去的冲动，他不想踏入那个野蛮的国度，无论是饕餮还是杀戮。

他们略微交谈了几句，猜测着明天的会面。鲁本手里有一些费利克斯想要的东西，而作为众人口中的绅士，费利克斯似乎不觉得自己有权利闯入大宅，偷走那些东西。

“要求会面意味着他心怀善意，”劳拉说，“我相当确定。要是他打算强夺，那他早就动手了。要是他打算杀掉我们，呃，应该随时都可以。”

“嗯，或许吧，”鲁本回答，“除非我们能打败他，就像我们打败莫罗克那样。”

“打败他们中的一个是一回事，打败整个狼族就是另一回事了，不是吗？”

“他们都聚到这里了吗？我们并不知道。我们甚至不知道，他们是不是都还活着。”

“那封信——”劳拉说，“那封信属于莫罗克。你一定要记得随身带上。”

他点点头。好的，带上那封信，还有那块表。但他完全无法预测明天事情的走向。

所有事情都取决于费利克斯，他会说什么，以及他会做什么。

鲁本想得越多，就越盼望明天的会面。现在，他的期望越来越高，胆气越来越壮，他甚至开始有些兴奋了。

长夜将尽，他的欲望也越来越强烈，但他渴望的不是外面的蛮荒世界，而是屋里某些原始的东西。

他终于来到劳拉身旁，亲吻着她的后脑、脖颈和肩膀。他的双臂拥住了她，感觉她的身体在怀中融化。

“这么说，我的野人又要和我做爱了，”她微笑着说，目光仍凝望着炉火。他吻着她的双颊，笑容令她颧骨处的肌肉微微耸起。“什么时候让我见见那位鲁本·戈尔丁——阳光男孩，宝贝儿，小男孩，神奇男孩——让我和他共赴云雨？”

“唔，既然现在你有了我，”他问道，“为什么还会想要他？”

“这就是我的答案。”她微微张嘴，迎接他的热吻，唇舌纠缠，他的利齿滑入她的唇间。

结束以后，他抱着她回到二楼，把她放在床上。他喜欢这样抱她。

他站在窗前，因为他觉得似乎应该遮住自己的脸，不让她看见。他绷紧身体，呼唤着体内的力量，缓缓吸入空气，就像啜饮清澈溪流里的水滴。刹那间，异变来了。

仿佛有无数手指从他身上抚过，轻柔地按压全身每一个毛孔，头部、脸部、手臂后方，又回到脸部。

他举起爪子，朦胧的晨光中，他看到利爪萎缩，消失，柔软的肉垫还原成人类的手掌。

他活动了一下手指和脚趾，视野微微有些变暗，森林的歌唱如潮水般消退，变成甜蜜的含混呢喃。

啊，真是个了不起的成就！那股力量听命于他，如臂使指。

可是这样的完美控制多久才能发生一次？体内的力量会不会离我而去？变形会不会失败，即便我正处于极度的危险之中？这一切我该从何得知？

哦，当然，明天，明天我就会见到那个人，他知道这些问题的答案。但明天到底会发生什么？那位先生想要什么？

更重要的是，那位先生愿意给我什么？

28

西蒙·奥利弗的办公室位于加利福尼亚街某幢房子的六楼，窗外是林立的写字楼与旧金山湾蔚蓝的海面。

今天鲁本穿着白色高领羊绒衫和他最爱的布克兄弟双排扣西装。他走进会议室，费利克斯的私生子还没到。

会议室是典型的律所风格，桃花心木椭圆桌两旁摆着结实的齐本德尔式靠背椅。他和西蒙坐在长桌一侧，对面的墙上挂着巨幅彩色抽象画。画作平凡无奇，只是俗丽的装饰品而已。

劳拉在附近另一间舒适的小房间里，喝着咖啡，读着早报，看着电视里的新闻。

当然，西蒙不厌其烦地提醒了鲁本一遍又一遍。这次会面很可能是试探，那位先生随时都可能甩出DNA测试结果，证实自己的身份，发起争夺遗产的法律战。

“我必须得说，”西蒙说，“我一直对留长发的男人没什么好感，尽管如此，你的发型看起来还是相当不错，鲁本。这种浓密的发型是某种新流行的乡村风格吗？你一定把那位年轻的女士迷得神魂颠倒。”

鲁本笑了。“我不知道，我只是最近没剪头发。”他回答。他知道自己的头发洗得干干净净，梳得整整齐齐，谁也没法抱怨什么。颈后的头发已经很长了，但他不在乎。他只盼着费利克斯赶紧出现。

西蒙几近偏执地猜测着那位先生的动机和计划，他的话没完没了。所幸亚瑟·汉默米尔终于出现，他说费利克斯去了洗手间，马上就来。

汉默米尔的年纪和西蒙·奥利弗差不多，大约75岁左右，他俩都穿着灰色西装，头发雪白。亚瑟的体型更魁伟一些，眉毛浓密，而西蒙身材瘦削，已经开始有点秃顶了。

汉默米尔热情地握住鲁本的手，态度十分亲切。

“多谢你拨冗与我们会面。”他的话显然字斟句酌。他在西蒙正对面坐下，左边与鲁本相对的位置空着，等待那位神秘的潜在继承人出现。

鲁本礼貌地询问了他们对《唐璜》的看法，并表示自己相当喜欢那部歌剧。他谈起约瑟夫·罗西拍摄的同名电影，他反复看过很多次。亚瑟立即表现出极大的兴趣，他主动谈起与费利克斯的相处是多么愉快，那位先生今晚就得启程前往欧洲，他感到失落至极。说到最后几个字时，他俏皮地冲西蒙挤了挤眼睛，但西蒙满脸严肃地审视着他，一言不发。

门终于开了，费利克斯·尼德克走进房间。

如果说鲁本曾有一丝疑虑，以为这位先生真是费利克斯的私生子而不是他本人，那么在看到他的一瞬间，所有怀疑都已烟消云散。

毫无疑问，这位英俊的男人就是藏书室照片里的主角——与朋友欢聚在热带雨林中的那个微笑的男人，玛钦特书桌上方照片里那个亲切的长辈。

费利克斯·尼德克就这样活生生站在他眼前，看起来并不比二十年前更老。儿子绝不可能如此完美地继承父亲的相貌和气质，他看起来不怒而威，微妙的活力让他迥异于这间屋子里的其他人。

鲁本抑制不住地颤抖，他无声地念了几句短短的祷言。

这位先生个子很高，体型保持得很好，深色皮肤带着金属色泽，短短的棕发光滑浓密。他的着装有点过于正式，棕色西装剪裁精良，焦糖色的衬衫外打着金褐相间的领带。

但真正令人震撼的是他丰富的表情和翩翩的风度。他的微笑和蔼可亲，棕色大眼睛里藏着极富感染力的风趣，一见到鲁本，他就立即伸出右手来握手。他有一张生气勃勃的脸。

这个男人的一切都如此诱人而体贴。

正如鲁本所料，他在正对面坐了下来，四目交会，费利克斯身子微微前倾，开口说道："我深感荣幸。"他的声音低沉、亲切、富有磁性、毫无矫饰，也没有任何明显的口音，"请容许我表达感激。我深深明白，您没有任何义务与我会面，但您还是来了，我铭记在心，衷心感谢。"他优雅的双手挥洒自如，金领夹上嵌着一枚绿色宝石，胸袋上方露出一角丝质手帕，条纹图案与领带十分相称。

鲁本被这位先生深深地迷住了，但他没有放松警惕。尽管如此，他依然非常激动，他听到自己的心脏在胸腔里狂跳。如果不能给费利克斯留下好印象——他无法再思考下去，脑子里只剩一个念头：我必须充分利用每一分钟。

费利克斯的身子微微向后靠了一点，嘴里依然说着无懈可击的客气话，动作如行云流水一般，自在而镇定。

“我非常清楚，玛钦特很欣赏您。您应该知道，她是我父亲唯一的继承人，我父亲十分疼爱她。”

“但您并不认识玛钦特，对吧？”鲁本说。他的声音有些发抖。我在做什么？这个开场白真是糟糕至极。

“我的意思是说，你们没有见过面。”

“从我父亲的描述里，我已经非常熟悉她了。”费利克斯立即回答，“我相信，我们的律师已经跟您解释过了，我绝不会要求重新分配大宅，包括她希望留给您的那片庄园。”

“是的，他们解释过了，”鲁本说，“非常贴心。我很高兴能与您见面，很乐意跟您讨论任何您想讨论的事情。”

这位先生从容的微笑有着致命的魅力，他望向鲁本的的眼神温暖、朝气蓬勃，但鲁本从中读出了一缕审视。

该从哪儿说起呢？该怎样把谈话引向重点？

“我认识玛钦特的时间很短，”鲁本说，“但我觉得自己很了解她。她非常优秀……”他有些哽咽，“我没能保护她——”

“咳，鲁本。”西蒙低声警告。

“没能保护好她，”但鲁本接着说了下去，“是我终生的遗憾。”

男人点点头，表情几乎有些溺爱，然后他柔声说道：“你是个英俊的年轻人。”

鲁本深感震惊。

如果这个男人打算杀掉我，那他简直是地狱里的恶魔。

男人继续说了下去。

“噢，请原谅我，”他的语气万分真挚，带着一丝忧虑，“我的话听起来实在有些倚老卖老。很抱歉。以我的年纪，或许还不够格指指点点，但有时候，我觉得自己比实际年龄老得多。我只是想说，照片难以表现真正的你。从照片里看，你只是个普通的俊美少年，有一点儿冷淡，而实际上，你的优秀品质远远超越那些照片。”他的话里有一种直指人心的质朴，“现在，我终于亲眼见到了《旧金山观察家报》那些文章的作者。我得说，你富有诗意，同时又脚踏实地。”

两位律师严肃地坐在旁边，一言不发，对于眼下的局面，他们显然不太满意。但鲁本已经入迷，他满怀希望，不过仍有些警觉。

这意味着你不会杀我吗？——他险些脱口而出。

或者这些花言巧语只是迷人的陷阱，你随时可能痛下杀手，就像那个令人作呕的莫罗克一样？

但现在他面对的人是费利克斯，费利克斯就坐在他眼前。他必须抓紧机会。

“你想要你父亲的个人动产，”鲁本竭力让自己的语气平稳一些，“他的日记，对吗？还有黏土板，那些古老的楔形文字黏土板——”

“鲁本，”西蒙立刻举起手，打断了他的话，“在尼德克先生进一步表明意图之前，我们暂时不要讨论太细节的问题。”

“古黏土板？”亚瑟·汉默米尔在椅子里挪了挪身子，喃喃说道，“什么样的黏土板？我还是第一次听说。”

“是的，我父亲在中东的时候搜集了很多楔形文字古黏土板，”男人说，“的确，这是我最感兴趣的东西，我承认。当然，还有他的日记。他的日记对我来说非常重要。”

“这么说，你能读懂他写的密文？”鲁本问道。

他感觉到对方的眼神有一丝颤抖。

“大宅里有很多密文。”鲁本说。

“是的，说起来，我的确能读懂那些密文。”男人回答。

鲁本从衣袋里抽出那封写给莫罗克的信，推到桌子对面。“这或许是你写的？”他问道，“信里用的似乎是你父亲的那种密文。”

男人的表情依然冷静，但他明显有些惊讶。

他伸出手，拿起那封信。

“恕我冒昧，请问，你是怎么得到它的？”

“如果是你写了这封信，那么，现在它归你了。”

“能告诉我这封信是哪儿来的吗？”哪怕是在追问，他的礼节依然无可挑剔，“如果你能告诉我，那真是帮了我的大忙。”

“这封信留在镇上的小旅馆里，收信人是一个以大宅守护者自居的男人，”鲁本解释道，“他可不那么让人愉快。顺便说一句，他没有收到这封信。他失踪以后，我拿到了信。”

“失踪？”

“是的，他消失了，无影无踪。”

男人沉默了一会儿，然后说道：“你见过这个人吗？”他的眼神柔和中带着一丝试探，语气依然温和有礼。

“哦，见过，”鲁本回答，“那次会面相当艰难。”说到正题了，鲁本心想。抓紧机会，成败在此一举。“事实上，非常艰难。我在大宅里有一位同伴，呃，或许我可以说，这次会面简直是场灾难，不过结果表明，它并不是灾难，至少对我们而言。”

男人仔细思考了片刻，他的表情变幻不定，但很快就再度平静下来。

“鲁本，我认为，现在我们最好谈谈手头的正事，”西蒙提议，“其他事情可以另约时间再谈。要是大家都同意的话——”

“‘灾难’，”男人没有理会西蒙，他看起来忧心忡忡，“我很遗憾。”他的语气依然那么和蔼、谦逊而体贴。

“呃，这么说吧，那个人，莫罗克，他相当反感我出现在大宅里，也反感我与玛钦特·尼德克的关系。当然，他还反对别的一些事情。”“事情”，这个词真是苍白无力，我为什么不换种表达？鲁本向男人投以询问的目光，期望得到他的理解。“事实上，我得说，对于事情的……走向，他非常生气。他说我草率大意，并为此大发雷霆。但后来，他不见了。消失得无影无踪。他不会回来取这封信了。”

西蒙清了清嗓子，再次试图打断谈话，但鲁本做了个手势，示意他耐心一点。

男人审视着鲁本，一言不发。他显然很震惊。

“我觉得，这封信或许是你写给他的，”鲁本说，“或许，他的到来代表着你的意愿。”

“也许我们应该看看这封信——”西蒙说。

男人小心翼翼地抽出信纸，他的手指抚过信封撕口处。

“是的，”他说，“信是我写的。但我不太明白它为什么会引发一场不愉快的会面，这绝非我的本意。事实上，信里传达的信息很简单。我很多年没给莫罗克写信了，这次我只是告诉他，我听说了玛钦特遇害的消息，我很快就来。”

男人的语气如此真挚，鲁本立即相信了这番说辞，但他的心跳并未因此平静下来。

“那么关于这个人……”亚瑟开口说道。

“请告诉我，”鲁本打断了亚瑟的话，望向尼德克，“既然你给他写过信，那么对于他的举动，我该作何理解？”他问道，“或许他的反感代表着你的意愿，他的出现来自你的命令？”

“我绝无此意。”男人柔声回答。他眉头微微紧蹙，旋即恢复了原状。“我向你保证，”他说，“无论你们之间发生了什么，那绝不代表我的立场。”

“噢，我深感安慰，”鲁本意识到自己有些发抖，背上微微出汗，“因为这个人，莫罗克，他不太讲道理。他把我们逼到了死角。”

男人静静听着。

西蒙用力攥了攥鲁本的右腕，但鲁本没有理会。

我该怎么说得更清楚一点？他暗自思忖。

“你刚才说，他消失了。”男人问道。

“无影无踪，像老话里说的那样，”鲁本回答，“没有留下任何痕迹。”他举起手，做了个烟雾弥散的动作。

他知道，两位律师一定十分困惑，但他立即甩开了这个念头。他必须这么做。

男人看起来依然平静真诚。

“希望你理解，当时我觉得自己遭到了攻击，”鲁本说，“还有和我一起的那位女性朋友。我深爱着她。她不应在我的屋檐下遭受威胁，我做的一切都是迫不得已。”

西蒙再次试图抗议，亚瑟·汉默米尔惊讶得说不出话来。

男人举起手，示意西蒙不要开口。

“我完全理解，”他直视鲁本的眼睛，“我很抱歉，很抱歉出现这样始料未及的转折。”

鲁本倏地从衣袋里摸出那块金表，推到男人面前，低声说：“他留下了这个。”

男人凝视了很长时间，终于取过金表，虔诚地捧在双掌之间。他审视着表壳，又翻到背面。随后，他叹了口气。他的表情头一次暗淡下来，抹上了一层伤感，甚至还有一点失望。

“呵，可怜的雷克林，”他凝视着表壳，喃喃说道，“你的巡游走到了尽头。”

“雷克林是什么？”亚瑟·汉默米尔问道。他脸色苍白，满心挫败和恼怒。

“一窝里最弱小的幼仔，”鲁本回答，“古英语里，用‘雷克林’来描述。”

男人微微一笑，望向鲁本的眼神里流露出一缕欣赏，但他的悲伤仍未消散，他把金表又翻了一面。

“是的，真遗憾。”他把金表放入衣袋，仔细收好信纸，一同放进西装内袋，“请原谅我的古怪措辞，我懂的语言太多，读过太多古书。”

两位律师交换着眼色，明显有些慌乱。

鲁本继续说了下去。

“呃，我现在所处的位置，或许很容易冒犯他人。”他把右手放在膝盖上，因为这只手抖得厉害，“毕竟，那是幢相当宏伟的大宅，”他说，“意味着相当可观的财产，和同样重大的责任。或许会有人说，圣血……”他的脸红得发烫。

男人的眼神出现了微妙的变化。

他们对视了很长时间。

男人似乎打算说点儿什么石破天惊的东西，但在长得令人窒息的沉默之后，他只是说："圣血不是什么人见人爱的东西。"

"圣血又是什么？"西蒙愤怒地低声质问，亚瑟·汉默米尔点点头，喃喃说了几句什么。

"哦，当然不是，或许人们唯恐避之不及，"鲁本说，"但若是不懂得珍视圣血，那人真是个傻子。"

男人笑了。他的微笑里仍藏着悲伤，就是那种所谓达观的笑容。

"那么，我没有冒犯到你吧？"鲁本的声音低得像是耳语，"请相信，那是我最不愿见到的局面。"

"噢，完全没有。"男人的声音更加温和，但他的话不容置疑，"年轻人是我们唯一的希望。"

鲁本咽了口唾沫。现在他浑身都在颤抖，汗珠从他嘴唇上方密密冒出，他觉得有些头晕目眩，但内心在欢呼雀跃。

"我从未面临过如此挑战，"鲁本说，"我想你应该能想象。我希望以决心和力量，面对眼前的挑战。"

"你的决心显而易见，"男人回答，"这样的宝贵品质，我们称之为坚毅。"

"现在说的我总算能听懂了。"西蒙叹道。亚瑟·汉默米尔深表赞同。

"谢谢。"鲁本的脸红了，"我想我爱上了那幢房子，我爱玛钦特。而且我迷上了费利克斯·尼德克，我时常想象，他是一位探险家，一位学者，或许还是一位老师。"他略微停了几秒，"他用神秘的语言写了很多日记。大宅里有许多宝藏，黏土板无处不在，那些脆弱的小黏土板。就连尼德克这个名字也很神秘，我在一本古老的短篇小说里找到了它。大宅里那么多的名字似乎都与古老的故事有关——斯波瓦、格拉贡，甚至包括莫罗克。那些谜团蕴藏着诗意和浪漫，追寻名字背后的典故与传奇，或许可以从中找到线索，为与日俱增的问题找到答案……”

“鲁本，别说了！”西蒙提高声音。

“你真是诗意盎然，”亚瑟·汉默米尔转转眼睛，喃喃说道，“你的父亲一定非常骄傲。”

西蒙·奥利弗已经忍无可忍。

男人的微笑依然从容，溺爱又回到了他的眼神之中。他紧抿嘴唇，微微点了点头，幅度小得几乎看不见。

“我完全被迷住了，”鲁本说，“这一切压得我喘不过气来。你的达观令我深感欣慰，因为你的那位朋友似乎有些冷酷悲观。”

“呃，现在我们可以放下他了，对吧？”男人低声说道。他似乎很欣赏鲁本。

“在我的想象中，费利克斯·尼德克无所不知，包括那些最深奥的秘密，”鲁本说，“那些问题，我父亲称之为‘终极问题’，费利克斯或许知道答案。或许他能让我看清生命最黑暗的角落。”

西蒙和亚瑟在椅子里不安地挪动着身子，像是在交换什么信号。鲁本没有理会他们。

男人只是凝视着鲁本，眼神里充满同情和鼓励。

“你能读懂那些密文，”鲁本说，“真了不起。就在昨晚，我发现了一些账本，里面满是密文。那些账本都很旧了，非常古老。”

“是吗？”男人轻声问道。

“是的，很久以前的账本，很久很久以前，久远得恐怕连费利克斯·尼德克都还没有出生。你的祖先一定懂得这种密文，要不就是费利克斯掌握着某种长生不老的秘密。谁能想到，大宅里藏着这样的东西。那幢房子真是座迷宫。你知道吗，大宅里还有秘道，更准确地说，是一间巨大的密室。”

两位律师同时清了清嗓子。

男人的表情仿佛洞悉一切。

“看起来曾经有一群科学家在大宅里工作，或许是医生。现在我们无法弄清到底是怎么回事，当然，除非有人能读懂那些密文。很久以前，玛钦特曾尝试过解码……”

“是吗？”

“但却一无所获。你掌握的技能非常有价值。”

西蒙再次试图打断，鲁本阻止了他。

“那幢房子总是让我浮想联翩，”鲁本说，“我总觉得费利克斯·尼德克还活着，他会回来，向我解释我找不到答案的那些谜团。”

“鲁本，求求你，如果你愿意的话，我觉得也许……”西蒙已经快要站起来了。

“请坐下，西蒙。”鲁本说。

“我从未想过你会如此了解费利克斯·尼德克，”男人柔声说道，“我完全没有想到，你会对他有所了解。”

“噢，我了解这位先生的许多小事，”鲁本说，“他喜爱霍桑、济慈，那些古老的欧洲哥特故事；他的爱好甚至包括神学，他喜欢德日进的作品。我在大宅里找到了一本小书，德日进的《我相信》。我真应该带过来给你看看，但我今天忘了。我珍爱那本书，如供奉圣迹般虔诚。那本书是一位好友送给费利克斯的，上面留着题词。”

男人的脸上又有了一点微妙的变化，但他依然那么坦荡宽和。“德日进，”他说，“是一位天才的思想家，思维独到。”他的声音降低了一点，“‘要获得宇宙的完满，疑问与不幸是我们必须付出的代价……’”

鲁本点点头，情不自禁地微笑起来。

“‘在创造演化的进程中，’”他引用道，“‘邪恶在所难免。’”

男人沉默片刻。随后他绽放笑容，柔声诵道：“阿门。”

亚瑟·汉默米尔望向鲁本的眼神就像在看疯子。鲁本继续说了下去：“从玛钦特的描述里，我认识了一个栩栩如生的费利克斯，”他说，“而其他认识他的人不断让他的形象变得更加丰富，更加深刻。他是大宅的一部分，要住在那幢房子里，不可能对费利克斯·尼德克一无所知。”

“我懂了。”男人的声音温柔至极。

两位律师再次试图介入，鲁本微微提高了声音。

“他为什么会那样消失？”鲁本质问，“他遇到了什么事情？他为什么会丢下玛钦特和家人，一走了之？”

亚瑟·汉默米尔立即插了进来。“呃，相关的调查还在进行，”他说，“事实上，这位费利克斯先生没有带来任何有所帮助的线索——”

“当然没有，”鲁本低声说，“我只是请他猜一猜，汉默米尔先生。我只是觉得，他的想法或许可以带来启发。”

“我不介意讨论这件事。”男人伸出左手，拍了拍亚瑟的手背。

他望向鲁本。

“我们无法知道全部真相，”他说，“我怀疑费利克斯·尼德克遭到了出卖。”

“‘出卖’？”鲁本反问。他立即想到了德日进作品上神秘莫测的题词：我们熬过了这一切，没有什么能打倒我们。芜杂的记忆碎片纷繁而来，他低语：“‘出卖’。”

“他绝不会抛弃玛钦特，”男人说，“他不相信自己的兄弟和弟媳能把孩子好好养大。离开所有家人，并非出于他的本心。”

鲁本脑海里闪过一连串对话片段。埃布尔·尼德克跟叔祖父总是不对付，似乎和钱有关。会是什么事？费利克斯失踪以后，埃布尔·尼德克得到了一笔钱。

亚瑟凑到男人耳边低声提醒，这些问题十分严肃，应该改天换个地方再谈。

男人心不在焉地点点头，不置可否。他再次望向鲁本。

“玛钦特想必十分难过，这件事让她的生活蒙上了阴影。”

“噢，毫无疑问，的确如此。”鲁本激动极了。他的心像擂鼓般狂跳，语调也急促起来，“她怀疑叔祖父遇到了什么坏事，同样遭遇不幸的还有他的所有密友。”

西蒙试图插话。

“有时候，不知道真相也是件幸事，”男人说，“有时候，真相残忍得无法正视。”

“你是这么想的？”鲁本问道，“或许你是对的。或许对玛钦特来说，费利克斯的事情就是如此，我无从得知。但现在，我渴望找到真相，找到答案，我希望解开所有谜团，哪怕有一点线索……”

“这是家族私事！”亚瑟·汉默米尔厉声警告，“你无权……”

“别这样，亚瑟！”男人劝道，“我想听，这很重要。请让我们继续说下去，好吗？”

但鲁本发现自己陷入了僵局。他想离开这个房间，和这位先生单独会面，无论那有多危险。我们为什么要在西蒙和汉默米尔面前演戏？

“你为什么想见我？”他突然发问。他的身体依然抖得厉害，掌心一片湿滑。

男人没有回答。

噢，要是劳拉在这里就好了，她会知道该如何继续，鲁本想道。

“你是个重视荣誉的人吗？”鲁本问道。

两位律师立刻炸了锅，急促激烈的抗议让鲁本想起定音鼓。没错，就是交响乐里的定音鼓，乐声背后的鼓点短促而有力。

“是的。”男人的回答诚恳真挚，“如果不珍视荣誉，我就不会出现在这里。”

“那么，以荣誉之名，你是否能答应我，我对待你朋友的手段，并不是对你的冒犯？无论他遭遇了什么，你不会伤害我，也不会对我和我的女朋友施以报复？”

“看在上帝的份上！”亚瑟·汉默米尔高声抗议，“你是否在指控我的客户……”

“我答应你，”男人回答，“毫无疑问，你做的一切都是迫不得已。”他伸出手，但却够不到鲁本。“我答应你。”他重复了一遍，手掌仍无助地摊开在原地。

“好的，”鲁本艰难地组织着语言，“我只是别无选择，身不由己。无论是莫罗克，还是其他事情，都是如此。”

“是的，”男人柔声回答，“的确如此。我万分理解。”

鲁本站起身来。“你想要费利克斯的私人动产？”他问道，“当然，都可以给你。我提出报价，只是因为我觉得玛钦特希望我这样做，她希望我好好对待那些东西，善加保存，或者捐给图书馆、大学，我还没想好到底怎么办。既然你想要，拿走吧，都是你的了。”

两位律师同时开口了。西蒙强烈反对，他说达成这样的共识为时尚早，鲁本用于购买这些动产的资金已经过户，目前的物品目录太过简单，还需要进一步详细整理。亚瑟·汉默米尔以律师特有的腔调字斟句酌地低声提出，此前他并不知道大宅内的古物已达博物馆收藏等级，双方必须慎重磋商细节。

“那些动产是你的了。”鲁本礼貌地忽略了两位律师的抗议，再次重申。

“谢谢，”男人回答，“我的感激难以言表。”

西蒙开始收拾文件，记录笔记，亚瑟·汉默米尔则在黑莓手机上写着什么东西。

“请问我可否前来拜访你？”男人问道。

“当然可以，”鲁本回答，“随时欢迎，你知道我们住在哪儿。当然，你早就知道。事实上，我很希望你来，我盼着你前来拜访！我很愿意……”他几乎语无伦次。

男人微笑着点点头。

“真希望现在就能去拜访你。不幸的是，我必须得走了。我没有太多时间，巴黎那边有人在等我。我很快就会给你打电话，处理完那边的事情，我马上就联系你。”

鲁本觉得自己快要流泪了，解脱的泪水。

突然间，男人和鲁本同时站了起来。

他们在会议桌尽头相会，男人握紧鲁本的手。

“年轻人会改变世界，”他说，“全新的宇宙是他们带来的礼物。”

“但有时候，年轻人会犯下大错。他们需要长者的智慧。”

男人笑了。“的确如此，但也未必尽然。”然后他引用了鲁本刚刚说过的德日进名句，“‘在创造演化的进程中，邪恶在所难免。’”

他离开房间，亚瑟·汉默米尔匆匆追了上去。

西蒙终于爆发，他试图哄鲁本坐回椅子里。

“你母亲希望你去见见那位医生，坦率地说，我同意她的建议。”他摆出长篇大论的架势，“这次会面并不顺利，我们必须谈谈，事情的走向不对，简直糟糕透顶，你应该马上给你母亲打电话。”

但鲁本知道，对于这次会面，自己很满意。

他还知道，他没法解开西蒙心头的困惑，也没法安抚这位老律师，更没法保证什么。所以鲁本选择回避。他得找到劳拉，然后和她一起离开。

劳拉在等待室里，那位先生正在跟她说话。他双手握住她的右手，语气亲昵温和。

“……你绝不会再次遭遇闯入者的威胁。”

劳拉喃喃致谢，她似乎感到有些困惑。

男人露出笑容，向鲁本微微鞠了一躬，然后迅速离开房间，消失在走廊里。

两人一走进电梯，鲁本便迫不及待地发问："他跟你说了什么？"

"他说和你见面非常愉快，"劳拉回答，"对于那位朋友的行为，他深感抱歉。他向我保证，我们不会再遇到那样的不速之客，还有——"她停了一下，微微发抖，"他就是费利克斯，对吧？他绝对就是费利克斯·尼德克本人。"

"毫无疑问。"鲁本说，"劳拉，我觉得我赢了，如果这是场战斗的话。我们安全了。"

去餐馆吃晚饭的路上，他尽可能地将记得的所有细节告诉了劳拉。

"他说的应该是真的，"劳拉推测，"如果只是虚与委蛇的话，他不需要特地来找我，跟我说话。"她打了个冷战，"也许他知道所有答案。他会告诉你一切。"

"但愿如此。"鲁本的快乐和解脱溢于言表。

他们赶在晚餐高峰之前到达北滩咖啡馆，很容易就找到了一张靠落地窗的桌子。细雨已停，乌云后的天空澄蓝如洗，恰如其分地衬出鲁本雀跃的心情。不畏严寒的人们坐在露天的桌旁消闲，哥伦布大道繁华一如往昔。整座城市清爽、充满活力，记忆中阴森的夜幕仿佛已彻底消散。

鲁本无法掩饰自己的兴奋，就像蔚蓝的天空划破阴霾。

当他再次忆起费利克斯站在那里，握着劳拉的手跟她说话，他险些感动得落泪。那一刻的她多么迷人啊！她穿着灰色羊毛裤子和运动衫，整洁、美丽、容光焕发。她的白发像往常一样用缎带束在颈后，微笑着目送费利克斯离开。

鲁本满怀爱意地望着劳拉。

现在你安全了。他不会让任何东西伤害你，他已亲自向你保证。他见到了你的美丽、优雅与纯净。你不是我。我不是你。他不会食言。

他点了一大份意大利套餐，包括沙拉、蔬菜通心粉浓汤、意式肉卷、小牛肉和法式面包。

他一边大嚼沙拉，一边不厌其烦地和劳拉回味着刚才的会面。就在这时，他收到了塞莱斯特的短信："紧急情况。关于我们。"

他回了条短信："怎么了？"

她写道："我们还算是在一起吗？"

"对我来说重要的是，"他用拇指耐心地发着短信，"我们还是朋友。"

如果这算残忍，那他真的非常抱歉。但他必须开口，维持现在的局面对她太不公平。

"你的意思是说，你并不恨我，"她回道，"即使我和莫特在一起？"

"你和莫特在一起，我很高兴。"他是真心的。他知道莫特一定很开心，那家伙一直很喜欢塞莱斯特。如果她能忍受天才莫特脏兮兮皱巴巴的衣服、乱蓬蓬的头发和总是心不在焉的表情，那他们俩真是完美的一对儿。

“莫特也很高兴。”她的回复来得很快。

“你开心吗？”

“我很开心。但是我爱你，想念你，而且我们大家都很担心你。”

“那么你仍是我的朋友。”

“永远。”

“狼人的事儿有什么进展吗？”

“还是众所周知的那些。”

“爱你。回头聊。”

他把手机放回衣袋。“结束了，”他告诉劳拉，“她很高兴，她和我最好的朋友出轨了。”

劳拉脸上有一丝喜悦，她笑了起来。

他很想告诉她，我爱你。但他没有开口。

他只是尽量放慢速度，喝着盘子里的汤。

劳拉显然对餐点很满意，无可挑剔。她脸上流露出纯然的喜悦和放松，他已经有好几天没见过。

“想想看吧，这一切意味着什么，”他说，“刚刚跟我们见面的那个人——”

他摇摇头，无法再说下去。泪水再次涌入眼眶，他在劳拉面前哭的次数比在自己母亲面前还多。好吧，这么说似乎有点夸张。

“我只想让他帮帮我，”他坚持说道，“我希望他……”

她探身握住他的手。

“他会帮你的。”她柔声劝道。

他望向她的眼睛。

“你愿意接受圣血，对吧？”他低语。

她有些畏缩，但她的眼睛没有避开他的目光。

“你是说，哪怕冒着死亡的风险？”她的表情非常严肃，“我不知道。你拥有力量，我也能分享。”

这不够。他想道。

29

开车的是劳拉。鲁本头靠着保时捷的车窗睡着了。

离开旧金山之前，他们回了趟家。鲁本觉得西蒙·奥利弗肯定会设法告诉格蕾丝或者菲尔他进了城。他果然没有猜错。

格蕾丝正在准备晚餐，菲尔已经坐在了餐桌旁，塞莱斯特和莫特站在厨房里，手里握着酒杯。在场的还有格蕾丝的朋友，那位天才肿瘤学家的名字鲁本永远记不住，他和另一位鲁本没见过的女医生一起坐在桌边。背景音乐是斯坦·盖茨和查理·伯德的《爵士桑巴》，在场的人们显然十分愉快。

深切的渴望涌上鲁本心头，他想念大家，想念舒适的家，想念被他抛弃的社交生活，虽然那样的生活并不完美——周围人太多，管得太宽。大家热情欢迎了劳拉，塞莱斯特尤其热心，看到鲁本有了新的约会对象，她明显松了口气。但莫特果然有些不好意思，至少看到鲁本的时候，他有点儿尴尬，鲁本只是握起拳头，轻轻在他胳膊上捶了一下。罗茜给了鲁本一个大大的拥抱。

格蕾丝不想放他走，没错，但她不能离开炉子上的牛排，也丢不下锅里的蒜蓉煎西兰花。所以她只好待在原地，任鲁本轻吻她的脸颊，低声说他爱她。

"我希望今晚你能留下来，留在家里过夜。"

“妈，我们已经吃过晚饭了。”他低声回答。

“可是今晚还有客人要来。”

“妈，不行。”

“鲁本，你能听听我的话吗？我希望你见一见这位亚斯卡医生。”

“今晚不行，妈妈。”鲁本走向楼梯。

在罗茜的帮助下，鲁本收拾好剩下的书、文件和照片，放进保时捷里。

然后，他最后一次环顾这间可爱的餐厅，餐桌和壁炉台上摆满了蜡烛。他送给格蕾丝一个飞吻，转身走向门口。菲尔满怀爱意地向他挥手告别。

门铃声吓了鲁本一跳，他打开门，一个高个子灰发男人站在门口，年纪不算太大，灰眼睛和国字脸看起来很严肃。他的脸上满是好奇，带着一丝敌意。

格蕾丝立刻出现在门前，她一只手把男人拉了进来，另一只手拽住鲁本。

男人目不转睛地盯着鲁本，显然，他没料到会面来得这么迅速。

古怪的镇静袭上鲁本心头。男人身上的气息非常微弱，但鲁本再熟悉不过了。

“这位就是阿基姆·亚斯卡医生，鲁本，我跟你提过，”尴尬不安让格蕾丝加快了语速，“请进，医生。罗茜，给医生拿一杯酒，老样子。”

“很高兴见到你，亚斯卡医生。”鲁本说，“真希望我能留下来，但我得走了。”他紧张地寻找劳拉的身影。劳拉就在他身后，她握住了他的手臂。

凝视着男人深邃得出奇的眼睛，那股气息越发强烈。如果气息诱发了异变，他该怎么办？

格蕾丝的内心似乎非常矛盾。她紧张地关注着两人的互动。

“再见，宝贝儿。”她突然说。

“好的，爱你，妈妈。”鲁本回答。

劳拉率先走出大门。

“祝你今晚过得愉快，医生。妈妈，我会打电话给你。”

走下台阶时，他感觉到了腹内轻微的悸动，仿佛某种警告。异变不能来，不，他不能在这里变形。他知道自己能压制住它，但那股气息仍在鼻畔。他回头望向自己的家，侧耳倾听。但传进耳朵里的只有毫无意义的客气话和寒暄。气味挥之不去，甚至更浓了。

“我们出发吧。”他说。

金门大桥的车流依然喧哗，冬夜的黑暗凝滞如铅，但雨还没有落下。

在路上，鲁本睡着了。

睡梦浅淡却香甜，朦胧中他知道车已到圣罗莎附近。

一缕声音如冰锥般刺入他的脑髓。

他猛地坐直了。

他从未听过这么惊恐痛苦的呼喊。

“靠边停车。”他大叫。

痉挛已经来了。他的皮肤绷得嘶嘶作响，暴行的气息浓郁得令他窒息——那是最肮脏的邪恶。

“去树林里。”保时捷驶入路边的公园，电光石火间他已脱下衣服，如离弦之箭般刺入黑暗。他飞速爬上树梢，异变的刺痛如针蜇一般。

一阵阵的呼喊让他的血液几近沸腾，两个年轻的男孩正在遭受折磨。他们吓坏了，他们害怕遭受更大的痛苦乃至死亡；施暴者正在肆意发泄沸腾的敌意，恶毒的咒骂与尖酸的奚落声传入鲁本耳里。

你们这些性变态。

公园里没人，他们在公园旁一处阴暗幽深的后院中。施暴者共有四个，他们把两个受害者弄到摇摇欲坠的老房子杂草丛生的院落里，开始慢条斯理地拳打脚踢，拿刀子放血。靠近以后，鲁本才发现，有一个男孩已经快要死了。血的气味、愤怒的气味与恐惧的气味交织在一起，如刀锋划破空气。

那个垂死的男孩已经没救了，鲁本非常清楚。但另一个还有希望，他还在挣扎求生。

伴着一声怒吼，鲁本扑向两个施暴者，他们正在狠揍男孩的肚子，男孩还在抵抗挣扎，拼命咒骂。

恶霸！凶手！吐你们一脸口水！

尖叫，混乱，缠斗中鲁本的爪子按住了一个施暴者发臭的脑袋，右爪抓住另一个的头发。前一个凶手猛地扬起头，挣扎着想要逃脱，鲁本的利齿刺穿他的颅骨，他抓住身下还在流血的受害者，似乎想举起来当作肉盾。右爪下的暴徒踉跄摔倒，鲁本狠狠把他的头按进庭院的泥土中。然后，他紧抓住头一个凶手的躯体，撕下美味的血肉。垂死的凶手无力地摊开手，男孩从他手中滑落。

没时间享受盛宴。鲁本随手划开凶手的喉咙，剩下的两个人围了上来。

他们举刀扑向鲁本，企图剥下他的“戏服”。一个男孩的长刀刺中了鲁本，两次，三次……另一个挥着刀子想切开鲁本脸上的“面具”。

鲜血喷涌而出。鲁本的胸口在流血，头上的血流进了他的眼睛。他勃然大怒。利爪刺进男人的脸庞，割断颈动脉，另一个帮凶转身逃向铁丝网，但在下一秒，他已经软软地倒了下去。鲁本稳稳站在原地，啃食大腿的嫩肉，随后丢下尸体，踉跄退了几步。他遍体鳞伤，鲜血浸透他的身体。邪恶的气息蒸腾消散，只余下附近黑暗中人类喧嚣的气味，还有死亡。

周围的房子里有灯亮起。尖叫声刺破夜幕。庭院前老房子的灯亮了。

伤口热乎乎地悸动，疼痛难忍，但鲁本感觉伤口正在愈合，右眼上方的皮肤正在合拢，伴着密集的刺痛。昏暗中他看见浑身流血的受害者爬过庭院里遍地的垃圾，爬向他的同伴——那个可怜的男孩已经死了。活着的男孩跪坐在朋友身旁摇晃呼喊，随后放声哭号。

他转向鲁本，眼睛在黑暗中闪闪发亮。他仍在啜泣，嘴里反复念叨：“他死了，他们杀了他，他死了，他死了，他死了。”

鲁本默默地站着，低头看向半裸的男孩。这两个孩子绝不超过16岁，悲伤欲绝的幸存者爬到鲁本脚边。他的脸上、衣服上满是血迹，他向鲁本伸出手来，然后这双手颓然落下，他晕了过去。

直到男孩倒在脚下，鲁本才突然发现，他伸出的左手背上有细小的伤口正在汩汩流血。穿刺伤！男孩的手背、手腕和前臂上穿刺伤密布，那是狼牙留下的咬痕。

刹那间，鲁本的大脑一片空白。

周围的庭院渐渐有了人声，有人在窃窃私语，有人惊得倒抽凉气。老房子的后门开了。

他又听到了那夜的低语，如海妖的歌唱——纠缠如丝，锋利如铁。

鲁本退后几步。

闪电穿透浓重的乌云，照亮幽暗的庭院，他看到自己笨重的身体在地上投下丑陋的影子，院内的肮脏杂乱历历在目。

鲁本转身越过栅栏，无声地掠过黑暗。他四足着地，奔过茂密的丛林，奔向树下的保时捷。双臂的轻捷犹如前腿，他的速度令自己都感到震惊。

但是，他必须诱发异变。

现在，离开我。你知道我需要什么，还我原来的肉身。

他蜷缩在车边，上气不接下气，忍受着一阵又一阵痉挛，等待厚厚的狼毛脱落消失。胸口的伤口在燃烧，在跳动，伤口周围的毛发依然浓密，饱蘸鲜血。同样的还有右眼上方，厚毛束成一卷。爪子在迅速变小，他伸出虬曲的长趾，触碰伤口，拽了拽伤口周围的厚毛。赤裸的腿脚虚弱无力，他伸手抓住车门，却无法保持平衡，只得单膝跪地。

劳拉将他扶到副驾驶座上。胸口和前额残余的两团狼毛比完全变形时更加丑陋，鲜血已经凝成血块，厚重如漆。伤口周围的皮肤如烧灼般疼痛，愉悦在脑海中涟漪般扩散，就像有两只手正在按摩他的大脑。

劳拉将车开上高速公路时，鲁本已重新穿好了衣服。胸膛的伤口仍在悸动，他左手捂胸，感觉粗毛正在萎缩消褪，只留下最里层的绒毛。前额上，狼毛已彻底消失。

翻滚的眩晕快要将他淹没，将他卷走，他拼命挣扎，用头猛撞车窗，唇间涌出一缕压抑的呻吟。

海妖的歌声，如同鬼魅的哭号，尖锐骇人。但保时捷已经重新向北，挤上高速公路，穿过一片片闪烁的红色尾灯，并最终进入快车道，全速飞驰。

他仰靠在椅背上，望向劳拉。车灯的光暗交错中，她的表情肃穆冷静，双眼紧盯路面。

“鲁本？”她正在开车，不能转头，“鲁本，跟我说话。求你。”

“我没事儿，劳拉。”他叹了口气。战栗仍一阵阵冲刷着他的身体，他的牙齿咯咯作响；胸口的狼毛已经彻底消褪，随之消失的还有那道伤口；皮肤在歌唱；快感拍打着他，让他筋疲力尽。死亡的气息仍挥之不去，那个男孩死了，无辜者的死亡。

“我做了件非常糟糕的事，坏不堪言！”他低语。他试着想再说点什么，但唇间只发出另一声哀叹。

“你在说什么？”她问道。车流在身畔穿梭，他们已经离开了圣罗莎城。

他再次闭上眼睛。疼痛已完全消失。脸庞和掌心仍有些发烫，还有伤口刚长出嫩肉的地方。

“很糟糕的事，劳拉。”他低声回答，但她没有听见。他又看见那个男孩蹒跚走来，个子很高，胸膛宽阔，脸上满是祈求，血流满面。他的金发蓬松，眼睛因恐惧睁得很大，嘴唇翕动，却什么也没说出来。黑暗再次袭来。鲁本身心俱疲，他欢迎黑暗的到来。皮座椅拥抱着他，汽车行驶的震动犹如甜美的摇篮。

30

大厅的灯光晃得他有些头晕，中央暖气吹出的风太热，屋里弥漫着尘土和密闭空间特有的气味，让人微醺，甚至有点儿窒息。

他立即走进藏书室，给旧金山的科立夫酒店打了个电话。他必须跟费利克斯谈谈。愧疚感如鲠在喉。只有费利克斯能帮他。羞愧和痛苦逼得鲁本坐立不安，他必须向费利克斯坦白，他铸下了大错，将圣血传给了他人。

酒店前台告诉他，费利克斯下午就已退房离开。

“请问您是哪位？”

失落之下，鲁本险些直接挂掉电话，但转念一想，万一费利克斯留下了口信呢？他真的确实留下了口信。

“是的，他托我们转告您，他必须立即出发，有紧急事件需要处理。但他会尽快回来。”

没有电话号码，没有地址。

他颓然坐回椅子里，头趴在书桌上，前额抵着绿色的吸墨纸。片刻之后，他拿起话筒，打给西蒙·奥利弗。在语音邮件里，他绝望地恳求奥利弗联系亚瑟·汉默米尔，看看能不能找到费利克斯·尼德克的紧急联系电话。事态紧急，超乎你的想象。

没有其他事情可做，没有什么能缓解他难以名状的恐慌。那个男孩会死吗？圣血会杀死他吗？卑鄙的莫罗克说圣血可能致命，他的话是真的吗？

必须找到费利克斯！

刚才的情景再次浮现在他眼前，男孩倒在庭院的泥泞中，双手无助地向前伸出，手背上的伤口历历在目。

上帝啊！

他凝视着照片里微笑的费利克斯。

亲爱的主，请帮助我。不要让那个可怜的孩子死去。求求你，不要让——

他难以忍受心头的恐慌。

劳拉就在身旁，她一言不发地看着他，等待着他，她感觉到发生了很糟糕的事情。

他把劳拉拥入怀中，抚摸她厚厚的灰色运动衫，揉捏高高的领口，随后滑向她的长裤。真暖和。

我想变形，就在此刻，我想回到夜幕中，就是现在。

紧拥着劳拉，他感觉狼毛再次从毛孔中喷涌而出。他松开劳拉，手忙脚乱地脱下衣服，又重新拥她入怀。皮毛隔绝了室内的温暖，森林的醉人气息透过窗户，传入他的鼻孔。销魂的快感如火山爆发，扑面而来的巨浪拍打得他险些跌倒。

他抱起劳拉，蹿出大宅后门。异变已经完成，劳拉安全地依偎在他左肩，他掠过树丛，强壮的双腿将橡木林甩在身后，进入那片宏伟的红杉林。

“抱紧我，”他在她耳边叮咛，引着她的手绕过他的脖颈，双腿盘在他腰间，“我们要上去了，准备好了吗？”

“走吧！”她喊道。

他一路向上，越过常春藤与蜿蜒纠结的藤蔓，低处的小树渐渐消失在视野尽处，站在高高的枝头，他望见峭壁下无垠的大海，月亮藏在云层后，若隐若现的月色为海水镀上粼粼的银光。他们终于在虬曲的枝干间找到了一处足以承托体重的小巢。他坐下来，左手稳稳抓住头顶上方的树枝，右臂拥着她的身体。

她在笑，低低的笑声里满是压抑不住的快乐，她吻遍了他的脸，眼睑、鼻头和嘴巴两侧。

“抓紧了。”他警告道。然后他放松了一点，好让她舒服地坐在他的右股上，他的右臂仍牢牢稳住她的身子。

“你看到海了吗？”他问道。

“嗯，”她回答，“其实我只看到了一大片漆黑的东西。不过我知道那边是海，我知道它在那里。”

在巨树的枝头，他悠然呼吸。耳边传来林地特有的旋律，树荫沙沙低吟，犹如耳语和叹息。遥远的南边，他望见大宅的灯火在枝叶的缝隙间闪烁，仿佛许多扇窗户里关着无数细小的星辰。在下面那个遥远的世界里，大宅灯火通明，等待着他们。

她的头轻轻靠在他的肩上。

他们就这样坐了很久，远离脚下的尘世，彼此依偎。他望向远方，目力所及之处一片空旷，只有微微泛光的海水和漆黑如墨的天空，空中挂着几点昏暗的星子。乌云翻滚聚散，月轮时隐时现，仿佛燃烧的月亮正在云层中穿行。微咸的海风轻拂，在周围的巨树间盘旋。

有那么一瞬，他感觉到了危险。或许只是其他生物偶然的靠近？他不确定，但他清楚地知道，不应将突如其来的警觉告诉劳拉。在这里，她能依靠的只有他。他静静聆听。

或许只是树荫惯常的扰动，或许是不知名的小兽在附近游走。这么高的地方有夜晚的蝙蝠，有敏捷的松鼠，或许还有山雀和金花鼠。可是这些小东西为何会撩动他的保护欲？无论那丝警觉来自何方，它已消失不见，他暗自想道，或许是因为她在这里，她的心跳频率与他略有差别，所以他才会觉出那缕暧昧的威胁。

周围一切正常。

想到那个男孩，他苦恼万分。

无法诉之于口的痛苦。

他祈求森林宽厚的怀抱能接纳他，掩上他的耳朵，不让他听见良知的无情谴责。在他短暂的生命中，曾经一度，良知的谴责总是化为格蕾丝、菲尔、吉姆和塞莱斯特的声音。那是很久以前的事了，现在一切都已不同。现在，他的良知亲手将刀刃插入自己的灵魂。

即便拥有沸腾的神秘力量，你也无法纠正自己犯下的大错！狼人，你对那个孩子做了什么？就算他能活下来，难道就是为了变成你这样吗？

最后，他无法再思考下去了。

灼热的痛苦烧蚀着林荫高处虚假的宁静，他必须动起来。他开始动了，从一棵树跃到另一棵树，她的手足再次紧锁在他身上。他们在浓密的树荫间穿行，渐渐回到红杉林边缘。她的身体和往常一样轻若无物，芬芳、甜蜜，仿如捧在手中的一束鲜花。他的舌头寻觅着她的脖颈、她的脸颊，他粗重的喘息化作低吟，仿佛献给她的夜曲。

她的四肢将他锁得更紧，他降低了高度，回到矮林温暖稠密的空气中。

她的双手冷得像冰，凉意如烟雾般升腾，就连他都能感觉到。

在挺拔的灰色橡树围成的密林里，他放慢速度，时不时停下脚步，好与她亲吻，也好将左爪伸入她的运动衫，抚摸那如丝绸般光滑而温暖的肌肤。她的肌肤湿润、赤裸，芬芳如柑橘，如不知名的花朵，散发着滚烫火热的气息。他举起她的身体，吮吸她的乳房，她发出悠长的叹息。

一进入大宅，他便将她放在餐厅的长桌上。他用温暖的爪子捂住她的双手，他的爪子真是暖和的吗？屋里一片漆黑。强劲的海风吹得老宅嘎吱作响。大厅的灯光透过宽阔的凹室，在餐厅里留下若隐若现的影子。

她躺在那里，等待着他，散落的发丝间挂着零落的叶片与花瓣，迷蒙的大眼凝望着他，不曾移动分毫。他凝视了她很长时间。

然后，他用火柴点燃壁炉里的橡木，火焰蓦地腾起，轻微的噼啪声送来木柴的清香。诡谲的光影在格子天花板上跳动，在高高的清漆桌面上映出变幻的影子。

她开始脱衣，但他无声做了个手势，阻止了她的动作。然后他剥下她的衣服，卷起运动衫，温柔地甩开，拉下灰色长裤，轻轻丢到一边。她踢掉鞋子。

看到光滑桌面上赤裸的她，鲁本几近癫狂。掌心柔软的肉垫滑过她赤裸的双足，游走在她光洁的小腿上。

“不要让我伤害你，”他低声叮嘱，他已熟悉这把低沉的嗓音，它已与他融为一体，“要是我弄疼了你，一定要告诉我。”

“你永远不会伤害我，”她呢喃着说，“你伤不到我。”

“哦，脆弱的喉咙，软和的肚子。”他咕哝着伸出长舌头舔舐她的身体，柔软的肉垫托起她的乳房。退下罢，悲剧。他跪在她身前，托起她的身躯，温柔地进入她的体内。光线遽然昏暗，炉火的低吟徘徊在他耳边，他的脑海中只余下她，最后归于空白。

结束以后，他抱着她爬上楼梯，穿过幽深的走廊——黑暗中这条路如此漫长——回到温暖的主卧室里。香水，蜡烛，幽暗而宁静。

他把她放在床上，坐在她的身旁。灰白的床单上，她的身形纤弱得像一道影子。毫无预兆地，他闭上眼睛，呼唤异变。一朵小小的火焰在他胸腔内绽放，空气托起他的狼毛，让它们逐渐变软熔化。快感的浪潮铺天盖地，倏忽即逝。皮毛开始消褪，皮肤重新接触到空气，他低头一看，双手已恢复原状。

“我今晚做了很糟糕的事情。”他说。

“到底是什么事？”她握住他的手臂，轻轻按压。

“我弄伤了那个男孩，我本来是想救他。我想，我传给了他圣血。”

她什么也没说。朦胧的光线下，她的脸上满是理解与同情，这令他惊讶，他从未想过劳拉会是如此反应。期盼不等于想过。

“如果他死了，我该怎么办？”他叹道，“若是杀死了无辜的人，我该如何是好？最好的结果无非是他变得和我一样，那又该怎么办才好？”

31

早间新闻里充斥着昨晚的案件，不过不是因为狼人闯入北面的圣罗莎杀死了四个残忍的凶手，而是因为幸存的受害者早就是个名人。

作为死里逃生的受害者，少年的身份原本未曾公开，但早上五点，媒体接到了他从病床上打来的电话。几位记者听到了他描述的故事。

他叫斯图尔特·麦金太尔，今年16岁，刚刚高中毕业。六个月前，他上了国际新闻头条，因为他坚持要带男性舞伴参加圣罗莎市天主教圣礼学院的毕业舞会。校方拒绝了他的要求，同时取消了他的学生代表资格，因此斯图尔特无法在毕业之夜发表他的重要演讲。他愤愤不平地找到了媒体，只要对这事儿有兴趣，无论是电话采访还是邮件采访，他来者不拒。

斯图尔特名声大噪，不光是因为同性恋活动家的身份。他对名望的渴求由来已久，毕业舞会事件之前，他已经是高中里小有名气的演员，他说服校方排演了全套的《大鼻子情圣》，只为了出演剧中的主角。最后，他成功了，他的角色广受好评。

在新闻里看到那张脸的瞬间，鲁本就认出了斯图尔特。男孩长着一张国字脸，宽阔的鼻梁和脸颊上有几点雀斑，乱蓬蓬的金发如光环一般。他的眼睛是蓝色的，惯常的微笑里带着淘气的神情，看起来像是捉弄的坏笑。他的长相颇为讨喜，有时候甚至算得上可爱。他是镜头的宠儿。

斯图尔特在当地声名鹊起的时候，鲁本刚刚进入《旧金山观察家报》。他见过这个男孩的新闻，但没太留意。那孩子以为自己能说服一所天主教高中允许他带男伴参加毕业舞会，这样的勇敢和鲁莽让鲁本不禁莞尔。

斯图尔特想带进舞会的“男友”名叫安东尼奥·洛佩斯，也就是昨晚被杀害的那个不幸男孩。顺便说一句，那几个凶手此前就已放出风声，要把这对男孩大卸八块。

到了中午，昨晚的案件已经传得沸沸扬扬，不光是因为“无敌狼人”介入凶案，救了斯图尔特的命，还因为有传言称，这次针对同性恋的暴行，幕后黑手是斯图尔特的继父，一位名叫赫尔曼·布克勒的高尔夫球教练。凶手中有两个是死者安东尼奥的内兄，他们的家人透露，布克勒策划了这次袭击，目的是摆脱他的继子。斯图尔特也向警方指证继父，并表示他听到行凶者本人亲口说过。

爆点不止这些。斯图尔特的母亲巴菲·朗斯特里特是一位身材妖娆的金发女郎，她曾是一名童星，出演过一部短命的情景喜剧。他的生父则是一位电脑天才，曾在互联网泡沫破灭之前横扫硅谷。后来，这位父亲踏上圆梦之旅前往亚马逊，结果却在萨尔瓦多因感染一命呜呼，丢下了母子俩和一笔足够他们舒舒服服过日子的遗产。继父的阴谋很可能是为了钱，同时他也很讨厌斯图尔特，不过现在他矢口否认，并威胁要起诉继子。

目前斯图尔特是旧金山大学的学生，孤身居住在嬉皮区的自有公寓里，离学校三个街区。遇袭之前，他刚刚和男友安东尼奥一同回到圣罗莎。他曾多次告诉媒体，他毕生的愿望是成为一名律师，为人权而战。他经常客串电台的热线节目嘉宾。自苏珊·拉森在《旧金山观察家报》接受鲁本采访之后，他是第一个愿意与媒体正面接触的狼人案幸存者。

门多西诺警长办公室的两位警察前来拜访时，鲁本正在快速浏览事件进展。

我们希望再跟您谈谈狼人，玛钦特遇害那夜的事儿，您有没有想起来什么新的东西？对了，您听说狼人出现在圣罗莎了吗？

会面的时间很短，因为鲁本确实想不起来什么“新的东西”。两位警官的愤恨溢于言表，公众只会盲目跟风狂欢，完全不去深思狼人到底有多可怕。恐怕非得等到那家伙咬死了某个无辜的人，大众的狂热才会平息。

他们离开以后五分钟，鲁本的手机接到了斯图尔特的电话。

“你知道我是谁，”电话里传来一个充满活力的声音，“啊，听着，我刚跟你的编辑比莉·卡莱通了电话，我也读过你给那个女人做的采访，就是第一个亲眼看见狼人的那个人。我想跟你聊聊，我是认真的。如果你有哪怕一丁点儿兴趣，请到圣罗莎来。现在他们不肯放我出去。啊，还有，你不感兴趣也没关系，不过尽快告诉我好吗？我还得找别人去呢。所以你想想吧，来不来？要不我就给你的编辑打电话，她说希望很小——”

“别说了。告诉我你的具体地址，我马上就来。”

“噢，上帝啊，我还以为是电话答录机。是你吗？真酷。我在圣罗莎的圣马可医院。还有，你得快点儿，他们说要关我禁闭。”

鲁本赶到医院时，斯图尔特开始发烧，医院不允许探视。鲁本决定留下来等，不管要等几个小时还是几天。直到两点左右，他终于见到了那个男孩，那时他已经给格蕾丝发了两次短信，催她联系圣罗莎的医生，“分享”她曾用在鲁本身上的治疗方案，以防万一那个男孩被抓伤或咬伤。谁知道呢？

对于这样的主动，格蕾丝很不情愿。她回短信说：“没有任何信息表明那个孩子被咬了。”

但鲁本知道，他的确被咬了。

鲁本走进病房时，斯图尔特正靠着一堆枕头，输液架上挂着两袋不同的静脉注射液。他的左手、左臂和脸上都缠着绷带，病号服下面或许还有更多绷带，但他正在以“不可思议的速度”康复。看到鲁本，他放下手里的巧克力奶昔杯子，咧嘴笑了。雀斑围绕下溢满笑意的大眼睛让鲁本想起哈克·费恩和汤姆·索亚[①]。

“我被咬了！”斯图尔特大声宣布。他举起裹着绷带的左手，上面还挂着输液管。

“我要变成狼人了。”他肆无忌惮地大笑起来。

药物副作用。鲁本暗自想道。

斯图尔特的母亲巴菲·朗斯特里特一头金发，美得惊人，圆鼓鼓的脸颊上有几点雀斑，和她儿子一模一样，整过形的鼻子微微上翘。她坐在角落里双臂抱胸，望向儿子的眼神宠溺而担心。

“说真的，我告诉你，”斯图尔特宣告，“毫无疑问，神智正常的人都知道那家伙穿着戏服，不过我得说，他的行头可真够棒的。我是说，他的戏服太逼真了。还有，那家伙一定嗑了天使

---

① 均为马克·吐温小说《汤姆·索亚历险记》里的顽童。

粉，不然哪儿来那么大力气。我是说，他冲进去的地方天使都未必敢去。你不会相信他到底有多猛。

“要我说，他完全可能是某种未知的动物种类。不过我跟你讲讲我的理论吧，不开玩笑。”

“你的理论是什么？”鲁本问道。说实话，这样的采访根本不需要记者提问。

“听着，”斯图尔特竖起大拇指戳了戳自己胸口，“我个人觉得，他原本是个普通人，但是遇到了什么糟糕的事情。我是说，别管什么人狼的胡说八道，都老掉牙了，简直不知所云，你看到那些马克杯和T恤了吧。我的意思是说，这家伙被什么东西感染了，或者得了什么病——比如说肢端肥大症之类的，于是变成了现在这样的怪物。我爸为了圆梦跑去了亚马逊，我是说，他最大的梦想就是去亚马逊，顺流而下，在雨林里漫步，诸如此类，结果却被感染了，一周内他的胰腺和肾脏就完蛋了，最后他死在巴西的医院里。”

“真可怕。”鲁本喃喃说道。

“嗯，是挺可怕的。不过我们说回来，那家伙一定遇到了类似的事情。他浑身长毛，骨骼增生——”

“骨骼增生是什么意思？”鲁本问道。

“我告诉你，他的手很大，骨节凸出，脚和额头也是一样。有些病会导致这样的骨骼增生，不过他的情况更严重，他的皮肤外面还长了层粗毛。他一定很孤单，就像《歌剧魅影》里的幽灵，《象人》里的主角，嘉年华上的畸形儿，《隐形人》里的克劳德·雷恩斯，而且完全丧失了理智。还有，那家伙有感情！我是说，非常强烈的感情。你真该看看他站在那儿望着安东尼奥的样子。他就那么一直望着安东尼奥，然后举起手，就像这样——啊哦，差点儿把输液管扯掉，真见鬼——”

“不要紧，没有扯掉。”

“安东尼奥的尸体躺在那里，他就这么举起手来，像是——”

“斯图尔特，闭嘴！”他的母亲厉声喝道，她娇小的身躯在椅子里不安地扭动，“你已经说了多少遍了！”

“别拦着我，妈妈，我在跟记者说呢，我们在做采访。如果这家伙不想听安东尼奥和昨晚的事儿，他压根儿就不会来。妈，能再给我买杯奶昔吗？求你了。”

“真烦人！”他的母亲踩着高跟鞋冲出病房。曼妙的身材！毋庸置疑。

“现在，”斯图尔特说，“我们可以谈点儿正经的了。我是说，她快要把我逼疯了。我那个继父打她打得很凶，她觉得这一切都怪我。那个混蛋用开箱器把她满柜子的衣服都剪了，她也怪我！”

“关于昨晚的袭击，你还记得其他什么东西吗？”鲁本问道。很难想象这位脸色红润、眼睛明亮的男孩会死于圣血，或者其他任何东西。

“那家伙非常强壮，简直强壮得不可思议，”斯图尔特反复强调，“凶手也捅了他几刀。我看见了！亲眼看见的！我是说，他们真的捅了他好几刀。他连眼睛都没眨一下，哥们，他随随便便就把那几个混蛋撕成了几块。我是说，活生生大卸八块。挺恶心的，那可是正儿八经的吃人肉啊。那帮家伙不肯让目击者接受媒体采访，不过他们可拦不住我。我很清楚宪法赋予我的权利。

我忍不住，一定得跟媒体说说。”

“好的。还有别的吗？”鲁本问道。

斯图尔特摇摇头。突然间，他的眼眶湿了。在鲁本面前，他仿佛变成了一个6岁的孩子，开始低声啜泣。

“他们杀死了你的朋友，我很抱歉。”鲁本说。

但男孩依然悲痛欲绝。

鲁本站在床边，轻轻拥抱着他，足足有一刻钟。

“你知道我真正害怕的是什么吗？”男孩问道。

“什么？”

“他们会抓住那个家伙，我是说狼人，他们会伤害他。他们会用机枪打他，用棍子敲他，就像捕杀小海豹一样。我不知道。他们一定会伤害他。在他们眼里，他不是人类，而是动物。他们会用子弹把他打成蜂窝，就像《雌雄大盗》的结局那样。我是说，那两个主角是人类，没错，但还是被打成了蜂窝，就像动物一样。”

“嗯。”

“他们永远都会不知道，那家伙的脑子里到底在想什么。他们永远都不会知道他的身份，也不会知道他做了什么，为什么那样做。”

“你的手疼吗？”

“不疼。不过现在，就算把手放到火上去烧我也不会觉得疼。他们给我用了很多安定和维柯丁。”

“懂了，我也经历过。好了，你还有什么想跟我说的吗？”

他们又聊了半个小时。安东尼奥的几个内兄以大男人自居，他们讨厌安东尼奥，因为他是个同性恋。他们也讨厌斯图尔特，因为是他把安东尼奥“变成了”同性恋。斯图尔特的继父赫尔曼·布克勒付钱让那几个家伙绑架了继子和安东尼奥，准备把两个男孩折磨至死，大卸八块。他们还谈到了圣罗莎和圣礼高中，谈到了做个一级棒的刑事律师会是什么感觉，就像克拉伦斯·达罗那样，那个男人总为被忽略、被鄙视的边缘人张目，他是斯图尔特的偶像。

斯图尔特又哭了起来。“一定是那些药的缘故。”他呜咽着说，皱巴巴的脸像孩子一样。

他的母亲捧着巧克力奶昔走进病房。

“你成天就喝这种东西，一定会生病！”她把杯子重重地放在床边的托盘上，像是在跟谁赌气一样。

查房的护士发现斯图尔特又开始发烧，鲁本必须离开。是的，她说，狂犬病防疫已经启动，当然，复合抗生素应该能抵御那条狼引发的任何感染。不过先生，您必须出去。

“‘那条狼’，”斯图尔特说，“听起来真不错。喂，你还会回来吗，还是你已经想好了该怎么写？”

“我明天再过来看你。”鲁本回答。他给了斯图尔特一张名片，并在背面留下门多西诺的地址和电话。写字的时候，名片下面垫着斯图尔特的书，精装本《权力的游戏》。

离开医院之前，鲁本在护士站留了张名片。“如果出现任何变化，请打电话给我。”他请求护士。如果那个男孩真的死了，他一定会当场崩溃。

他在电梯外追上了男孩的主治医师安吉·卡特勒，并催促她尽快联系旧金山的格蕾丝，因为他躺在病床上的时候，一切治疗方案都是由母亲主持的。鲁本试图说得婉转一点，但他内心深信，自己能活下来，母亲功不可没。卡特勒医生的反应比他期望的还要积极，年轻的她认识格蕾丝，并且相当尊敬这位前辈。她的态度十分亲切，鲁本也给了她一张名片。“请随时给我打电话。”他又咕哝了几句自己的经历。

“你的事儿我都知道。”卡特勒医生和蔼地笑道，“很高兴看到你来探望斯图尔特。他已经无聊得快要挠墙了，不过他的恢复力真是相当惊人，简直是个奇迹。要是你见过他入院时满身的瘀痕，你一定会同意我的话。”

在下楼的电梯里，鲁本给格蕾丝打了个电话，催她联系卡特勒医生。那个孩子被咬了。真的。

格蕾丝沉默了片刻。然后她有些紧张地说：“鲁本，如果要我把在你身上观察到的东西告诉那个医生，我不知道她是否值得信任。”

“我知道，妈，我能理解。我知道。”他说，“不过你可以跟她分享其他一些重要的事情，比如说，用什么抗生素，怎么安排狂犬病防疫疗程，这些东西可能帮到那个男孩，仅此而已。”

“鲁本，我不能就这样突然打电话过去。我在你身上观察到的那么多异常现象，唯一不会表现得大惊小怪的人就是亚斯卡医生，而你甚至不肯跟他见面。”

“好的，妈妈，我知道了。可是现在我们还是先谈谈如何治疗那个男孩的咬伤吧，其他的以后再说。”

他无端地打了个冷战。

现在他已经走出医院，来到自己的车旁。雨又开始下了。

“妈，很抱歉我没留在家里。我知道你希望我跟亚斯卡医生聊聊。如果这样能让你感觉好一点的话，我会尽快跟他见面。”

如果昨晚我留在家里，那么等我经过圣罗莎的时候，斯图尔

特·麦金太尔恐怕早已一命呜呼。

沉默的时间太长，他差点以为电话断线了。不过格蕾丝又开口了，但这个声音听起来完全不像是她。

“鲁本，你为什么要去门多西诺县？你到底出了什么事？”

他该怎么回答？

“妈，现在先别说这个，求你了。我已经在这儿待了一整天。要是你能打个电话给卡特勒医生，我是说，以志愿者的身份，告诉她你曾收治过类似的病例——”

“好吧，听着。明天你得打最后一针狂犬病疫苗。你还记得吧？”

“我忘得一干二净。”

“呃，鲁本，过去一周我每天都在留言提醒你。明天就是第二十八天，你必须去打最后一针。那位小美人，劳拉，她有电话吗？她会接电话吗？要不我留言给她？”

“我会处理好的，我发誓。”

“好吧，听着。我们本来打算派个护士带着疫苗过来，不过如果你乐意的话，我会联系圣罗莎的这位医生，明天早上你来探访这个男孩时，让她给你安排打针。我会先跟她简单聊聊，看看能帮上什么忙，要是有什么事情是我能告诉她的，呃，那我们到时候再说。”

“妈，这样就很好，你真是我的蜜桃妈妈。不过你的意思是不是说，那一夜才过去二十八天？”

感觉像一个世纪那么漫长，他的生活天翻地覆。只是二十八天而已。

“是的，鲁本。我深爱的儿子鲁本·戈尔丁消失不见，换成你取而代之，已经二十八天了。”

“妈，我真是爱死你了。我会想办法找到所有答案，解决所有问题，让我们的小世界重归和谐。”

她笑了。“现在，你听起来又像是我的宝贝儿了。”

她挂断了电话。

他站在车旁。

一种奇怪的感觉袭来，不太愉快，但也并不可怕。眼前闪过将来的某个画面，他和母亲一起坐在尼德克角大厅的壁炉前促膝而谈。在他的想象中，母子俩的交谈坦率而亲昵，他坦诚相告，她欣然接受，然后拥抱了他。她是那么渊博、睿智、慧眼独具。

这个小世界里没有阿基姆·亚斯卡医生，也没有其他任何人。只有他和格蕾丝。格蕾丝知道，格蕾丝理解，格蕾丝会帮他弄清一切，格蕾丝与他同在。

但这样的企望太过缥缈，就像守护天使的传说。孩子们总是想象暗夜的床头有天使相伴，高处的屋椽掩映着翅膀的弧度。

幻境中的母亲突然变了脸色，鲁本吓了一跳。她的眼里闪过一缕恶意，脸庞半掩在阴影之中。

他颤抖起来。

这一幕永不会成真。

这是一个秘密，只能和费利克斯分享。还有劳拉。哦，他可以和劳拉分享一切，无论过去、现在，还是将来。但其他人……也许还有那个长满雀斑、爽朗活泼、眼睛明亮的男孩，他正在楼上的病房里以奇迹般的速度康复。该回家了，回到劳拉身边，回到尼德克角。那幢大宅从未像此刻这样令他感觉安全。

劳拉正在厨房里做一大份沙拉。她曾经说过，心烦的时候，她会拌一大份沙拉。

洗过的生菜晾在厨房纸巾上，她找了个方形的大木碗，在里面抹上油和刚刚切好的大蒜。新鲜的蒜味儿相当诱人。

然后她把生菜叶撕成小片，倒上橄榄油，沾了油的叶片湿润闪亮。一大堆生菜叶在木碗里闪闪发光。

她把木勺递给鲁本，叮嘱他轻轻搅一搅。然后加入切得细细的大葱和香料。每样香料倒出来一点点——牛至、百里香、罗勒，放入掌心搓散，再撒进碗里，细碎的香料紧贴在油光闪亮的叶片上。她倒了点儿酒醋，鲁本继续搅拌，最后她把西红柿和牛油果的薄片放在沙拉顶上。刚出炉的法式面包柔软而温暖，他们坐下来共进晚餐。

水晶杯里的苏打水看起来就像香槟。

“感觉好些了吗？”吃饱喝足以后，他问道。这真是他有生之年吃过的最大的一份沙拉。

她回答说好些了。她吃得很斯文，眼神不时在刚擦亮的银叉子上流连。她说她从没见过这么精美的银器，沉甸甸的，刻满花纹。

他望向窗外的橡树。

“有哪里不对吗？”她问道。

“有哪里对吗？”他反问，“想听点儿糟糕的事吗？我已经数不清我杀了多少人。我得找找笔和纸，好好算一算。我不知道有多少个夜晚，我是说，异变发生以来，已经过去了多少个夜晚。我真得好好算算。我还得搞本秘密日记，写下我的所有小小发现。”

奇怪的想法从他脑海中掠过。他知道不能这样继续下去，也不可能继续下去。他略带好奇地揣想，如果去往一片陌生的土地，某个无法无天的地方，会是什么样子。在起伏的山峦与山谷间追猎邪恶，没有谁跟踪记录你夺走了多少人命，肆虐了多少个夜晚。他想到了那些大城市，比如开罗、曼谷、波哥大[①]，或者去往某个辽阔的国度，没入无垠的森林与旷野中。

片刻之后，他说："那个男孩，斯图尔特。我觉得他能熬过去。我是说，他不会死。但我不知道还会发生什么。无从得知。真希望能跟费利克斯谈谈。我在费利克斯身上寄托了太多希望。"

"他会回来。"劳拉说。

"今晚我想留在这里，留在室内。今晚我不想变身。就算异变真的来了，我也只想一个人待在森林里，就像在缪尔森林遇见你的那夜一样。"

"我理解，"她说，"你害怕，怕自己无法控制它。我是说，面对它，你并不是孤身一人。"

"我甚至没有试过，"他说，"真让人惭愧。我必须试一试。明早我还得回圣罗莎去。"

天已经开始黑了，夕阳最后的余晖消失在森林里，深蓝色的暗影越来越宽，越来越浓。雨来了，丝丝细雨在窗外闪着微光。

片刻之后，他走进藏书室，给圣罗莎的那家医院打了个电话。护士说斯图尔特正在发高烧，不过其他方面"没有恶化"。

他收到一条格蕾丝的短信。疫苗的事儿已经跟安吉·卡特勒医生说好了，明天早上十点。

夜幕笼罩大宅。

---

① 哥伦比亚首都。

他凝视着墙上的巨幅照片，费利克斯、马尔贡·斯波瓦，雨林里的先生们。他们都是和他一样的野兽吗？他们聚在一起是为了打猎，还是为了交换秘密？或者这里面的狼人只有费利克斯？

我怀疑费利克斯·尼德克遭到了出卖。

这句话是什么意思？埃布尔·尼德克以某种方式一手导演了费利克斯的失踪，甚至从中获利，但却从未向爱女玛钦特透露分毫？

鲁本徒劳地在网上搜索着现在这位费利克斯·尼德克的信息，结果一无所获。不过返回巴黎后，费利克斯会不会改用了另一个身份，另一个鲁本根本无从猜测的身份？

晚间新闻报道称，斯图尔特的继父已被保释。守口如瓶的警方向记者承认，这位继父的确是“重点怀疑对象”，不仅仅是普通嫌犯。但斯图尔特的母亲则坚称丈夫是无辜的。

有人在核桃溪和萨克拉门托看到了狼人，还有报告称旧金山发现狼人出没。弗雷斯诺的一位女士声称自己拍下了狼人的照片，圣地亚哥的一对夫妇表示狼人阻止了一次袭击，救了他们的命，可他们并未看清任何一位当事者的模样。警方正在调查太浩湖沿岸的一系列目击事件。

加州检察总长已经召集了一支别动队，专门处理狼人相关事件，相关的科研委员会亦已成立，科学家们正在研究各类司法证据。

狼人的出现是否遏制了本地的罪案？当局完全避而不谈，但根据警方的消息，发案率的确有所下降。目前，北加州的街面相对比较平静。

“他可能会出现在任何地方。”米尔谷的一位警察表示。

鲁本回到电脑前，开始整理斯图尔特·麦金太尔的采访稿。他的报道依然侧重于斯图尔特本人声情并茂的回忆，也介绍了斯图尔特的神秘疾病理论。和上次一样，在文章的结尾，鲁本浓墨重彩地强调，狼人的道义困境无法可解——在一系列残暴得令人发指的案件中，狼人既是法官，又是陪审团和刽子手，公众不应将这样的怪物奉为超级英雄。

我们不应赞颂他野蛮的介入与残忍的暴行。他践踏了我们视为圭臬的东西，所以他是我们每一个人的敌人，而不是朋友。悲剧在于，即便他再次拯救了一个无辜的生命，也不过是无关宏旨的小意外而已。若是火山爆发和地震带来了意外的好处，难道我们要因此感谢这些天灾？同样，我们不应感谢狼人。关于他的性格、志向乃至动机，我们一无所知，全凭臆测。真正值得庆幸的是，斯图尔特还平安活着。

他的文章并不新颖动人，不过至少真实可靠。贯穿全文的是斯图尔特的鲜明性格，满脸雀斑的大男孩曾是《大鼻子情圣》里的明星。这次针对同性恋的袭击差点要了他的命，但他的生命力十分顽强，他在病床上接受了记者的采访。关于斯图尔特被“咬伤”一事，鲁本一笔带过，因为斯图尔特本人也并不在意。谁也不会特别留意记者本人也曾被咬伤过，咬伤背后蕴藏的戏剧性不会进入公众视野。

鲁本和劳拉回到楼上，依偎在高背床上看一部优美的法国电影，让·谷克多的《美女与野兽》。鲁本感觉眼皮越来越沉重，睡意蒙眬。野兽用法语向美女深情倾诉的一幕让他回过神来，那头怪兽穿着天鹅绒上衣，衬衫上缀着精美的蕾丝，眼睛闪亮。电影里的美女像劳拉一样美丽优雅。

他开始做梦，在梦里他化身为狼，在轻风吹拂的广阔草地上奔跑，前肢永不疲惫地蹬踏着身前的地面。草原尽头是无垠的黑森林，林间有城市若隐若现，玻璃巨塔如花旗松和红杉般高耸入云，建筑物外墙挂满常春藤与蜿蜒的藤蔓，宏伟的橡树簇拥着一幢幢楼房，楼房的尖顶上伫立着烟囱，青烟缭绕飘散。整个世界变成树木与巨塔的海洋。啊，这便是天堂。他放声歌唱，爬得越来越高。

他想醒来，想赶快把这个梦告诉劳拉，但若是醒了，梦境便会烟消云散，因为这梦缥缈如雾，在他眼中却无比真实。夜来了，高塔上亮起一片片灯光，星星点点在暗色的树干与巨大的枝丫间闪烁。

“天堂。”他喃喃地说。

他睁开眼，她正撑着手肘，俯身看他。电视的幽幽光线映在她的脸上，照亮她湿润的嘴唇。她怎么会想要现在的他？这个年轻男人普通至极，双手和母亲的一样纤细，她为什么会想要他？

但她毫不介意。她开始热烈地吻他，手指捏住他左边的乳头，他的欲望腾地升起。她挑逗着他的肌肤，他也挑逗着她的。她椭圆形的指甲轻挠着他的脸，寻觅着他的牙齿，轻掐他的双唇。她的重量令他感觉舒适，散落的头发如瀑布般铺泻而下。这感觉如此美妙，赤裸的躯体肌肤相亲，她的肌肤柔软、湿润、光滑，喔，和他的紧贴在一起。

我爱你，劳拉。

太阳升起时，他醒了。

这是异变发生以来的第十个夜晚，也是他唯一没有变身的一夜。鲁本松了口气，但又有一丝不安。也许我错过了某些非常重要的事情；也许有什么地方发生了什么事，而我没能赶到；也许我欺骗了自己内心的某个东西，它感觉像是良知，却又不是。

32

直到七天以后，鲁本才再次见到斯图尔特。

卡特勒医生已经给鲁本安排注射了最后一剂狂犬病疫苗，但她坚持不让任何人靠近斯图尔特。禁止探访，除非那孩子开始退烧，病情稳定。她一直和格蕾丝保持联系，对于鲁本的牵线搭桥，她深怀感激。

和鲁本通话后，格蕾丝开始关注男孩的病情，她甚至亲自来了圣罗莎一趟，以私人身份探望男孩并向鲁本通报情况，要不是这样，满心的疑虑准得把鲁本逼疯。卡特勒医生倒是接了他的电话，态度也很和蔼，但她显然不打算透露太多信息。不过，她说，斯图尔特的确出现了明显的发育高峰，至于原因，她也不太清楚。当然，那孩子才16岁，骨骼生长板尚未闭合，继续发育不算稀奇。尽管如此，她也从没见过这么迅猛的体格发育，就连他的头发都在疯狂滋长。

鲁本非常想见斯图尔特，不过显然，卡特勒医生心意已决，无论他说什么都无法改变。

格蕾丝乐意帮忙，不过她坚决要求，她说的话一个字都不能见报。鲁本发誓绝对保密。

我只想他好好的，只想他活下来，就像什么事儿都没发生过一样。

格蕾丝说，尽管斯图尔特的烧还没退，有时候还会说胡话，但他的确活了下来，情况好得过分。他的临床表现和当初的鲁本一模一样，瘀青消散，肋骨已完全愈合，皮肤散发着健康的光泽，而且正如卡特勒医生所说，他的身体迎来了汹涌澎湃的发育高峰。

“在他身上，这一切来得更快，”格蕾丝说，“比你当初快得多，不过他也年轻得多。几岁的差距就有这么大的区别。”

抗生素让斯图尔特身上起了大片的疹子，但皮疹很快就消失了。别担心，格蕾丝说。高烧和谵妄是有点吓人，但那孩子没有任何感染的迹象；他每天总有几个小时是清醒的，这时候他总是嚷嚷着要见外面的人，还威胁说要是不给他手机和电脑，他就打破窗户逃走；他成天跟母亲吵架，因为母亲希望他替继父脱罪；他号称自己听到了奇怪的声音，还说自己知道医院周围的房子里发生的事情；他的情绪非常激动，总想下床，不愿意配合治疗；他还担心继父会伤害母亲。闹到最后，医生只好给他打一针镇静剂了事。

“那个女人相当讨厌，我是说斯图尔特的妈妈，”格蕾丝悄悄告诉鲁本，“她嫉妒自己的儿子。丈夫脾气不好，她总觉得是儿子的错。她对待斯图尔特就像是对待一个烦人的弟弟，觉得是他毁了自己和新男友的甜蜜生活。那孩子根本不懂他妈到底有多幼稚，这出闹剧简直让我作呕。”

“我记得她。”鲁本喃喃说道。

但格蕾丝的态度和其他人一样坚决，鲁本不能去见斯图尔特。目前不能接待任何访客。要避开警长、警局和检察总长办公室的纠缠，这是唯一的办法。所以她无法为鲁本网开一面。

“他们的问题会搅得他心烦意乱。”格蕾丝说。

鲁本完全理解。

这七天里，政府的人到尼德克角拜访了四次，面对他们的追问，鲁本耐心地坐在大壁炉旁的沙发上，一遍又一遍地解释说，他真的没有看到袭击他的“那头野兽”到底长什么样子。他不厌其烦地一次次领着他们去查看遇袭的走廊和曾被打破的窗户。他们似乎很满意，不过二十四小时后，他们又回来了。

他讨厌这样的做戏。面对那些充满疑问和审视的脸，他总是感到无助。他努力让自己的声音听起来更诚恳，竭力取悦他们，但在内心里，他正在颤抖。他们都很正直。但这总归是件麻烦事。

媒体二十四小时蹲守在圣罗莎医院的大门外。斯图尔特的高中同学已经成立了后援团，每天在外面游行，要求严惩凶手。加入这个组织的甚至还有两位激进的修女。她们向全世界宣告，旧金山狼人比全加州的人更在乎年轻同性恋者遭到的野蛮对待。

黄昏时分，鲁本穿着连帽衫，戴着墨镜，心事重重地在医院外的人行道上逡巡。他绕着街区转了一圈又一圈，聆听、思索、衡量。他敢发誓，他在窗口瞥见过斯图尔特的身影。斯图尔特能听到他的声音吗？他喃喃低语：“我在这里，我不会丢下你一个，我在等你。”

“那孩子已经脱离了生命危险，”格蕾丝断言，“你不用担心。不过我一定得搞清楚他出现这些症状的原因，弄明白这种病到底是怎么回事，否则我实在没法放心。”

你这股劲头很危险，鲁本想道。不过他最在乎的是，斯图尔特活了下来。他也相信，在这一点上，格蕾丝和他一样。

与此同时，格蕾丝和那位神秘的亚斯卡先生似乎闹翻了，不过她明显不愿意告诉鲁本具体原因。她只是简单提了一下，亚斯卡医生的某些建议她不喜欢。

“鲁本，那家伙相信有超自然的东西存在，”格蕾丝说，“就像着魔一样。我还发现了其他的危险信号。要是他打电话给你，你就直接挂掉。”

“遵命。”鲁本回答。

但现在亚斯卡盯上了斯图尔特，他和男孩的母亲长谈了好几次，讨论斯图尔特与狼人的神秘遭遇，对此格蕾丝深怀警惕。亚斯卡再次推荐索萨利托那家神秘的医院，说那里不会留下任何档案记录。从执照上看，那只是一家私人疗养机构。

“他完全就是白费劲，”格蕾丝说，“那个女人压根儿听不懂他在说什么。”

鲁本担心得要命。他驱车向南，在圣罗莎东面的紫牧场路上找到了那幢红杉与玻璃搭建的现代宫殿。斯图尔特的母亲开了门。

“是的，我在医院见过你，你长得真帅。请进。哦，我不担心斯图尔特，围着他转的医生有一大把，我都不知道这么多人是干嘛的。有个从俄国来的怪人，叫什么亚斯卡医生，他想见斯图尔特，但戈尔丁医生和卡特勒医生不许。那个亚斯卡医生觉得应该把斯图尔特送去某个疗养院，但我也弄不明白是为什么。”

他们的谈话不太像是采访，刚聊了几句，那位继父就走了进来。赫尔曼·布克勒矮小瘦削，表情夸张，眼珠乌黑，铂金色的头发理了个平头，皮肤晒成棕褐色。他不愿意让妻子接受记者采访。事实上，他大发脾气。鲁本冷冷地看着他。恶意的气息如此清晰，比亚斯卡医生身上的明显得多。尽管赫尔曼越来越暴躁地命令鲁本离开，但他仍坚持留在屋里，就是为了继续研究这个男人。

这个男人满怀怨恨，怒气冲冲。斯图尔特搞出来的乱子，他早就受够了。他的妻子很怕他。她竭尽所能地安抚丈夫，为眼下的局面道歉，她请鲁本赶紧离开。

痉挛在鲁本体内翻涌。现在正是白天，痉挛头一次在白日悄然而至，此前只有见到亚斯卡医生的那一刻，他才在光天化日下感受过身体的轻微悸动。他紧盯着那个男人，直到彻底走出那幢红杉和玻璃搭成的大房子。

他在保时捷里坐了很久，望着四周的森林与山丘，等待痉挛褪散。天空蔚蓝，阳光明媚，冬日的酒乡美如画卷。能在这样的地方长大，斯图尔特真是个幸运的孩子。

异变并未真正到来。*我能在白天诱发它吗？*鲁本并不确定，毫无头绪。但他能确定的是，赫尔曼·布克勒的确对继子心怀杀机。巴菲知道丈夫不喜欢她的儿子，但她并不知道情况到底有多严重。她面临两难的处境，丈夫和儿子，只能选择一个。

经过这几个夜晚，现在鲁本感觉自己已经完全掌握了狼的礼物。

和斯图尔特见面后的头三个晚上，他成功抗拒了异变，什么都没发生，他很满意，但随即他感到非常痛苦。感觉就像斋戒，你明明知道有那么多美食佳酿，却只能吃粗茶淡饭。

下一次异变到来时，鲁本走进了尼德克角附近的树林。他有意识地控制着自己的活动范围，森林是他的领地。他在林木间逡巡，狩猎，寻找新的溪流，爬上参天的古树，爬到以前未曾尝试过的高度。他的小森林里有一头熊正在冬眠，它的巢穴在某棵被火烧过的大树上，离地约有60英尺；还有一只大猫，很可能是被他吃掉的那只美洲狮的儿子；胖乎乎的松鼠皮毛油光闪亮；林鼠、河狸、鼩鼱、鼹鼠都是他的食物，他甚至吃了几只冰冷的爬行动物，脆弱得不可思议的小东西。除此以外，他还发现了无数的蝾螈、束带蛇和青蛙。在小溪里抓鱼十分有趣，他很快就学会了用巨大的爪子捕捞那些滑溜溜、游得飞快的猎物。他在树荫高处捉了不少灌丛鸦和鹪鹩，连毛带肉吃下去的时候，它们的小心脏还在狭小的胸腔里徒劳地跳动。啄木鸟、灯芯草雀的味道也十分美妙，画眉多得源源不断。

吃掉自己杀死的猎物是“正当”的，这个想法迷得他神魂颠倒，就像当初沉迷于单纯的杀戮。他很想弄醒那头冬眠的熊，试试看能不能打得过它。

遥远的北面，靠近庄园边界，森林更加茂密，他闻到公麋鹿的气味，但并没有追上去。他幻想自己冲进悠闲吃草的羊群，撵得羊儿四处乱窜，然后追上其中最大的一头，将利齿刺入它毛茸茸的脖子，热乎乎的活羊味道一定相当不错。

但他不想被人看见，他只想待在自己的领地里，待在劳拉附近。主卧室的大床上，劳拉披着缀满白色蕾丝的法兰绒袍子，睡得正香。等他返回大宅，他会用野兽的爪子和吻将她唤醒。

可是，这就够了吗？在属于自己的森林里享受美妙的夜晚，是否已经足够？在南边，一大片苍白的阴影描摹出城郊荒野的形状，成千上万个声音在呼唤着他，诱惑着他。痛苦的花园，我需要你。有知觉的灵魂正在哭喊，相形之下，野兽的歌唱又算得上什么？他还能这样坚持多久？

从某种程度上说，白天的时间更好过一点，哪怕有络绎不绝的警察。

他潜心研读狼人的资料，包括小说和五花八门的狼人目击“报告”，从西藏雪人到加州大脚怪，无所不包。他还梳理了全世界的新闻，试图找出壁炉架上那几位先生的线索，结果却毫无头绪。

他换着花样研究大宅。虽然，在未来的某天，他或许得把这幢房子交回费利克斯手里，但至少现在，尼德克角还是他的。他对大宅的爱和了解与日俱增。时不时地，他和劳拉总会推开某扇没开过的门，走进某间没见过的屋子。

有一天，一群尼德克镇上的人敲开了大宅的门。带头的是尼娜，第一次来大宅那夜，鲁本就见过这个小个子高中生。以前她经常在大宅后的林子里远足，可是现在，高尔顿警告他们离这儿远点。尼娜哭着说，能在这片土地上漫游，对本地人来说非常重要。

劳拉把这群远足者请进来喝茶，最后双方达成了妥协。白天大家都可以过来远足，但是晚上不能在森林里扎营。鲁本表示赞同。

后来劳拉承认，她知道这片林子对本地人意义重大，她非常理解。有时候她甚至希望附近的人能多一些，因为她偶尔会觉得非常孤独。

“以前我去哪儿都不会害怕，”她说，“至少不会怕加州的森林。可是我发誓，就在昨天，我发现树丛里藏着什么人，有人在窥视我们。”

“也许只是远足者。”鲁本耸耸肩。

她摇头否认。“感觉不一样，”她说，“不过也许你是对的。我只是还没习惯这里，我知道，这里和米尔谷一样安全。”

最后他们达成了一致，偷窥大宅的人很可能是某个记者。

他不喜欢看到她为任何事担心。如果有心怀恶意的人靠近，他一定能闻到气味，听到声音。但她不太相信。所以他决定，如非必要，绝不能留下她独自一人。

他绞尽脑汁，在通往大宅的私家公路尽头装了一道巨大的自动门，仅仅是为了防止记者开着车闯上来。斯图尔特的新闻红得发紫，媒体又重新焕发了对大宅的兴趣，要知道，狼人第一次出现就是在这里。当然，记者和摄影师还可以步行上来，不过至少他们没法直接把车开到大宅门口。

高尔顿反复安慰鲁本，请他不用担心，新闻热潮很快就会过去，和以前一样。他的小团队来来去去，翻修大宅正面的卧室，安装新的线路，刷这刷那，给所有地方装上合适的电路和有线电视接口。

要住在这样的大宅里，麻烦不可避免，鲁本想道，至少是在刚搬进来的这段时间。很快，他们的生活就将重归宁静，一同归来的或许还有费利克斯。

劳拉接管了温室，她把那地方变成了天堂。巨大的榕树枝叶低垂，四周环绕着稍矮的橘树和柠檬树，开花的藤蔓爬满铁栅栏上精致的格架，有忍冬、茉莉，也有牵牛花。四处摆放着玫瑰的盆栽，盛放的花朵甜美如画。洋紫荆树战胜了长途运输带来的损伤，满树的花朵挤挤挨挨，美不胜收。劳拉在温室的角落里装上了模仿日照的小灯，补充北方苍白的阳光。她还找来了一台漂亮的维多利亚式白珐琅炉子，把室内变得温暖如春。需要热量的不光是植物，每天傍晚，他们俩都会坐在喷泉前的白色大理石桌子上共进晚餐。

这一周过去一半的时候，鲁本把自己吓了一大跳。

他不太清楚自己为什么要这样做。但他在佩塔卢马找到了一家没有监控探头的小型二手电脑店，他用连帽衫和墨镜把自己遮得严严实实，走进店里用现金买了两台苹果的笔记本电脑。

费利克斯没有留下只言片语就匆匆离去，对此，鲁本很生气。对斯图尔特的愧疚感也折磨着他。南边城市里鲜美的邪恶气息时时刻刻诱惑着他。

所以他在笔记本上创建了一个名叫维拉·豺狼的电子邮件账号，用狼人的名义给《旧金山观察家报》写了一封长信。

信的内容芜杂混乱，张扬无忌。这是对费利克斯·尼德克愤怒的催促：请你快回来，帮帮我！

要想匿名把信发出去，他只需要开车进城，停在某家酒店或旅馆附近，躲开摄像头，连上Wi-Fi，按下发送键。

谁也查不到邮件的来源。

但他没把信发出去。信里充斥着祈求和怒火，简直不知所云。自怨自艾的字句多不胜数——为什么没有哪位“睿智的守秘人”来指导我？可是斯图尔特的生命垂危，这完全是他自己的责任，不是吗？他怎能为此责怪费利克斯？他的心情起伏不定，前一刻满心宽恕和谅解，后一刻又想狠揍费利克斯一顿。

最后，他留下了这封信。他把笔记本塞进地下室的旧箱子里，继续等待。

很多次，他阴郁地想，要是那孩子死了，我也不会让自己活下去。但劳拉总是警告他，他不能丢下她，不能出卖狼族的秘密，也不能这样轻易放弃自己——如果他真打算对自己做出这么野蛮残忍的事情，那无异于将他自己和所有秘密拱手交给格蕾丝和当局。而且，如果他真的自杀，对费利克斯又意味着什么？想到这里，鲁本只得把轻生的念头彻底埋葬。

“一定要等到费利克斯回来，”她说，“你得记住。实在忍不住的时候，就这样想想：费利克斯回来之前，绝不能轻举妄动。答应我。”

吉姆打过好几次电话，但光是想到要把斯图尔特的事告诉吉姆，鲁本就已无法忍受。他总是逃也似的挂断电话。

至于劳拉，她有她的心魔。每天清晨，她总是沿着一条陡峭危险的小道走很长的路去海滩，在冰冷的海浪陪伴下漫步好几个小时。在鲁本眼里，那条路完全没法走，海风把他冻成了一大块丝毫不懂得体贴的寒冰。

她也经常长时间在森林里散步，无论鲁本是否在她身旁。她决心要战胜自己新的恐惧。有一次，她在海滩上看见悬崖高处有人，不过这也算不上什么出乎意料的事情。

每次劳拉外出时，鲁本总是提心吊胆，他竖起体内属于狼的耳朵，监听她周围的一切。

他不止一次地想到，附近可能有其他狼族，其他费利克斯完全不知道的同类，但他没有任何证据。而且他觉得这不太可能，如果真有其他狼人，费利克斯应该会警告他。也许他把费利克斯想得太过神通广大。也许他必须把费利克斯想得那么神通广大。

劳拉带回一些纤弱的小剑蕨，精心种在温室专门准备的花盆里；她还捡了不少美丽的石头和鹅卵石，为喷泉水池增色；在厨房窗户下面的砾石车道上，她发现了有趣的化石。然后，她全心投入大宅的翻修工作中，修补旧卧室里古老的威廉·莫里斯墙纸，指导工人重新刷亮暗淡的画框和其他木制品。她订了一大批窗帘，并开始整理瓷器和银器目录。

她还找来了一架漂亮的法奇奥里大钢琴放在音乐室里。

她开始用相机记录尼德克的森林。她估计这片庄园里大约有75棵古老的红衫，有些高度超过了250英尺。花旗松的高度和这些红杉差不多，还有数不清的小红杉、西部铁杉和云杉。

她教鲁本认识所有树木的名字，教他如何分辨加利福尼亚月桂和枫树，枞树与红杉有何区别，怎么辨别数不清的各种植物和蕨类。

到了晚上，她会和鲁本一起阅读。有时候是德日进的作品，有时候是其他哲学或神学著作，有时候则是诗歌。她坦承，她并不信仰上帝，不过她信仰这个世界，也理解德日进对尘世的爱与虔诚。她希望自己能信奉某种个人版的上帝，某个充满爱意，能理解这一切的上帝，但实际上，她并不相信。

一天晚上，说起这些事，她突然哭了。她请求鲁本变身，带着她再去森林的高处。他照办了。他们在高高的树枝上游荡了好几个小时。她有些恐高，为了挡风，她戴着手套，穿着黑色紧身户外服。如果暗处真有窥视的眼睛，黑衣就是她的保护色，就像鲁本的深色皮毛一样。靠在他的胸口，她再次号啕大哭。她说她愿意接受狼的礼物，哪怕冒着死亡的风险也在所不惜。等到费利克斯回来，如果费利克斯知道答案，如果费利克斯能指导他们，如果费利克斯知道该如何……他们讨论了好几个小时。最后，她终于耗尽精力，平静下来。他带着她回到地面上，来到他经常独自觅食的小溪边。她在冰冷的水里洗脸。他们坐在遍布苔藓的石头上，他细细向她描绘听到的一切，熊在不远处酣睡，小鹿无声地掠过暗处的阴影。

最后，他带着她回家。他们再次在餐厅里做爱，炉火在古老庄严的中世纪黑壁炉里熊熊燃烧。

大抵来说，她不算快乐。但绝非不快乐。

她选来当作办公室的那间卧室已经修整一新，添置了玻璃桌面的办公桌，几个可爱的木质文件柜和带脚凳的大安乐椅，十分适合阅读。美丽的古董家具收到了地下室里。

他们谁也没动玛钦特的旧房间。鲁本回到大宅之前，已经有人收拾了玛钦特的所有个人物品，可能是律所的人。现在，那是一间漂亮宽敞的卧室，装饰着粉色印花棉布和白色花边窗帘，白色大理石壁炉靠在墙边。

费利克斯的旧书房在走廊西北角，那里如今是大宅的圣地，包括毗邻的几个房间。

劳拉和鲁本总是一起做饭，一起处理所有杂务。所有真正花时间的问题，几乎都由高尔顿打理。

她为何能轻易接受狼人残暴的一面？

劳拉承认，她想了很多，却没有找到答案。她说，她深爱着鲁本，永远都不会离开他。那简直就不可想象。

不过是的，她的确想过，每一个日日夜夜，她想着，向伤害过我们的人复仇，这样的欲望藏在我们心头，多么残忍，而一旦屈从于这样的欲望，它又会带来什么。

是的，她希望他的猎杀止步于森林之内，希望他永远别再听从神秘声音的召唤。但她无法解释那些声音从何而来，而每一天的新闻都在添油加醋，极尽详细地描述狼人的“介入”带来的无尽“余波”。

媒体对狼人案受益者的兴趣不亚于对受害者的关注。美景山的那位老妇人曾经遭受残酷的折磨，狼人是她的救星。现在，她的精神已经恢复，她同意接受媒体采访。对着镜头，她坦率地说，狼人应该被活捉，而不是像野兽一样被击毙。如果狼人真被当局抓住，她愿意付出全部财产去支持他，保护他。在北滩第一个“接触”狼人的苏珊·拉森也大力呼吁“安全”捕捉狼人。对拉森来说，他是“那个很绅士的狼人”，因为他轻轻触碰了她，安慰了她。与此同时，网上和YouTube上出现了狼人粉丝团，至少已有一位著名摇滚歌星为狼人谱写了歌曲，“狼人情歌”，很快还有更多歌曲出炉。脸书上有狼人专页，YouTube上有狼人诗歌大赛，五花八门的狼人主题T恤铺天盖地。

快到周末的时候，西蒙·奥利弗打来电话，说产权公司已经准备好了尼德克角的所有文件，只等签字。鲁本同意了西蒙的安排，但他隐隐有些疑惧。

费利克斯怎么办？那可是费利克斯，真正的费利克斯。这幢大宅不是应该属于他吗？

“现在这个问题无法解决，”劳拉说，“我觉得你应该去产权公司签字，让他们办理转移手续。记住，费利克斯无法合法地获得大宅。他不能接受DNA测试，无法证明自己与玛钦特的亲属关系，更不能证明他就是费利克斯·尼德克本人。他必须从你手里买下这幢房子。从现在开始，这地方就是你的了。”

产权公司的事没花多少时间。他们告诉鲁本，在这么短的时间里办完手续可不常见，不过这么多年来，这幢大宅一直在同一个家族手里，流程也因此变得更简单。鲁本按照他们的吩咐签完了所有的字。

现在，尼德克角已正式归他所有。地产税付到了明年年底，保险也已缴纳完毕。

他开车带着劳拉去南边取回她的吉普车和个人物品，劳拉的行李只装了几只盒子，他不免有些吃惊。一半的盒子装的都是法兰绒睡袍。

格蕾丝终于打来电话，告诉他下周二斯图尔特也许能接受探访。那孩子已经有两天没发烧了，皮疹和反胃也已消失。他身上看不出一点儿受过伤的迹象，而且身高和体重都有所增加。

“就像我以前跟你说的，在他身上，所有过程都比你快得多，”她说，“现在他的狂躁略好了一些，不过开始有点儿喜怒无常。”

坦率地说，她希望鲁本去见见斯图尔特，跟他谈谈。那孩子想回家，他说的家是指旧金山。他的母亲不肯让他踏进圣罗莎的家门，她担心自己的丈夫，而格蕾丝担心斯图尔特本人。

“没错，他要是回到旧金山，我的活儿就轻松多了。”格蕾丝说，“不过这孩子的表现太奇怪，说不出的怪异。当然，他和原来一样聪明。他心里清楚得很，所以除了抱怨说听到奇怪的声音，其他事情他绝口不提。鲁本，情况的发展和你那会儿一模一样。我是说实验室结果。呃，他们取得了一点儿进展，然后所有样品突然分解了！我们还没解决这个问题。而且他和我第一次见到的时候判若两人。我希望你去看看他。”

他感觉到了，当谈论的对象变成斯图尔特，他和母亲的交流就变得容易多了。他们畅所欲言，就像那些沉默、秘密和谜团都不曾存在，就像所有怪事都只与斯图尔特有关。

这样就好。

鲁本说：“我随时都愿意跟斯图尔特见面。星期二，我一早就到。”

最后，格蕾丝问道：“如果菲尔、吉姆和我要过来吃晚饭，你和劳拉方便吗？”

鲁本喜出望外。现在他已经掌握了狼的礼物，再也不用害怕场面失控。格蕾丝的提议正中下怀。

整个周一，他和劳拉都在那间宏伟的餐厅里忙着准备家宴。

为了装饰餐桌，他们从柜子里淘出了不少亚麻织物和一大堆雕花银器。大幅的桌布上缀着古旧的蕾丝，餐巾上绣着大写的首字母“N”。他们还订了鲜花来装饰大宅里主要的房间。最近的那家面包房会送来特制甜点。

格蕾丝和菲尔都很喜欢这幢大宅，不过，正如鲁本所料，菲尔彻底爱上了这里。他好像再也听不到别人的问题和谈话，自顾自地在大宅里漫步，喃喃说着谁也听不清的话语。他的手抚过古老的嵌板和门框，抚过钢琴的清漆，抚过低垂的榕树皱巴巴的叶子，抚过藏书室里的皮革书脊。他戴上厚厚的眼镜，细细查看猎人油画如雕刻般的纹理和中世纪风格的壁炉。灰发凌乱、粗花呢套装皱皱巴巴的菲尔似乎天生就属于这个地方。

最后，他们不得不强行把他从二楼的房间里拖了下来，因为所有人都饿得要死。但菲尔仍在喃喃低语，与大宅交流。格蕾丝说这地方太过奢靡，而菲尔则明显心不在焉。

父亲的表现让鲁本激动不已。他忍不住多次拥抱菲尔，而老头子仿佛已经进入了梦幻世界。他低声说：“我真想马上搬到这里。”时不时地，他总会骄傲地、充满爱意地望向鲁本。

“儿子，这是你的命运。”他说。

格蕾丝说，这样的房子已经过时，应该改建成公益机构、博物馆或者医院。在鲁本眼里，今晚的母亲格外美丽。她的红发自然地簇拥着脸庞，唇上略略涂了一点儿口红，脸上的表情一如既往的生动。她的黑色丝质便服看上去很新，为了与家人欢聚，她特地戴上了珍珠。不过，她明显很疲惫，筋疲力尽，而且无论说话的是谁，她的视线总是留在鲁本身上。

吉姆开始为大宅辩护。他指出，鲁本从来不是个大手大脚的孩子。他的弟弟是穷游一族，旅行时总是订小房间，坐便宜的交通工具，就连上学也没花多少钱，州立大学比常春藤联盟的学校便宜得多。鲁本最奢侈的事情就是毕业时问家里要了一辆保时捷，这辆车两年后他还在开。直到现在，他从未动用过信托基金的本金。这几年来，他花掉的钱只有收入的一半。是的，这幢房子的确很贵，但他们并不会每天都打开所有房间的暖气，对吧？

说到底，鲁本已经大了，还能指望他跟父母一起住多久呢？是的，大宅很花钱。不过要是在旧金山买一间新公寓或者整修过的维多利亚式房子，又得花多少钱？而且要是斯潘格勒外公知道鲁本得到了这样一份地产，他会怎么想？他一定愿意掏这笔维护费，连眼睛都不会多眨一下！他是一位房地产开发商，对吧？未来某天这片地方能卖一大笔钱，所以，现在拜托大家，不要再批评鲁本了！

格蕾丝随便点点头，算是接受了吉姆的说法。吉姆没有说的是，他接受神职时把名下所有的信托基金还给了家族，所以他的意见应该有点儿分量吧？

为了成为神父，吉姆放弃了医学院的学业。相比之下，他在罗马接受的教育几乎可以算是不费分文。他接受神职的时候，家里给教会捐了一大笔钱，不过原本属于他的遗产现在绝大部分都在鲁本名下。

鲁本压根儿就不在乎他们说什么。他脑子里一刻不停地想着费利克斯。从道义上说，费利克斯完全可以向他索要这幢房子。想到有可能失去大宅，鲁本的心都碎了。不过这点儿担忧不值一提。真正要紧的是，如果费利克斯发现了斯图尔特的事情，他会怎么想？

如果斯图尔特发现了自己的真正处境，他又会怎么想？

不过也许什么都不会发生。莫罗克不是说过吗，有时候就是会这样？噢，渺茫的希望。

让鲁本感到欣慰的是，他的家人都在这里，他们的声音填满了阴影重重的巨大餐厅。而且他的父亲很开心，完全不觉得无聊。待在他们身边的感觉真好。喔，真美好。

食物非常成功——煎菲力牛排，新鲜蔬菜和意大利面，还有一大份劳拉的招牌沙拉，制作简单，满载香料。

劳拉开始和吉姆讨论德日进，他们说的话鲁本一半都听不懂。不过他们俩都很享受这番对话，对鲁本来说，这就够了。望向劳拉的时候，菲尔的笑容格外欣喜。菲尔谈起杰拉尔德·曼利·霍普金斯的诗作，劳拉听得全神贯注。当然，格蕾丝另起了一个话头，不过鲁本早就习惯了他们俩各说各的。劳拉喜欢他的父亲，还有他的母亲，这是无可辩驳的事实。

格蕾丝问道，神学和诗歌到底对谁有什么好处。

劳拉回答说，科学离不开诗歌，因为所有科学描述都是某种隐喻。

话题转向阿基姆·亚斯卡医生，气氛开始有点儿尴尬。格蕾丝不想谈起那个人，但菲尔大发脾气。

“那个医生想获得我们的正式许可，把你合法地交到他手里。”他告诉鲁本。

“呃，这事儿已经结束了，不是吗？”格蕾丝说，“我们压根儿就不会考虑这种事。我是说，没有人会同意。”

“正式许可？”劳拉问道。

“是的，就是索萨利托那个冒牌康复中心，他想让我们签一份正式文件。”菲尔说，“第一眼看到他我就知道，那家伙是个骗子。我真的把他从前门的台阶上扔了下去。他竟然敢带着那样的文件来找我们。”

“文件？”鲁本问道。

“他肯定不是骗子。”格蕾丝说。突然之间，菲尔和格蕾丝开始比起了嗓门，互不相让，直到吉姆出来打圆场。是的，那个医生显然才华横溢，在他的领域内知识渊博，不过我们讨论的不是这个问题，他企图让我们签什么文件，真是自不量力。

“好吧，别管他了，”格蕾丝说，“到此为止，鲁本。亚斯卡医生和我只是理念不同，非常不幸，我们完全谈不到一起。”不过她咕哝着，坚持说他是她见过的最优秀的医生之一。只是一提到狼人，他的脑子就有点不正常，真是太遗憾了。

菲尔嗤之以鼻。他不断地丢下餐巾，又捡起来，如此重复，他说那家伙就是个拉斯普京[1]。

“他有一套理论，”吉姆说，“关于变异和变种人。不过他的证书不太靠得住，妈妈很快就发现了这个破绽。”

---

① Rasputin，19世纪末20世纪初俄国的宫廷宠臣，以催眠术和高超的骗术著称。

“要我说的话，还不够快，”菲尔抗议，“他企图用瞎编的故事掩饰自己的履历，什么苏联解体，什么他丢掉了最有价值的研究成果。全都是胡说八道！”

鲁本起身，放了一张埃里克·萨蒂的舒缓钢琴曲，等他重新坐下来的时候，劳拉正在柔声说着外面的森林。

“等到雨停了，你们一定得再来做客，我们可以安排一个周末，沿着大宅后面的小路去远足。”

吉姆想单独跟鲁本待一会儿，他邀请弟弟天黑以后去森林里走走。

“是真的吗，”他质问，“那个孩子被咬了？”

鲁本沉默片刻，然后告诉了吉姆来龙去脉。现在他已确定，斯图尔特不会因圣血而死，但这同样意味着，斯图尔特会变得跟他一样。听到这个消息，吉姆的情绪爆发了。

他当即跪在地上，低头开始祈祷。而鲁本还在继续说着与费利克斯的会面，说着他觉得费利克斯知道所有答案。

“你到底在盼望什么？”吉姆咄咄逼人地问道，“盼着那个男人替你找到道义上的安慰，让你觉得自己野蛮的行径完全可以接受？”

“我盼望的和所有有知觉的造物盼望的并无二致……我希望自己是某个更大的存在的一部分，让我在它的体系内获得一席之地，让我的存在变得有意义。”他抓住吉姆的手臂，“能请你赶快从地上起来吗，戈尔丁神父？趁着还没人看见。”

他们向森林深处走了一点，但离大宅不算太远，还能看见窗户里明亮的灯光。鲁本停下脚步，侧耳倾听。他听见了声音，万物的声音。他试图向吉姆描述。昏暗中他看不清吉姆的表情。

“可是人类应该听到这些声音吗？”吉姆问道。

“如果不应该，那我为什么会听到？”

“世事难料，”吉姆说，“变异和新生无所不在，但总有一部分永远都不会被世界接纳。它们总会遭到抵触与拒绝。”

鲁本叹了口气。

他抬头仰望，憧憬着身为狼人时映入眼帘的澄明夜空。他想看看头顶的星辰。那片浩渺星空总让他觉得，在灿烂无垠的星系中，脚下的地球无异于一朵小小萤火，不知为何，这样的想法总让他感到安慰。奇怪的是，别人似乎不这么看。宇宙的广阔令他更靠近对上帝的信仰。

枝叶间的风拂过他的身体，有哪里不对，夜晚的旋律中掺杂了几丝不和谐的音符。黑暗中他似乎看见了什么东西，有什么东西在动？夜色太过浓重。不过下一个瞬间，鸡皮疙瘩在他全身爆起，他感觉到胳膊上的汗毛竖了起来。

那边有人，在上面。

痉挛如浪潮般袭来，但他强行将它压了下去。他有意识地抖动身体，赶走遍体的寒意。不，那边不可能有人，那不过是他的幻想而已。

夜色中，在高处有什么东西，不止一个，也不止两个。

“怎么了？有哪里不对吗？”吉姆问道。

“没事。”他在撒谎。

林间的风更大了，强劲的狂风呼啸而来，林木随风歌唱，宛如一体。

“没什么事。”

九点，他的家人告辞离开。他们至少要凌晨一点才能回到旧金山。明天下午格蕾丝还会回圣罗莎一趟，她要亲自劝说斯图尔特，让他留在医院里。格蕾丝在担心某些事情。

“现在你对这种病有新的了解吗？”鲁本问道。

“没有，”她回答，“没有任何新发现。”

“有些事情，你能告诉我实情吗？”

“当然可以。”

“亚斯卡医生——”

“鲁本，我已经把那人打发走了。他永远不会再靠近我。”

“那斯图尔特呢？”

“他不可能拐走斯图尔特。我已经明确警告了卡特勒医生。虽然这件事现在应该严格保密，不过我还是告诉你吧。卡特勒医生正在努力申请斯图尔特的监护权，或者至少获得某种法律许可，让她有权干涉斯图尔特的任何医疗抉择。他不能回家，也不能独个儿回到旧金山的那间公寓。听着，这些话就当我没说过。”

“好的，妈妈。”

她望向他的眼神近乎绝望。

他们谈了很多斯图尔特的事情，却对鲁本本人绝口不提。

在此之前，他的母亲何曾有过放弃？外科医生永不轻言放弃。他们总是相信，还可以做点什么，这是他们的天性。

这一切已经改变了我的母亲，鲁本想道。他的母亲站在门前的台阶上，抬头仰望大宅，随即又望向东面漆黑的森林，她的眼神忧心忡忡，满是哀伤。她回头看着鲁本，露出他最依恋的慈爱笑容，但却只有短短一瞬。

“妈妈，今晚你们能过来，我真的很高兴。”他拥住母亲的身体，“无法形容的高兴。”

“嗯，我也很高兴。”她搂住儿子，凝视他的眼睛，“宝贝儿，你一切都好，对吗？”

“是的，妈妈，我只是有点担心斯图尔特。”

鲁本答应母亲，明天去了医院以后马上就给她打电话。

33

一头野猪闯进了他的森林，一头孤独的雄性。大约凌晨两点，鲁本听见了野猪的动静。当时他正在一边阅读，一边抗拒着变异。然后他闻到野猪的气味，听到它的声音。它在独自狩猎，它的一家缩在后面某个破碎枝叶搭起的临时巢穴里。

感知以何种方式告诉他这些信息，鲁本还不太清楚。他脱下衣服，心跳如鼓，痉挛在体内激荡。披上狼的皮毛，他进入森林。他爬上高处，又回到地面上。他要在地上猎捕这头野兽，因为它也在地上行走。他寻觅追逐，终于将力大无穷的野猪扑倒在地，利齿刺入它的脊背，咬断它的喉咙。

真是一顿美餐。是的，他渴求已久的美餐。他细嚼慢咽，享受这顿大餐。野猪的肚子和内脏鲜美可口，跳动的心脏还在滴血，巨大的獠牙在幽暗中闪着白光。它曾是多么凶猛的野兽，现在却只是一堆芬芳多汁的美食。

野猪肉不断滚进他的喉咙，睡意席卷而来，他放慢咀嚼的速度，吮吸甘甜的鲜血，餍足的暖意流过他的胸膛和脾胃，烘得四肢暖洋洋的。

这就是天堂，无声的细雨包裹着他的身体，落叶的气息在林间升腾，野猪的气味熏得他陶然欲醉，以他的食量，这堆肉绰绰有余。

尖叫声惊醒了他。是劳拉，黑暗中她在大声喊他。

顺着她的声音，他飞奔而去。

她站在大宅后方的空地上，黄色的泛光灯照亮她的身影。她声声唤着他的名字，然后微微屈膝，再次高喊。

他从森林里蹿到她身前。

“鲁本，是卡特勒医生，”她喊道，“她联系不上你妈妈。斯图尔特从医院里逃走了，他打碎二楼的窗户逃了出去！”

那么，它终归还是来了。斯图尔特变异所花的时间只有他的一半。那个孩子变成了狼人，他现在孤身一人。

“去找我的衣服，那些大号的衣服，”他说，“给那孩子也准备一套。把衣服放进吉普车里，往南开。我会在医院附近跟你碰头，或者另外找个地方。”

他回到森林里，决定沿着林地前往圣罗莎，顾不得思虑是否会穿越繁忙的公路或是开阔的草地——他必须以最快的速度找到斯图尔特。奔跑中，他向森林之神，向心中的上帝祈祷，但愿在他赶到之前，不要让别人先找到那个孩子。

以高速公路里程计算，他离圣罗莎大约有90英里。

但谁也无法算清他要跑多少路程。他尽量在树梢奔驰，只有在迫不得已时才回到地面上，他跃过栅栏，蹿过公路，越过障碍，一往无前。

他脑子里只有一个念头：找到斯图尔特。这个目标近乎神圣，他不惜释放所有潜能。他的感知从未如此敏锐，肌肉从未如此有力，方向从未如此明确。

森林从来不是他的阻碍，不过有时他会撞断前进路上的枝杈，跃过一大段距离，然后重重地降落在低处的灌木丛里，或者冒着被发现的危险蹿过开阔地带。

越往南走，来自扰攘城市的声音就越鲜明，人类的混杂气息衬出林地的魔力，最后，他终于进入了城郊的林地。他凝聚所有属于狼和属于人类的感知，搜寻斯图尔特，寻觅他的声音和气息，寻觅可能透露男孩去向的蛛丝马迹。

不必徒劳地期盼斯图尔特能抵御邪恶气息的诱惑，当初的鲁本也未曾抗拒。而且，男孩刚刚得到的力量也许会把他带到某个可能被发现，甚至被抓住的地方。

暗夜里满是警报声和无线电的窃窃私语，圣罗莎在悸动，暴力事件的突发新闻将这座甜蜜的城市从睡梦中惊醒。

鲁本手足无措，忧心如焚，他绕着医院转了一圈，随即向东奔去。他闻到恐惧的气味，祈求与绝望的气味，随之而来的还有那如影随形的祷告声与控诉声，如潮涌般越来越强。

他向着东方奔跑，野兽的直觉与人类的理智都告诉他：去男孩家里。除此以外，那孩子还能去哪儿？到紫牧场路去。

男孩现在赤身裸体，孤身一人，流浪在挤挤挨挨的人类森林里。他一定吓得够呛，他一定会去那幢红杉宅邸，找个地下室或者阁楼藏起来。那地方不欢迎他，但那毕竟曾是他的家园。但是当鲁本到达紫牧场路，却看见无数警车，警灯旋转，救护车和笨重的消防车接踵而来。他捕捉到山丘上的人群里有一缕异声，死亡的气味扑面而来。

那个哭泣的女人是斯图尔特的母亲。担架上的赫尔曼·布克勒已经死去。在狩猎带来的兴奋感刺激下，男人们三三两两，分散搜索着周围的树林。狼人。人群还在不断聚集，空气中荡漾着歇斯底里与愉悦混合的气息。

狗叫声。狗在争相号叫。

枪声在山坡上炸响，然后是扩音器威严的警告。

“不要开枪。报告你的位置。不要开枪。”

探照灯扫过树林、草地和零星散落的屋顶，汽车停在黑漆漆的车道上，窗户里亮起灯光。

他不能再靠近了。他的处境从未如此危险。

但夜色浓重，大雨倾盆，只有他才能看清枝叶纠缠的丛林里有什么东西。他绕着那幢人声鼎沸的房子转了一圈又一圈。

他尽力爬到低矮的橡树丛高处，躺下保持静止，灯光扫过来时，他举起爪子挡住眼睛，将自己完全隐藏在黑暗中。

救护车开走了。男孩母亲的哭泣断断续续，消失在远处。警车沿着漆黑的公路驶向四面八方。门廊和庭院里的灯“啪”的打开，照亮空荡荡的游泳池和微微反光的草坪。

车辆还在不断涌向那片小山丘。

他必须出去，扩大搜索范围。突然间，一个简单的想法跳了出来：信号。男孩能听见人类听不到的声音。他压低嗓子，轻声呼唤男孩的名字。

“我在找你，”来自喉咙深处的声音低沉粗嗄，“斯图尔特，到我这里来。”

对人类来说，这些音节太过醇厚绵长，很容易被轮胎和引擎的轰鸣或是家用电器的吱嘎声淹没。

“斯图尔特，到我这里来。相信我。我在这里，我在找你。斯图尔特，我是你的兄弟，到我这里来。”

后院里的狗似乎听到了鲁本的呼喊，它们的叫声更加短促，急切而激烈。噪音越来越大，鲁本提高了嗓音。

他慢慢向东移动，小心地避开搜索圈，这一点斯图尔特应该也能想到。西面是人烟密集的圣罗莎市，东面是森林。

“斯图尔特，到我这里来。”

终于，透过凌乱的枝叶织成的大网，他看到了活物闪动的双眼。

他朝那双眼睛冲了过去，喊着斯图尔特的名字，黑暗中他的声音浑厚如钟。

然后他听到男孩的嘶吼：“看在上帝的份上，救救我！”

他挥出右臂，搂住少年狼人的肩膀，令他惊讶的是，斯图尔特的个头竟然跟他差不多，力量也不相上下。他们在高处并肩快速奔跑，在密密的橡树枝杈间跳跃。

他们向森林深处跑了很远，最后在一片漆黑如墨的深谷中停下脚步。鲁本第一次以狼的形态感受到筋疲力尽的滋味，他靠在树干上，咻咻喘着粗气，寻找水的气息。他很渴。少年狼人紧紧跟在他的身边，仿佛不敢挪开一步。

斯图尔特的眼睛也是蓝色的，大大的蓝眼嵌在深褐色的狼脸上，和鲁本一样。少年狼人颈部的长毛有白色的斑纹。他默默看着鲁本，没有提出问题，没有任何要求，全然信任。

“我要带你离开这里。”鲁本嗓音低沉，普通人类或许根本听不清楚。但本能告诉他，这个孩子能听到别人听不到的声音。

回答他的是同样低沉的嗓音。“我跟你走。”男孩的声音里隐隐透出属于人类的痛苦与疑惧。动物懂得怎样哭泣吗？真正的哭泣？什么样的动物才会放声大笑或低声啜泣？

他们掠过山坡，没入幽暗的隘谷，在欧洲蕨中穿行，直到鲁本再次搂住少年狼人。

“这里很安全，”他低声对男孩耳语，“我们等等。”

和斯图尔特共处的感觉如此自然，他毛发覆盖的双肩宽阔强壮，手臂上的狼毛如丝般柔滑，蓬松的鬃毛在朦胧的月光下微微闪亮。月光仿佛溜进了云层，再向外散射，最后融入无数小雨滴里。

鲁本张开嘴，让雨水滋润焦干的舌头。他再次搜寻着水源的气味，最后终于在附近一棵树下找到了虬曲的树根之间一滩小小的水洼。他趴下身子，喝了个痛快，甜美的雨水急促地流进喉间。然后他直起身子，让斯图尔特照办。

黑暗中只有林地自然的旋律。

天慢慢开始亮了。

“现在该怎么办？”斯图尔特的声音充满绝望。

“大约再过一小时，你就会变回去。”

“在野外？就在这个地方？”

“我们的帮手马上就到。听我的。现在，让我试试能不能闻到她的气味，听到她的声音。可能要花一点儿时间。”

平生第一次，鲁本不想看到太阳升起。

他靠在朽烂的古树上，凝神静听，爪子紧握住男孩，示意他安静。

他知道她在哪儿了！

离这里还有一段距离，不算太近，但他闻到了她的气味，听到了她的声音。

哦，劳拉，你真是太聪明了。

她正在哼唱相遇那夜他唱的歌曲：“这份礼物是纯朴天真……这份礼物亦是自由自在……”

“跟着我。”他叮嘱斯图尔特。鲁本回头向来路奔去。是的，那边有搜索队，有探照灯，但是劳拉也在那里。双方的距离不断靠近，最后，他终于看到了那条灰色的公路。

他们沿着公路奔跑，渐渐赶上劳拉的速度。然后，鲁本扑向吉普车头，爪子紧紧抓住驾驶室的车窗和挡风玻璃，劳拉猛地把车刹住。

斯图尔特几乎僵在了原地，鲁本不得不用力把他塞进后座里。

“坐下。”他命令少年狼人，然后转向劳拉，“我们回家。”

吉普车轰鸣着启动。劳拉告诉男孩，后面有毯子，他最好尽量把自己裹起来。

鲁本命令自己的身体变形。他筋疲力尽地靠在副驾驶座上，任由异变的浪潮拍打冲刷。要放弃这身狼的皮毛，放弃这股力量，放弃危险森林的气息，他从未感到如此艰难。

天空倏地亮了。薄雾与银光仿佛大理石的纹理，大雨浇透了公路两侧墨绿的林地，他感觉自己快要睡着了。但他没时间睡觉。他匆匆穿上POLO衫、法兰绒裤子和平底便鞋，手掌不断揉搓自己的脸庞。狼毛在皮肤上流连不去，他的皮肤正在歌唱。感觉好像仍在森林中奔跑，就像骑了一整天自行车，下车行走时你会觉得自己还在蹬着脚踏板，上上下下。

他转头查看后座。

少年狼人躺在那里，盖着一条粗糙的军用毯子。他蓝色的大眼紧盯着鲁本，属于狼的脸上棕色的毛发油光水滑。

“是你！”少年狼人惊叫，“原来是你！”

“是的。是我让你变成了这样，”鲁本说，“是我将圣血传给了你。我不是有意的，我原本是想杀掉那几个凶手，但却咬伤了你。”

斯图尔特依然目不转睛。

“我杀掉了我的继父。”男孩的声音低沉粗粝，微微发颤，“他正在打我妈，他抓住她的头发把她从屋子里往外拽。他说要是她不肯签署授权文件把我交出去，他就要杀了她。她坚持说不，她的头发沾满了血。我杀了他，我把他撕成了两半。”

“我猜到了。”鲁本说，“你有没有向你母亲表明身份？”

“上帝啊，当然没有！”

吉普车在高速公路上颠簸前行，略微转向绕过一辆车，然后滑进左车道，再次加快速度。

“我能去哪儿？我能藏到哪儿去？”

“这件事交给我。”

斯图尔特开始变形的时候，他们还在101号高速公路上飞驰。天色阴暗如铁。

可能花了五分钟。鲁本暗自计时。不会更久。

男孩浑身颤抖，他深深埋下头去，双肘撑在赤裸的膝盖上。长而卷曲的金发掩住了他的脸，他喘息着想说点什么，却仍不成字句。

最后，他终于勉强开口：“我以为我再也不会变回来了。我以为我会永远变成那样。”

“不，不是这样。”鲁本平静地回答。

他帮助斯图尔特穿上针织衬衣，那原本是劳拉为他买的。男孩自己穿好了牛仔裤和跑鞋。

他的块头比鲁本大整整一圈，胸膛更加宽阔，腿也明显更长。他的胳膊肌肉发达，但衣服还算合身。他坐在鲁本正后方。那张属于男孩的脸又回来了，缀着几点雀斑，眼睛大而机警，但熟悉的坏笑却已消失不见。

“噢，我得说，你真是个漂亮的小狼人。”鲁本说。

沉默。

“和我们在一起，你什么都不用担心，斯图尔特。”劳拉安慰道。她的眼睛一瞬也不曾离开路面。

惊愕和疲累让男孩失去了回答的力气。他就那样紧盯着鲁本，似乎不敢相信刚才的狼人就是眼前这个普通至极的男人。

34

他猛地睁开眼。电子闹钟告诉他，现在刚过下午四点。窗帘低垂，他已经睡了好几个小时。屋子外面有人在说话，大宅四面人声鼎沸。

他坐了起来。

劳拉不在这里。他看见电话座机的小灯闪烁不停，听见遥远的某处铃声大作，可能是在厨房，甚至可能是藏书室。床头柜上，他的iPhone正在震动。

电视屏幕无声地闪动，缓慢滚动的新闻和他入睡前一模一样：狼人恐慌席卷圣罗莎。

入睡之前，他一直在看新闻。

斯图尔特·麦金太尔午夜时分从圣马可医院失踪，搜索范围已扩大到全州。失踪者的继父于凌晨3:15被狼人杀害，母亲已送医院。整个北加州都有人声称自己看到了狼人。

整个湾区陷入了恐慌。人们害怕的不是狼人，但困惑、无助和挫败感如涟漪般扩散。为什么警察无法阻挡狼人的复仇？电视上的画面纷繁芜杂，州长紧急召开新闻发布会，检察总长办公室与圣罗莎山丘上那幢红杉玻璃房的镜头一闪而过。

大宅外的声浪仍未止歇。他闻到了很多人的气味，尼德克角东西两面有无数人正在匆匆赶来。

他下了床，赤身裸体，蹑手蹑脚地走到窗边。窗帘轻轻拉开一条缝，下午的惨淡阳光涌入卧室，他看见楼下停着三辆警车。哦，不。其中一辆是警长的座驾，另外两辆是高速公路巡逻车，此外还有一辆救护车。为什么会有救护车?

楼下传来响亮的敲门声，一阵接着一阵。他眯起眼睛，好听得更清楚一些。他们在沿着大宅外墙移动，是的，房子两侧都有人，还有人在后门外逡巡。

后门锁了吗?警报系统开着吗?

劳拉在哪里?他闻到了劳拉的气味。她在大宅里，正在朝这边走来。

他穿上裤子，小心翼翼地进入走廊。他能听到斯图尔特的呼吸。旁边的卧室里，斯图尔特横躺在床上睡得正香，就像刚才的鲁本一样。

回来以后，他和斯图尔特很快就睡着了，因为他们别无选择。入睡之前他想吃点东西，却完全没有胃口。斯图尔特倒是吃了一大块上等腰肉牛排，但他们俩都开始眼神发直，说话含混，没有一丝力气。

斯图尔特说，他敢肯定，继父朝他开了两枪。但他身上没有枪伤。

然后他们各自上床，昏昏入睡。就像光湮灭在黑暗中，鲁本沉入黑甜的睡乡。

现在，他侧耳细听。又有一辆车沿着公路开了上来。

突然间，他听见劳拉的赤足踩在楼梯上的轻微声音。她出现在阴影尽头，朝他飞奔过来，扑进他的怀里。

“他们已经是第二次来了，”她低声说，“警报已经打开。如果他们胆敢打破窗户或者撞开门，警报会在大宅四角炸响。”

他点点头。她浑身颤抖，脸色雪白。

“你的电子邮箱都快炸了。发邮件的不光有你妈妈，还有你哥、你爸和塞莱斯特。还有比莉。外头的局面非常糟糕。”

“他们从窗户里看见你了吗？”鲁本问道。

“没有。从昨天晚上起，窗帘就没拉开过。”

外面的人喊着他的名字。

“戈尔丁先生，戈尔丁先生！”前门和后门都有人在拼命敲门。

叹息的海风卷着雨点轻敲窗户。

他往楼梯下面走了几步。

他想起玛钦特遇害那夜惊醒他的玻璃碎裂声。我们住在一幢玻璃宫殿里，他想道，但是他们怎么可能合法地破窗而入？

他回头望了斯图尔特一眼。男孩依然赤着双脚，不过已经换了短裤和上衣，睡得像个孩子一样。

门外响起高尔顿的刹车声。他听见高尔顿冲着警长大喊。

他回到卧室里，凑到南面的窗边。

“啊，我不知道他们在哪儿。你我都看到了，两辆车都在这里。我不知道还能怎么跟你说。也许他们俩在里面睡觉。今天一大早，他们才开着车从外面回来。麻烦你告诉我，现在这是怎么回事儿？”

警长没有回答，高速公路巡警也一言不发。救护车里下来的医护人员远远站在后面，双臂抱胸仰望着大宅。

“呃，不如等他们醒了，我打电话给你？”高尔顿提议，

“呃，没错，我知道密码，但我无权放任何人进去。听着……”

窃窃私语声。“好吧，好吧，那我们就在这儿等着。”

他们在等什么？

“去把斯图尔特叫醒，”他吩咐劳拉，“把他带到密室里去。快。”

他匆匆穿好蓝色运动上衣，又梳了梳头发。无论发生了什么，他希望自己看起来整洁得体。

他瞟了一眼手机：有一条吉姆的短信。

“已着陆。我们马上到。”

这到底是什么意思？

他听见斯图尔特含混的抗议，但劳拉坚定地领着他走进收纳柜，穿过暗门。

他检查了入口。墙壁非常光滑。他把架子推回原地，挡住秘道，又在上面放了两摞毛巾，然后关好柜门。

他蹑手蹑脚地下到一楼，沿着走廊前往昏暗的前厅。唯一的亮光来自温室的门，如牛奶般洁白但微弱。雨点轻敲玻璃穹顶，温室的玻璃墙里弥漫着一层灰雾。

有人正在挨个拧动温室西面法式大门的门钮。

又一辆车停在了外面，听起来似乎还带着一辆卡车。他不想去碰窗帘，哪怕只拉开一条小缝。黑暗中他静静聆听。这次是一个女人的声音。然后是高尔顿——他高声打着电话。

“……你现在最好赶紧上来，杰里，我是说，他们包围了尼德克角，但我没有看到任何文件。要是有人打算就这么闯进大宅，啊，我告诉你，你得马上过来。”

他无声地移动到书桌旁，查看屏幕上缓缓滚过的邮件标题。

“紧急情况”，塞莱斯特发了一遍又一遍。

“警告”，来自比莉。

菲尔的邮件，**“马上就到”**。

最后一封是格蕾丝的，**“已带着西蒙飞来”**。发送时间是两小时前。

原来吉姆是这个意思。他们很可能已在索诺马县机场着陆，正在开车赶来。

那还需要多长时间？他思考着。

外面的车越来越多。

比莉的最后一封邮件来自一小时前，**“警告，他们要把你抓起来”**。

他勃然大怒，但脑子仍在飞速思考。是什么引发了这场闹剧？今早有人看到了车里的斯图尔特？高尔顿当然不会透露哪怕一个字，但是无凭无据，外面怎么会摆出这么大的阵仗？

救护车。为什么有救护车？难道卡特勒医生拿到了斯图尔特的监护权，打算把他关进精神病院或者监狱？外面有卡特勒医生的声音，不是吗？还有另一个女人的声音，明显的外国口音。

他走出藏书室，踩着大厅里柔软的东方地毯挪到前门后方。

这个女人的确有外国口音，可能是俄罗斯的。她正在解释，以前她经历过类似事件，如果警官们能够全力配合，事情会进行得很顺利。这类事情通常不会出什么乱子。然后是一个男人的声音，他的长篇大论带着危险的征兆，内容和女人说的差不多。是亚斯卡。他闻到了亚斯卡的气味，也闻到了那个女人的气息。骗子。恶意的气味浓得让他窒息。

痉挛来了，鲁本用右手捂住肚子，感觉到那股灼热。“不是现在，”他低声自语，“还没到时候。”针刺般的凉意沿着手臂外侧一直传到他的脖颈，“再等等。”

天色渐暗。再过几分钟，太阳就将落下，在这样的阴雨天气里，天很快就会黑透。

现在外面至少有十五个人。更多的车正在不断赶来。一辆车在大门正对面减速停下。

他可以藏到密室里去，当然，但要是高尔顿知道密室的事儿呢？就算高尔顿不知道，也没有别人知道，他们三个又能在里面藏多久？

卡特勒医生正在跟俄国医生争辩。她不想把斯图尔特送到什么地方去，她甚至不能确定斯图尔特到底在不在这里。但俄国女医生说，有人向她通风报信，斯图尔特就在这里。

突然间，格蕾丝的声音穿透了两人的争执声，他甚至听见西蒙·奥利弗在低声咕哝着什么……

“谁敢强行带走我的儿子！我有人身保护令[①]！！！”

母亲的声音从未像此刻这样让他高兴。菲尔和吉姆正在门外低声说话，根据他们的估计，外面的警员大约有20个，父子俩正在商量怎么处理。

大宅里突如其来的声音吓了他一跳。

痉挛更加强烈。他感觉自己的毛孔正在张开，每一个毛囊都在刺痛。他凝聚全部意志，将异变压了下去。

声音来自走廊，听起来像是有人沿着地下室光秃秃的楼梯走了上来。那扇门的吱呀声鲁本相当熟悉。

---

① Writ of habeas corpus，一种有法律效力的人权救济文件，主要用于预防或中止非法监禁。

阴影里渐渐浮现出一个高大的身影，他的左侧还有另一个人。迎着温室的亮光，鲁本看不清两人的脸庞。

“你们怎么敢闯进我的房子！”鲁本厉声质问，随即勇敢地迎了上去，胃里翻江倒海，皮肤烫得像是着火。

“要是你们没有许可令，现在就给我出去。”

“冷静点儿，小狼人。”轻柔的声音来自其中一个人影。

另一个人影站在走廊旁，“啪”地开了灯。

是费利克斯，站在他身边的是马尔贡·斯波瓦。刚才说话的人正是马尔贡。

鲁本震惊地喊了一声。

两个男人都穿着厚重的粗花呢外套和靴子，他们的衣服鞋子散发着雨水和泥土的气味，脸被冷风吹得发红。

心头的重担突然不翼而飞，鲁本险些软倒在地。他深深吸了口气，然后举起双手，十指搭在一起。

费利克斯向前走来，离开走廊的灯光。

“我希望你放他们进来。”他说。

“但是好多事情你还不知道！”鲁本喊道，“现在有个男孩，斯图尔特——”

“我知道，”费利克斯的声音镇定而平和，“我什么都知道。”他的脸上浮起慈祥的微笑，一只手坚定地搭在鲁本肩头，“我现在就上楼去找斯图尔特，然后把他带下来。你去把壁炉点上，台灯打开。等到斯图尔特准备完毕，我希望你马上放他们进来。”

马尔贡已经忙碌着打开一盏又一盏台灯。灯光渐次亮起，房间里慢慢有了生气。

鲁本不假思索地听从了费利克斯的指令。他感觉体内的痉挛开始舒缓，汗水浸湿他的胸膛。

他很快点燃了壁炉。

马尔贡轻车熟路地摆弄着房间里的设备。很快，藏书室的壁炉就已点燃，随后是餐厅和温室。

马尔贡的头发很长，就像照片里一样。不过现在，他的头发用皮绳束在脑后。他的外套肘部有皮质的补丁，靴子看起来很旧，遍布皱褶，前端已经开裂。他的脸饱经沧桑，但充满朝气。这个男人看起来顶多只有40岁。

打开温室的灯以后，马尔贡停在鲁本身旁，望向他的眼睛。这个男人的眼神里带着融融暖意，第一次见到费利克斯的时候，鲁本也从他眼里看到过同样的神情。这说明马尔贡的幽默感相当不错。

“为了这一刻，我们已经等待了很久。”马尔贡的声音平稳而轻松，“真希望我们能替你减少一点儿难处。但那不可能。”

“什么意思？”

“你早晚会明白。现在，听着，等到斯图尔特下来，我希望你马上出去，把那几位医生请进来。至于那些警官，还得让他们先留在外面。答应跟他们谈。你觉得自己能做到吗？”

“能。”鲁本回答。

外面的争吵越来越激烈，混乱中格蕾丝的声音越发清晰。

“这是无效的，无效！是你花钱弄来的！要么你给签字的医生动了什么手脚，要么就是伪造的——”

一丝紧张从马尔贡脸上掠过。他伸出双手，放在鲁本肩头。

“你能控制它吗？”没有任何审视评估，他直截了当地问道。

“是的，”鲁本回答，“我能压制住它。”

“很好。”

“可是我不知道斯图尔特……”

“如果他开始变形，我们会把他藏起来。”马尔贡解释，“他必须在场，这很重要。其他事交给我们。”

斯图尔特出现了，现在他又换上了POLO衫和牛仔裤。男孩显然很紧张，他无声地望着鲁本，眼神绝望。劳拉也很紧张，她穿着平常的毛衣和宽松长裤，毅然站到鲁本身旁。

费利克斯示意马尔贡退后，他们俩走到餐厅旁，做了个手势让鲁本先走。

鲁本“啪”地按下门廊灯开关，关掉防盗系统，打开大门。

愤怒的人群人声鼎沸，湿漉漉的雨衣和雨伞微微泛光，外面的执法人员比他原本以为的还多。那个俄国女医生大概四五十岁，体型臃肿，一头灰发剪得很短。门一开，她立即冲上前来，示意亚斯卡和随行人员跟上，但格蕾丝拦住了她。

菲尔跨上台阶，闪进大宅，吉姆紧跟在他身后。

“各位，请听我说，”鲁本抬起手，示意人们安静，“我非常理解，外面很冷，很抱歉让大家久等。”

格蕾丝和西蒙·奥利弗退到台阶上，尽力把俄国医生挡在下面。那两个俄国人身上散发出浓烈的恶意。亚斯卡恶狠狠地盯着鲁本，冰冷的眼神就像某种麻醉光线，似乎打算把敌人吓得不敢动弹。

看到鲁本，女医生兴奋不已，她浑浊的小蓝眼睛里满是傲慢。

“医生，请进。”鲁本邀请。现在格蕾丝已经退到了他身旁。

“请进来，还有你，卡特勒医生——”（但愿费利克斯和马尔贡知道自己在做什么，但愿他们真有那么神通广大，不过此时此刻，这样的祈望看起来如此荒唐脆弱！）

“我们得去里面谈谈，你和我。”他继续往下说，“哦，高尔顿，很抱歉在这样的天气里给你添了麻烦，也许你能替我招待外面的朋友们喝点儿咖啡？你和我一样了解大宅的厨房。我想我们有足够的杯子让大家——”

身旁的劳拉冲高尔顿做了个手势，告诉他去后门碰面。

高尔顿相当惊讶，不过他立即点点头，开始准备糖和奶油。

格蕾丝退到鲁本身后的前厅里。

但两个俄国医生仍冒着冷雨站在台阶上。然后女医生用俄语低声跟亚斯卡说了几句，亚斯卡转身指挥警察做好准备，靠近大宅。

那些人显然拿不准是否应该听从亚斯卡的命令。很多人留在原地，但有几个穿制服的人往前走了几步，甚至企图跟着亚斯卡进屋。鲁本不认识他们的制服。

“你可以进来，医生，”鲁本说，“但这些人必须留在外面。”

警长突然走上前来，他非常不满。鲁本什么也没说，将他也让进了大厅。

他关上门，直面屋里的人群——警长，他的家人，西蒙·奥利弗，少女般可爱的卡特勒医生，还有两个表情阴郁、虎视眈眈的俄国医生。

卡特勒医生突然哭了起来。一看到站在壁炉阴影里的斯图尔特，她立即张开双臂，向他跑去。

“我没事，医生。”斯图尔特笨手笨脚地伸出手臂，抱住了她，“对不起，我真的很抱歉。我不知道昨晚是怎么了，当时我就是想出去，所以我打破了窗户……”

他的声音淹没在俄国医生和格蕾丝的争吵中。那个俄国女人坚定地说：“何必把事情搞得这么复杂，让你的儿子和这个男孩跟我们走就行了！”

她的声音专横恶毒，散发着恶意的臭味。

西蒙的灰西装已经湿透了，他看起来也累得够呛，不过依然斗志昂扬。他抓住鲁本的胳膊急切地说：“那份5150文件是伪造的。签名的医生现在根本就不在场！这样的签名我们怎么去核实？我甚至怀疑签名的人根本就不认识你们俩！”

鲁本不太清楚他说的“5150文件”到底是什么，不过很容易就能猜到，应该是某种法律授权文件。

“现在你们可以清楚地看到，这位年轻的先生没有任何问题，更没有什么暴力倾向。请二位好好看看。”西蒙的声音仍有些发抖，“我警告二位，如果你们胆敢将他或是那个男孩强行带离这幢房屋——”

俄国女医生转过身自我介绍，她的态度强硬如钢铁。“我是达里娅·克洛波夫医生。”她的口音很重，白色的眉毛微微扬起。她一边伸出没戴手套的小手，一边眯起眼睛扯动嘴角，勉强露出微笑，一口白牙整齐闪亮。她身上散发出浓烈的愤恨气味，态度十分傲慢。“我只希望你相信我，年轻人，对于你所经历的超常事件，我拥有丰富的处理经验。”

“一点儿都没错。”亚斯卡医生附和说。他的笑容也十分僵硬，口音同样浓重。“在这种情况下，不必有任何人受到伤害。你看，我们有这么多武装人员。”说到“武装人员”这个词时，他咧咧嘴角，仿佛是在示威。他做了个手势，紧张地转向门口，好像打算开门把“武装人员”请进来。

格蕾丝冲到他面前，连珠炮似的威胁要起诉他。

吉姆穿着全套神职制服，圣领搭在肩头，他坚定地站在鲁本身侧。现在，菲尔也上前与两兄弟站在一起。菲尔灰发蓬乱，衬衫和领带都皱巴巴的，看起来颇有学究派头。他把头摇得像拨浪鼓一样，喃喃说着：“不，不，不可能照你们说的办。绝对不可能。”

鲁本听见斯图尔特正在跟卡特勒医生据理力争。

“让我待在这里就好，鲁本是我的朋友。就让我留在这儿吧，求求你了，卡特勒医生。”

接下来我该怎么办?

“你看，”克洛波夫医生假惺惺地说，“这是签过字的委托书，我们有权带走你。”

“鲁本，你这辈子见过签名的那个医生吗？”格蕾丝大声抗议，“他们带来的不过是两张纸而已。他们懂个屁。我不会放过他们。”

“我不能跟你走。”鲁本镇定地说。

亚斯卡转身拉开门，冰冷的风灌进大厅。他开始招呼外面的人。

警长立即表示反对。“这事儿交给我，医生。外面的人我来处理。”他立即走出大门，高声下令，“你们待在原地别动！”警长是个年近七十的灰发男人，温文尔雅，现在的局势显然让他很不满意。嘱咐完外面的手下，他转向鲁本，略显做作地打量了一番。“劳驾，要是哪位能解释一下为什么要把这两个孩子强行带走，我将不胜感激。我完全没发现他们有什么问题，我真是不……”

“你当然发现不了！”克洛波夫医生毫不留情地反击。她怒气冲冲地踩着橡木拼花地板，黑色高跟鞋跺得山响，就像她需要这样的响声来烘托气势。“你完全不明白我们现在面对的这种疾病有多不稳定；你也完全不了解，对于这样危险的病例，我们有丰富的经验。”

西蒙·奥利弗提高声音：“警长，你应该带着你的人收队回家。”

门依然开着，外面的人声越发嘈杂。咖啡的香味飘荡在风中，高尔顿的声音混杂在人群里。从鲁本的角度，他看见劳拉也在外面，冒着雨把大托盘上的咖啡杯递给周围的人。

真见鬼，费利克斯和马尔贡去哪儿了？上帝啊，他们到底打算让我干什么？

“够了！”鲁本再次举起手，“我哪儿都不去。”他关上前门，“警长，我上次看医生已经是一个多月前的事儿了。我不知道这份文件是谁签署的。昨天晚上，我把斯图尔特接回了家里，因为这孩子迷了路，吓坏了。斯图尔特的主治医师已经来了，就是这位卡特勒医生。就算昨晚我没来得及打电话通知医院或者斯图尔特的家人，但他现在很好，这就够了，不是吗？”

两个俄国医生不以为然地摇头撇嘴，就像鲁本说了什么特别可笑的话一样。“说什么都没用，”亚斯卡医生表示，“你必须跟我们走，年轻人。为了获得你们的看护权，我们克服了不少困难，也花了不少钱。你没的选。不过你倒是可以想想，你是愿意乖乖就范，还是必须——”

亚斯卡医生的话戛然而止，他的脸“唰”地变白了。

在他身旁，克洛波夫医生也吓得一脸苍白。

鲁本回过头。

马尔贡和费利克斯悄然走进了房间。他们站在大壁炉右侧，旁边还有照片上的另一位先生，灰色头发、年纪较长的那个，巴伦·蒂博，他的眼睛很大，脸上的皱纹犹如刀凿斧刻。

三个男人向前走来，步伐轻松，甚至相当随意。格蕾丝退到一边，为他们让出一条路。

“好久不见，医生，”巴伦·蒂博的男中音低沉自信，“你说，到底有多久啦？快十年了吧？”

克洛波夫医生开始一步步退向大门，亚斯卡已经退到了门边，试图伸手去抓门钮。

“噢，二位不是这么急着走吧？”马尔贡开口了。他的声音轻快，彬彬有礼。

“你们才刚刚到呢。而且正如你所说，亚斯卡医生，你们克服了那么多困难，花了那么多钱。”

“你认识这几个人？”格蕾丝指着两个俄国医生向马尔贡问道，“你知道这是怎么回事？”

“别掺和，格蕾丝。”菲尔劝道。

马尔贡微微点头，跟戈尔丁夫妇打了个招呼。他脸上的笑容礼貌周到。

俄国医生已经吓呆了，他们靠在门边，一言不发。邪恶的臭味如此诱人，鲁本体内的痉挛再次开始悸动。

费利克斯什么都没说。他站在那看着，冷漠的脸上有着一缕悲伤。

突然间，门外爆发出一阵惊呼。

亚斯卡往后一跳，克洛波夫也吓了一跳，不过她立即恢复镇定，恶狠狠地瞪着马尔贡。

某个庞大沉重的东西正在撞门。大门开始颤抖，俄国医生争先恐后地逃开，警长惊叫起来。

外面一片混乱，男男女女哭喊成一团。

伴着铰链刺耳的哀鸣，大门轰然洞开，脱落的门扇猛地拍向左侧。

鲁本的心提到了嗓子眼。

是狼人！飞散的雨雾中，高达七英尺的巨兽仿佛凭空出现，棕褐色的狼皮油光水滑，灰眼睛锐气逼人，白色的尖牙闪着寒光，低沉的咆哮响彻大宅内外。

痉挛像拳头一样敲打着鲁本的五脏六腑，他感觉血液猛地冲到脸上，涨得发痛。与此同时，强烈的反胃汹涌袭来，他的膝盖开始发软。

狼人的大爪子猛地伸向克洛波夫医生，抓住她的胳膊，把她举了起来。

“不要，不要啊！”她绝望地喊叫扭动，拼命踢打，挣扎着试图用手指掰开狼人的爪子。狼人将她高高举起，屋外明亮的灯光照亮了女医生的身体。

屋里一片混乱，鲁本跌跌撞撞地后退，卡特勒医生不断尖叫，仿佛无法自制，吉姆连滚带爬地冲到母亲身边。

外面的人群陷入了恐慌，喊叫声此起彼伏。枪声零星响起，随后有人高喊：“别开枪，别开枪！”

“上啊，活捉它！”亚斯卡医生抓住呆若木鸡的警长大叫，“抓住它，蠢货！”

狼人的利齿迫不及待地扎进女医生的喉咙，鲜血喷涌而出，洇湿了她皱巴巴的衣服。眼前的情景惊得鲁本目瞪口呆。女医生的手臂软绵绵地垂了下来，就像枯萎的树枝。

亚斯卡医生厉声高喊，声音里充满绝望和恐惧：“杀了它，杀了它！”

警长颤抖着抽出枪套里的手枪。

外面再次枪声大作。

狼人丝毫不为所动，它抓住女医生低垂的头，将头颅从脖子上猛地拽了下来，浸满鲜血的皮肤应声而裂。然后，狼人大幅度地来回挥舞人头，将它扔进夜幕之中。

女医生血淋淋的残躯跌落在台阶上。看到这一幕，警长吓得瘫倒在地，与此同时，狼人已经追上了逃进温室的亚斯卡医生。

两个身影轰然撞倒无数树木和花盆，医生绝望地爆发出一连串俄语的咒骂。狼人毫不费力地拧断了他的脖子，将人头随手甩进大厅。亚斯卡医生的头颅骨碌碌地滚过地板，从前门滚了出去。

警长挣扎着站起身来，差点被迎面而来的人头绊倒。他举起枪，但僵硬的右手却怎么也不听使唤。

高大的狼人旁若无人地从他身边跨过，灰眼睛紧盯着前方，铁钩般的爪子拖着亚斯卡医生无头的残躯。

鲁本目瞪口呆地望着狼人覆满毛发的强壮双腿，踝关节支撑起狼人沉重的身躯，它一步步向前走去，脚跟高抬，膝盖灵活。这一切他都曾亲身感受，却从未亲眼目睹。

怪兽将残躯丢到一边，纵身一跃，将大厅里的人群甩在身后。转瞬间它已掠过格蕾丝和吉姆身旁，闯进了藏书室。玻璃破碎声，窗帘撕裂声，狼人消失在夜色中。在它身后，碎玻璃和黄铜窗帘杆哗啦啦地垮塌，雨水扑进破碎的窗洞。

鲁本如石像般凝固在原地。

痉挛在他体内疯狂地流窜，但他的皮肤仿佛已凝成寒冰的铠甲。

他环视着周围的狼藉——卡特勒医生歇斯底里地尖叫，斯图尔特绝望地抓着她，嘴里结结巴巴不成字句；格蕾丝勉强站了起来，直愣愣地望着怪兽消失的方向；吉姆跪在地上，双手掩面，闭着眼睛祷告；菲尔扑到妻子身边；劳拉出现在门口，她的身侧就是医生破碎的躯体，但她不为所动，只管望向鲁本。鲁本的眼睛迎上她的视线，他伸出手，将她拥入怀中。

西蒙·奥利弗跌坐在椅子里，紧捂胸口，脸上红得像要滴血，冷汗涔涔。他正挣扎着想站起来。

只有那三位先生——费利克斯、马尔贡和蒂博——仍站在原地。现在，蒂博已经恢复了平静，他走到警长身旁，伸出一只手，老头儿感激地借着他的手臂勉力站起，随后立即冲到门外对着手下大声发令。

巡逻车的警号响彻夜空，发动机的轰鸣震颤大地。

费利克斯站得很稳。他望向右边，亚斯卡医生的头颅侧躺在地板上，空洞的眼睛早已失去了生机。马尔贡上前搂住卡特勒医生，用最温柔的声音向她保证“那个生物”绝对已经逃走了。卡特勒医生不断干呕，她看上去真的要病了。

巡逻队散入森林。夜幕中不断有新的警号响起。亮晃晃的车灯不时扫过大厅，克洛波夫医生破碎的尸体躺在台阶最上面那层，雨水冲刷着她血淋淋的衣服。

外面的人举着枪，迈过尸体，小心翼翼地走进大宅。

斯图尔特面无表情，脸色苍白。

可怜的斯图尔特。鲁本拥着劳拉站在原地。他在发抖。这样的场面斯图尔特已经见过两次，不是吗？他早就应该知道狼人的破坏力，但鲁本还一次都不曾亲眼目睹。鲁本从不曾见过这庞大的巨兽举起人类的身体，就像举起轻飘飘的塑料模特儿一样，然后毫不费力地扯下头颅，就像从树梢摘下熟透的水果。警长一阵风似的冲进大厅，脸上全是雨水，微微泛光，一位高速公路巡警跟在他身旁。

“谁都不能离开这个地方，不准离开！”他喊道，“所有人先录口供。”

格蕾丝仍在颤抖，她脸色苍白，眼睛瞪得很大，眼眶里溢满泪水。菲尔轻轻拍着她的背安慰着她，声音轻柔坚定。费利克斯也站在她身旁，蒂博走到鲁本和劳拉身边。

格蕾丝望向自己的儿子。

鲁本也回望着她。

他看向斯图尔特。男孩无助地站在壁炉旁，毫无表情地看着鲁本。这孩子的脸色冷静得可怕，带着梦游般困惑的神情。

马尔贡和费利克斯正在和警长交谈，鲁本看着他们，却完全听不到他们说了什么。

然后格蕾丝晕了过去，她软绵绵地从菲尔怀中滑了出去，像沉重的麻袋一样轰然倒地。鲁本这辈子都没想到过母亲居然会晕厥。

35

这是鲁本一生中见过的最奇怪的派对。但它的确是一场派对。

调查小组的主力很久以前就已离开，包括旧金山、门多西诺县和FBI的人。

大部分医护人员也已撤离，其他地方有人需要他们，另外，他们也得录口供。

西蒙·奥利弗被送去了本地的急诊室，他出现了心力衰竭的明显症状，不过也可能只是惊恐过度。

大宅里弥漫着雨水的气息，咖啡、柠檬茶和红酒的香味混杂其间。

从餐具间取出来的香甜饼干在托盘里堆得满满的，风干的意大利腊肠切成薄片，伴着薄脆饼干和芥末酱一起摆盘。本地某位副警长的妻子送来了好些刚刚切开的南瓜面包。

人们三三两两地聚集在早餐桌边、厨房和餐厅里，讨论着刚才的一切，争相发表观点，警长、高速公路巡警和从布拉格堡赶来的检察总长办公室代表成了人群的焦点。

高尔顿和他的表亲想尽办法，用板子把藏书室的窗户挡住了一半，再用厚厚的塑料裹严。经过一小时的艰苦劳作，前门又装回了勉强能用的铰链，换了新的弹子门锁。

现在，大家呷着咖啡，挤来挤去，彼此交谈。

大壁炉里火烧得正旺。所有的灯都开着，墙上雕刻精美的壁灯和边桌上的老式台灯照得大宅亮如白昼，甚至有些鲁本从没注意过的壁橱里都亮着小灯。

年轻的武装巡警和医护人员在大宅的房间里穿梭，和任何一个派对上的单身男女一样，打量着彼此和小圈子里那些“更重要的”客人。

卡特勒医生盘坐在大厅壁炉旁的老旧沙发上，她的身子深深陷在宽大的沙发里，用毯子裹住肩膀。她还在发抖，不是因为冷，而是因为刚才的可怕经历。她向调查者解释：“呃，它显然是某种我们尚未识别的物种，或者说尚未进行科学分类，要么就真是变异的怪物。它的骨骼过度发育，毛发疯长。天哪，它走过的地方，连地板都在颤抖。它至少有三百磅重。”

格蕾丝、菲尔和吉姆围在巨大的餐桌旁，中世纪壁炉暖意融融。费利克斯正在向他们解释，亚斯卡和克洛波夫多年来一直在进行非正统的实验和秘密的研究，前几十年他们的资金来自苏联政府，现在为他们付钱的则是来历不明的私人赞助者，那些家伙的意图也相当可疑。

“按照我的理解，他们痴迷于超自然的东西，”费利克斯说，“他们总是暗示，民间传说和神话里藏着真实的秘密，苏联政府对此颇有研究，其他人却愚蠢地错过了。”

格蕾丝悲悯地审视着费利克斯。

“你是说，他们对这玩意儿，对狼人感兴趣，是为了进行私人的医学研究？”菲尔问道。

吉姆脸色阴郁，眼神飘忽。费利克斯说话的时候，他不动声色地暗自打量。

“你很惊讶？”费利克斯问道，“有的科学家专为亿万富翁服务，他们会采用很多非正统的方法，普通人连做梦都想不到。年轻人的血清，人类生长激素，干细胞，羊的腺体，克隆皮肤和骨头，整形移植，多不胜数。谁知道他们手里掌握着什么？更不知道这些研究会将他们引向何方。他们把主意打到了狼人头上，简直顺理成章。或许出于同样的目的，美国也有类似的秘密实验室。”

格蕾丝喃喃地说：“总会有科学家和医生梦想超越所有良知和道德，随心所欲地做自己想做的研究。”她的声音疲惫而消沉。

“是的，”费利克斯回答，“我从亚瑟·汉默米尔那里听说，亚斯卡一直在纠缠鲁本的家人。于是我就想，也许我们能帮上点儿忙。”

“那么你在巴黎见过他们？”菲尔说。

“我认识他们，”费利克斯说，“我不信任他们的方式。我很怀疑，为了达到目的，他们会不择手段。估计警方很快就会发现，所谓的索萨利托复健中心不过是个幌子，他们早就准备好了飞机，要把斯图尔特和鲁本送去国外。”

“那么他们所做的一切都是为了研究这两个孩子为什么会出现那些症状，无论如何，那些奇怪的变化……”菲尔说。

“因为他们被那玩意儿咬了。”格蕾丝往后一坐，摇摇头，“那些人想试一试，看看能不能从受害者的血液内提取出某些来自狼人唾液的成分。”

“正是如此。”费利克斯说。

“呃，那他们想必会十分失望，”格蕾丝说，“因为我们想尽了办法也没搞出什么成果。”

“噢，你不知道他们那样的人有什么手段，”菲尔说，“你没有真正做过研究工作。你是一位外科医生，而那两个人是弗兰肯斯坦式的疯子。”

越过其他人，吉姆将视线投向鲁本，他的眼神充满疲惫和悲痛，隐隐透着担心。

之前吉姆将西蒙·奥利弗送去了急诊室，一个小时前他才刚刚回来。根据吉姆的报告，西蒙没什么大问题，已经被特派的救护车送回了城里。他不会有事的。

“呃，有一件事儿我们大家都知道，对吧？”格蕾丝问道，“无论是外科医生、神父还是诗人——是吧，菲尔？——我们都亲眼看见了那头怪兽。”

“没关系，”菲尔说，“这就像鬼魂。见过的人深信不疑，其他人却当你是说胡话。等着瞧吧。他们会对我们嗤之以鼻，就像他们现在嘲笑那些狼人目击者。就算见过狼人的人多得能挤满烛台公园，事情也不会有任何改变。”

“爸爸说得对。”吉姆柔声附和。不过他似乎不是对着在场的任何一个人说的。

“那么，从这件事里，”费利克斯热切地看向格蕾丝，“你了解到了什么新东西吗？”

“狼人真实存在，”格蕾丝耸耸肩，“不是穿着戏服的罪犯，也不是群体幻觉。用老话来说，它是自然犯下的错误，好端端的人类变成了丑陋可怕的怪物。总有一天真相会水落石出。”

“也许你是对的。”费利克斯说。

“难道它就不能是什么未知的新物种？”菲尔抗议，“只是我们以前从未发现过。”

“乱弹琴，”格蕾丝反驳，“在今天的世界里，完全就不可能。噢，我是说，这样的事儿或许会出现在新几内亚，但绝不会是这里。没有什么物种，就它一个。它一定是遇到了什么可怕的意外，或者生下来就是个怪胎。”

“唔，我不知道，”菲尔说，“无论是意外、疾病还是先天畸形，什么样的原因才能造就那样的怪兽？我从没听说过这样的事儿。不过你是医生，你说了算，格蕾丝。”

“总会有个解释。”格蕾丝回答。但她的语气并不坚定，真的。看上去她像是在说服自己。

“他们会抓住那玩意儿的。必须得抓住。现代世界里没有它的安乐窝。它到底是什么东西，为什么会变成这样，他们总有一天会搞清楚，然后事情就此结束。与此同时，全世界会疯狂追捧狼人，就仿佛他是什么新的超级英雄，直到故事悲伤落幕，英雄沦为普通的怪物。最后，他们会解剖他的尸体，挖出他的内脏，再填入支撑材料，把他做成标本，装进史密森尼博物馆的玻璃盒子里。然后我们会告诉自己的孙子孙女，在他辉煌而短暂的一生里，我们曾亲眼目睹他的英姿，他就此成为著名的悲剧人物，徒留伤感——和象人一模一样。”

吉姆一个字也没说。

鲁本踱进厨房，警长正捧着他的第十三杯咖啡，跟高尔顿聊着“附近地区”早已湮灭多年的狼人传说。

“啊，很多很多年以前，这幢房子里住着一位老妇人，她的脑子不太正常。我记得我祖母说过。她托人给尼德克的镇长送信，说森林里有狼人——”

“我不知道你在说什么，”高尔顿说，“我比你年纪大，我可没听说过这样的事儿……”

“她说尼德克一家子都是狼人。我是说，她在这上面像疯子一样喊叫，坚持说……”

“噢，一定是你奶奶逗你的。”

他们的对话就这么来回反复。

斯图尔特和马尔贡·斯波瓦一起消失了。巴伦·蒂博正在帮着劳拉把最后的无花果馅甜点和椰子马卡龙摆进漂亮的花朵瓷盘里。厨房里弥漫着新切开的苹果和肉桂茶的浓烈气味。劳拉看起来十分疲惫，但她显然很喜欢蒂博。整个晚上，任由派对里人来人往，她只管低声和蒂博交谈。现在，蒂博正在对她说：“可是所有的道德必然由背景决定。我说的不是相对主义，完全不是。忽视背景讨论抉择，这其实是不道德的。”

“那么我们到底如何定义‘不可改变的真理’？”劳拉问道，“我完全明白你的意思，但背景总在不断变化，在这样的情况下，如何作出道德的抉择？我似乎无法定义——”

“我们可以分析，”蒂博说，“进行道德抉择时的具体情况。”

有人告辞离开。

警方的问话陆续结束。

警长告诉大家，当局已经放弃了在尼德克周围搜索狼人的行动。他刚刚得到消息，亚斯卡和克洛波夫都在国际刑警组织的通缉名单上，他们与德国、法国的几起悬案有关。

南边的圣何塞传来了目击狼人的可靠消息。“我觉得应该是真的，”警长查看着手机，“就是我们见过的那个魔鬼。你看。

可它怎么能这么快就跑到那么远的地方？”

调查小组打来电话，说案发现场可以解除封锁。

人们终于三三两两散去。

戈尔丁一家必须走了，飞机还在附近的机场等着。鲁本陪着母亲走向大门。

“尼德克家的那几个朋友倒是难能可贵，”她勉强承认，“我很喜欢那位费利克斯。我原本觉得亚瑟·汉默米尔简直像是爱上了费利克斯，他老是那么喋喋不休地说个没完。现在我能理解了。真的。”

她轻轻吻了鲁本两边的脸颊。

“记得带斯图尔特去卡特勒医生那儿打针。”

“保证完成，老妈。从现在起，斯图尔特就是我的弟弟。”

他的母亲看了他很久。

“别总想着那些没有答案的问题，妈妈，”鲁本说，“你曾经教过我，我们一生中总得带着几个未解之谜活下去。”

她有些惊讶。“你觉得我在担心吗，鲁本？”她问道，“你不知道今晚对我意味着什么。喔，的确很可怕，没错，简直就是地狱一日游。可是总有一天，我会告诉你我真正担心什么，我日夜揪心的到底是什么。”她悲伤地摇摇头，“你知道，医学足以让最理性的人类感到不知所措。作为医生，我们每天都在面对无法解释的事情和奇迹。你不会相信，现在我到底有多么如释重负。”她犹豫了片刻，最后只是说，“外科医生也会像普通人一样迷信。”

他们默默走向那辆等待着的商务车。

鲁本热情拥抱了吉姆，并答应很快给他打电话。

“我知道你背负的重担，”他凑近哥哥耳边，“我知道我让你卷进了什么。”

“那么现在，你有了一屋子同样的造物？”吉姆压低声音，“你在干什么，鲁本？接下来你打算怎么办？还有回头路吗？呃，他们骗过了所有人，对吧？然后呢？”话音刚落，吉姆立即感到内疚，非常非常内疚。他再次拥抱了鲁本。

“这帮我争取到了时间和空间。”鲁本说。

“我知道。现在注意力从你和那个孩子身上转移了。我能理解。我不想让任何人伤害你，鲁本。想到他们可能会抓到你，伤害你，我无法忍受。我只是不知道能为你做点儿什么，我是说，我自己。”

几位执法人员仍在拍摄照片，警长提醒他们：“不准偷偷把照片发到脸书上！我认真的！”

人群花了很长时间才完全散去，最后离开的是卡特勒医生。她很想再看看斯图尔特，但她也知道，经历了漫长的一天，不应该再吵醒那个孩子。

斯图尔特的母亲还要在医院里住几天。

“是的，我会带着斯图尔特去看望他的母亲。交给我。别担心。”

菲尔给了鲁本一个粗犷的拥抱。“没准哪天我就会出现在你门口的台阶上，”他说，“胳膊下面夹着行李箱。”

“那就太棒了，老爸。”鲁本回答，“爸爸，那边有一幢能看见海的小房子，就在山坡后面。那房子需要好好修理一下，不过我总能看见你住在里面的样子，看见你坐在旧打字机前冥思苦想。”

“儿子，别急。要是我哪天来了，就再也不走了。”他摇摇头。这是菲尔最喜欢的小动作之一，他每天至少要摇十五次头。

“要真是那样，估计你老妈求之不得。等你准备好接待我了，就说一声。”

鲁本吻了老爸满是胡茬儿的脸，帮助他钻进商务车。

最后，他们终于走了，一个不剩。冒着蒙蒙细雨，鲁本慢慢走回大宅，闩上大门。

36

他们都在餐厅里。狩猎图上方和桌子上都摆着雕刻华美的烛台，烛光明亮。蒂博正在给壁炉添柴火。

桌子对面，费利克斯轻拥着哭泣的劳拉，劳拉抬起左手，用手背压住自己的嘴唇。她的头发已经披散下来，如微微闪光的帘幕般簇拥着她的脸——正是鲁本最爱的样子。

看到那个强大迷人的男人拥抱着劳拉，鲁本心头不由得有些别扭，费利克斯仿佛感觉到了一样，他松开劳拉，站起身来，做了个手势邀请鲁本坐到劳拉旁边。

然后，费利克斯绕到桌子对面，坐到蒂博身边。他们静坐了片刻，大屋子温暖安逸，恍然若梦。

烛光在每个人脸上轻轻跳动着，蜂蜡的气味甜美甘香。

劳拉停止了哭泣。她的左臂紧紧锁住鲁本，头靠在他的胸口。他伸出右臂拥住她，吻着她的头顶，左手捧起她的脸庞。

“对不起，真对不起，让你卷进了这一切。”他低声说。

“喔，该说对不起的人不是你，”她说，“不是你的错。我现在在这里，完全是我自己的选择。很抱歉，我不该哭。”

她为什么会说这些，鲁本暗自思忖。看来他错过了一大段对话。

他强迫自己抬头看向费利克斯，突然为刚才的嫉妒羞愧起来。他的心跳得很厉害。终于有机会和费利克斯独处，费利克斯和蒂博就在这里，和他，和劳拉待在同一片屋顶下，他们终于可以畅所欲言。他曾多少次梦想过这样的时刻？多少次祈求着这样的机会？现在，它真的来了，再没有什么能阻挡。恐怖的夜晚已经过去。今晚高潮迭起，现已尘埃落定。

瞬息间，费利克斯饱含鼓励与慈爱的表情融化了他的灵魂。蒂博的大眼睛眼睑低垂，看起来睿智而友善，他的灰发乱蓬蓬的，脸上细小的皱纹烘托出温和与智慧。

“我们不能提前把计划告诉你，”他说，“必须把克洛波夫和亚斯卡引出来。要是只有亚斯卡，事情会简单得多，他追着你母亲和斯图尔特不放。可是克洛波夫只在最后时刻露面。”

“跟我想的差不多，”鲁本说，“显然，亚斯卡是她的狗腿子，感觉得出来。所以她就是幕后的黑手。”

“噢，二十年前，他们把我们抓了起来，现在，那个管理委员会只剩下克洛波夫一个，”费利克斯说，“最后一个。亚斯卡只是个野心勃勃的学徒。我们做了点小手脚，才把她引上钩，不过已经不重要了。我们不能提前给你警告，也不能向你透露任何消息。你应该已经想到，要是刚才你让那些人起了哪怕一丁点儿疑心，他们早晚会把你和斯图尔特跟狼人袭击联系到一起。”

“是的，真是场绝妙的好戏。”鲁本回答。

“但你从不曾真正陷入险境，”蒂博说，“我得说，你今天的表现真是棒极了，和遇到莫罗克那天一样棒。我们万万没有想到，莫罗克居然会来找你。完全出乎意料。”

“可是你们到底观察了我多久？”鲁本问道。

"呃，从某种程度上说，从最开始，我们就注意到了。"费利克斯说，"我在巴黎拿起一份《先驱考察者报》，头版通栏标题就是玛钦特的死讯。等到'旧金山狼人'闪亮登场，我立刻上了飞机。"

"这么说来，我们在律师办公室见面后，你根本没有离开美国。"鲁本说。

"是的，自那以后我们一直在你周围。蒂博几小时后就已赶到，马尔贡得跨越大西洋过来，然后凡陀弗和格拉贡相继到达。我一直藏在这幢房子里。你很聪明，你找到了玻璃圣堂——这是我们以前的叫法。但你没发现地下室里有另一个入口。那台旧锅炉是铝制的假货，里面是空的。一会儿我带你去看。抓住右下方一拉，就会打开里面的门。那里有好几间密室，都通了电和暖气，还有一道楼梯连着狭窄的地道，通往西面。出口就在海滩尽头的悬崖下面，有几块大石头挡着。"

"我知道那个地方，"劳拉说，"至少我觉得我知道。"烛台和果盘旁边有一个扇形托架，劳拉从架子上取过一条缀着花边的旧餐巾，擦拭着自己的眼睛，然后将它紧紧绞在手里。

"我散步的时候见过。石头太滑，我爬不上去，但是我敢打赌，我见过那个地方。"

"你很可能见过，"费利克斯说，"那里很危险。涨潮的时候，海水会灌进地道一百多码。很适合狼族和同类生物，因为我们像龙一样，擅长游泳和攀爬。"

"那么，你一直藏在地下室后面的密室里。"鲁本说。

"是的，大部分时间，有时候也在附近的林子里。当然，我们跟着你去了圣罗莎，见到了斯图尔特。出事的当时我们就已发现。你去找他的时候，我们跟在你身后，要是你救不了他，我们就会出手。不过你把事情处理得很好，正如我们期盼的那样。”

“那个狼人，”劳拉说，“今晚闯进大宅的那个，他也是藏书室照片里的人吗？”

“那是谢尔盖，”蒂博微微一笑，男中音依然低沉，“我们抢着扮演那个角色，可是谢尔盖寸步不让。当然，现在弗兰克·凡陀弗和谢尔盖在一起。克洛波夫医生关了我们十年，杀了我们中的一个。今晚我们所有人都心满意足。”

“明天他们就会回来，”费利克斯说，“现在他们正在故布疑阵，好让别人觉得狼人往南边去了。天亮之前，他们会在墨西哥制造一起无可置疑的目击事件。等到他们回来，我希望你能接受他们。希望你能允许，让我们所有人都住在这里。”

“这是你的房子，”鲁本说，“我只是个管理人。”

“哦，不，我亲爱的孩子，”费利克斯的口气活像是玛钦特，“这是你的房子。毫无疑问，它归你了。不过我们很乐意接受你的邀请。”

“绝对没问题，”鲁本说，“从现在开始，直到永远，随时随地欢迎你们。”

“要是你不介意的话，我想住在我的老房间里，”费利克斯说，“马尔贡一直偏爱北边朝着森林的小房间。要是你同意的话，我们会把蒂博安排在朝南的房间里，就在斯图尔特旁边。弗兰克和谢尔盖喜欢东北角橡树林那边的房间。”

“我去安排一下。”劳拉准备起身。

“亲爱的，完全不用安排，”费利克斯说，“请坐下。我知道那些房间都很舒服，和以前一样。是比原来旧了，可能还有点儿发霉，不过已经够舒服了。我希望你待在这里，留在我们身边。我相信，你也很想知道到底是怎么回事。”

鲁本点点头，喃喃表示同意。他重新紧紧拥住劳拉。

“我得说，鲁本，”费利克斯说，“要打理这么大一幢房子，你得有一两个信得过的仆人，不然这位年轻的女士就得付出全部精力，处理所有杂务。”

“那是自然。”鲁本回答。他的脸“唰”地红了。他完全没有想过要剥削劳拉，强迫她去干什么家务活。他想抗议，但现在显然不是合适的时机。

他全心希望这几位先生永远都不要离开。

他不知道该如何把话题绕回克洛波夫医生身上，但劳拉解决了他的烦恼。

“当年克洛波夫是把你们关在苏联吗？”她问道。

“最开始是在苏联。”费利克斯说，“在巴黎，有人把我们出卖给了她。那个陷阱相当巧妙。当然，她有个好帮手，那是我最亲爱的家人，还有他的妻子。”

“是玛钦特的父母。”鲁本说。

“没错。”费利克斯的声音很平静，没有怨恨，也听不出批评，“那是个很长的故事。简单说来，我的侄子埃布尔把我们卖给了克洛波夫和她的同伙，从中获取了一大笔钱。据说有位菲利普·达雷尔博士正在中东替卢浮宫挖掘某处遗址，他发现了某些秘密，这个诱饵将我们引到了巴黎。”费利克斯叹了口气，然后接着说了下去，“这位达雷尔先生口才相当了得，他的电话把我们迷得神魂颠倒。我们在巴黎碰了头，然后应他的邀请住进了左岸的一家小酒店。”

“他们的陷阱必须安排在人口非常稠密的城市，”蒂博清清嗓子说道，他的声音依然低沉，语气里有一丝激动，“太多的声音和气味会让我们的感知不堪重负，无法发现有人在悄悄靠近。我们被分别麻醉了，只有谢尔盖设法逃了出去。从那以后，他一直在寻找我们的下落。”他朝费利克斯看了一眼，后者做了个手势，示意他继续。

“几乎就在我们被抓的同时，达雷尔和克洛波夫失去了政府的资助。我们被偷偷运出俄国，送到贝尔格莱德附近一间混凝土监狱似的阴郁实验室里，那地方的设备非常糟糕，智慧与耐性的比拼就此开始。”他摇摇头，“毫无疑问，菲利普·达雷尔相当聪明。”

“他们都很聪明，”费利克斯说，“包括克洛波夫和亚斯卡。他们完全相信我们的身份。他们对狼族历史的了解让我们深感震惊，在正统科学家拒绝进入的领域，他们可真掌握了不少东西。”

“是的，亚斯卡的聪明和渊博迷住了我妈，”鲁本说，“不过她很早就产生了怀疑。”

“你的母亲非常优秀，”费利克斯说，“她似乎对自己的美貌毫无所觉——完全视而不见，就好像她的头脑和身体毫无关系。”

鲁本大笑起来。“她希望得到别人的认真对待。”他小声解释。

“呃，是的，”蒂博轻声插话，“要是她见过菲利普·达雷尔，她会发现那个男人更加迷人。菲利普非常尊重我们，也尊重我们有意无意透露的信息。我们拒绝在他面前变形为狼，他决定耐心等待。我们什么都不肯说，他一次次跟我们长谈，从不强迫。”

“他对我们知道的东西非常好奇，”费利克斯低声补充，“也很想知道我们眼中的世界是什么样子。”

鲁本悠然神往，揣测着背后的意义。

蒂博继续说了下去：“在他眼里，我们是脆弱的样本，既需要研究，又需要呵护。克洛波夫很没有耐心，对待我们就像对待低等物种，而且她相当野蛮残酷——为了搞清楚蝴蝶的翅膀如何工作，她不惜把那小虫子活生生撕开，她就是那样的怪物。”他停顿片刻，似乎不愿意回忆细节，“她想尽办法，刺激我们变形。最开始那段时间，我们偶尔会变身为狼。不过，很快我们就发现，就算变形以后，我们也没法逃走，关押我们的栅栏太密太坚固，所以后来，我们无论如何都不肯变身了。”他停了下来。

费利克斯等待片刻，然后接着说了下去：“目前，没有什么办法能强行从我们体内提取圣血。”他的视线从劳拉转向鲁本，又再次回到劳拉身上，“无论是直接抽血，还是从我们的口腔里采集试样，都无法分离出圣血。关键的细胞一旦离开狼族的身体就会失去活性，随后在短短几秒内彻底衰解。很久以前，在科学刚刚诞生的年代，我就用自己笨拙的方式发现了这一点，当时的秘密实验室就在这幢大宅里。前人早已通过试错确认了这个特性。我们并不是第一批被渴望圣血的人抓起来的狼族。”

鲁本的内心颤抖起来。他第一次去找吉姆告解的时候，就曾想到过这样的可能性——费利克斯和他的同伴被囚禁了。那一夜才过去短短几周，想起来却像几年一样漫长。

“不过言归正传，”费利克斯说，“你无法把狼族的血清直接注射给另一个人。完全没有效果，就是这么简单。”他的情绪略微有些激动。

“要有效传递圣血，必须同时满足几个关键条件，所以被狼族咬伤的人很多时候不会出现任何异状。现在我们已经完全弄清楚了这些条件，同时也已确定：圣血不可能通过强迫的方式传递，哪怕他们诱使我们变身为狼，然后把受害者的手臂塞到我们嘴里。”

“而且安排这样的实验本身就很难，”蒂博轻轻一笑，插话说，“我们这样说吧：这种方式会带来很高的伤亡。变身后的狼族能够轻松撕下‘实验样品’的胳膊，或者在他退出攻击范围之前揪下他的脑袋。于是实验就此完蛋。”

“我懂了，”鲁本说，“当然，我能想象。事实上，我想过这件事。哦，我是说，我无法想象你们遭受的折磨与痛苦，但我完全能想象到最后的结果。”

“想想看吧，那么多年，我们与世隔绝，”费利克斯说，“被关在狭小冰冷的牢房里。无数个白天和伸手不见五指的暗夜，我们忍受着饥饿、欺凌与威胁，忍受着他们蓄意的暗示，恐惧着自己所有同伴都已死去的想法。噢，要是你想听的话，改天我再告诉你所有故事。不过现在，我们还是说重点吧。我们拒绝变身，也拒绝以任何方式配合。无论是药物还是身体上的折磨，都无法让我们变形为狼。很久以前，我们就已学会沉入另一种意识状态，抵御这一类的刺激。克洛波夫束手无策，而且她也厌倦了菲利普的长篇大论，她总是唠叨着狼族有多神秘，狼人掌握着多少深奥的哲学真理。”

他瞥了蒂博一眼，等着他接过话头。

蒂博点点头，右手微微一动，似乎是个服从的手势。“克洛波夫把雷诺兹·瓦格纳——我们亲爱的同伴和狱友——绑到手术台上，带着手下对他进行了活体解剖。”

“我的上帝！”鲁本惊呼。

“通过牢房里的摄像头，他们强迫我们观看整个过程。”蒂博说，“每一个细节迄今仍历历在目。不过，我还是这样说吧，雷诺兹受不了这样的折磨，他开始变身，因为他已无法自制。他变成了一头残暴的巨狼，因痛苦而彻底疯狂。他杀掉了三个医生，克洛波夫医生也险些丧命，最后，他们将子弹送进了雷诺兹的脑袋，直到这一刻雷诺兹也没有停止攻击。他已经瞎了，跪倒在地，但他仍干掉了实验室的另一个助手。克洛波夫活生生用子弹轰下了雷诺兹的脑袋，毫不夸张。她对着雷诺兹的喉咙开了一枪又一枪，直到他的喉咙——和脖子——完全不复存在。她打断了他的颈椎，然后雷诺兹终于倒下，死去。”蒂博痛苦地闭上眼睛，眉心紧蹙。

“那时候，她每天都威胁说要杀掉我们，”费利克斯说，“还总是贪婪地幻想，要是达雷尔允许她解剖我们的尸体，发现的东西肯定能让她发大财。”

“我能想象她当时的样子。”

“哦，没错，”费利克斯说，“你见过她洋洋得意的神气。”他往后坐去，抬起眉毛盯着桌子，“结果，和你在莫罗克身上见到的一样，瓦格纳的遗骸在她眼皮子底下衰解了。”

“她和她的手下拼了命想阻止衰解，”蒂博说，“但却毫无办法。到那时他们才发现，死去的狼族一钱不值。与此同时，凡陀弗企图自杀，或者说，在他们看来是企图自杀，于是他们终于下定决心，重新采用达雷尔的方法跟我们慢慢磨。雷诺兹死后，达雷尔就恨上了克洛波夫，但他离不开她，也没法把她赶走。克洛波夫和亚斯卡的组合让达雷尔不堪重负，但其他医生死后，亚斯卡的地位变得更加重要。我们想尽办法，忍辱偷生。”

“就这样过了十年？”鲁本惊愕地说。恐怖的过往如此真实，他甚至完全能想象，长年累月被关在冰冷的牢房里是什么滋味。

“是的，”费利克斯回答，“我们使尽浑身解数，想哄骗他们让我们彼此取得联系，但他们太聪明了，完全不吃这套。

“终于有一天，贝尔格莱德出现危机，他们被迫转移。谢尔盖已经找到了那里，他施加了压力。慌乱中他们终于犯下致命的错误，为了把我们装进车里运到另一个地方，他们把我们聚到一起，却没有对我们进行深度麻醉。”

“他们觉得我们已经完全丧失了斗志，”蒂博说，“身体状况也大不如前。”

“结果，我们同时发动了变身，”费利克斯说，“对我们来说，这是件相当简单的事情。我们挣脱枷锁，杀了他们所有人，包括达雷尔和其他医生，但克洛波夫和她的助手亚斯卡逃走了。我们把实验室烧成了废墟。”

两个男人不约而同地安静下来，仿佛已迷失在回忆中。然后蒂博笑了，眼神恍惚若梦。

“呵，我们逃到贝尔格莱德，谢尔盖已经准备好了一切。那时我们以为，最多几天就能解决掉克洛波夫和亚斯卡。”

“结果并未如愿。”劳拉说。

“是的，我们没能如愿。”蒂博回答，“我们再也没有找到过他们。我怀疑他们改用了别的名字，但医生的所有证件上都有真名，为了显而易见的好处，他们总有一天会恢复本名。”他的微笑变得有些残酷，“果然不出所料。当然，他们找到了新的靠山，总有一天我们得操心这事儿，不过现在还不急。”

他清清嗓子，继续说下去。

“然后美国传来消息，费利克斯挚爱的侄孙女玛钦特被自己的弟弟杀害，一名狼族以古老相传的方式干掉了凶手。”

他们沉默了很久。

“我一直坚信，总有一天我会以某种方式与玛钦特重聚，”费利克斯低沉的声音里透着浓浓的倦意，“我真傻。我没有联系她，也没有直接回家。”他垂下目光，望着眼前的桌子，仿佛迷上了桌面光洁的木头，但他实际上什么都没有看。

“她不在的时候，我常常回到大宅里。我还从树林里偷偷望过她一两次。你看——”他没有再说下去。

“你不想告诉她，是谁出卖了你。”劳拉说。

“是的，我不想。”费利克斯的声音低沉而迟疑，“我也不想告诉她，我还给过他们俩——她的父母亲——不少东西。她不会理解，除非我告诉她所有真相，但我不想那样做。”

屋里陷入了沉默。

“看到旧金山狼人袭击的新闻……”费利克斯起了个话头，但他的声音越来越弱。

“你就知道，莫罗克把圣血传了出去。”劳拉接道，“你觉得那两位好医生一定会上钩。”

费利克斯点点头。

他们再次沉默了。周围一片寂静，只有雨滴嗒嗒敲打着窗沿，宽阔的炉膛里火焰噼啪作响。

“如果不是克洛波夫和亚斯卡，”鲁本问道，“你会到这里来吗？”

“会，”费利克斯回答，“当然会，我不会让你独自面对。哪怕只是为了玛钦特，我也会来。当然，我想要取回自己留在大宅里的东西，但重要的是，我想了解你。我想亲自看看你是个什么样的人，我不会丢下你，让你孤军奋战。我们从不会这样。所以我安排了律师办公室那次尴尬的会面。

“如果我实在不能赶来，蒂博会来找你。要么就是凡陀弗或者谢尔盖。实际上，得到消息的时候，我们正聚在一起。我们知道，在大宅里伤人的是莫罗克。我们还知道，旧金山的一系列袭击是你的手笔。”

“这么说，只要圣血传了出去，你们就会去帮助接受它的人？”鲁本问道。

“我亲爱的孩子，”费利克斯说，“这样的事情并不常见，真的，更何况是以这么惊心动魄的方式。”

现在，他们都怜爱地看着鲁本，那副诚恳的表情又回到了费利克斯脸上。

“这么说，我把狼人的秘密暴露在光天化日之下，”鲁本问道，“你从来没有因此生气？”

费利克斯和蒂博都笑了，他们交换了一个眼神。

“我们生气了吗？”费利克斯用手肘捅了蒂博一下，露出淘气的微笑，“你说呢？”

蒂博摇摇头。

鲁本不太明白他们到底是什么意思，不过显然，这绝不是生气，但他也不敢追问下去。

“呃，这么说吧，事情的发展的确不是我所乐见的，”费利克斯说，“但我并没有生气，完全没有。”

“我们有太多东西要告诉你，”蒂博亲切地说，“有太多东西要向你们解释——你，斯图尔特，还有劳拉。”

还有劳拉。

费利克斯望向窗外，雨丝在黑暗中闪着微光。他的视线扫过华美的天花板上修葺一新的十字梁和美仑美奂的嵌板，嵌板上画着天空和金色的星星。

我知道他现在的心情，鲁本想道，他爱这幢大宅。从他修建这幢房子的时候起，他就爱上了它，直至今日。当然，大宅是他修的，他需要它，他需要回到家园，就像现在这样。

“要把所有事情解释清楚，需要很多个这样的夜晚。”费利克斯心不在焉地说。

“我觉得今晚已经说得够多了，第一夜，真是个难忘的夜晚。”蒂博说，“不过请记住，我们在暗中部署的时候，你们从未身处险境。”

“我完全理解。”鲁本说。他想说的话还有很多，尤其是现在，有那么多话想说。但他的脑子一片混乱，完全无法组织语言。

原来的疑问似乎已经变得无足轻重，他已经看到了那片广阔无垠的知识之海，超越语言的藩篱，消融所有字句。它的浩渺更像音乐，如勃拉姆斯[1]辉煌的交响乐般翻涌起伏。随着阵阵升腾的期望，他的心静静地跳动。一束光慢慢在他体内绽放，灼热炽烈，如神谕，如每日清晨穿透夜幕的熹光。

---

① Brahms，19世纪德国作曲家。

他仿佛回到了森林高处的树荫之上，狼人盘踞在枝头，仰望头顶的星辰，思考着他感受到的强烈期冀是否某种形式的祈祷。为什么这对他来说那么重要？是否因为在他的认知中，这是唯一的救赎？

“马尔贡将指导你，”蒂博说，“他是最出色的导师，也是我们中最老的一个。”

鲁本一阵激动。“最老的”马尔贡现在跟少年狼人在一起。对于精力旺盛的好奇宝宝斯图尔特来说，这一切或许有完全不同的意义。与鲁本的跌跌撞撞、盲目摸索相比，斯图尔特现在的处境大相径庭。

“我累了。”费利克斯说，“而且刚才见了那么多血，我的馋虫开始钻出来了。”

“噢，你还是省省吧！”蒂博故作生气地责备。

“你生下来就是个老头儿。”费利克斯又用胳膊肘轻轻捅了捅蒂博。

“也许是吧。”蒂博回答，“这也不是什么坏事儿。随便给我张床就行。”

“我需要森林。”费利克斯看向劳拉，“亲爱的，能允许我带走这位年轻的男士吗，就一小会儿，如果他愿意的话？”

“当然，去吧。”她抓住鲁本的手，热切地说，“那斯图尔特呢？”

“他们快回来了，”蒂博说，“我想马尔贡正在故意消耗他的精力，这是为了他好。”

“外面有记者，”鲁本说，“我能听见，相信你也能。”

“马尔贡也能听见。”费利克斯柔声说，“他们会通过地道或者屋顶进入圣堂。别担心。听着，你什么都不用担心，我们永远不会被发现。”

劳拉站了起来，她仍在鲁本怀中。透过衬衫的前襟，他感觉到了她灼热的乳房。他把脸埋进她柔软的颈间。

和费利克斯一同进入神圣的黑森林，与费利克斯并肩走进夜幕深处，这对他来说意味着什么，无须赘述，劳拉早已心领神会。

“早点儿回来。”她轻声嘱咐。

蒂博挽起她的胳膊护卫着她，就像旧时那些正式晚宴上的绅士一样，他们一起离开餐厅，消失在走廊里。劳拉有些茫然，有些迷醉，而蒂博脸上满是宠溺。

鲁本看着费利克斯。

费利克斯再次向鲁本微笑，他的脸安详慈和，充满单纯、自然、毋庸置疑的善意。

37

他们走进地下室。锅炉下面的水泥基座实际上是中空的灰泥盒子。推开一道沉重的暗门，就进入了一片灯光昏暗的房间，头顶是布满灰尘的灯泡，四处散落着一堆堆的箱子、旧衣服和家具。

他们穿过一扇扇门，下了几道楼梯，终于进入了一条宽阔的地道。地道顶上有梁木支撑，就像矿洞一样，潮湿的墙上泥土呈现出复杂的纹理，灯泡的银光非常微弱。

转过一个又一个弯，他们终于走到地道尽头，湿漉漉的天光照了进来，带着金属色泽。

地道外面直通咆哮的大海。

费利克斯的衣服依然穿得整整齐齐，他开始奔跑。奔跑的速度越来越快，最后他伸出双臂，纵身一跃，衣物从他身上撕裂，鞋子飞到一边，半空中他的手臂直接变成狼人粗壮的前腿，双手化为毛茸茸的巨爪。他一路飞驰，掠过狭窄的出口，消失在鲁本的视线尽头。

鲁本震惊地倒抽一口凉气。费利克斯的表演给了他无穷的自信，他也开始奔跑。他跑得越来越快，痉挛在体内翻涌，托着他的身体向前飞跃。他的衣服离开了身体，四肢开始变长变粗，狼的毛发喷涌而出，从头顶直到脚踵。

再次落地时，他已变身为狼，奔向呼啸的海浪与狂风，夜色在迎接他的到来。

他毫不费力地跃过出口，冲破寒冷刺骨的波涛。

嶙峋的礁石上，费利克斯正等待着他。利爪紧抓泥土、藤蔓与根茎，他们并肩爬上陡峭的悬崖，奔入潮湿芬芳的森林。

他跟在费利克斯身后纵情奔跑，和在圣罗莎寻找斯图尔特那夜一样，力量在体内奔涌，他们越过尼德克庄园的北边界，进入宏伟的红杉林深处。巨大的古树如上古孑遗的巨石柱，衬得他们飞奔的身影无比渺小。

他闻到了动物的气味，野猪、野猫和熊，饥饿在他体内腾起，他迫不及待地想要杀戮，想要饱餐。风送来荒野的气息，花朵芬芳，泥土吸饱了阳光，又被雨水浸透。他们一路奔驰，直到风中传来一缕他从未真正品尝过的气味：那是一头公麋鹿。

麋鹿察觉到了危险。它的心狂跳如鼓，速度越来越快，优雅的身影在前方一路飞奔，直到费利克斯和鲁本终于追上了它。利爪陷入麋鹿宽阔的脊背，锋利的牙齿扎进弧形的粗颈两侧。

麋鹿庞大的身躯轰然倒下，纤细优雅的长腿阵阵抽搐，强有力的心脏仍在跳动，温柔的黑色大眼目不转睛地凝望着头顶支离破碎的星空。

向此天堂祈求帮助的生灵，你们有祸了。

鲁本迫不及待地撕下一条条滴血的鲜肉，仿佛一生中从不懂克制。他狼吞虎咽地啃着软骨和骨头，咬断骨头，嚼得吱嘎作响，吮吸鲜美的骨髓，和着血肉囫囵吞下。

他们挤挤挨挨将头探进麋鹿柔软的肚子——噢，无论是人是兽，肚子总是最美味的地方——撕扯有弹性的可口内脏，粉红色的舌头舔舐着越积越多的血滩。

无声的细雨中，费利克斯和鲁本大快朵颐。

然后，他们一动不动地躺在树下。费利克斯明显在聆听，在等待。

他们俩的个头和毛色一模一样，谁能分清这两头巨兽有何不同？只有眼神的细微差别。

小动物为这场杀戮欢欣鼓舞。低矮的灌木丛里，一大群虫子匆匆跑向公麋鹿的尸体。随着它们的侵袭，残骸微微颤抖，仿佛被肢解、被吞食赋予了它新的生命。

阴影深处，一群郊狼悄然出现，灰色的郊狼体型庞大，长着尖尖的耳朵和口鼻部，和狼一样凶猛残暴。

费利克斯没有任何动作，披着毛皮的狼人无声地耐心等待，只有眼睛闪闪发光。

然后，他四足着地，开始小心翼翼地移动，鲁本紧跟在他身后。

郊狼短促地叫了一声，微微蹲踞，随后猛扑过来；费利克斯毫不畏缩，伸出右爪逗弄郊狼。他在笑，低低的笑声伴着粗重的咆哮，他闪到一旁，任由郊狼冲上前来，又虚晃一招，静静地看着郊狼群撕开麋鹿破碎的尸体。

他一动不动，郊狼的胆子越发大了。它们慢慢靠近费利克斯，又被他的笑声吓得忙不迭后退。

突然，费利克斯扑向最强壮的郊狼，猛地咬住它的头颅。

他叼住这头垂死的巨兽甩给鲁本，郊狼群哀号着逃之夭夭。

他们俩又饱餐了一顿。

回到悬崖下时，天已经快亮了。他们紧抓崖壁，滑过陡峭的斜坡，跃过滑溜溜的石头，回到地道入口。巨大的岩石间，入口窄得像是一道缝隙，沾满湿漉漉的苔藓和翻涌的潮水留下的浮沫。

他们回到洞里，费利克斯悄无声息地变回人形，甚至不曾停下脚步，鲁本发现自己也能做到。他感觉自己的双脚迅速缩小，每迈出一步，他的小腿肌肉就缩小一分。

借着朦胧的光线，他们穿好衣服。原来的衣物沾满泥土，已经撕破，但现在也没有别的可换。费利克斯用胳膊搂住鲁本，手指慈爱地梳过他的头发，捏了捏他的后颈。

“小兄弟。”他说。

离开餐厅以后，这是他说的第一句话，也是唯一一句。

然后他们爬上楼梯，回到温暖的大宅里，各自回房。

劳拉站在卧室窗边，凝望着铁青色的黎明。

38

依然是在餐厅。

炉火烧得正旺，火苗在漆黑的中世纪壁炉台下欢呼雀跃，餐桌上烛火跳动，青烟缭绕。食物琳琅满目，浅盘里的烤羊羔肉芬芳扑鼻，伴着大蒜和迷迭香；鸭肉光泽诱人，西兰花热气腾腾；意大利南瓜新鲜爽脆，没剥皮的土豆堆成一座座小山；洋蓟心浸满了油，洋葱烘得香气袭人；刚切好的香蕉和甜瓜摆得整整齐齐；新鲜出炉的面包热乎乎的。

红酒盛在精美的高脚杯里，大木碗里的沙拉闪着诱人的亮光，薄荷酱的浓郁甜味和肥美的肉香一样诱人，香甜的黄油涂抹在热腾腾的面包卷上。

厨房里人来人往，每个人都在帮忙准备盛宴——就连斯图尔特都在忙着摆放餐巾，整理银器，古老刀叉的尺寸让他惊叹不已。费利克斯将加了糖的肉桂杏仁饭一碗碗摆上餐桌，蒂博送来一大盘颜色诱人的橙色番薯。

马尔贡坐在餐桌上首，浓密的长棕发披在肩头，紫红色的衬衫随意地敞着领口。他背朝东面的窗户，窗外的景色有些异样——几个记者藏在茂密的橡木丛中，蹑手蹑脚地走动。

时间刚刚过午，明亮的阳光毫不留情地穿透灰色枝杈织成的巨网。

终于，所有人都已经入座，马尔贡提议大家做个餐前感恩，他微微低下头。

“无神者马尔贡也会感谢神灵。”费利克斯冲着对面的鲁本眨眨眼，低声咕哝。坐在鲁本身旁的劳拉“扑哧”一声笑了，不过费利克斯已经闭上眼睛，所有人也跟着照办。

“向宇宙主宰说出你的心愿，”马尔贡说道，“也许我们会让它成真。它会爱我们，犹如我们爱它一般。”

餐厅再次寂静下来，永不停歇的细雨慢条斯理地冲刷世界，滋润万物，火苗在漆黑的炉膛中跳动，木柴噼啪作响，火星飞舞。厨房里隐约传来缥缈的音乐声——还是埃里克·莱斯利·萨蒂，《金诺佩蒂一号》钢琴曲。

在无垠的宇宙中，银河系是那么微不足道，更遑论更渺小的太阳系与这颗尘埃般旋转的小煤球，鲁本想道，噢，然而居住在小煤球上的人类创造了这样的音乐。也许造物者会听见乐声，也许它亦是某种形式的祈祷。请爱我们，如我们爱祢一样。

斯图尔特坐在鲁本对面，费利克斯和蒂博中间。穿着白色T恤和牛仔裤的男孩开始哭泣。他的脸埋在手掌里，宽阔的双肩无声地耸动，逐渐停止。然后他闭上眼睛，紧皱眉头，泪雨滂沱，哭得像个孩子一样。

他蜷曲的金发束在脑后，露出轮廓分明的脸庞、短而宽的鼻子和永远那么醒目的雀斑，他总是像个大孩子。

劳拉紧咬嘴唇，强忍泪水望着斯图尔特，鲁本握紧她的手。

一丝哀伤从鲁本心头掠过，随即淹没在无尽的快乐中。这么多人在大宅里欢聚一堂，他们理解包容他经历的一切；那些过往曾经让他饱受惊吓，甚至接近崩溃边缘，但现在，他有了这么多同伴——就像是最不可言说的梦想一夜间变成现实。

马尔贡抬起头，默祷已经结束，睿智的目光扫过在座的每一个人。

气氛活跃起来。盘子在餐桌上传递，酒杯一次次倒满，黄油浇在热气腾腾的面包片和切片面包卷上，一勺勺沙拉蒜香扑鼻，切下来的肉散落在古旧的花朵瓷盘上。

“那么我能为你做点什么？”马尔贡问道。他的口气相当自然，就像刚才他们一直在谈论这件事，而不是在处理那些重要的琐事。

“你刚刚踏上这段旅途，我能为你提供什么帮助？”

他喝了一大口苏打水，水杯旁的酒杯空荡荡的，他一口酒都没喝过。

他从盘子里取了一大堆热腾腾的西兰花、绿南瓜和洋蓟心，又撕下一大块刚涂过黄油的热面包卷。

“你必须知道这些：变异不可逆转。一旦圣血完全吸收，你成为狼族，那么就永远不可能再变回去。”

斯图尔特的眼泪去得和来得一样快。他狼吞虎咽地吃着羊羔肉，蓝色的眼睛目不转睛地盯着正在说话的马尔贡，鲁本开始担心他会不会噎到。

马尔贡的声音和前一夜一样亲切，也一样谦和。他的音调里蕴含着强大的说服力和微妙的权威，淡金棕色的脸表情丰富，富有表现力，黑眼睛周围有一圈浓密的黑色睫毛，为他的表情增添了不少戏剧性和激情。他的脸远比言辞更加生动。

“我一生中，”他一边说一边无意识地挥着银叉，“从未见过谁真正想变回去。接受圣血以后，的确有人急于毁灭，猎杀的诱惑让他们变得疯狂，蔑视生命中其余的一切，直至最后，他们倒在猎杀者的武器之下。但你不需要担心这个。你没有那么愚蠢，”他的眼睛扫过劳拉，“你们都不是那样的蠢人。你们不会胡乱挥霍命运赐予的礼物。”

斯图尔特想要提问，但马尔贡示意他稍安毋躁。

“请允许我说下去，”他劝告道，然后继续讲述：“圣血的传递几乎总是出于意外。只有当我们变身为狼，才能传递圣血。不过，作为凡人，我有限的头脑总是无法摆脱旧日的梦魇，我曾无情地拒绝过很多人，现在，我决定不再压抑自己。只要有人开口，只要他值得，我便会给他圣血。我只要求接受者有足够的热情，并且在充分了解后仍渴望圣血。但你们——鲁本和斯图尔特——不要急于传递圣血，这份责任过于重大。这样决定命运的选择，你们必须留给我，留给费利克斯、蒂博，或者弗兰克和谢尔盖，他们很快就会回到这里。”

鲁本点点头。现在他还不能咬劳拉，时机未到，但是——真的还需要咬她吗？他们从来就没有把劳拉排斥在外。在鲁本看来，这样的接纳应该有更深的含义。但他还不知道其中的确切意味，这让他深受折磨。他不知道。

“现在我们知道，感染圣血的人可能丧命，”马尔贡说，“但这种情况非常罕见，除非被咬的人非常虚弱或非常年幼。要么就是被咬得太重，或者被咬之前已经受了很重的伤，圣血也来不及弥补损伤，阻止失血。据我所知，类似的情况都是意外。圣血的确可能致命，但一般而言，它不会——”

“可是莫罗克说过圣血会致命，”鲁本说，“而且几乎是百分之百。”

“忘了莫罗克吧，”马尔贡说，“也许这是别人跟他说的，为了遏制他把全世界都变成狼族的野望。一会儿我们会去森林里跳舞，到那时候再来唱我们的安魂曲，现在，我们暂且把莫罗克放下。谁也不知道他知道什么，又不知道什么，而且再也无从知晓。”

他停下来吃了一块鸭肉，又吃了一块黄油面包卷。

“对于你们这个年纪的年轻男女来说，传递圣血并无危险。”他说，“如果用牙齿刺入身体深处，直接将圣血注入体内的血液，那么它起效的过程就是你曾经历的那样，在七天到十四天内转换完毕。跟月亮完全没有关系。那类传说有另一个源头，与我们无关。不过在最初几年里，异变不太稳定，它只在夜间降临，很难在白天诱发。但经过一段时间以后，只要你足够坚毅，你可以随心所欲地变身。你的目标是彻底掌握圣血，否则的话，你永远无法成为它的主宰，而会成为它的奴隶。”

鲁本点点头，嗫嚅着说他已经领悟了这一点，虽然过程相当痛苦、充满恐惧。

“我以为是那些声音诱发了我的异变，”他说，“我以为声音是异变的源头，而且无法阻挡……”

“我们会谈到声音的。”马尔贡回答。

“但我们为什么会听到声音？”斯图尔特问道，“为什么我们会听到那些人的声音，知道他们正在受苦，需要我们的帮助？老天啊，我在医院里都快疯了。就像听到炼狱里的灵魂在祈求慈悲……”

“我们会说到的。”马尔贡看向鲁本。

“当然，你已经竭尽全力，以自己的方式学会了如何控制它，”马尔贡说，“你做得很好，非常好。你是全新的一代，我们从未见过如此强大的狼族。能够像你一样面对圣血的人，几个世纪以来都很罕见，事实上，可以说是绝无仅有。你的健康与体魄，再加上智慧，会让狼族成为完美无缺的杰作。”

“噢，别把他们俩捧得太高，”蒂博熟悉的男中音插了进来，“他们已经够兴奋了。”

“我想要完美！”斯图尔特用拇指戳着胸口大喊。

“呃，如果你想要达到我心目中的完美，”马尔贡说，“那你得仔细衡量自己的所有天赋，而不光是狼的天赋。想一想你作为人类的生命中有哪些线索，它们对你意味着什么。”他转向鲁本，“而你，鲁本，你是一位诗人，一位作家，这个时代潜在的编年史撰写者。这是一份宝藏，不是吗？”他没等鲁本回答，继续说了下去，“昨晚，在我带这个年轻人去森林里之前，我跟你父亲长谈了一番。虽然你全心全意地崇拜你聪明的母亲，但真正赐予你最伟大天赋的，是你的父亲。那个总是站在阴影里的男人赐予了你对语言的热爱，这份热爱又塑造了你理解世界的方式。”

“你说的没错。”鲁本说，“我让母亲失望了。我没能成为医生，我的哥哥吉姆也没有。”

“啊，你的哥哥，吉姆。”马尔贡说，“现在我们谈到了让人费解的东西——那位神父虔诚盼望自己能信奉上帝，但实际上他却不信。”

“要我来说的话，”鲁本说，“也不尽然。”

“想想看吧，有意识地把自己的一生奉献给上帝，奉献给一个也许永远不会应答的神？”马尔贡问道。

“上帝何尝应答过任何人？”鲁本反问。他紧盯马尔贡，等待对方的回答。

“需要我提醒你吗，声称自己听见上帝声音的人成千上万？”

“但他们真的听见了吗？”

“我们又如何能知道呢？”马尔贡问道。

“喔，够了！”费利克斯第一次提高了声音。他放下手里的刀叉，对马尔贡怒目而视。

“现在你打算用宗教把年轻的狼人逼得进退两难？你想潜移默化地向他们灌输你的虚无主义？为什么？”

“哦，请原谅我，”马尔贡语带讥讽，“原谅我掌握无数证据，足以说明人类自有史以来就不断声称自己听到了神祇的声音，足以说明对皈依者来说，皈依宗教总是那么感性，又那么现实。”

“很好，”费利克斯做了个温和的小手势，“请继续，老师。我也需要再次聆听你的教导。”

“我可不知道我是不是受得了。”蒂博露出讽刺的微笑，声调圆润。

马尔贡低声笑了，他锋利的目光扫向蒂博。“你的加入真是我生命里最黑暗的一天。”但他的语气轻松随意，“哦，你总是喜欢挖苦，总是这么滑稽。我在睡梦里也能听见你低沉的声调。”

蒂博相当受用。

“你的观点已经说清楚了，”费利克斯表示，“鲁本是一位作家，或许也是狼族中的第一位作家——”

“噢，胡说八道，难道不愉快的事儿只有我一个人记得吗？”蒂博说。

“我现在说的不是狼族编年史，”马尔贡说，“而是这个。”他径直看向斯图尔特，男孩正在重新用土豆装满自己的盘子，“身体与灵魂共同造就了你，狼与人合为一体，要生存下去，你必须在二者间取得平衡。有人获得礼物，有人将之毁灭，每个人的命运走向何方，冥冥中自有天数。而骄傲是毁灭之母，骄傲会吞噬头脑、心灵与灵魂。”

鲁本一边使劲儿点头，一边喝了一大口红酒。

“但是你当然也会同意，比起狼体验到的一切，人类的所有感知都黯然失色，变身为狼以后，所有的感知都变得更加敏锐。”他犹豫着说。狼族，狼的天赋。多美的词语！

但他还记得自己孑然一身时选择的描述：狼的恩赐。

是的，那是一份恩赐。

“我们的感觉并不总是那么敏锐，对吧？”马尔贡回答，“我们会睡觉，会小憩，也会思考——我们不光从激情与灾难中认识自己，在睡眠中，在梦中，我们仍感受着一切。”

鲁本表示认可。

“你放的音乐是萨蒂的钢琴曲，不是贝多芬的第九交响曲，对吧？”马尔贡问道。

是的，而且也不是勃拉姆斯的第二交响曲，鲁本想起了昨晚的思绪。

“那么我还要经历多少个这样的晚上？”斯图尔特问道，“还有多少个夜晚，无论我愿不愿意，异变都会发生？”

“你要努力控制它，”蒂博说，“结果也许会让你惊讶。”

“对你来说，不用操之过急，”马尔贡说，“大约十四天里，它每晚都会到访。你看，鲁本多少天以后就学会了控制它？十天？但这只是因为他之前完全屈从于本能。”

“嗯，很可能是这样。”蒂博说。

“根据我的经验，这个阶段总会持续两周，”费利克斯说，“然后它的力量就变得好控制多了。对大多数人来说，一个月里保证有七天变身就足够维持体魄、保持清醒。当然，你可以学习无限期地抑制变身。每个狼族通常都会找到自己的节律和周期，但具体的表现方式因人而异。当然，还有那些声音，需要保护的人的声音——它们随时会唤醒异变。不过在最开始，你需要两周时间，因为圣血还在改造你的细胞。”

“啊，细胞，说到细胞，”鲁本问道，“莫罗克用的词儿是什么来着？”他把目光投向劳拉。

“多能祖细胞，”劳拉回答，“他说，圣血作用于多能祖细胞，诱发变异。”

“哦，当然。”斯图尔特说。

“至少按照我们的理论，的确如此，”费利克斯说，“按照我们现在的浅见。”他喝了一大口酒，然后坐回原地，“我们之所以这样想，是因为只有多能祖细胞才可能让我们的身体发生这样的变化——所有人类都有可能成为狼族——但这套理论是基于目前已知的化学知识建立的。这二十年里化学的发展日新月异，再往前走变化更大。我们总是会根据知识的发展，修正自己的理解。”

“其实谁也不清楚到底是怎么回事，”蒂博说，“在现代科学的启蒙年代，我们试图自创一套关键词，阐释狼族的一切。我们曾抱着那么高的期望，为实验室添置精良的装备，雇来最聪明的科学家。我们以为总有一天能弄清狼族的所有谜团，但最后学到的却那么少！我们所知的一切，你已经在自己身上观察到了。”

“它与腺体和激素有关，当然。”鲁本说。

“毫无疑问，”费利克斯附和道，“但为什么？以何种方式？”

“呃，它是怎么开始的？”斯图尔特拍着桌子问道，“它一直存在于我们之中，我是说，存在于人类之中吗？马尔贡，所有的一切是怎么开始的？”

“这些问题的答案……”马尔贡的声音很低，他显然有些犹豫。

“谁是有史以来的第一个狼人？”斯图尔特问道，“别藏着掖着啦，你一定知道《创世纪》的神话。你必须得告诉我们。细胞啦，腺体啦，化学物质啦——那是另一回事。狼族的历史是什么？有什么传说？”

寂静。费利克斯和蒂博等着马尔贡作出回答。

马尔贡正在思考。他看起来十分踌躇，有那么一会儿，他似乎迷失在自己的思绪中。

“古老的历史并不总是那么激励人心，”他终于开口说道，“现在对你们来说，重要的是学习如何使用这些礼物。”

短暂的沉默。然后劳拉柔声问道：“这种饥饿会随时间增长吗——猎杀饕餮的欲望？”

“不会，”马尔贡回答，“是的，它永远藏在我们体内。如果不满足它，我们会感觉自己不完整、虚弱、精神上饥饿，但我得说，这是我们与生俱来的天性。事实上，有的狼族可能会厌倦这种欲望，因此长时间地摈弃它，极力忽略那些呼唤的声音。”他停了下来。

“还有，你的力量会随时间而增长吗？”劳拉接着提问。

“技巧会有所增长，当然，”马尔贡说，“还有智慧，理想情况下它也会有所累积。我们的身体会不断地自我更新，但我们的听觉、视觉和体格并不会持续增强。”

他看向鲁本，仿佛在邀请这位年轻人提问。这是他第一次做出这样的举动。

“那些声音，”鲁本说，“现在我们能谈谈那些声音吗？”

他一直克制着自己，但时机似乎已经成熟。

“我们为什么会听到那些声音？”他问道，“我是说，我能理解我们的听觉十分灵敏，这是变异的一部分，但为什么求助者的声音会诱发异变？我们闻到恶意与暴虐的气味——那是邪恶的气味，不是吗？强烈的气味驱动我们循踪而去，将它扫除。体内那些干细胞为什么会让我们变成这样？”

他放下餐巾，热切地看着马尔贡。

“对我来说，这是最核心的谜团，”鲁本继续说，“道义上的未解之谜。人变成怪兽，好吧，这不是魔法，它背后有我们尚不了解的科学道理。这一点我能接受。但为什么我能闻到恐惧与受苦？为什么我会身不由己地向它奔去？我的每次杀戮背后都有它的身影，它才是娴熟圆滑的邪恶猎手。我从来没有出过错。”他的视线从马尔贡、费利克斯和蒂博身上一一扫过，“我相信你们也一样。”

“但实际上，”蒂博说，“这也是一种化学过程，它藏在我们的天性之中。我们闻到邪恶的气味，然后近乎疯狂地想要攻击它，摧毁它。我们无法将清白的受害者与我们自身区分开来，对我们来说，这二者完全是一体的。受害者的痛苦令我们深受折磨。”

“难道这是神赐的天赋？”斯图尔特问道，“你打算这么跟我说吗？”

“我要告诉你的恰好相反，”蒂博说，“这是复杂演化造就的生物学特质，它的根源是我们大脑与腺体内的精妙化学过程。”

“为什么偏偏会是这样？”鲁本追问，“比如说，为什么化学过程不会驱动我们追杀无辜者，吞噬他们的血肉？他们是那么甜美。”

马尔贡笑了。

“别去尝试，”他说，“你会失败的。”

“啊，我知道了。是它阻止了莫罗克。他无法勉强自己杀掉劳拉。他不得不恳求她的原谅，长篇大论地解释为何她不得不死。”

马尔贡点点头。

“莫罗克有多大年纪？”鲁本问道，“他的经验应该很丰富吧？但他却输给了我们，这怎么可能？”

马尔贡点点头。“莫罗克想单独除掉你们，”他说，“他太过疲惫粗心。我是说，他原来的那副躯壳。”

“我一点儿都不觉得意外，”劳拉说，“他用语言刺激我们率先出手。最开始，我以为他说那些话是为了迷惑我们，激发我们的恐惧。后来我意识到，他只是无法直接发起攻击，除非我们动手反击。”

“就是这样，”鲁本说，“但是等到我们真正反击，他却无法打败我们。从某种程度上说，他必然知道局面会如此发展。”

“你一定会告诉我吧，”斯图尔特说，“你们说的这个莫罗克是谁？”

“莫罗克的故事已经结束，”马尔贡说，“出于他自己的某些原因，他想杀掉鲁本。他无意中将圣血传给了鲁本，然后他说服了自己——必须消灭证据，纠正这个错误。”

“就像我把圣血传给你一样。”鲁本喃喃地说。

“啊，但你还很年轻，”蒂博说，“莫罗克已经老了。”

“于是我走进了另一个绚丽的世界，”斯图尔特兴高采烈地说，“看到了五光十色的新天地！”

马尔贡纵声大笑，投给费利克斯一个了然的眼神。

“可是真的，为什么我们总会身不由己地猎杀邪恶，保护受害者，全力拯救他们逃离被谋杀或是被强暴的悲惨命运？”鲁本追问。

“小狼人，”马尔贡说，“你想要一个高尚的答案，对吗？用你的话说，合乎道义的答案。真希望我能满足你的期待。但实际上，恐怕这只是演化中的偶然，就像其他所有天性一样。”

“它是狼族从演化中得来的？”鲁本问道。

“不是。”马尔贡摇摇头，“它来自赋予我们力量的那个物种。我们是现代智人，而他们不是。他们是完全不同的另一个物种，更像是匠人或直立人。这几个术语你懂吗？”

“噢，我听说过！”斯图尔特说，“跟我猜想的一样！它是一个孤立的物种，在某个与世隔绝的角落繁荣发展，对吧？就像弗洛里斯人一样——印尼的霍比特人——完全不同于任何已知物种的类人生物。”

“你说的霍比特人是什么？”鲁本问道。

“弗洛里斯人是一种小矮人，身高不超过三英尺。”劳拉说，“他们的骸骨几年前才刚刚被发现，那是完全不同于现代智人的另一个衍化分支。”

“噢，我记得那个新闻，”鲁本说，“没错。”

“跟我们讲讲吧，讲讲那个物种的事儿。”斯图尔特执著地追问。

费利克斯有些不安，他想阻止斯图尔特，但马尔贡做了个手势，告诉他不要紧。

显然，马尔贡本想跳过这个部分。他思索了片刻，然后同意了斯图尔特的请求。

“我们先收拾桌子吧，”他指指餐桌，“我需要一点时间整理思绪。”

39

宴会的盘子已经送回厨房岛台，这一晚，大宅里不会再有人理会它们。

大家再次安静地回到餐厅坐下，杯子重新倒满水和酒，热咖啡和绿茶香气缭绕。

刚烤好的派送上了餐桌，有苹果味、樱桃味，还有蜜桃味。法式奶酪柔软洁白，糖果和水果堆满浅盘。

马尔贡回到餐桌上首。他似乎有些疑虑，但斯图尔特已经迫不及待，鲁本仍勉强保持着耐心，但明显一脸好奇，看到两位年轻人的表情，马尔贡明白，他必须继续讲下去。

“是的，”他说，“的确有这样的物种，与世隔绝、濒临灭绝的灵长目动物，与现在的我们完全不同。是的，千万年前，他们的确曾经生活在非洲海岸外的一处孤岛上。”

“他们就是这股力量的源头？”斯图尔特问道。

“是的，”马尔贡回答，“当时有个愚人——或者说智者，具体取决于你的角度——试图与他们生育后代，从而获得他们的力量——在遇到危险时变身为狼。”

“于是他生下了混血的后代。”斯图尔特说。

“不，他没有成功。”马尔贡说，“但通过多次的剧烈撕咬，他还是获得了那股力量。不过在此之前，整整两年时间，他想尽办法喝了很多那个物种的体液——尿、血液，诸如此类。他还经常邀请部落成员咬他玩。部落里的人对他十分友善，虽然他被同类放逐，被迫离开了当时全世界唯一一座真正的城市。”

马尔贡的声音逐渐低沉。

餐厅里一片寂静。所有人都看着马尔贡，而马尔贡凝视着眼前的水杯。在鲁本眼里，他的表情十分迷茫，斯图尔特急得发疯，但鲁本感觉到了，回忆和重述带给马尔贡的不只是疲惫或厌恶，还有更加复杂的东西。

“可是你说的是多久以前的事儿？”斯图尔特问道，“全世界唯一一座真正的城市是什么意思？”他显然激动不已，复述这几个词的时候，他的笑意越来越浓。

“斯图尔特，请你……”鲁本恳求，“让马尔贡按自己的节奏讲下去。”

长久的沉默之后，劳拉终于开口。

“故事里的人就是你自己，对吗？”她试探地问。

马尔贡点点头。

“回忆很难吧？”鲁本充满敬意地问道。

马尔贡的表情变幻不定，高深莫测，时而仿佛神游天外，时而又生动鲜明。但面对这样的往事，还能指望别的什么反应？

想到马尔贡真是一个永生者，感觉真是奇妙又震撼。虽然鲁本一直这样怀疑，但如此久远的时间依然让他深感震惊。这么说，狼人真是永生不死的吗？感觉像是体内的圣血向他揭开了新的秘密。他暂时还无法完全理解，却永远不会忘怀。但是早在圣血进入身体之前，第一次在藏书室见到那张照片的时候，他就曾感觉到，这些男人之间有一条超越俗世的神秘纽带。

斯图尔特紧盯着马尔贡——审视着他的脸，他的身体，他放在桌上的双手——他如饥似渴地审视着这个男人的所有细节。

你看到了什么？鲁本暗自想道。千万年来，我们的变化微乎其微，这个活了数千年的男人走在任何一座城市的街道上都不会引起注意，唯一醒目的或许只有他不同寻常的泰然自若与脸上流露的睿智光华。他的确是个引人注目的男人，但为什么？他举手投足间流露出十足的权威，但为什么？他待人亲切，但你清楚地知道他的内心坚毅不屈。

“到底是怎么回事，快告诉我们吧，”斯图尔特尽量温和地追问，“你为什么会被放逐？你做了什么？”

“因为我拒绝崇拜神灵，”马尔贡仍凝视着前方，声音轻得像是呓语，“拒绝供奉庙宇里石头刻出来的神像，拒绝随着单调的鼓声为从不曾存在的男神与女神吟唱赞歌，歌颂他们不曾发生的婚姻。我拒绝告诉人们，如果他们不尊崇神灵，不献上贡品，不在田野里累断了腰挖掘灌溉的沟渠，神就会降罪于人，毁灭整个宇宙。无神者马尔贡拒绝说谎。”

他的声音微微抬高了一点。

“不，回忆不难，我清楚地记得一切，”他说，“但那些深层的情感与发自内心的信仰，我已有很久不曾触动。”

“他们为什么不直接把你处死？”斯图尔特说。

“他们不能，”马尔贡看着他，低声解释，“我是神赐给他们的王。”

这个回答让斯图尔特兴奋起来，他的激动溢于言表。

真是太简单了，鲁本暗自想道。我有那么多问题想问，或许劳拉也是，现在斯图尔特替我们问了所有问题，而且得到了答案，还有什么可抱怨的呢？

刹那间，他似乎感受到了伊拉克灼热的阳光，看到了他曾去过的挖掘现场尘埃漫天的沟渠。他还看到了那些黏土板，古老而珍贵的楔形文字黏土板摆在密室的桌上。

他战栗起来，这些问题曾困扰了他那么长时间，现在答案正在一点点揭开。就像在书里读到某个绝妙的句子，却无法继续下去，因为太多可能性在他脑子里盘旋。

马尔贡取过水杯尝了尝，然后喝了下去。随后，他放下水杯，再次凝视着它，就像迷上了水里的气泡和铅玻璃上跳动的光影。

他没有碰小碟子里的水果，却喝了一杯冒着热气的咖啡。他突然伸手去拿银咖啡壶。

鲁本替他倒满了杯子。王的斟酒侍臣。

费利克斯和蒂博一脸平静地凝视着马尔贡。劳拉在椅子里转动身体，寻找着更好的角度，然后她叠起手臂，闲适地等待。

唯一迫不及待的人是斯图尔特。

"那座城市叫什么名字？"斯图尔特问道，"快说吧，马尔贡，告诉我！"

费利克斯严厉地看了他一眼，示意他安静。

"呵，他自然想知道答案。"马尔贡说，"还记得吗，有的人完全没有好奇心，也不想知道过去的任何事情，后来他们怎么样了？也许对他们来说，拥有历史和祖先会有好处，哪怕那只不过是虚构的文字。或许我们需要这些东西。"

"我需要它，"斯图尔特低声说，"我需要知道一切。"

"我不太确定，"马尔贡温和地说，"到目前为止，你是否真正理解了我说的东西。”

难处就在这里，鲁本想道。这个男人从历史诞生的年代一直活到了今天，你该怎么理解他说的话？如何去理解？

“呃，现在我还不是狼族编年史的撰写者，”马尔贡说，“或许永远也不会是。但我会告诉你们一些事情。现在，你们已经知道我被驱赶，被放逐，这就够了。我不会自称神子，也不会说修筑沟渠与庙宇的是那些虚构的神——恩利尔、恩基、马杜克与阿蒙拉[1]的伟大前身。我总在我们人类之中寻找答案，请相信我，这样的观点没有你想的那么激进。它很平常。但一旦将它公诸于众，就完全打破了规矩。”

“是乌鲁克，对吗？”斯图尔特屏息问道。

“比乌鲁克古老得多。”马尔贡回答，“比埃利都、拉尔萨、杰里科——任何你知道名字的古城——更加久远。我的城市遗址从未从风沙中显现，也许永远不会。我不知道它遭遇了什么，不知道我的后裔命运如何，也不知道它为后来在周边崛起的城市留下了什么。它的商路曾经四通八达，贸易站里挤满家畜、奴隶和货物，但我不知道后来的事情，也不清楚他们的生活方式如何传承演变。我无意充当纪事者，也没有兴趣见证各个时代的大事件。你当然会理解，你一定能理解。你有没有想过数千年后的未来？有没有试过用千年后的眼光来评判现在遇到的一切？我只是和所有凡人一样，在时间的长河中随波逐流，载沉载浮，蹒跚前行。”现在他的声音平稳而热烈，“我从来没有想过，命运或巧合会将我放在这样的位置，让我开启绵延数千年的连续性。

① 前面三个均为苏美尔神话中的主要神祇，阿蒙拉是埃及神话中的太阳神。

怎么会是我？我低估了作用于我的存在的每一股微小力量，若不是这样，事情原本不至于此。我的幸存完全是个意外，所以我不愿意谈它。语言并不可靠。当我们谈到自己的生命，无论它是短暂而悲惨，还是超乎理解的漫长，谈论的同时，我们就已强加给它逻辑上的连续性，然而这样的连续完全就是谎言。我鄙视所有谎言！”

这次他停下来以后，所有人都鸦雀无声。就连斯图尔特也没有急着开口。

“我被赶走、被放逐，这么说已经够了。”马尔贡说，“背后的操纵者是我的兄弟。”他做了个反感的动作，“为什么不呢？真相是危险的。庸俗的人类天性里就相信谎言的必要性，相信说谎自有意义，真相和坦率有颠覆的风险，谎言撑起群居生活的骨架——”

他再次停下。

他突然向斯图尔特笑了笑。

“所以你想从我这里得到真相，对吗？因为在你短暂的一生中，人们总是告诉你，谎言像你呼吸的空气一样不可或缺，但你无比渴求建立在真相之上的生活。”

“是的。”斯图尔特严肃地说，“就是这样，一点儿没错。”然后，他犹豫着说，“我是个同性恋。自我记事起，他们总是告诉我，我有无数理由向所有认识的人隐瞒自己的性取向。”

“我理解，”马尔贡说，“以谎言为根基的社群总有这样的建筑师。”

“所以，请告诉我真相。”

“其实无论是男神、女神还是被放逐的王子，全都无关紧要，”马尔贡说，“我们还是回到原来的故事里，或许能找到一点儿残存的真相。”

斯图尔特点点头。

“对无神者马尔贡来说，幸运的是谁也不打算让这位渎神的王流血。他被赶到了城墙外面，他们让他在沙漠里自生自灭，不过好歹给了他一袋水和一根手杖。长话短说，我当时是在非洲，我一路穿过埃及，沿着海岸游荡，最后抵达了那个奇怪的岛屿，那个爱好和平、受人轻视的部族就住在岛上。

“其实很难说他们是人类。当时的人都觉得他们是非人的生物，但他们的确是人类的分支，他们的部落十分团结。他们接纳了我，给了我食物和衣服——如果他们穿的能称为衣服的话。比起人类来，他们的长相更接近猿猴，但他们有语言，懂得爱，也懂得相互表达爱意。

“有一天，他们告诉我，岸上的敌人就要来了，听到他们对敌人的描述，我觉得我们完全不是对手，只能束手待毙。

“那个部落内部一片祥和，但岸上的人是和我一样的人类。他们是现代智人——好斗残忍，挥舞着投矛和粗糙的石斧，渴望摧毁可鄙的敌人，仅仅是为了发泄多余的体力。”

斯图尔特点点头。

“呃，正如我所说，我以为一切都完了。面对狡猾凶猛的入侵者，那些单纯如猿猴的生物毫无反击之力，我没有时间教他们如何自卫。

“可是我错了。

“‘你去藏起来，’他们告诉我，‘要是他们的船来了，我们会知道。’敌人登陆时，整个部落都围成圈子疯狂地跳舞，他们在呼唤异变。肢体膨胀，锋利的牙齿从嘴边伸出，全身长满狼毛——和你们变形后的样子一模一样，孩子们，你们都曾亲身经历。整个部落的所有人在我面前变成了狼一样的怪兽，无论男女。

“他们变成了一群咆哮嘶吼的大狗，我从没见过这样的情景。他们扑向敌人，不费吹灰之力就取得了压倒性的胜利。他们把袭击者赶回海里，毫不留情地吃掉敌人，甚至用牙齿和爪子把敌船撕得粉碎。所有敌人没有一个能逃出生天，全都被咬得体无完肤，吃得干干净净。

“然后他们恢复了原来的模样——和平、单纯得像猿猴一样。他们让我不要害怕。他们能认出敌人，是因为船还没出现，他们就从风中闻到了邪恶的气味。只有面对敌人，他们才会做出我亲眼看到的暴行。很久很久以前，神赐予他们自卫的力量，以免平静的生活被邪恶毫无来由地打破。

“我和他们一起生活了两年，我想得到他们的力量。正如刚才所说，我喝了他们的尿液、鲜血、泪水和一切他们愿意给我的东西。我不在乎。我和他们的女人睡觉，取来男人的精液，靠智慧替他们解决难题，用他们做梦都想不到的小发明和小建议换取珍贵的分泌物和血液。

“除了抵御入侵者以外，还有一种情况能诱发异变，那就是惩罚部落里的罪人，通常是杀人犯——最危险的和平破坏者和叛徒。

“他们寻找罪犯依然是靠嗅觉。部落里的所有人将罪人包围起来，疯狂舞动直至彻底变身，然后将他活生生吃掉。据我所知，他们的判断从不出错，总有罪犯为自己辩护，却从未有人推翻过指控，我见过不止一次。他们从不滥用自己的力量。对他们来说，分辨善恶似乎非常简单。他们不能让无辜的人流血，因为神赐予他们力量是为了扫除邪恶，在他们眼里，这完全是天经地义。而我想获得同样的力量，想让自己变身为狼，他们觉得非常可笑。

“不过当他们变身的时候，我总是撺掇他们轻轻咬我几下。他们觉得很好玩，但似乎不太礼貌，不过他们对我深怀敬畏，所以我总是如愿以偿。”

马尔贡闭上眼睛，用手指按了按鼻梁，然后重新睁开眼，怅然若失地望着前方。

“他们是永生的吗？”劳拉问道，“他们不会死？”

“是的，他们的确永生不死。”马尔贡回答，“但一些小事儿就足以让他们丧命，比如说牙齿化脓或是没有正确复位导致感染的断腿，要是在我的宫殿里，随侍的医生不费吹灰之力就能治好。是的，他们永生不死，而且他们觉得我拥有魔力，我能治好某些小病和外伤，因此我在部落中很有威信。”

他再次停了下来。

就连原本满脸不耐烦和嘲讽的蒂博也已安静下来，他听得很入迷，好像以前从未听过马尔贡讲述这段过往。

“他们为什么会跟你决裂？”他问道，“以前你从没讲过。”

“喔，老套的故事，”马尔贡说，“两年后，我已经基本掌握了他们那种原始的语言，于是我告诉他们，我并不信仰他们的神祇。请记住，那时的我非常年轻，大约比现在的斯图尔特大三岁。我想要那股力量，它绝非出于神赐。我觉得我应该告诉他们。那年头，我总是乐于宣扬真相。”他低声笑了，“可以理解，他们的信仰还没有形成肥沃平原城市里那么复杂的宗教体系。没有宏大的庙宇群落，没有花样繁多的税收，也没有血淋淋的祭坛。但他们的确有自己的神灵。我觉得我应该告诉他们真相，这世上压根儿就没有神。

“他们一直对我很友善，也喜欢跟着我学习那些巧妙的东西。如我所说，我想要他们的力量，他们觉得有趣，但并不认为我真能做到。他们说，神没有给你的东西，你不能强求。神把力量赐给了他们，而不是其他人，譬如我。

“但那一天，当他们听懂了我对神祇的全盘否定，明白了我真的认为自己能得到那种力量，他们立即宣布我犯下了最严重的罪行，并宣判了我的死期。

“这样的杀戮仪式总是安排在黄昏。可以理解，如果有敌人来袭，他们可以在白天轻而易举地变身为狼。但若是为了处决罪人，他们总是会等到黄昏。

“夜幕降临，他们点燃火把，围成一个大圈，强迫我走到圈子中央。然后他们开始跳舞，开始呼唤异变。

“对他们来说，这并不容易。有人不愿意参与，他们往后退却。我救过很多人的命，也曾医治他们的孩子。当时我清楚地看见，那些原始的生物有多么不情愿伤害无辜的人。是的，那时候我并不确定他们是否闻到我身上有什么气味，这是个永远的谜团。

“但是我知道自己闻到了什么气味——当他们像狼一样向我扑来，我闻到了刺鼻的臭味，他们的恶意正在威胁我的生命。

“要是他们像对待其他敌人和罪人一样，直接把我撕碎，那故事也许到这里就结束了，我在时间中的旅程也会像其他凡人一样悄然中止。但他们没有。某种东西阻止了他们，可能是残存的一点儿尊敬，也可能是喜爱与迷恋，或者对自己的不信任。

“你们应该可以想象，从之前戏谑的撕咬中，从喝下的那些液体中，我获得了强大的免疫力与恢复力，让我不至于立即就被他们咬死。

“无论如何，经过暴虐的撕咬，我依然活了下来。我趴在地上，爬向森林，觉得自己马上就会死去。那是我一生中遭受的最残酷的折磨。我很愤怒——愤怒于自己的生命竟会以这种方式终结。他们绕着我来回舞动，在我四周纵情跳跃。他们开始慢慢变回原来的样子，他们诅咒着我，努力试图再次变身为狼，因为我还没有死。但是显然，他们无法直接走上前来，终结我的生命。

“然后，异变来了。

“他们眼睁睁地看着我变身为狼。

“那些声音和憎恨的气味让我变得疯狂，于是我发起了攻击。”

马尔贡猛地睁大眼睛，紧盯着只有他自己才能看见的某些东西。所有人都在安静地等待。鲁本感觉到马尔贡带来的巨大威压，这个男人哪怕不说话，也散发着无上的威严。他的力量不光来自习惯性的手势和沉稳的声音，作为一个隐忍、克制的男人，他的权威之下奔涌着最炽热的火焰。

“他们完全不是我的对手，”他耸耸肩，“在我面前，他们就像一群亮出乳牙、嗷嗷乱叫的小狗。我既拥有狼的力量与疯狂，又保留着人类的决心与受伤的尊严。他们没有这样的情感！当时的我迫不及待地想要杀掉他们，他们一生中大约从未感受过这样的威胁。”

鲁本笑了。垂死的人类能爆发出怎样的力量，他时常为之惊叹。

“新的种族诞生了，远比最初的我和他们更加强大和危险。”马尔贡说，“狼人，人狼，狼族——现在的我们。”

他再次停了下来，看起来似乎很想说些什么，却无法诉之于口。

“关于这段过往，我还有很多疑问。”马尔贡坦承，“但是我知道——现在所有人都知道——生命的发展来自变异，来自多层面各种元素的意外组合。偶然和意外是宇宙不可或缺的原动力，如果没有意外，没有偶然轻率的疏忽，就不会有演化，万物将陷入凝滞。风从垂死的花朵中带走种子，花粉黏在有翼昆虫纤细的腿上，没有眼睛的鱼游进深洞、吃掉地面上的我们完全无法想象的那些生命，这都是出于意外。所以无论是他们得到力量，还是我的故事，都是同样的错误和偶然。正因为我们的意外，你所说的狼人就此诞生，我们所称的狼族，就此诞生。”

马尔贡停下来喝了点咖啡，鲁本再次帮他斟满杯子。

斯图尔特听得很入迷，但他又开始坐不住了，他完全无法控制自己。

“面对一位不情愿的讲述者，”费利克斯提醒说，“安静地聆听是一种美德。别忘了，他正在努力试图打捞仅存的真相。”

“我知道，”斯图尔特挣扎着说，“对不起，我真的知道。我只是……我太想……”

“你想抓住此刻看见的东西。”费利克斯说，“我明白，我们都明白。”

马尔贡似乎魂不守舍。也许他正在聆听细微的乐声，萨蒂的钢琴曲如行云流水，优美的音符起起伏伏，周而复始。

“后来你设法逃离了那座岛屿？”劳拉试探着问道。她的声音满怀敬意。

“我没有逃走。”马尔贡回答，“他们倒是可以逃走，但眼前的景象让他们得出了结论——这是神的意志，无神者马尔贡竟然是他们供奉的神祇之父。”

“他们将你奉为首领。”斯图尔特说。

“他们将他奉为神祇，”蒂博说，“太讽刺了。无神者马尔贡成了他们的神。”

费利克斯叹了口气。“你无法摆脱命运。”他说。

“是吗？”马尔贡反问道。

“你不会成为我们的王，对吧？”费利克斯推心置腹地问道，就好像其他人都不存在。

“真是谢天谢地，”蒂博咕哝着说，“不过说真的，我从没听过你用这种方式讲述这段故事。”

马尔贡大笑起来，笑声并不响亮，不过相当自然。随即他又捡起了话头。

“我统治了他们很多年。”他长叹一声，“我是他们的神灵、王者、头人，随便怎么叫——我完全融入了他们的部落。入侵者再次来袭，我领导族人抵抗。我闻到了邪恶的气味，就像他们一样；我感觉自己必须摧毁那些人，就像他们一样；邪恶的气息诱发我的异变，就像他们一样；出现在部落内部的邪恶，也会引发同样的反应。

“但我内心深处渴望化身为狼，施加惩罚，他们却不会；我期盼闻到敌人的气息，他们不会；我想横渡大海，直捣敌人的巢穴，只为了得到毁灭的快感。那气味，那毁灭的战栗诱惑着我，邪恶、残暴而不祥。总而言之，我开始痛恨自己，我想挖出自己体内的邪恶，将之摧毁。”

“当然。”斯图尔特说。

“那是王的诱惑，”马尔贡说，“也许所有的王都面临着这样的诱惑。我很明白。我，是第一个经历异变的现代智人。

“直至今天，这样的渴望依然与我们同在。我们可以躲开那些声音，我们可以藏进这片广袤的森林，盼望着就此拯救自己，挣脱残暴的欲望，但是最后，我们总是被自己的节制折磨得近乎癫狂，于是我们再次出发，去寻找我们痛恨的邪恶。”

“我和你一样。”斯图尔特点头表示赞同。

鲁本也点点头。

“感同身受。”费利克斯说。

“无论怎样努力，最后我们总会追寻邪恶而去。”马尔贡说，“与此同时，我们会在森林里狩猎，因为我们无法抵抗森林赠予的厚礼——既然杀戮在所难免，那么何不让它单纯一点。在森林里，我们的猎物是纯粹的野兽，而不是无辜的造物。”

“他们会为了狩猎而诱发异变吗？”鲁本问道。他的脑子里思绪纷繁。嘴里似乎涌动着麋鹿甘美的鲜血，那头麋鹿眼神驯顺，它不是凶手，而是凶手的食物。杀戮不可避免，是的。麋鹿从不作恶，它没有邪恶的气息，完全没有。

“不，”马尔贡回答，“他们不会。他们狩猎时和平常一样，但我和他们不同。当我听到森林的召唤，感受到猎杀的诱惑，异变就会到来。我爱它。但部落里的人却深以为异。他们认为这是专属于神的特权。他们不会模仿我。他们做不到。”

“那么这是变异带来的另一个惊喜。”劳拉说。

“是的，”马尔贡说，“我和他们不一样。我是新的造物。”他停了一下，然后继续讲下去。

“噢，那段岁月里，我发现了很多东西。

“最开始，我并未意识到自己不会死去。我的确观察到，部落里的人在战斗中几乎刀枪不入。只要变身为狼，石斧与投矛都不能撼动他们分毫，无论受了什么样的伤，他们最终总会活下来。当然，我也获得了同样无法解释的强健体魄。但无论是以狼的形态还是以人的形态，我恢复的速度总是比他们快得多，不过在那时候，我还没明白这可能意味着什么。

“当我离开他们的时候，我并不知道自己还将在这片土地上游荡无数个世纪。

“但是关于我在那座岛上的遭遇，还有一件事必须告诉你。”他热切地看向鲁本，“也许有一天，当你的哥哥在暗夜中深受灵魂的折磨，你可以转告给他。这件小事我从没对任何人讲过，但是现在，我想告诉你们。”

费利克斯和蒂博如痴如醉地紧盯着他，好像猜不出他接下来打算说什么。

“岛上有一位祭司，”他说，“或者现在我们所说的萨满。作为某种神使，他会喝下一些致幻的植物汁液，陷入癫狂与恍惚。我几乎从没注意过他。他从不伤害任何人，大部分时间他都双眼发直，沉醉在那个极乐天堂里，在泥土或海滩的沙子上画一些只有他自己才懂的符号和标记。事实上，他拥有一种惊心动魄的美丽。他从不挑战我的权威，我也从不质疑他的神秘知识。当然，我并不相信有什么神祇，这一点从未动摇。我已经得到了那股力量，完全靠我自己。

“可是当我离开时，我把权柄交给别人，准备启航前往大陆，那位萨满却来到海滩上，当着全部落的人叫住了我。

“在那个庄严肃穆甚至有点催人泪下的仪式里，突然冒出来一个怪人，喝多了致幻剂，疯疯癫癫，说话语无伦次，呃，谁都不愿意看到这一幕。

“但他还是来了，他成功吸引了在场每一个人的注意力。然后他指着我说：‘你偷走了神赐给我们的力量，神会惩罚你。’

“他告诉大家：‘这个人不是神。’

“他厉声喊道：‘无神者马尔贡，你再也无法死去。神已经裁决，你永不会死去。总有一天，你会乞求死亡，但它已抛弃了你。无论你至何方，行何事，你不会死去。你将成为怪物，不为自己的族人所容。那股力量会折磨你，让你不得安宁。因为你私自偷走了神祇专赐给我们的力量。’

“全部落的人都被激怒了，他们义愤填膺，却又不知所措。有人想揍他，想把他赶回自己的棚屋里去，但有人非常害怕。

“‘神已经告诉了我，’他说，‘他们在嘲笑你，马尔贡。无论你至何方，行何事，他们永远会嘲笑你。’

“我有些发抖，但我没有完全明白这是为什么。我向他鞠躬，感谢他的神谕，心里却觉得他是个可怜虫，然后我转过身，准备离开。在那之后的很多年里，我再也没有想起过这个人。

“终于有一天，我重新想起了他。可是时隔多年，我已经不太记得他和他说过的每一个字。”

马尔贡再次停下来，叹了口气。

“一百多年后，我回到那座岛上，想看看我的族人——我这样称呼他们——过得怎么样。整个部落已经彻底消失，现代智人占领了那座岛屿，留下来的只有一些野人的传说。”

他的视线扫过鲁本和斯图尔特，最后在劳拉脸上逗留片刻。

“现在，该换我来提问了，”他说，“请问，从这个故事里，你们学到了什么？”

没有人说话，就连斯图尔特也一言不发。他只是盯着马尔贡看，胳膊肘放在餐桌上，右手虚握成拳，压在嘴唇下面。

“呃，显然，”劳拉说，“为了应对敌人，经过千万年的演化，他们获得了那种力量。那是一种逐步提升的防御机制。”

“是的。”马尔贡说。

她继续说下去。

“闻到敌人的气味，这是他们能力的一部分，同时也会触发变身。”

“是的。”

“可是很明显，”她说，“他们从未利用这种力量来狩猎或者觅食，因为他们与丛林里的动物关系非常亲密。”

“是的，也许吧。”

“可是你，”她说，“你是人类，现代智人，你与野兽有着明显的界限，就像我们所有人一样。所以你想猎杀它们，尽管它们既非善亦非恶，既非无辜亦非罪孽。在你眼里，它们只是可供食用的猎物，所以你变身以后也会猎杀他们，这非常自然。”

斯图尔特插了进来：“所以，在你身上，力量出现了新的演化。呃，这意味着从那以后，在你和其他人身上，它必然还会继续演化。我们现在谈的是千万年的时间，对吧？足以发生很多变化。”

“我得补充几句。”马尔贡说，“当时我对你现在说的这些一无所知，也完全不知道什么叫演化连续体。所以在当时的我眼里，这种新的力量，狼的力量，必然是堕落的恶行，灵魂的丧失，低等、野蛮、亵渎。”

“但你还是想要它。”斯图尔特说。

“是的，我一直想要它。我那么想要它，同时为这样的渴望而憎恨自己。”马尔贡说，“直到后来，随着时间流逝，我对它的理解逐渐加深，于是我开始思考：在变成强大野兽的同时，我仍保留了智力与狡诈，保留了人类的灵魂，这中间也许蕴藏着某种伟大的意义。”

“那么，你信奉灵魂？”斯图尔特问道，“你不相信神祇，却信奉灵魂。”

“那时我相信人类独一无二，高于其他所有物种。我不认为动物有什么值得学习的地方，也不知道宇宙是否真实存在——我是指现在大家常说的那个宇宙。我所认识的只有我们生活的尘世。想一想吧，这意味着什么？那时的人们真的认为，世界就只是脚下的尘世。尘世之上或之下的精神王国不过是生命的走廊，那时我们眼中的宇宙就是这么狭小。我知道，你了解这段历史，但请你设身处地去思考，当时的人们到底是什么感受。

“无论如何，我想拥有狼的能力，它是一件强大的武器，极大地增强了我的力量。如果我的兄弟追踪而来，我会变身为狼，将他撕得粉碎。当然，我想做的事不止这一件。我想以狼的形态去看，去感受，然后带着学到的东西恢复人形。我追求的不过是这些自私贪婪的东西，我得到了力量，如愿以偿，然而我就此生活在痛苦中，只能靠捕猎野兽排遣积郁，很少感受到快乐。”

“我明白了，”劳拉说，“那么从什么时候开始，你改变了想法？”

“是什么让你觉得我的想法有过改变？”

“喔，我知道你的想法已经改变，”她说，“现在你称它为圣血。就算这个词不是你创造的，如果你仍认为它是堕落之源，你为什么会这样叫它？现在，你认为它是融合而成的伟力，不光弥合了高等与低等，同时还兼具两种存在的方式。”

“是的，我的确改变了想法。我承认，事实的确如此。我的想法慢慢变成了现在这样。我从自我厌弃与罪恶感中醒来，开始将它看作某种有益、有时候甚至是伟大的东西。到了那时候，不需要达尔文的睿智我也已知道，地球上的所有生物都是一家。我开始感受到所有活物的交流与共鸣，不需要演化原理来帮我看清。我开始期盼，开始梦想，也许像我们这样永生不死的生物，糅合人兽力量的生物，能以人类前所未有的方式观察这个世界。我开始构想一个新的部落，见证者的部落，狼族的部落，他们将兼具人与兽的卓越之处，对所有形式的生命深怀同情与尊敬，这样的同理心深植于他们混血的天性中。在我的设想里，这些见证者孑然独立，超然于世，但心怀善意与慈悲，守护众生。”

他抬起头直面劳拉的凝视，但没有停止讲述。

“但现在，你不再相信这个构想，”她推断，“你不再相信它的伟大，也不再认为见证者的部落应当存在？”

他的回答似乎呼之欲出，但却欲言又止。他的视线在虚空中游移不定，最后，他终于低声说道：“这个世界上的所有生物都渴望不朽，但永生的见证者为何会是狼族，为何会是这种半人半兽的生物？”

“这个问题你刚刚才回答过，”劳拉说，“因为他们兼具人与兽的卓越之处，对所有形式的生命深怀同情……”

“但我们真是这样的吗？”马尔贡问道，“我们真的兼具人与兽的卓越之处，深怀同情？我不这样认为。在我看来，我们的永生不死只是出于意外，那不过是演化中的偶然事件，正如意识本身。”

马尔贡的宣言似乎深深触动了费利克斯，他等不及想要插话。

“先别急着谈这个，”他温和地恳求，“你正在回忆生命中最黑暗的时刻，最深重的失望。现在不是谈这个的时候。”

马尔贡表示赞同。

“我希望别人也拥有同样的梦想，”他的视线再次投向劳拉，然后依次扫过斯图尔特和鲁本，“我希望至高无上的见证者之梦永恒不灭。但我不知道自己现在是否还相信它，甚至不知道自己是否真的曾经相信过。”

这番倾诉似乎让马尔贡深受伤害，他突然委顿下来。费利克斯忧虑地看着他，若有所思。蒂博看起来有些担心，还有些悲伤。

“我相信这个构想。”费利克斯的语气温和而坚定，“我相信见证者的部落。我们所到之处，所行之事，并无文字记录。但我相信，作为拥有圣血的部族，我们的存在自有其意义。”

“我不知道，”马尔贡回答，“我们的见证是否真的有意义，也不知道是否有别的存在见证着我们这些混血儿……”

“我明白，”费利克斯说，“也接受。我是混血者的一员，我们生生不息，以独特的方式看见精神世界与蛮荒世界，这二者都同样真实。”

“呵，当然，你说的没错。”马尔贡说，“我们总会绕回这里——蛮荒世界与精神世界同样真实，无论是尘世中的挣扎者，还是超然于挣扎之外的灵魂，内心都同样栖息着真理。”

挣扎者的内心。鲁本开始走神，他仿佛回到了树荫之上的小小圣堂，仰望高处的星空。真理同样栖息在上帝的脉搏之中。

“是的，我们总是绕回这里。”费利克斯说，“在我们所知的凡俗世界之上，是否真有一位全知全能的造物主？还是说，这所有的一切都包容在祂的内心之中？”

马尔贡摇摇头，悲伤地看了费利克斯一眼，随后移开视线。

斯图尔特脸上的表情十分丰富。他似乎明白了什么，不再没完没了地追问。他的视线游移不定，若有所悟。显然，以前从未想过的无数可能性纷至沓来，在他脑海中蒸腾翻涌。

劳拉认真地思考着什么。或许她也得到了答案。

真希望我能准确描述眼前的一切，鲁本心想，我的灵魂敞开怀抱，自由呼吸，而我在一步步深入谜团核心，包罗万象的谜团……但这一切已经超越了所有语言。

我们曾尝试过某种宏大的东西，而现在，我们已退下了曾经征服的高峰。

“还有，马尔贡，”劳拉的语气依然充满敬意，略带探询，“你会死吗，就像莫罗克和雷诺兹·瓦格纳那样？”

“会，我相信我会。没有理由相信我和其他狼族有任何不同。不过我不知道。我不知道宇宙间是否真有神祇，他们是否真的因为我偷走了强大的力量而降下诅咒，令我和被我咬过、获得力量的同类都无法幸免。我不知道。而它又能解释什么？我们的存在本身就是谜团，这是我们唯一掌握的真相。我们知道事情在何时、以何种方式发生……却不知道背后的原因。”

“你当然不会相信什么诅咒，”费利克斯责备道，“为什么现在却这样说？顺便说一句，我们的存在虽然是谜团，但我们掌握的所有真相可不止这么一点，你自己也明白。”

“噢，没准他真的相信那些东西，”蒂博说，“只是他不想承认。”

“诅咒是一种隐喻，”鲁本说，“我们用这样的方式来描述自己最深的痛苦。根据我从小受到的教育，所有造物都是被诅咒的。若不是上帝的眷顾，我们这些堕落邪恶的生灵将永生受苦。而万物共同背负的诅咒，同样也来自上帝的眷顾。”

“阿门。”劳拉说。

“后来又发生了什么？”她问道，“你第一次传递圣血，是传给了谁？”

“喔，那是个意外，”马尔贡回答，“就像经常发生的那样。当时我完全没有意识到，这将为我带来第一位真正的同伴，他会和我一起走过接下来的那么多年。什么是制造一位新狼族的最佳理由？我告诉你吧，有一些东西你挣扎多年也没有懂，甚至永远不会懂，而他或她会让你明白。他或她会教给你未曾想见过的真理。新一代狼族总会让无神者马尔贡看见活生生的神迹。”

“阿门，我明白了。”她微笑着低声回答。

马尔贡看着鲁本。“你执著渴求的道义答案，我无法给你。”他说。

“也许你错了，”鲁本说，“也许你已经告诉了我，也许你误解了我想要的到底是什么。”

“还有斯图尔特，”马尔贡说，“现在你脑子里又在想什么？”

“噢，我想到了一些绝妙的东西。”斯图尔特笑着摇摇头，“要是我们真能拥有这么伟大的使命，综合人与兽的优点，在自身中找到全新的真理，那么所有痛苦、困惑、悔恨、羞愧……”

“羞愧？”劳拉问道。

斯图尔特大笑起来。“是的，羞愧！”他说，“你不会懂。当然会有羞愧。”

“我懂，”鲁本说，“我们羞愧于狼的恩赐，这样的情感必然存在。”

“最早的几代狼族感受到的只有羞愧，”马尔贡说，“然而没有人愿意放弃狼的礼物，他们为此憎恨自己。”

“可以想象。”鲁本说。

“可是我们生活的宇宙灿烂辉煌，”马尔贡声音温和，略带敬畏，“在这个宇宙里，我们珍视所有形式的能量与创造过程。”

鲁本战栗起来。

马尔贡举起手，摇了摇头。

“有一个问题你们谁都没有提起，但现在我们必须谈谈。”马尔贡说。

“那是什么？”斯图尔特问道。

“为什么我们闻不到同类的气味？”

“噢，是啊，”斯图尔特恍然大悟地低声说，“我没有闻到你们身上有任何气味，哪怕是微弱的一丝——无论是你，还是鲁本，甚至包括谢尔盖——包括他变身为狼的时候！”

“为什么？”鲁本问道。真的，为什么？与莫罗克搏斗时，他从头到尾不曾闻到邪恶或恶意的气息。谢尔盖在他眼前将两位医生撕得粉碎，他同样没有闻到任何气味。

“因为你们既非善亦非恶，”劳拉猜测道，“既不是兽，也不是人。”

马尔贡轻轻点点头。“这是谜团的另一个方面。”他简单地说。

“可是我们至少应该闻到狼族本身的气味，人类和其他动物都有独特的气味。”鲁本反驳。

“但是我们没有。”蒂博说。

“这是严重的缺陷。”斯图尔特看向鲁本，“所以在我迷路那晚，你花了那么大力气才找到我。”

“是的，”鲁本回答，“但我终归找到了你，我听到了你的叫声，而且我敢说，一定还有其他很多细微的信号。”

马尔贡没有再说下去。斯图尔特和鲁本热烈讨论的时候，他静静坐着，沉浸在自己的思绪中。无论是在律师办公室与费利克斯会面，还是费利克斯和马尔贡第一次出现在大宅里，鲁本都不曾闻到任何气味。是的，一丝都没有。

这是一种缺陷，斯图尔特说的没错。我们永远无法知道是否有另一位狼族正在靠近。

“它一定还有更深的含义。”鲁本说。

“够了，”马尔贡说，“今天我告诉你们的已经够多了。”

“可是你才刚开始讲呢，”斯图尔特抗议道，“鲁本，帮帮我。你也想得到答案，对吧。马尔贡，你第一次传递圣血是什么样的？发生了什么事情？”

“呃，也许你可以从另一位当事者那里得到答案。”马尔贡露出淘气的微笑。

“会是谁呢？”斯图尔特看看费利克斯，又将视线转向蒂博。费利克斯抬起一边眉毛，蒂博低声笑了。

“想一想你刚才听到的东西。”费利克斯说。

“我在想呢，我会想出来的。”斯图尔特严肃地回答。他看向鲁本，鲁本赞同地点点头。斯图尔特怎么就不懂呢，鲁本想着，今晚仅仅是个开始，未来还将有很多场谈话，在漫长无尽的交谈中，我们还将找到今日无从想象的无数问题的答案。

“现在你们知道，你们三个人都知道，”费利克斯说，“我们和人类本身一样古老。我们狼族有很多谜团，正如人类本身也有很多谜团。我们是宇宙循环的一部分，但我们因何诞生，负何使命，需要我们自己去探寻。”

“是的，”马尔贡说，“尘世中有我们的众多同类，曾经生活于此的狼族则更多。永生不死只能让我们免遭衰老与疾病的困厄，却无法阻挡暴力对生命的戕害。所以我们向死而生，就像太阳之下的其他所有生物一样。”

“一共有多少狼族？”斯图尔特问道，“噢，别这么看我，”他瞪了鲁本一眼，“你也想知道，难道不是吗？”

“是的，”鲁本坦承，“不过马尔贡想告诉我们的时候，他自然会说。听着，事情早晚会水落石出，不要着急。”

“我不知道到底有多少狼族，”马尔贡微微耸肩，“我怎么会知道呢？费利克斯或者蒂博又如何能知道？我只知道，在今天这个世界里，我们面临的危险并非来自其他狼族，而是来自克洛波夫和亚斯卡这样的科学家。我们在日常生活中遇到的最大困难其实来自科学的进步——在这个需要DNA检测来证明血缘关系的世界里，我们无法再冒充自己的后代。我们还必须拿出所有智慧，精心选择狩猎的地点和方式。”

“你能生下自己的孩子吗？”劳拉问道。

“可以，”马尔贡说，“但孩子的母亲必须也是狼族。”

她深深吸了口气。突如其来的答案惊得鲁本一愣。为什么此前他一直自信满满，觉得自己不会让劳拉怀孕？事实的确如此，他无法让劳拉怀孕。不过这个新发现依然震撼力十足。

“那么显然，狼族的女性可以怀孕。”劳拉说。

“是的，”马尔贡回答，“而且她们生下的后代也会是狼族，很少有例外。有时候……呃，有时候狼族会产下多胞胎，不过我必须声明，这种情况非常罕见。”

“多胞胎！”劳拉低声惊叹。

马尔贡点点头。

“所以女狼族常常自成一统，”费利克斯说，“男人们则有另一个圈子。呃，无论如何，这也算是原因之一。”

“公平一点吧，”蒂博说，“至少得让他们知道，这种情况真的很少出现。我这辈子认识的天生狼族也不超过五个。”

“那么，这些天生就是狼人的生物会是什么样子？”斯图尔特问道。

“异变会在青春期早期到来，”马尔贡说，“其他所有方面，他们都和我们十分相似。生理发育成熟后，他们不会继续衰老，就像我们一样。如果将圣血传给年幼的孩子，结果也是一样——他会在青春期早期出现异变，发育成熟后，他的年龄将永远定格。”

“这么说的话，我大概还得长一阵子。”斯图尔特说。

“你当然会。”马尔贡讥讽地笑笑，翻了个白眼。费利克斯和蒂博也笑了。

“啊，要是你从此以后不再长大，那真是太体贴了，”费利克斯说，“看到你那双婴儿蓝的大眼睛，我简直觉得有点儿尴尬。”

斯图尔特显然很兴奋。

“你会发育成熟，”马尔贡说，“然后永远停留在那里。”

劳拉叹了口气：“真是无数人梦寐以求的事情。”

“不，我不这样认为。”鲁本说。想到自己永远不可能生育正常的人类孩子，想到孩子一旦出生就必然成为和他一样的狼族，他的内心仍震动不已。

“关于其他狼族的问题，”费利克斯说，“我觉得这些孩子早晚都会知道，你说是吧？”

“知道什么？”马尔贡反问，“知道他们总是鬼鬼祟祟，常常还抱有敌意？知道他们几乎从不出现在其他同类眼前？还有什么可说的？”他摊开双手。

“呃，可说的还有很多，你自己也知道。”费利克斯柔声反驳。

马尔贡没有理会。

“我们和狼太相似了。我们总是结成一个个的小群落，至于其他同类，只要他们别来染指我们的地盘，谁还在乎别的？”

“那么一般而言，他们对我们没有威胁，”斯图尔特说，“你说的是这个意思吧。难道我们不会为了争夺地盘或者别的什么东西发起战斗？也没有哪个狼族想凌驾于所有同类之上？”

“我告诉你了，”马尔贡说，“对你来说，人类才是最大的威胁。”

斯图尔特若有所思。“我们不能让无辜的人流血，”他说，“那争夺权力的斗争该怎么进行？可是也许会有哪个狼族变成了坏蛋，大肆屠杀无辜者，比如说，他是个疯子，难道从来没有出现过这样的狼人？”

马尔贡想了好一会儿。“确实发生过一些怪事，”他承认，“但不是你说的这样。”

“莫非你立志要当第一个坏蛋？”蒂博拖长腔调，慢吞吞地挖苦说，“比如说，狼族少年犯？”

“当然不是，”斯图尔特说，“我就是想知道。”

马尔贡只是摇了摇头。

“消灭邪恶的欲望或许是种诅咒。”蒂博说。

“既然是这样，那我们为什么不繁育一整支部族，扫除世间所有邪恶？”斯图尔特问道。

“喔，年轻人和他们的白日梦。”蒂博慨叹。

“在我们眼里，邪恶的定义是什么？”马尔贡问道，“什么样的定义能让我们，让狼族满足？我们总是认为遭到袭击的人和自己是一体的，对吧？那么，请问，邪恶真正的根源到底是什么？”

“我不知道它的根源是什么，”费利克斯说，“但是我知道，每当有孩子出生，邪恶就会重临于世。”

“阿门。”马尔贡说。

蒂博直视劳拉。“正如我们昨晚讨论的，”他说，“邪恶有其特定的背景，这在所难免。我不是相对主义者，我只是相信善恶都是真实存在的客体。作为容易犯错的人类，讨论邪恶时必然要考虑背景，我们所有人都必须接受这一点。”

“我觉得我们的争辩只是字面上的分歧，”劳拉说，“仅此而已。”

“不过等等，你是说，我们闻到的邪恶都与背景有关？”鲁本问道，“你是这个意思，对吗？”

“必然如此。”劳拉说。

“不，事实并不是这样。”马尔贡反驳。但他看起来有些沮丧，他望向费利克斯，后者似乎也不愿意再深思下去。

他们还有很多东西没有说，鲁本想道，现在还不能说。鲁本突然有一种强烈的感觉，他们没有解释的事情太多太多，但他明智地没有继续追问下去。

“圣血，个体变异，力量增强，诸如此类，”斯图尔特问道，“它到底是怎么起效的？”

“每个人的接受能力和发育过程都有很大区别，”费利克斯说，“结果也相差云泥。不过我们还不清楚出现这种区别的具体原因。有的狼族十分强壮，有的则非常弱小，但我们还是不知道原因。天生的狼族可能体格强健，也可能瘦小羞怯，不是每个人都能坦然接受命运。但通过被咬而获得圣血的人也一样会患得患失，当然，主动要求圣血的又是另一回事。”

马尔贡站起身来，做了个明确的手势。他掌心向下虚压，似乎在说，今晚到此为止。

“对你们来说，现在重要的是留在这里，”他说，“你们俩，当然，还有劳拉。我、费利克斯、蒂博和其他人——你们很快就会见到——会与你们共同生活。我们的群落虽小，却经过精挑细选。你们的当务之急是学会控制异变，在有必要的时候抵御声音的诱惑。当然，还有躲起来避避风头，直到旧金山狼人的喧器与流言彻底平息。”

斯图尔特点点头。“我懂了，我同意。我想待在这里，你说什么我都照办！不过我还有好多问题。”

“没你想的那么简单，”马尔贡警告，“很快你就会尝到那些声音的滋味。听不到的时候，你会变得烦躁不安，极度痛苦，你会想尽办法找到他们。”

“可是现在你们有了帮手，我们在这里。”费利克斯说，“我们很久以前就走到了一起。正如你曾经猜测的，进入现代后，我们从古老的狼人文学作品里为自己挑选了新的姓氏，不光是为了暗示身份，也是为了方便小团体外为数不多的朋友们辨认。对于永生不死的人来说，名字真是个大问题，就像财产、继承、合法身份之类的麻烦事儿一样。就名字这一点而言，我们选择了简单而颇富诗意的解决方式。至于其他问题，我们还在继续研究如何解决。

“不过我想说的是，我们是一个群落，现在，我们的群落向你们敞开了大门。”

斯图尔特、鲁本和劳拉都点点头，热切地接受了他的邀请。斯图尔特又开始哭了，他完全坐不住，最后终于站起来，在椅子背后来回走动。

“这是你的房子，你的地盘，费利克斯。”鲁本说。

“我们的房子，我们的地盘。”费利克斯亲切地说，他的微笑依然那么温暖和煦。

马尔贡站起身来。

“小狼人们，你们的生活才刚刚开始。”

聚会结束，人们陆续离开餐厅。

但鲁本脑子里依然有个问题挥之不去。

他必须找到答案，现在就得找到。

他对费利克斯的感觉最为亲近，所以他跟着费利克斯走进藏书室，费利克斯开始动手给壁炉生火。

“怎么了，小兄弟？”费利克斯问道，“你似乎有心事。我觉得刚才的谈话非常顺利。”

“可是劳拉，”鲁本嗫嚅着说，“劳拉怎么办？你会把圣血传给她吗？我是不是应该请你，或者请马尔贡——”

“她完全够格，”费利克斯说，“我们早已有了决定，没有任何犹豫。她自己也知道。我们没有对劳拉隐瞒任何事情，等她准备好了，说一声就行。”

鲁本的心跳失去了节律，他甚至不敢抬头迎接费利克斯的视线。他感觉到费利克斯握住了自己的肩膀，强壮的手指按在自己的手臂上。

“如果她想要的话，”鲁本问道，“你会传给她圣血吗？你亲自去？”

“是的，如果她想要的话。马尔贡和我都乐意效劳。”

为什么他会感觉如此痛苦？这不正是他想听到的答案吗？

他的脑海中又浮现出劳拉的身影，就像在缪尔森林边缘见到她的第一夜那样。那一天，他哼着歌闯进了她屋后的草地，她仿佛凭空出现，落入他的眼帘。她站在小屋的后门廊上，穿着长长的白色法兰绒睡袍。

“我一定是世界上最自私的男人。”他喃喃自语。

“不，你不是，”费利克斯说，“但这事儿得由她来决定。”

“我不知道自己是怎么了。”他说。

“我知道。”费利克斯回答。

片刻之后。

费利克斯划燃长长的火柴，点燃壁炉里的引火柴。火苗跳动，舔舐着炉膛的砖块，熟悉的噼啪声溢满房间。

费利克斯站在原地耐心等待，然后他柔声说道：“你是个非常优秀的孩子，你拥有的全新世界令我嫉妒。若不是有你，我不知道自己是否有勇气重新面对它。”

40

纷纷扰扰的十四天过去了。

马尔贡开车带着斯图尔特去圣罗莎取回了他自己的车，那是一辆老旧的敞篷捷豹，曾经属于他的父亲。他们还去探访了斯图尔特的母亲，她住在精神病院里，“无聊得要死”，“受够了那些三流杂志”，所以她摩拳擦掌，打算填满衣橱，重返名利场。经纪人从好莱坞打来电话告诉她，她又红了。呃，可能没有那么夸张，不过要是她能想法子飞过去的话，那边的确有工作给她。或许她可以去罗迪欧大道购物。

狼人在门多西诺再次现身，作为口齿最清晰、外形最漂亮的目击者，格蕾丝上了一个又一个谈话节目。她逻辑严密的理论征服了整个世界。按照她的描述，这位不幸的生物大概是因为先天性缺陷或者后天性疾病，才变成了这副怪样子，精神也不太正常。当然，政府很快就会抓住它，给予它必要的约束和治疗。

调查人员像走马灯一样去了又来，有检察总长办公室的工作人员，有FBI的探员，还有旧金山警察局的人，他们反复盘问斯图尔特和鲁本，因为这两个男孩不止一次成为狼人袭击案的核心人物。

斯图尔特和鲁本疲于应对，他们俩都不擅长撒谎，但很快，他们就学会了一些小技巧，尽量少说话，含糊其词，敷衍了事。调查人员日渐稀疏，终于不再登门。

鲁本为《旧金山观察家报》写了一篇长文，本质上是将他以前陆续发表的文章综合了一下。在这篇长文里，他栩栩如生地描述了狼人袭击，不过这次是他“头一回”亲眼目睹。最后的结语还是老一套。狼人不是超级英雄，崇拜和吹捧应该到此为止。不过它给我们留下了很多问题。面对如此残忍的野兽，为什么有这么多人毫不犹豫地拜倒在它脚下？这是否可以看作时代的倒退，也许我们每个人都如此残忍，并且乐此不疲？

与此同时，狼人在墨西哥腹地来了场华丽的表演，它在阿卡普尔科干掉了一个杀人犯，然后就此消失，再也不见踪影。

弗兰克・凡陀弗个子很高，头发漆黑，皮肤光滑，嘴唇的弧线如丘比特之弓一样优美，他和北欧大块头谢尔盖・格拉贡一起回到大宅，绘声绘色地描述他们如何一路向南，把警察和目击者耍得团团转。弗兰克显然是那几位先生的同辈，作为一个美国人，他老是带着一副好莱坞派头，满嘴俏皮话。他喜欢拿鲁本先前的丰功伟绩来挖苦这个年轻人，还喜欢把斯图尔特的头发揉得一团乱。在他嘴里，这两位年轻人是“神奇小狗”，要不是马尔贡定下了规矩，他一准会带着他们跑到森林里去。

谢尔盖是一位睿智的学者，一头白发，就连浓密的眉毛也是白的，聪慧的蓝眼睛里总带着笑意。他的声音有点像蒂博，低沉、富有磁性，甚至有些沙哑。他长篇大论地跟劳拉和鲁本讨论德日进的睿智与前瞻，他热爱抽象的哲学与神学，比两个年轻人更甚。

鲁本觉得自己根本不可能猜出他们任何一个人的年纪，而且显然，直接发问太不礼貌。

“请问你在这颗星球上游荡了多久？”听起来不太像是个容易接受的问题，考虑到弗兰克老是叫他“小狗”“小崽子”，这么问就更不合适了。

在午餐或是晚餐桌上，或者在纯粹的清谈中，这些先生们有时会改用另一种语言，展开忘我的争辩。听到他们连珠炮似的奇怪腔调，鲁本总是激动不已，它完全不同于他所知的任何语言。

马尔贡和费利克斯单独交谈时也会用另一种语言，他无意中听到过好几次。鲁本一直很想问，他们所有人说的是不是同一种语言，但这样的问题似乎有些冒犯，就像询问年纪、出生地或是费利克斯日记信件里那些神秘字迹一样，他总觉得不应该。

斯图尔特和鲁本都很想知道，是谁第一个提出了“狼族”“狼的天赋”，以及还有没有其他术语。不过他们觉得，这些事儿他们早晚会知道，包括别的许多事情。

大家总是两两结伴。鲁本大部分时间都和劳拉或者费利克斯待在一起，劳拉也很喜欢费利克斯。斯图尔特崇拜马尔贡，老是跟他寸步不离。事实上，斯图尔特简直像爱上了马尔贡。弗兰克总是和谢尔盖形影相伴。看起来只有蒂博最孤单，或者说，他和每对组合相处的时间都差不多。蒂博和劳拉逐渐开始产生共鸣。所有人都喜欢劳拉，但蒂博特别愿意跟她待在一起，他们俩经常去森林里散步，或者一起处理杂事，要么就在某个下午坐下来看一部电影。

感恩节那天，鲁本的所有家人，包括塞莱斯特、莫特·凯勒和卡特勒医生都赶来了北边，与鲁本、劳拉、斯图尔特和那几位先生共聚一堂。这是大宅目前为止最棒的一场派对，有力地证明了马尔贡常说的那句格言：要想活下去的话，你必须同时生活在两个世界里——人类世界与野兽世界。

晚饭后，弗兰克坐到钢琴旁，弹了几首鲁本最爱的萨蒂，随后又弹了肖邦和他自己谱写的浪漫曲子，华丽的演奏技巧让鲁本和家人深感惊艳。

整个晚上吉姆都闷闷不乐，不过他跟弗兰克聊了几句。最后，吉姆也弹了自己很久以前写的一支曲子，那是他上神学院以前为里尔克的诗歌谱写的伴奏。

对鲁本来说，那真是个煎熬的时刻。他坐在音乐室镀金的小椅子上，听着吉姆迷失在那黑暗、阴郁、短暂的旋律中。真像萨蒂啊，那么沉郁、思虑重重、满腔痛苦。

只有鲁本知道吉姆的彷徨。所有的客人里，只有吉姆知道那些先生的身份，知道斯图尔特和鲁本遭遇了什么。

一整天里，鲁本和吉姆没有任何交谈。只有在烛光跳动的音乐室里聆听吉姆演奏的那一刻，鲁本才意识到自己对哥哥做了一件多么残忍的事情，他万分羞愧，却不知所措。也许未来的某一天，他会与吉姆重聚，谈谈曾经发生的一切，但现在他无法面对。这一刻，他只想逃避。

人群里的格蕾丝显得相当轻松，但鲁本与母亲之间有什么东西已经变了。她不再执著于弄清他身上到底发生了什么，格蕾丝井井有条的头脑似乎已经找到某种方式，去解释曾经困扰她多日的奇怪现象。但她和鲁本的关系蒙上了一层阴影。鲁本使尽浑身解数，想穿过这层薄薄的暗雾，回到母亲——或许也是整个世界——身边，他的努力看起来似乎卓有成效，结果却仍一无所获。格蕾丝感觉到了什么东西，她的儿子和以前判若两人，她的光明世界里出现了无名的恐惧，无法向任何人吐露。

塞莱斯特和莫特·凯勒非常开心。塞莱斯特唠唠叨叨地教育鲁本，说他在这个年纪就“避世隐居”实在不是什么明智的决策；莫特和鲁本在橡树林里漫步，讨论着他们深爱的书与诗歌。莫特留下了最新版本的学位论文，请鲁本品读。

感恩节过去后，他们把钢琴挪到了大厅里，通往温室的门附近有一个绝佳的位置；原来的音乐室则改成了视听室，舒服的白色皮沙发和椅子很快就搬了进来，大家可以在高兴的时候聚集在一起，观看电影或者电视。

鲁本开始写书，不过他写的既不是自传，也不是小说，而是某种纯粹的东西。他想靠自己的观察和悟性，竭力发掘自然世界中最崇高的真理。

与此同时，大宅下方山崖上那幢年久失修的两层小楼——也就是鲁本和玛钦特散步时见过的那幢客房——已经为菲尔修葺一新。费利克斯写了张支票，嘱咐高尔顿别替他省钱。看到费利克斯，高尔顿大感惊诧，因为他和已故的父亲实在太过相似。高尔顿似乎焕发了新的热情，想尽办法取悦尼德克角的主人。

费利克斯还去了尼德克镇，他现在的身份是费利克斯·尼德克的儿子。他投资了那家小旅馆，使它免于被卖掉的命运，还买下了几家商店，完全没有讨价还价。这几间铺子他打算廉价租给新的零售商。这很重要，他向鲁本解释，大宅的主人要为镇子带来一些好处。镇子周围还有一些土地可以拆分开发，费利克斯已经有了一些想法。

鲁本满怀激情，快节奏的生活让他头晕目眩。从费利克斯那里，鲁本得知早在上个世纪，自己的外祖父斯潘格勒（格蕾丝的父亲）就以规划社区的长远眼光而著称，这个发现让他惊喜不已。他和费利克斯一起在网上研究。尼德克镇周围的土地是谁的？啊，地主就是费利克斯本人，只不过用了另一个名字。完全不用担心。

鲁本和费利克斯一起去镇长的公馆参加晚宴。通过网络，他们很快就找到了一位想在主街上开店的家纺商人，还有一个二手书商和一个卖古董娃娃和玩具的女人。

"万事开头难，要建设一个大都市也同样如此，"费利克斯坦承，"不过我们已经有了完美的开始。镇上需要小图书馆什么的，不是吗？还需要一间剧院。要是我们想看新电影的话，得跑多远的路？"

与此同时，"狼人"的事迹迅速变成了传说，T恤、马克杯和周边物品的销量节节攀升。旧金山甚至有人开发了狼人主题的游览线路，狼人戏服出现在商店里。当然，有一家本地旅游公司希望能带游客来参观尼德克角，但鲁本干脆利落地拒绝了他们，庄园的南边界有史以来头一回围起了栅栏。

鲁本为比莉写了两篇长文，详细介绍历史上的狼人传说、他最爱的狼人图腾版画和网上疯传的狼人艺术作品。

每个晚上，鲁本都会和费利克斯一起去森林里狩猎。他们向北走得越来越远，一直到了洪堡县境内。有一天，他们抓到了一只长着锋利獠牙的凶猛野猪。还有一天，他们猎杀了一头强壮的大猫，比之前鲁本历经艰难才干掉的那头还大。鲁本不喜欢追捕成群结队的动物，也不喜欢捕捉森林里游荡的鹿或者麋鹿，因为它们不是凶手。不过费利克斯提醒他，就算他不动手，这些动物也经常死得惨烈而痛苦。

有两次，马尔贡和斯图尔特也加入了他们的队伍。斯图尔特是个喜欢咋呼的强壮猎手，他什么都想试试，要是马尔贡同意的话，他甚至想钻进悬崖下的海浪里捕猎，但马尔贡当然不会答应。看起来，马尔贡也很喜欢和斯图尔特相处，他们的话题渐渐从马尔贡的过去转移到了他对今日世界的看法。

马尔贡的卧室从大宅背面换到了正面，显然是为了离斯图尔特更近一点，直到深夜，仍能听见他们俩在交谈或是争吵。衣服是他们长期的争吵主题之一，斯图尔特老是劝马尔贡买几件POLO衫和牛仔裤，马尔贡则坚决要求斯图尔特买三件套西装和带翻边袖口的礼服衬衫。不过大多数时间里，他们相处得十分愉快。

来自欧洲的仆人陆续抵达，其中一位说法语的男人安静而严肃，他是马尔贡的贴身男仆；还有一位来自英国的老妇人，她总是那么兴高采烈，任劳任怨。她一手包揽了所有家务，包括烤面包。蒂博说，还有几位很快就到。

早在感恩节之前，鲁本就听说布拉格堡上面有个私人机场，那些先生们经常乘飞机短途旅行，去别的地方狩猎。他和斯图尔特都好奇得要命。斯图尔特整天都在潜心学习，研究范围包括狼人传说、世界历史、演化论、民法刑法、人体解剖学、内分泌学、考古学和外国电影等等。

那几位先生经常钻到玻璃圣堂里去研究古代黏土板，他们按照某种规律给板子排了序，目前也不打算再把它们挪出来，原因显而易见。

费利克斯大部分时间都在整理自己的藏书和藏品。他经常待在主卧室上方的阁楼里阅读，鲁本发现德日进小册子所在的那张椅子是他的专座。

感恩节之夜，鲁本的家人离开以后，劳拉独自回到了南边缪尔森林边缘的小屋里。鲁本很想跟她一起去，但是劳拉坚持说，这趟旅途她必须独自完成。她想去探访父亲、姐姐和儿子的墓地。她说，等她想清楚以后的打算就会回来，鲁本也应该好好想想。

他发现离开劳拉的日子简直无法忍受。他不止一次想要开车去南边，偷偷看看劳拉。但是他知道，劳拉需要时间。他甚至没给她打过电话。

最后，先生们终于带着两个小崽子登上飞机，前往墨西哥的华雷斯城打猎，那地方离边境线不远，就在得州的埃尔帕索附近。

按照马尔贡的说法，这是一次混合式狩猎，所以他们必须得穿衣服。可以想象，这套行头包括连帽衫、宽大的雨衣、松垮垮的裤子和平底便鞋——以便装下他们变形后的身体。

斯图尔特和鲁本都兴奋极了。

狩猎的刺激程度超越了他们最狂野的梦想——空荡荡的简陋货机在秘密机场着陆，黑色的SUV穿过漆黑的夜幕，狼人像灵敏的猫儿一样跃过屋顶，没入暗夜之中。他们追寻着一群女孩的气息，她们被关押在牢房似的妓院里，很快就会被偷偷运往美国，等待她们的是折磨和死亡。

潜入牢房之前，狼人切断了电路；为了保证姑娘们的安全，房门也被锁上了。

这场大屠杀超越了鲁本的所有想象，如此肆无忌惮，如此残酷无情。低矮的水泥房子里，所有出口都已从外面锁死，邪恶的男人像老鼠一样在湿滑的走廊里奔逃，想要逃脱无情的利齿，但迎接他们的只有一条条死胡同。

房子在狼族的怒吼中颤抖，垂死的男人挣扎呼号，女孩们都吓坏了，她们挤在狭窄的牢房里，放声尖叫。

邪恶的臭气终于消散，遥远的角落里，狼族仍在啃食残骸。毛发蓬松的少年狼人斯图尔特披着长长的外套，直愣愣地盯着周围散落的肢体。女人的哭号渐渐止歇。

撤退的时候到了。重获自由的姑娘们在黑暗中跌跌撞撞地奔向光明，她们永远不会知道那些戴着兜帽的大块头到底是谁。步履矫健的猎手离开现场，重新跃上屋顶。他们的爪子和衣服上还沾着血迹，嘴里的鲜血尚有余味，肚子里装得满满当当。

返程的飞机上，他们挤在一起小睡了片刻。在太平洋上方的某处，他们扔掉了沾血的行头，换上提前准备好的衣服，回到门多西诺县寒冷刺骨、狂风呼啸的暗夜里。返回尼德克角的短短车程里，他们仍睡眼惺忪，饱足而平和，至少看起来很平和。加利福尼亚永不停歇的雨敲打着车窗。

“这才叫打猎！”斯图尔特勉强抵抗着睡意，走进后门。他猛地甩头向后，狼号在大宅的石头墙壁间回荡，大家轻声笑了。

“下次，”马尔贡说，“我们去哥伦比亚的雨林里打猎。”

鲁本梦游似的拖着疲倦的身体走上楼梯，劳拉应该在等他，但屋子里空荡荡的，柔软的鸭绒被和枕头上还残留着她的芳香。他从衣柜里取出她的法兰绒睡袍搭在手臂上，下定决心要梦到她。

几小时后，鲁本醒了。太平洋上方的天空蓝得像是奇迹，深蓝的海水在阳光下微微起伏，波光粼粼，恍若仙境。

他迅速洗了个澡，穿好衣服，走进明媚的阳光。大宅上方的山形墙威严高耸如城堞，洁白的云朵从墙顶飘过。

久住在阴郁海边的人才会明白这样的晴天多么可贵，海上的薄雾消失殆尽，仿佛严冬已经过去。

和玛钦特·尼德克一起在庭院里漫步已恍若隔世，那时的他曾仰望大宅，期待它为他带来渴望已久的黑暗与深度。为我的生命增添一点小插曲吧，他曾向大宅恳求，他发誓，当时他感觉到了大宅的应答，它允诺赐给他未曾想见的天启。

迎着随风飘舞的旗帜，他径直走进清爽的海风。庭院与悬崖交界处的栏杆年久失修，狭窄险峻的小道通往下面狭长的海滩，沙滩上怪石嶙峋，浮木惨白。

海浪的声音包围了他。向着天空，他张开双臂，感觉自己轻飘飘的，仿佛不经意就会被海风吹走。

在他右边，郁郁葱葱的峭壁俯视着红杉林。南面虬曲的大果柏和胭脂栎在风中仿佛一座座痛苦的雕塑。

巨大的幸福感充盈着他，突如其来的领悟如醍醐灌顶。他爱现在的自己，爱华雷斯那间妓院肮脏的走廊里疯狂的猎杀，爱北面整齐的森林里全速的奔跑，爱利齿刺透猎物身体的快感，爱野兽绝望地挣扎、徒劳地想从爪下逃脱的刹那。

但深重的疑虑仍在他脑海中盘旋，也许这一切仅仅是个开始。他觉得自己年轻而强壮，不畏任何清算；他觉得有足够的时间去探究自己是不是错了，为什么；狼的恩赐湮灭了他生命中太多的热情与向往，或许他必须改变甚至放弃。

天堂和地狱等待着年轻人。

天堂和地狱高悬在大海与天空之上。

痛苦的花园阳光灿烂。发现的花园。

他看见感恩节那夜哥哥的脸庞，看见吉姆疲惫悲伤的眼睛，他的心疼痛欲裂，仿佛哥哥比上帝更加重要。或许上帝正在通过吉姆向你传达神谕。在生命中每一条必然或偶然的道路上，你遇到的每一个人都可能是上帝的使者，他们的呼唤或许会让你幡然醒悟。从他们凝视你的眼里，你看到破碎的心，和你自己的一样脆弱，一样沮丧。

海风吹得他浑身冰凉。他的耳朵冷得发痛，捂着脸的手指几乎已经冻僵。但这感觉如此美好亲切，若是藏在狼的外衣里，你永远不会感觉到寒冷。

他转过头回望大宅，高耸的墙壁爬满常春藤，青烟离开烟囱，缭缭升上蓝天，随后在风中消弭。

亲爱的上帝，请帮助我。

请不要忘记，在迷失的银河系里，迷失的小煤球上，还有一个迷失的我——我的心渺小如尘埃，但它仍在一刻不停地跳动，与死亡对抗，与虚无对抗，与罪孽对抗，与悲伤对抗。

他任由风吹拂自己的身体，任由风推动着他向后仰去，风让他不至于跌入虚空，不至于翻过栏杆，跌下悬崖，一路向下，消失在海浪中的礁石里。

他深深吸了口气，泪水涌进他的眼眶，托举他的风裹挟着泪水，滚滚流下他的脸颊。

“主啊，请原谅我渎神的灵魂，”他喃喃低语，嗓音嘶哑，“但我衷心感谢祢赐予我生命的礼物，感谢祢施加于我的恩泽，感谢所有形式的生命奇迹——主啊，感谢祢赐予我狼的恩赐！”

2011年8月

加利福尼亚，棕榈沙漠

马上扫二维码，关注**“熊猫君”**

和千万读者一起成长吧！